湯顯祖集全編

四

[明]湯顯祖 著
徐朔方 箋校

上海古籍出版社

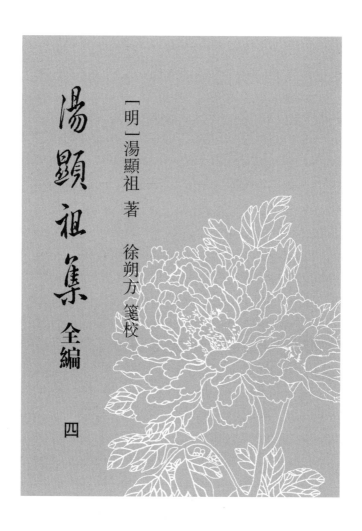

湯顯祖集全編詩文卷四〇

玉茗堂文之十三——墓志銘

前朝列大夫飭兵督學湖廣少參兼僉憲澄源龍公墓志銘

予鄉舉爲隆慶庚午秋，而吉之龍公宗武、劉公臺，南昌萬公國欽、丁公此吕皆成進士。雖藴藉慷慨殊致，而各有名於時。劉萬丁三公皆以御史言事去官，前後死無所恨。而獨龍公以高才猛氣，不得爲其所欲爲，而頓挫外服，終於受俗重誣以死。海内知者傷之，而予與吉水鄒公元標尤甚。嗟夫，世豈無若人之才與氣，而以誣廢且死者乎。然以予所見所聞知，則於公固有憤發隤絶，不可言盡者矣。

蓋公以名進士擇拜蘇州李。蘇故浩穰煩劇甲天下。公至披摘影發如神，豪傑立解散，能聲勃興。久之，里居貴人皆懾服。而公復凱亮，下士有體，人士服信而愛之。嘗有當事某者，以冒破公帑絓吏議，至捕逮其子孫不能償。直指使者邵公惻焉，爲言。上益發怒，令具列其經費狀以聞，不且罪言者。使者怖，以屬諸李官，皆相視怯恧，亡以應。蓋先朝數十年事，十數郡所經費，簿書相遞代，緣絶盡矣。使者怖益甚。會公以他檄詣淞，一見語，輒受事，匝月而報竣。歷歷若指掌。使者嘉，復言於上。上原某而嘉使者能。於是使者喜益甚，而以其能歸公，其德公也且益深。癸酉，檄分典南闈試。所録士常定於公，故房額取士不盈十，而公獨二十有奇。皆一時知名士，後多顯重者。已蘇守洎長吴令上計去，大吏檄公綰其三綬。公皆佩之，而事乃益辦。益從吴人士俞君允文、安期輩遊。恢如也。然忌者固已目攝之矣。

甲戌，大吏復以公賀天子壽，而空槖行，無足爲都官獻，致顔色者。固不能無望。而又偉儀容，高視闊步，不能謬恭謹事卿相大吏。卿相大吏初皆喜一見公，比見，有所問，輒自傾吐百千言，不少遜。即又忌而目攝之矣。坐是諸使者章舉治行尤異者，至十餘上，而僅得姑孰丞。海内詫之。郡人列治狀爲請，乞留丞蘇，不可得。而公亦怡然即官姑孰矣。姑孰不當蘇簿領十一，而首當留都重輔。江海間盜賊風起。公以江防治蕪陰，稍用嚴理。數月，威信大著。千里之内，商旅夜行；賓從時至，歌吹之聲，相聞無絶。蓋予嘗三過蕪陰，公在覺爲重鎮；比公去，蕪如窶藪矣。

公前後凡三攝邑事。所在頌而留之者至五六上。所條刻，皆足爲後來法。然亦不幸而有吴生之事矣。蓋是時上方沖聖，而江陵張公用，一切把握，裁覈爲政。時不能無苦之。遂有爲中丞海公疏而假旨以下者。適公之小吏刻以行。聞於江撫某。某曰：「吉安劉若鄒、若前傅應禎等，皆以言執政危切坐戍。龍其鄉人，而龍之小吏家刻，此必龍所爲也。」下公捕治此事，而公亦不得已，一爲蹤跡所從。展轉凡四五輩，而始引爲吳生仕期。仕期者，宣城妄男子也。老諸生間。常落魄外走，曰：「我當之長安上書言執政者。」實未嘗至都有言也。至是僞疏旨引及，乃始索得其書，詞意頗類。以質仕期，仕期語塞。其上江撫，轉以聞江陵。江陵手書曰：「此不足起大獄，斃之杖下可耳。」撫以示公。公不忍，而撫意遂欲以吳生事及其鄉人沈公懋學矣。懋學故孝廉時，爲宣城令姜公奇方所賞重。公至宣問人士，令以懋學、梅君鼎祚對。公皆厚遇之。而懋學遂爲丁丑殿試第一人，受江陵恩遇最深。而當江陵不肯歸服父喪時，乃至廷杖言者鄒公等，懋學亦以書勸江陵，見忤，移病歸里。公益用憐重之。及是，撫欲有以中沈快執政意，而公屹不應曰：「一老措大假上旨，吾尚未忍堅決，乃及賢士大夫乎。」聽之矣。會吳生自憤恚絕吭死，公爲給六千錢殯視之。公故未嘗有加於吳生也。而先是有蕪令某者，不善於公。至是聲言，丞實絕吳生食，囓敗氈死。聞者頗惑之。

己卯冬在姑孰，且上六年計矣，始一報遷守河南。比行，而當庚辰正月大計吏。

則又奪公守倅黄。於是公勉一至黄，不能無憤且倨。而其守故公理吴時所賞識士，意其下己，而乃不然。兩者心搆，而其寀若屬又且目攝之矣。公不爲意。日從文士瞿君九思父子、王君一鳴輩遊。誦赤壁賦，嘆曰：「抱明月而長終，又何羨乎。」當事者强之攝黄岡邑篆，則又厘厘民務，不少以遷客委去。時大祲，有下令饑者得攘富人粟。公驚曰：「有是耶！」召簿富人出粟者，明年官爲若責償。有粟者歡從。饑而不亂。郡左江右山，盗出没蘄汝間，不可卒得。爲部署其渠，朔望白所部無亡失。因假顔笑褒遣之。盗用衰息。會使者按黄，當有所誅除，公鞫之無左驗，輒麾去曰：「吾爲若白使者。」凡活十三人。檄按五谿。五谿吏俗耗雜，幾不可治。公嘆曰：「鉤鉅良吾所饒，顧民雜夷易驚擾。吾持大體，得事情還報耳。」

時五開衛卒叛。五開者，黔黎平地而隸於楚。敬皇帝時款而繹騷。嘉靖至萬曆間，衛卒胡若盧等各雄其黨，號六諢軍。備兵使者嘗一按部至其地，不納。焚司門，備兵使者走。凡三撻守備，焚其府，又焚其衣冠圖籍，逐去之。再撻黎平守，至逐之潭溪。其相仇殺斬掠民夷户口無算。傳木刻詐約諸洞夷。於是銅鼓靖州龍里諸夷，皆相響應爲亂。諸撫巡監司屢檄不能下。至是御史屬公往視之。公爲環察道所出入及其情向，歸報御史，並條上機宜都御史。都御史曰：「善。」疏上，詔討五開。頒其條，以公僉辰沅備兵事，刻期往涖兵。黄人遮道擁哭不能去。公從間道行雪中，晝夜不休。時時從馬上裂檄告諸峒夷，宣布德意，解散其衆，而後至賊城下招之。賊曰：「官有利兵，我有堅城。何下爲？」公擐甲，嚴號令，策飛輓，徵火具，召集土客精厲猺犵之屬，令諸將軍鄧子龍等分將之，而躬督矢石間。起辛巳冬仲十八日，迄二十二日，戰凡十數合。賊據城睥睨，下木石湯沸毒弩矢槍篥，飛墜如雨，鼓噪聲如雷，而公神色不變。益大呼諸將軍奮擊，毋旋踵。親策馬，獲其渠一人，斬以殉。賊氣大沮。遂火其東門以致賊，而兵入其北門，獲其六譁者四。而大捷告矣。公遽帥參戎鄧入安撫城中。鄧微有難色。公曰：「五開非他虜等，故國家所豢卒也。其酋且盡，又何難焉。」公入，反覆開諭。越二日夕，乃還。五開平，都御史陳公叙功，略曰：僉事龍某十日而驅一千餘里之危途，半月而清四十餘年之叛窟。疏聞，於是天子乃始録公功。以公參議湖廣布政司事，專備兵，兼學政如故。蓋公平五開時，已兼視學。時從黎平學官諸生講藝歌詩習射。常有緩帶折衝之意。

是時公自以爲遭遇，益勤其官。辰沅極楚南徼，有司常羯羠其民，視苗峒所殺傷漫不爲理。冀蚤晚得代去，幸無事。公奮然與更始，檄諸將吏士，申軍法，修城陴，謹燧堠，密偵察。苗夷有敢掠殺吾民者，毋隱。時時與參佐等抵掌而談，或尺書心腑相示。參佐以下莫不感激，思有所用。遂諭降其郡西山陽峒長，官司徵其大寨九，小寨二十四。楚徼爲清。暇則取所市旁郡書籍授諸生能讀者，課賞以時。先是士安其鄙，賢書脱名字者百餘年矣。是歲壬午秋，沅陵沅州各得一人。皆公所首士。後往往不絶賢書矣。明年癸未春，復當大計吏。公自以功籍顯異，且盡瘁憂國，即百忌可幸亡中。而乃有同事討賊者，内慚公功，搆公罷歸。公方經略討苗龍割耳，報至怡然，賦詩就道。未再踰年，而前之不逞於公者，又以吴生之事論，逮公戍合浦矣。於是鄒公移書海北備兵使者曰：「龍君揮霍偉抱，抑而至此。嘗見年家子沈某極言龍君以身爲其先太史地，故不暇及吴生。且云太史若在，必能明此懷於當世者。而僕與劉傅兩公，皆危苦時受此君高誼不淺。幸善視之。此君才識殆非泛泛者，公其無忽。」嗟夫，公不難以身蔽君典，所以緩急諸君子者曲折備至，而忍親以其身爲不凱亮之事耶？至不能以五開功過相准，陳子公張然明又何長恨于昔乎！比戍，而以差假歸，則無復措意時事。修孝悌之節，婣恤之行而已。

蓋公之考天爵，爲人奇俠，而數失子。乃厚飭先祠而禱焉以有公。公生而目炯炯，神采射人。五齡受書，立可數千言，間了其大義。童子師率一歲驌謝去。九歲爲制義，援筆立就。試有司，郡丞王公異而欲子之，不可，而厚遣之。蚤有神孺之目。

侍母夫人疾二年餘，竟不起。孺子哭而毁者數年。後試學使者臨海王公奇之，首補庠弟子。辛酉，弱而冠，秋試罷，歸，益發憤就師安成，而餼其同學者四。蓋室無半菽儲，而常以內子奩佐費。迨癸亥而太公且七十，卒，以未及上一卮爲壽，痛哭屢絶而甦。飦粥三歲餘，憑而立，傴而行。族人士以爲憂，競諷止之，乃稍稍資粱藥以起。至今諸長老能言之。丁卯秋試，復罷歸，則日夜哭舟中不絶聲。同舟者或姗之，不知公急需一第，葬太公，慰夙望重泉下耳。顧卒哭已久，亦且兆而窆焉。素車白馬，臨送者幾千百人，咸嘆公哀而有禮。庚午，始以易魁其鄉。輪坊金於祠，曰：「先公禱焉而生某，某其何敢忘。」明年，成進士，即設義塾，館穀七世祖以下子弟學。甫有禄，則以分資其不克娶以字者。及罷歸，食指衆，田穀不支，而族且不下萬餘指，然猶貧者人穀六斛，衣履敝穿者給絮帛履，病無以治者給醫藥費，死無以葬者給棺具，歲爲常。其藉以養老長子嫁娶喪斂死而起者，比比而是。子弟多衿帶之倫。厥後戍嶺海，則聚族而計久長曰：「吾今歲出租若干石，令能者五人長之，寧輕其子錢，可十歲而百金者三，足以置産。其未置前，歲給如故。又族故自縣城西徙鄉，宜一祠先祖於城西，以志其始。且吾盡室行嶺海，而家中田入當有奇者。請歲積以貿址，並他材具。小不足，則相與助成之，其濟乎？」衆欣然從之。蓋十年而庾積，二十年而祠成。

合食穰而肅雍之道興，浚浚乎盛矣。則復捐其田廬爲族舍，起閣道環水，以復形家之舊，而新其鄉之祠。倡七世祖儀制公之專祀，即忌日未嘗不縞素哭泣盡哀。而又請祀其五世祖慈谿令竹夫公、六世叔祖亞卿静學公於學宫。族以贈公爲請。公唯然久之，曰：「此非爾所知也。先公良亦稱是，顧非人子所得私。俟之可矣。」卓哉龍公，不遠其先，仁也；不誣其親，孝也。至仁孝俠烈，有世莫爲傳者焉。嘗有所識宗人子孔魁，以私鬬爲其曹誣戍遼。路窘，乞公於丞所。公察其誣，留之，而走蒼頭百金於樞曹掾。及遼，驗其尺籍，無有，而乃以健兒護之歸。其倅黄時，固嘗脱鄉人彭某之戍於辰矣。有宗人者，籍於鄖之竹山，且廢，而追琢一宗人子往繫之，爲名諸生餼於鄖。及罷歸，郡人有鶉衣而哭於途者曰：「吾母已乎，妻子已乎。」公下車問之，則廬陵人林偕，嘗爲吏目於辰。去官，獨身歸而不能歸其老母妻子者也。公爲潸然拊之曰：「君且休矣。」退而立走書楚巡撫，乃故按蘇時邵公者，爲乞路符歸其家。比歸而林固不知其爲公致也。至於廬陵蕭黨，貸重粟至百十金，有年矣。一日，詣其家，黨蒲伏不知所出。公曰：「若無驚，吾故知汝貧，還汝券也。」蓋最後誣獄起，逮攝公江湖間，窮苦矣。野泊見茅棲而乞食者，問之，曰：「吾故有大舶，陷於此，身没而汔濟。今舶固可起，如枵腹何！」公爲恢然解橐中裝，裁四金，與之米三斛。爲留數日，視其起舶而後去。有僧操孤舟急渡，風惡，幾覆，號絶無應者。公進己舟援之。告避難者獨一敗絮以出。公以一金若少米賦詩予焉。歲大疫，市有垂死人二。公手樹其頦噦之漿，收而活之。一謝去，周以金粲；一依依不忍去，歲衣食之，十餘年乃病死。嗟，以公仁心類是，而彼所疑必欲以困公者何也！他如約束里閭，除盜賊，息訟鬭，有大造其鄉。鄉人有所興作解免，皆以公一言爲信。蓋公在海上者二十年，軍吏習其威，弟子服其教，傳之交人，亦有惜才之嘆焉。歸而課子書傳，視田畜，間從士大夫布衣詩僧遊，醉而賦詩，歲一大作佛事，幾三十年。不自言其冤，亦不一及同事者姓字。有問者，第飲以醇酒。子嘉柱，長而才，好讀書。公輒止之曰：「文字是天機所成，且留侍而翁一杯酒。」至於生事日落，固無問矣。晚病足而登臨自喜，曰：「尚不廢我蹣跚也。」

未病時，嘉柱以大學生試南闈，心動，遄返。至則公病甚，侍醫藥者十七日，而公卒。卒之前，正衣冠默坐，止哭者，禮西方而後行。僅以克葬。而嘉柱斬衰行哭數百里來求予銘。予不可辭，設位而哭之，以銘。

公諱宗武，字君揚。世稱澄源先生。其先世唐以來代有顯懿。公世徵録具矣。考贈奉政大夫天爵，妣贈宜人王氏，配封宜人尹氏，庶羅氏。子姓具左。銘曰：

有雄列星流西昌，下爲龍子爲君揚。備具文武宜佐王。百出其一世已張。魁梧廣顔睟望羊，吐音歐歐殷磦硠。蒞官角出横鋒芒，觸指割飛殊快當。氣色敏凱思順良，上下倚決名驟翔。首尾吴荆江漢長，文書雨雷戈劍霜。開門脱兔穎脱囊，嘆者在心仇在旁。再蹶再起卒而僵，古云一失千仞强。刺蜚骨驚成附瘍，俠得不俠沉穹蒼。吞聲側足趨炎荒，起看銅柱悲淋浪。不可久留還故鄉。天不敢問貞祠堂。周澤九族時蒸嘗，約束里户除禨祥。人生美好何可量，于宗契闊柔其剛。高嶽隈摧成澤岡，長河枯蕪酬沸潢。有時叫絶羅酒漿，口不能言心内傷。擬公緩急爲國防，洗削白肉施明光。俟河之清寧可望，吁嗟臣精已銷亡。知臣者誰鄒若湯，一人知臣臣欲狂。下窺九原非弱喪，蔭松柏兮幽以芳。悲哉龍劍歸其房，世徵我銘宜樂康。

【箋】

據哥倫比亞大學出版社明代名人傳房兆楹俞安期傳列龍氏生卒爲一五四二至一六〇九，可從。銘當作於萬曆三十七年（一六〇九）。

〔隆慶庚午秋〕隆慶四年（一五七〇），時湯顯祖二十一歲。

〔吉之龍公宗武、劉公臺，南昌萬公國欽、丁公此吕〕俱江西人，與湯顯祖同年中舉。事跡見明史卷二二九及卷二三〇。

〔吉水鄒公元標〕見明史卷二四三。

〔癸酉〕萬曆元年（一五七三）。

〔俞君允文、安期〕允文，崑山人。廣五子之一。見明史卷二八八本傳。安期，亦姓俞，吴江人。見列朝詩集小傳丁集下俞山人安期傳。

〔姑孰丞〕全銜應作太平府江防同知，萬曆二年（一五七四）甲戌任。姑孰，今安徽當塗。

〔海公〕名瑞，時任應天十府巡撫。

〔江撫〕操江都御史胡檟。見野獲編卷二二龍君揚少參條。

〔吉安劉若鄒，若前傅應禎等〕劉臺、鄒元標、傅應禎先後以忤張居正得重譴。見明史紀事本末卷六一。

〔吴生仕期〕見野獲編卷二二龍君揚少參條。

〔己卯〕萬曆七年（一五七九）。

〔庚辰〕萬曆八年（一五八〇）。

〔瞿君九思父子、王君一鳴〕俱黄岡人。瞿九思，見明史卷二八八；王一鳴，見列朝詩集小傳丁集下。

〔時五開衛卒叛〕據實録，事在萬曆九年（一五八一）冬。

〔敬皇帝〕明孝宗朱祐樘。

〔辛巳〕萬曆九年（一五八一）。

〔以公參議湖廣布政司事，專備兵，兼學政如故〕據實録，事在萬曆十年（一五八二）壬午五月。次年罷任，又次年逮戍廣東合浦。

〔年家子沈某〕沈懋學（字君典）之子。參看野獲編卷二三龍君揚少參條。

〔學使者臨海王公〕名宗沐，時任江西提學副使。明史卷二二三有傳。

〔辛酉〕嘉靖四十年（一五六一）。

〔安成〕今江西安福縣。

〔癸亥〕嘉靖四十二年（一五六三）。

〔丁卯〕隆慶元年（一五六七）。

【校】

〔檄分典南闈試〕典，原誤作「興」。據天啓本改。

〔坐是諸使者章舉治行尤異者〕坐，原作「生」。據天啓本、沈本改。

〔辰沅極楚南徼〕徼，原誤作「檄」。據沈本改。

〔其酋且盡〕且，天啓本作「已」。

【評】

沈際飛評云：「頭緒段落極多，而迴策如縈，讀之一氣不可裁截。」又評「然亦不幸而有吴生之事矣」云：「折入。」評「蓋公平五開時」五句云：「接遞好。」評「吾母已乎，妻子已乎」云：「句法。」評「天不敢問貞祠堂」云：「牽率。」評「知臣者誰鄒若湯」云：「此句删佳。」

永寧縣知縣静寰端公墓志銘

端府君鈇威伯，故南御史大夫姑孰端廷赦子也。先皇帝即位，以諸生調補太學。今上八年，試永寧令。永寧治萬山中，民氣横。府君爲折節治學宫，廣置弟子員。上試，輒身自餞至，大張音樂文幣，所以慰藉勞飫感發之殊豔。士稍幸慕冠帶，弦誦之意庶幾廬陵焉。俗好與臧吏持，府君下車，立威信，朞年，賦常先諸縣如程，訟爲衰。忽一日，思其母夏恭人，解印綬去。部使者官屬，并嘆息失此賢令，爲移姑孰，明其所以，令致敬焉。永寧人至今思之。

府君幼從大夫令天雄時，大府後數奉使，府君常留事唐太恭人。後從南視大夫疾，治喪，走闕下伏哭。肅皇帝悲憐賜葬焉。嚴相國故重大夫，好謂府君曰：「上方齋，徐之，當爲先大夫奏任子，無遂行也。」府君嘆曰：「吾雖薄，獨奈何以死父祈恩乎。」促裝去。道聞中弟銓毀，不復入私室，遂上病弟床，引被同卧訣，常願以己餘年代弟。其小弟銁至，數悲涕爲余言伯兄之勤慈。父爲大夫，大夫大父宏，亦侍御史，布政越。然家世清吏，自憙無私有。已後東南歲惡，軍興，伯獨身出受事縣官。歲時，祠下具養備。并爲銁等冠，娶婦。問召諸戚屬賓客常辦。母重勞苦，伯且擇日爲銁等分業。治令，伯得饒，自入便善者，伯爲泫然，自占敝田宅。餘師記行弟從子等。病時，銁問所欲言，伯嘆曰：「吾昔聞大人遺言。大人曰，兒即我，何言。今弟即我，又何言。」至絶，視我母夏恭人不瞑。嗟夫，府君可謂孝厚醇真君子人矣。

年六十有四。娶於余，元配也。先十年卒。後爲繼嫡。若孫若吴若俞，皆其側室。子三，長汝江，國子生，娶倪氏，都憲公嵩之孫女。次汝濂，國子生，娶鄧氏，定遠侯繼坤之孫女，蚤卒，繼白氏，家金陵，隱士琦之孫女。俱嫡出。三汝泮，幼殤，俞出。女二，長適確山令楊公重孺子生員惟柱，嫡出。次許聘安丘少尹曹公泮子行己，孫出。孫五，長茂材，聘國子生楊公桂芳女。次茂林，聘南雄通府王公柯之孫女。次茂森，聘貢士楊君哲女。次茂楨，次茂枝，尚幼。府君生於嘉靖壬午三月十八日子時，卒於萬曆乙酉年三月初四日戌時。予猶見府君太學時，宜因永寧人之思爲銘。銘曰：

淳德好茂，端木賜之後。來官以慈，去官以孝，涕言而窆永無咎。

【箋】

〔先皇帝即位〕穆宗隆慶元年（一五六七）。

〔今上八年〕萬曆八年（一五八〇）。

〔肅皇帝〕明世宗朱厚熜。

〔嚴相國〕名嵩，嘉靖二十一年（一五四二）至四十一年爲相國。

〔嘉靖壬午〕嘉靖元年（一五二二）。

〔萬曆乙酉〕萬曆十三年（一五八五）。

【校】

〔涕言而窆〕窆，原誤作「之」。據沈本改。

〔「年六十有四」〕一段自「娶於余」以下至「尚幼」，沈際飛本无。「府君生於嘉靖壬午三月十八日子時」，沈際飛本無「府君」二字。

【評】

沈際飛評云：「簡峭可法。」

明大中大夫江西右參政完樸潘公墓志銘

歲惟辛亥之六月三日，江西右參知完樸潘公以上萬壽表行，朱衣佩裾，偉雅其容，祖于章門，宿于武陽。詰朝而道病暍，劇于玉嶺，終于鍾陵。惟時撫按大吏震悼流涕，邦殞良貞，民失宣惠。下至官屬，聞者感嘆。蓋公雖蒞事未朞，而教令温恪，有德人之風，若其久被然者。既乃公之子某某，函表請于大吏他屬，而始奉公柩輿以歸。祖擗荒毀，哀動行路。過邑則哭，賻襚一無所受。咸知公之有子也。逾時，而使者以狀來，曰：「孤聞之先君子，千里之外而知其人，不必其相與見也。没世之後而知其人，亦不必其相與聞也。禮有之，先人有美而忘之，未有而誣，皆謂之不孝。孤不敢以誣，亦不敢忘。先大夫之於先生，未嘗有以見也，而辱使者之馳而哭之，則亦其嘗有以聞也。其或哀而志焉，且重之銘。不敢不以請。」嗟夫，予有所志之矣。

往予謁王方伯公佐，李廉訪公開芳期食而遲，問之，王公曰：「適祖東粤學使者潘公于章門，與之語而留。潘公甚幸余之久于兹也。曰，江西之士若民，隤而貞，嗇而明。吏而清，欲言其不然而不忍也。吏而非清，欲言其然而不能也。吾起家臨江理，至于今若干歲矣，未嘗不得江西士大夫之譽焉。吾當再遊于兹土耳。」李公听然而笑曰：「公亦偶而及江之人耳。意常欲近其親。江之於吴興，近也。猶吾之不欲遠吾閩也。」嗟夫，予以王公之言，見公之爲吏忠而譽長；于李公之言，見公之爲子孝而思勤。忠孝之槩，吾有聞焉。後三年，而公從東粤來參江藩，曾未下教封内，而亟訊于予。曰：「昔陳太尉下車，先禮名賢。臨汝恨未即邇，敢以幣先。」予愧謝良喜，曰：「公果不鄙遺江之人，或以近其親。二公之言已信。而又幸予久之，可以見其所聞也。」冠蓋之西來者，言諸大吏稱公所治，或旁攝數事，法令精整，持握不可猝故動。然意常豁然，不屑屑世俗吏所爲宣察。比雖多賢，所最推誠而相師法者，必公也。予聞之，益喜。誠如是，吾不可以不亟見。曾幾何時，而聞公以大禮行矣。則公之門人，予邑長南海葉君天啓愴然而訃曰：「天不慭遺，吾師逝矣。」嗟夫，公不鄙遺江之人，江之人乃不得而終公之惠耶！如公者，予遂終不得而見之耶！

按狀：公諱士達，字去聞，湖之安吉人也。祖雲，同知廣德州事，有能名。父秉純，嗣霞，爲諸生。嫺文詞，著孝友之節。公六歲受尚書，五行俱下。總角，太守李公頤，司理向公僎見而異之。年十六，補弟子員。學使者劉公東星異之逾甚。試嘗三冠其曹，遂舉于鄉。年二十六而成進士。十年之間，發憤學殖。手所録定，常過數千卷。有古文世編等行於時。理臨江，恂然有以自潔。顧治獄常勇於詳平，老法吏不如也。論吏常隱所不及，而申其大能。所至稱爲長者。常爲部使者重，以最徵，當試御史給事中。公不喜，曰：「吾無以隆隆者爲也。且若此，則當以伉激言事，有失得，爲父母老人憂。」於是朝下偶墮馬，以疾辭。主者乃更爲公恬，補主儀曹事。不數月，以母夫人病，解去，日夕侍藥，水漿不入口者旬餘。已起，受事，至滿秩爲郎。曰：「吾得以清郎周旋二老人之前，足矣。」則翛然乞告以歸。歸無何，而視學東粤之命至。愀然不怡者久之。顧不得已，一度嶺海。所拔識多知名士。日夕圖報命歸省，而江藩之命下矣。則不得已而至，請以慶行，拜表就道。不避瘴暑，凡以急親也。嗟夫，令公得過家一日，仰視其封公母夫人面，一掩涕而訣，猶公志也。天乎，其不能少假者何與！大致公居常孝以爲行本。遊宦千里外，思其親常如對匕箸。兄弟數十年同甘苦，誓無分爨。外内煢苦乏絶荒札，歲賑餽無虚時。有所市外内産物已授直，覺其意有嗛，輒焚券不取。乃至遠方孤竄流疫，公常身自調藥，無所避。死爲憑棺斂視，遺道里費而歸之。蓋公悲惻慈呴，其天性然。訃至之日，宗戚遊里，外及流寓，無不駭悼奔走號泣拊膺相告語長嘆息者。公起家幾二十年，蕭然一室。意不樂仕進，曰：「凡吾所以仕不能已者三。大父某以明經止下秩，而未有贈命；嗣祖母陳以貞節老，莫以上聞；族多而貧，有不能魚菜其先者，當爲田百畝以祠春秋。凡此吾所以有待而不能去也。」悲夫，安知夫雅志未就，而公不可待耶！忠孝之槩，予既有聞，而媚睦收卹，其詳於今，如將見之焉者。雖微知己，有不與其後之人敬其美，而忘之者乎！予宜銘。

公淑人張氏，淑以貞。成公清而助之仁，勤于姆訓。公子四，長基慶，娶鴻臚寺正卿錢士完女；次基祉，娶孝廉朱正邦女；次基礽，娶孝廉嚴嘉延女；次基禎，聘右諭德温體仁女。女二，一適江西按察使閔洪學次子及申，一許字山西按察司副使朱汝器長子永昌。孫男二，上咸，基慶出；某某，基祉出。銘曰：

凡政有經，匪一其教。君陳受命，孝乎惟孝。公起吳越，光岳醲奧。夙智自遠，明發有耀。資仕爲親，慎慮明操。于理于藩，始卒江右。清沄潤滋，江人其受。公在儀署，夔龍之箎。公視粤學，象胥來效。宣猷振采，方炯方茂。而親是思，展轉顧覆。凡公有行，孝以爲首。禮無遺賤，施不以富。豪夸者倫，好進凌趠。違清失厚，苟熾而暴。彼其好還，決裂顧笑。公無奇服，恬懿内照。持之樸致，玩之弘妙。顯處不就，數移而告。有美莫究，欻其中道。内恕誠感，訃至咸悼。以此觀彼，奚足以較。

我聞孝孳，惠食其報。子乘而才，流風允紹。天目之東，有鬱而秀。公藏其中，陟降靈嘯。永安且吉，以徵其後。

【箋】

文當作於萬曆三十九年（一六一一）辛亥，家居。六十二歲。

〔王方伯公佐〕時任江西右布政使。見江西通志卷一三。

〔李廉訪公開芳〕時任江西按察使。見江西通志卷一三。

【校】

〔適祖東粤學使者潘公於章門〕祖，各本誤作「俎」。

〔老法吏不如也〕老，原誤作「者」。據沈本改。

〔「上咸」至「基祉出」〕沈本删此十字。

【評】

沈際飛評云：「須於抗墜承接頓放之間微會其妙。」又評「千里之外而知其人」四句云：「辭命能手。」評「于李公之言」二句云：「插帶法。」評「凡以急親也」云：「章法。」

有明處士潘仲公暨配吴孺人合葬志銘

余讀李本寧氏爲歙潘仲公殯宫銘，有子之恒，以文名交天下士。而先是王元美氏爲仲公配吴伯姬志墓，固已云之恒爲國子上舍，以文事遊大人矣。時余官留都，獲與定交。一日，以諸公前後所爲二尊人傳志哀誄馳而告曰：「潘故周畢公高之後也。唐乾符間，有刺歙者，留家焉。宋建炎中，武節大夫珏實遷巖鎮。十四世而有之恒大父判汀州郡事侃，先人其仲子也。少偉敏，涉略書傳。大父方困諸生間，不欲更以苦仲子，令受賈於吴。大父歸，而棄賈以養。所居多奇闕之行。而母吴，故同邑人太學思誠女也。曾大父御史瀚；瀚父，兵部侍郎寧；而祖楫猶爲江西布政司都事。世家矣。而母飭於婦事，静好柔恭。歿而私謚之懿，則諸君子之志也。將合兆于某所，卜未有日，請豫爲之銘。」噫，甚矣之恒之不欲忘其親也。

按狀：公諱君南，字南仲，里人稱爲仲公。爲人開達，志義自喜。郭吴間多傳其事。嘗呵尉下騎，令無以昏夜收辱孝子。贖唐太史皋遺宅祠皋。是亦氣決者能耳。余獨喜其不就督府幕下告身官一事。嘉靖季，倭熾吴越間。胡公宗憲督諸路兵治倭，開府于越徼。時權重，能暴貴富人，而汀州公里戚也。南仲方賈吳，幾中倭，脱身以免。伏崖壁觀倭跳梁狀。曰：「此易與耳。」時真州守帥盧鏜故習兵，未知名。而里人子羅文龍有機知，亦流落無所用。仲公獨奇此兩人，爲言于汀州公，致諸督府。果以其策破走倭。進鏜元戎，而以文龍參帷幕。謂汀州公曰：「二人微公子不及此，吾且以魏無知之賞爲公子官。」仲公聞之，笑曰：「彼以我爲真賈者耶。」去吳，走真州，不受。嗟夫，此不惟知二子，且知胡公。遊處泊然，榮訾無所與，有非高步遠識漫然氣決者能乎！

而孝睦之節甚著，内恕孔悲，則吳孺人襄焉。汀州公性卞急，仲公常得其歡。三子分月而饋，至仲則吳孺人常爲設十數人食，賓從諸倡樂有至者，輒留爲汀州公歡噱。常盡一月止，所食具，竟晚脆好流羡。汀州公笑曰：「幸無驕老人口，難爲季也。」諸客亦皆相戲曰：「吾等行需仲月，乃來就公耳。」而仲公亦復好廣賓客，諸博徒蹹蹴技擊倡優雜戲，如汀州公。性復卞急，常以客至飲不猝具，抵几發怒。吳孺人聽之，無如也，徐以辦。蓋汀州公晚而有季道南，庶徐出也。仲公憐愛之，與同母兄程孺人所生周南三分其業。常與季多，而孺人亦往往致謹于冢婦姒氏，禮遺諸姑，緩急無歲時，以稱程孺人之意。汀州公耄矣，有妾余，以其女子來。公歿，仲公善視余而嫁其女子名家。及仲公多孌，吴孺人安之曰：「樛木谷風之詩，吾習之矣。」乃更有進此者。仲故矯壯無病，耄而哭其兄周南，冬逾春卒，毁也。而吴孺人亦以其父太學遺言，三振其弱弟坡若增于危絶。爲舉數喪，殁而猶視。此不亦孝睦之節甚著，而内恕孔悲者與？至子之恒，美而文，所遊客多車騎長者。禮際洽具滋益恭。然亦時以意喻之恒曰：「兒治詞賦，較吾治老莊言孰多？」而孺人亦時時勸厲本業。已而嘆曰：「勉之，汝母亦旦暮人耳。」竟未中其年以殁。仲公哀之。已卜貳于真州陳，凡生子女有婦，而後令孺人子母視之。曰：「不忍忘吾懿也。」仲公去後，所與遊無貴賤悲思之。生卒年月日，子婦孫若干，具方定之氏吴無奇氏狀中。宜爲銘。銘曰：

質義文禮，士或以鄙。任達所激，反復可喜。推進利國，恥食其報。儒者之恭，俠者之傲。宴耄迎志，悦愉有羨。外内禮洽，存亡義貫。父客小往，子客大至。鞲卷蓄旨，媚于三世。世曰能家，所急者財。令德靡效，奇服是偕。通人懿妻，倫常呴俞。静躁相扶，宜年儷居。母齡距艾，翁越三紀。壽祉何常，恢其有子。潘才世欽，哀誄紛葩。我賡爲銘，貞其休嘉。

【箋】

潘之恒字景升，遲若士六年生。有鸞嘯小品及亘史記當代文人逸事。考其行實，湯氏此銘當作於萬曆十六年（一五八八）或十八年。參拙作王世貞年譜。

【評】

沈際飛評云：「摹俠孝處鬚眉皆動。」又評「余讀李本寧氏爲歙潘仲公殯宫銘」六句云：「以兩名公作案。」評「父客小往」二句云：「湊。」

處士野亭羅公墓志銘

公諱應良，姓羅氏，字子才，别號野亭公。其先蓋汴人也。國初始來杭，數傳家仁和之興忠里。而北郭之有羅氏，則自公始也。父昇。公於兄弟四人中爲仲。生而英儻，絶不類常兒。六歲時，父命就里師學。一再往，輒厭棄。里師令同舍兒數輩促之，則忼然與偕行，中而跳立於泥中，遥擲同舍兒，雄甚。羣兒環視，竟莫敢誰何。觀者如堵。適有老嫗過而撫之曰：「兒貌似虎，當有以自見，亦何必讀書乎。」爲歸其父母，父母亦絶憐愛，聽之，不勉就師傅矣。

始其大父華頗以貲雄里中，父昇文弱，不任生計，家遂中落。已而貧甚。時有外兄弟某者，貧無賴，抵鹽使者法，乃故旁引昇，幸幾得分罪焉。昇故怯訥不任訟也。而公年纔十三耳，奔走哭泣，所以營救百端。坐獄，公爲艱難索食，匍匐而進之。常不能當食時。一日，其父苦飢甚，叱之曰：「若何處從羣兒游戲耶？餓殺迺公耶！」怒引飯囊提之，誤中頰，血淋漓出，昏仆地，不知人者久之，乃甦。徐起拭創，理羹藿進食。蓋公纔索一匕箸之飯，即以進乃翁。公之腹故枵如也。獄竟，坐明州徒，作役。公自念曰：「吾父生而習富以嬌，其弱不耐作苦，而剛不耐下人。不以身往代之，有立槁耳。」乃不告其母，潛赴錢塘江求濟焉。路有見其孤行者，輒要止之曰：「潮且至，童子暮欲何之。」公皆不顧而往。已而潮至，反走不及，而漂數里餘。忽一舟坐青衣五六人，方炊，挹以登。爲解衣附火，推食，旦而濟。蓋恍惚若寢云。因以竟抵明州役作，免其父以歸。歸而依其女兄諸氏家，爲之估遊，所至常獲倍息。諸業用益起。而公亦稍稍有立錐地矣。

居無幾何，徐夷亂，居民皇遽鳥徙。其兄方客燕，若翁懷輕貲，以兩少弟依親戚城居者，而公獨與其母妻并嫂范，婦之母馮，睨兩谿之山避焉。山故叢削，入之深有虎，淺不無暴掠之憂。公乃與羣避者約：僦廬舍之近人者，夜而合棲焉；擇山谷之遠人者，晝而分匿焉。時方疫，母内人以下，各羸困呻吟不可動履。公曰：「吾聞大行不顧小讓，且業已至此，若何。」於是躬自負其母，次婦之母馮，次其嫂與婦，朝負而棲，夜負而匿。嘗旦入一林中，望見尋丈之地，隈而平，喜之，意可憩其屬矣。前視，則人獸之白骨皮毛在焉。故知爲虎穴也。急引身退，而前林蕭蕭，已有據地而咆者矣。公嘿禱於天曰：「吾誠不難以身代四人之命，顧吾死則此四人者不生，吾故不可以死。與其食吾母吾外母而嫂也，則寧食吾之妻。」祝畢，虎亦逡巡去。而道逢孕婦人單行不前，公曰：「死等耳。」呼而俱，與之飲食。婦竟免身，生子男曰羅。賊平，歸，公衣帶盡結。索其手足，黎繭瘃棘，亦不可以人相矣。

公生而神雄，絶不畏鬼。嘗暮夜單行，不炬，能於十步之外物色來者。鬼不得近。喻人曰：「鬼，死之徒也。吾與若生之徒。奈何生者畏死者！」時被兵，郊里外數十里餘虚無人，多祟。嘗築舍新河，一工登而顛死焉。明日，一工又死焉。家人懼，召巫。公夜潛林中視鬼物。頃之，大風，見一人出其身河中有半，幞而朱衣，頭顱大于斗。河纔數尺耳，而波若潮來者。衆巫皆失聲，踉蹌伏地。而公乃徐徐從林間出，笑曰：「起，起！吾適投巨石河中，駭若耳，何鬼耶？」工築者乃定。嘗客吴門，旅舍旁有兩婦人争所愛而死者，夜嘗聞鬬聲如兩婦人。居者苦之。公夜起，裸而過其家，數責之曰：「愚婦人故鬼類也，生而人羞聞其聲，已爲鬼，乃復不自愧避爾爾耶。」鬼遂滅。是後居者不復聞有婦人聲。至今吴門人云：「武林羅公能逐鬼。」

公體貌修偉，吐音若鐘磬。故無病，不喜近醫藥而卧。忽病喘，年餘，已病滿而脹，不復出。七夕，偶出赴張氏園亭中，醉歡甚。歸而視其家山池所蓄金小魚，三十頭無故一夕死。嘆曰：「吾綦履止是乎！」後五日，扶而傾。又後五日，終于寢。

公生平不喜讀書，然好以書義旨折人。里中人有非是，見公無敢囂者。亦以公孝友天性，有過人行云。公夫婦衣食力作而奉其父母，嘗極甘旨文繡。居喪毁瘠有逾。伏臘忌慶，有所告，未嘗不哭盡哀。宴他所，有鮮未及薦，常卻箸不忍嘗。兄弟終身不分，時時推産與其弟，哭其弟至爲變髮。嗟夫，如野亭公可謂强有力用之於禮義者矣。公年若干。公慷慨有大略，既起家節儉，所舉丈夫子六人，宜儒儒服，宜賈賈服。大任補邑諸生有聲，大冠爲辛卯舉士，好修，有高行。而諸子亦咸耿耿負氣。野亭公不死焉。某年某月某日葬於某所。銘曰：

恒人用壯，中鮮爲則。公力如虎，好是正直。于孝于友，□洵轉側。詩云柔嘉，書曰剛克。不事詩書，乃如其德。精滿神獨，洞幽夷厄。有虎有彪，動與祥值。及其後人，諸子有特。乃葬斯丘，視我銘墨。

【校】

〔已病滿而脹〕脹，原作「張」。據沈本改。

〔某年某月某日葬於某所〕沈本删。

〔□汋轉側〕□，各本皆脱。

【評】

沈際飛評云：「詳而細而逸，脱胎子長。」又評「常不能當食時」十六句云：「刻畫必盡絲髮。」評「朝負而棲，夜負而匿」云：「文字不滲一筆。」評「吾誠不難以身代四人之命」四句云：「化工文字，生活朽人。」評「伏臘忌慶」六句云：「遒緊。」評「精滿神獨」三句云：「古銘。」

明故朝列大夫國子監祭酒劉公墓表

嗚呼，此吾友人司成公劉士和之墓也。予欲與共爲天下事，而君已矣。君起家壬午歲舉江西第一人，廷試進士第三人，授編修翰林院，司業南雍。改坊允，補經筵日講官，以侍讀主北闈試，以侍讀掌坊事。終大司成。歲戊戌夏四月，吾師相國張公以決贊東征事，與首相蘭谿趙公異同，幾中不測以去。所常往來論議者，皆受重劾，而君與焉。賴上明聖，指應秋曰：「此清士也，安得在此？」下部院議。而吏侍閩裴公，掌院閩郭公以下，皆曰劉司成耿耿爲人，不宜横加誣詆，爲分别言之。君得請以去。歸二年，爲庚子春，哭鄧少宰文潔公于豫章，過信州，登龍虎而下，見仙人遺棺，慨然有遺世之想。歸而秋病滯，服下藥大過，竟不已。至冬十月七日，起，衣冠端坐而逝。嗚呼，哀哉！

人亦有言：膏火自煎，而磽器先缺。君狀貌笑語不踰中人，而志意常在千古。目炯然如巖下電，面多赤氣。與對食，從容而後能下咽。予常憂之。夫爲人寬然而靜者壽也。君不其然。假柄而得天下事爲之，亦非可以譟法而久。況夫道不可期，而業不可意遂。即其自語，幾稱無所與，然亦豈能亡介介于懷哉。嗟夫，天下未受其明而果在於用其明，此所謂膏火自煎者也。善，天下之善也，其不善者，亦天下之不善也。吾惡足以與之，而惡足以勝之。仲尼知其然，第曰「舉爾所知」而已。君好惡明甚，每見人，未嘗不問天下賢士與其不然者。出不能忘於心，入不能忘於口。君之地非能自去留人也，言善未必不去，言不善未必不留，而祇以見怨。夫世之善人少而不善人多，則怨君者固多于德君。譬之器然，翰林者，藏器之處也，日磽磽然取其所藏者持以示人，而能無缺乎。

其最無端倪者，曰，君張公之所親，舉動不能令人無疑。嗟夫，士亦視其所親何耳。張公豈不可親者耶！言道德而負經濟，故天下所屬心望爲名相者。一出而陰爲國本重，顯與定邊計，意念皆在國家。獨其發決大蚤，未能收拾天下賢士，厚集其勢，而輕有所爲，臣不密則失身，勢固然耳。豈張公爲人真有不可親者耶！君平生蘊積憤發，欲有所施用于時，誠不欲厚自遠引。然亦何以遠引爲也！且吾與君私語張公行事，君亦常爲慼然，非苟爲同而已。唐柳子厚，天下之才俊賢人也。王叔文，世之所謂狂劣無底者也。非呂非葛，庸衆人知之。柳子讀天下之書，懷堯舜之業，豈其識不及此。夫士惟不欲急世患而成功名也；欲之，必起而環視于世，徼幸於其有所同心者幾附焉，而相與以濟。唐之患，未有大于宦官典禁軍者也。前後執事，多依倚其中，以容以進，慮無及除滅之者。叔文瞷然發端，雖未竟其謀，不可謂無呂葛之心矣。權賂之劾，蓋其事後中官所爲，史因而惡之。當其未敗時，但意其名正而事成，唐室可興，安見夫叔文之不可暱就也。況夫張公者，負經濟而言道德，二十年以來，天下所仰爲名相者耶。易之觀曰：「觀我生，進退。」又曰：「觀其生。」我者，我也。其者，世也。我可而世不可，則無傷我。世可而我不可，則無傷世。如此以觀，則我與世機可以相用相生而不死。若君之進退，非不詳於所觀。蓋子厚所謂大人欲速其功耳。天下士亦安可以成敗論也。嗟夫，子厚已矣，友莫若韓退之。退之序子厚死，但記其易播一事。至其委曲用世之志，不爲發揮一言。意退之亦猶人之見乎！予故哭士和君之墓，而表其所存所虧，以告後之君子欲有爲于世者。

【箋】

〔劉士和〕名應秋，餘詳墓表及明史卷二一九張位傳。

〔壬午歲〕萬曆十年（一五八二）。

〔廷試進士第三人〕萬曆十一年（一五八三），與湯顯祖同舉進士。

〔戊戌〕萬曆二十六年（一五九八）。

〔吾師相國張公以決贊東征事，與首相蘭谿趙公異同〕朝鮮事起，首相趙志臯主和，張位主戰。二十六年（一五九八）六月，張位以所薦楊鎬喪師，罷相閒住。旋以「憂危竑議」案除名爲民，遇赦不宥。劉應秋同時被劾，於次年二月冠帶閒住。見明史卷二一九張位傳及實録。

〔庚子〕萬曆二十八年（一六〇〇）。

〔鄧少宰文潔〕吏部侍郎鄧以讚，卒謚文潔，見明史卷二八四。

【校】

〔幾稱無所與〕幾，原作「譏」。據沈本改。

〔顯與定邊計〕與，原作「重」。據沈本改。

【評】

沈際飛評云：「識議卓絶。作此文時，其胸中誠然有千古自命之意。」又云：「結到昌黎，純是借客形主，何等筆力，何等識見。」又評「膏火自煎而磽器先缺」云：「主意。」評「假柄而得天下事爲之」二句云：「名言。」評「善，天下之善也」六句云：「似莊蘇。」評「君之地非能自去留人也」六句云：「言之已無及矣。實理妙識，假此公垂世立教可也。」評「唐柳子厚，天下之才俊賢人也」一段云：「可作一篇小論讀。」評「天下士亦安可以成敗論也」云：「救一句，是老吏手。」評「予故哭士和君之墓，而表其所存所虧」二句云：「乃深惜此公非翹人過也。」

丘節母墓表

予聞之長老云，石池之李，著姓也。有進士丘君兆麟之母孺人焉。其言曰：母十六適丘公，一歲而生兆麟，公方壯，去儒而商。心計闊落，無所獲，期得一當以償所亡。若是者六年於外矣。終以無所獲，恚甚歸。而有所不釋，凡六朝夕而亡。遺命曰：「幸無以兒商，儒可也。」孺人大叫踴絶數四。五日水漿不入口。舅姑扶服而呼曰：「如此則從夫以死，吾兩老人已矣，如六歲之孤何！」孺人乃始强起一溢粥。亂頭毀服，柴骨垢面，不欲自比於人。苫寢柩下者三年，不肉食者五年。曰：「吾爲兩尊人若孤，不能從亡者地下，又不獲如男子廬墓間。萬有一焉，以此報耳。」家益多難，前後責負者踵至。或曰：「人往矣，何債爲？」孺人嘆曰：「以亡人之名舉債，死而負之，雖嫠不忍爲也。」遺産償之盡。而直戊己歲祲，人大饑。日夜芋蒲作苦，以食兩老人與其孤。孺人日晚一粥而已。姑死，殯虞除皆有禮。四方來觀者，忘其姑之無子也。已而舅病卧且踰年，凡所以治之不已。惶懼甚，乃夜焚香祝天，願以新婦代老人。寐若有人提之者，而遂以起。而時孤兒亦以長矣。宗老勸令孺子商，可以紓急。孺人固不許，曰：「非亡人命也。」口授孺子書，夜分以績視其讀，而又時時以其間問老人卧起。即喘息呼吸，未嘗不知也。老人嘗一夕三遺矢，昏痏仆地。孺人方寐，心動，披衣起走視。則有石觸其首，欲絶矣。孺人急掖之起，而熅沃之，以甦。又一夕，老人左手傷，即且重，猝猝不能聲。孺人復爲心動，迨起視，而老人乃始搏床稜大叫矣。疾爲撫摩者久之，顫逾甚。孺人自爲吮其血而後已。蓋九十有五，竟以天年終。微孺人不及此。而其受子婦之養也，乃更内恕慈惜，若惟恐傷其意者。至其教子以儒也，孺人寧不自食，必以食子；不自衣，必以衣子。饟其師百里外，未嘗一日乏焉。乃孺子亦復蚤慧。爲文字，輒有奇中。臨盱而居，家雖陋敝，纓履常滿户。孺人輒爲治具。或倉卒不即辦，孺子皇遽謝客，而孺人常示以留坐。不聞燔滌之聲，而筐壘已出矣，無不精整者。乃至極晝夜談辯淹發，歡飲無匱，若不知孺子之貧也。然孺子卒以此所聞采日多，名日益起。爲諸生數年，而舉于鄉。三年而成進士。幸哉，有子如是乎。而孺人故以窮鞠多素食，甚寒不御繒絮。孺子在遠，常清齋而事神明。晚乃病滯下不已。聞喜二十六日而終，年止六十一。天之報施孺人，殊未有稱也。然而以烈報其夫子地下，以孝終其姑若舅于堂，以慈訓登其子于朝。伉儷之儀，朞而六日耳，而所爲憂苦建立如是。吾石池之有女若孺人也，雖奇節士大夫，亦何可以易乎。

予聞父老言，感惻驚異，欷歔移時而不能已也。夫烈而孝且慈，以極苦存其亡而興其絶，三者圖史所不克兼。郡國宜采其高行以上，能文章者宜爲之識以傳，以爲不幸而代人有終遘閔者法。已而聞進士君伏闕下自陳，得報可；而行省大吏亦交章以旌異爲請，且下矣。無何而進士君奔赴，旦暮孺子哭，踊擗無算，禫而後見予。予肅而問曰：「太夫人何以穀子而成也？」則作而對曰：「吾母之教也以躬。雖老，立乎閨中，至戚卑幼，未嘗闖門而與語。魚菜之祭，必夙必虔。授受必以筐。喜慍有度。不妄取於人，施必以報。凡此，内則之概也。某嘗試于鄉不利，而悲。吾母慰示曰，丈夫子患名之短，而患貧之長乎。前偕計，極不欲行，母命不可。跪而別曰，母何以教兒。母撫而泣曰，子行矣，汝母無遺行以辱子，子亦無遺行以自辱。」予聞而喟焉，止之曰：「至矣，母言如是，爲之子者不亦難乎。」行易以遺也，名亦易以辱也。豈惟丘君，凡爲人父母爲人婦若子者，皆將流涕於斯言。

【箋】

作於萬曆四十年（一六一二）壬子，家居。六十三歲。

丘兆麟，字毛伯。臨川人。三十八年（一六一〇）進士。撫州府志卷四八有傳。其母「聞喜二十六日而終……禫而後見予」。禫在喪後二十七月，推知表作於四十年。

【校】

〔舅姑扶服而呼曰〕姑，原誤作「始」。今改正。

〔雖奇節士大夫〕士，原脱。據沈本補。

【評】

沈際飛評云：「嘉言懿行，足供筆墨揮灑。而筆精墨靈，更能恣縱闡發，如日月經天，光彩常新。」又評「其言曰」云：「布局極妙。其激滿處盡而有餘，人所莫及。」評「幸無以兒商，儒可也」云：「一句作骨。」評「忘其姑之無子也」云：「轉便。」評「而又時時以其間問老人臥起」云：「轉靈。」評「蓋九十有五，竟以天年終」云：「頓放。」評「而其受子婦之養也」三句云：「轉圓。」評「然孺子卒以此所聞采日多，名日益起」云：「轉捷。」評「聞喜二十六日而終」云：「幸之，復惜之。」評「以爲不幸而代人有終遘閔者法」云：「跌起。」評「吾母之教也以躬」一段云：「補此一段，文字中鍼線處。」評「丈夫子患名之短」二句云：「窮千里目更上一層。」評「予聞而喟然」云：「又闊。」評「行易以遺也」五句云：「的的名言，反復之精神百倍。」

湯顯祖集全編詩文卷四二 玉茗堂文之十五——解

陰符經解

天道陰陽五行，施行於天，有相變相勝之氣，自然而相於生。生而相於殺。生爲恩，殺爲害，害爲賊。五賊在人九竅中，日日有損。愚人目光外惑，不能觀見。若能觀而見之，則當數倍用師禽執此賊。雖使五賊施行於天，吾以攝之於心，運之於掌。所以觀而執之，天機也。天機者，天性也。天性者，人心也。心爲機本，機在於發。天機發在斗。斗者，天之目也。受天機，斡（斡）天行，陰爲機者死，陽爲機者生。地機發在雷，則龍蛇氣流。龍蛇者，地之氣也。天地殺機，即其生機。天地交合，宇宙不散。人在其中，因能見此五賊，發而制之。静則潛於恩門，動則轉於害機。精氣往來，起於命蒂。推反陰陽，交割天地。所謂宇宙在手，萬化在身，可以定基，可以定人。天機定也。

夫内使天機者，外事不可入。性有巧拙，可以伏藏。伏藏爲機，伏藏爲巧。盜洩吾機，常在九竅。伏藏爲真，流露爲邪。能知三要，則可動静。三要者，三盜也。三盜者，五賊也。木中有火，火出則木死。國中有奸，身中有邪。知而煉之，火爲我用，賊爲我禽，謂之聖人。聖人何知，知天之道。生以殺之，天道自然也。故天地以五賊盜萬物，萬物以五賊盜人，人以五賊盜萬物。一氣混成，三才互吞，以成宇宙，以生萬物。所謂三要也。三要相盜，出入九竅。人大形能食味，神能食氣也。食失時，靈物受病。故食天地萬物以時，則養不屈。人心機也，動天地萬物以機，則動不危。故曰，知三要者，可以動静。似乎不神而有所以神。何也？所謂食之時，不出日月之時；動之機，不離萬物小大之機。日月在於數中，小大定於象中。律而俔之，歷而步之，非有神奇也。然而食之理骸，動之他安。聖由此功，神由此明，則不神而神。聖人以此盜天地萬物，而不爲天地萬物盜矣。謂之盜，機也。人莫能見，見之者昌。人莫能知，知而修之，謂之聖人。君子竊其微妙以資性，小人竊弄其機以輕命。君子何以固躬，流露其身，則身非固器矣。故聾者精絶於耳，則合於神，視之不可勝用也。瞽者神絶於目，則藏於精，聽之不可勝用也。九竅之巧，第絶其一原，視聽功力，已自十倍。矧倒握天機，三反晝夜，動静其中，三十六時，能食其時，能動其機，禽賊之師，固當萬倍矣。此中生死，全係於心。心以物生，則神不居妙。心於物死，則精可合明。生死機關，全在目精也。夫目在九竅中最爲巧利。盜之所影，邪之所禪。絶利藏巧，宜自目先。反精自照，五賊可見。因而制之，聖功在根，神明此運也。若不轉自機關，必在情中生死。是故天性之人，迅風烈雷，大發殺機，以開生氣。百骸萬化，鼓動欣然，所謂害氣生恩，美哉樂哉。樂則似其性中有餘。巧絶物死，至静也，静則似其性廉。夫至静之性，乃天性也。天道害而生恩，公而成私。故迅風烈雷者，天氣之機也。五賊無時，禽之在氣機。蓋目者，人之星宿也。持轉易之關，故曰機在目。氣者人之龍蛇也。存伏藏之用，故曰制在氣。明於二在者，可以三反，可以反覆天地矣。五賊成禽，此真宇宙在手矣。

故夫生死相根，恩害一門。生者死之，死者生之。恩者害之，害者恩之。乃爲反覆天地，聖功也。人知神之爲神，故以天文星宿地理蛇龍之類爲聖。我知不神之所以神，故以時文物理爲哲。日月有數，時之文也。小大有定，物之理也。食其時，動其機，知之哲也。是故藏巧絶利，不可以愚虞；目機氣制，不可以奇期。有愚與奇，不名自然，道不自然，有害無恩。沈水入火，非愚則奇也。夫水火，五賊之交也。制之不以自然，小人得之輕命矣。夫禽制之法豈有奇哉。自然則静，不自然則動。動則死，静則生。自然而静者，浸也；浸而生者，推也。浸以推，浸以移，因浸以勝陰陽之制，自然也。知之者聖人。因而制在氣，静相生也，浸相勝也。不使其心，不作其機。密而用之，潛而遷之。至静之行，非有律曆也。静中若動，奇器生焉。奇者，獨露之機；器者，運功之象。是生八卦。甲子循環，律曆陰陽之用，皆三十六矣。日月有數，小大有定。五賊生死其中，三反上下其際。其盜機也甚，伏藏也甚。日以勝相生，以生相勝，不禽而禽，無制而制。萬象之先，自然之内也。昭昭乎其以時物文理哲乎。故曰，觀天之道，執天之行，盡矣。天之道自然，天之行浸。故不知浸以自然，則不能行八卦甲子。不能行八卦甲子，則不知三反晝夜。不知三反晝夜，則不能天地反覆。然則雖見五賊，不得禽之爲用；不爲用，則奸生而禍克矣。夫惟聖人昭昭乎見而制之，故有昌無亡。

【評】

沈際飛評云：「陰符傳注序説，所得見者二十餘家。朱子章句簡易可觀，要不過出自諸家叢論。臨川別有洗發，於神仙抱一之道思過半矣。」又評「斗者天之目也」云：「就天文標出樣子，何等着眼。」評「故不知浸以自然，則不能行八卦甲子」一段云：「結局一氣貫串，經文大意了然，如明河之在天。」

湯顯祖集全編詩文卷四三　玉茗堂文之十六——疏

論輔臣科臣疏

奏爲星變陳言，輔臣欺蔽如故，科臣賄媚方新，伏乞聖明，特加戒諭罷斥，以新時政，以承天戒事。臣於閏三月二十五日接得邸報，見吏部接出聖諭：「六科十三道，邇來風尚賄囑，事向趨附。内之效外，外之借内，甚無公直，好生欺蔽。且前者天垂星示，羣奸不道，汝等職司言責，何無一喙之忠，以免辱曠之罪？汝等於常時每每歸過於上，市恩取譽。輒屢借風聞之語，訕上要直，鬻貨欺君，嗜利不軌。汝等何獨無言，好生可惡。且汝等豈不聞『宫府中事皆一體』之語乎？何每每以搜揚君惡，沽名速遷爲？汝等之職，受何人之爵，食何人之禄？至於長奸釀亂，而旁觀避禍，無斥奸去逆之忠，職任何在？本都該拿問重治，姑且從輕各罰俸一年。吏部知道，欽此。」大哉王言，正君臣之義，誅邪佞之心，嚴矣粲矣。

南都諸臣，捧讀之餘，不知所以。有云，此必言官以星變責難皇上，致有此諭。臣竊意皇上前大理評事雒于仁等狂愚直言，猶賜矜恕，又前伏讀兩次聖諭，一則引咎在躬，一則因星警逐去左右蠱惑擅作威福之人，則言官即有過言，必見溫納。何至合科道盡行切責罰俸？是惟聖明居高洞遠，灼見六科十三道中，必有賄囑趨附，長奸釀亂，倍負上恩之處。夫臣之責難皇上，既不難於聽宥；而聖諭嚴切，臣子亦宜各以常憲，官師相規，臣今日敢竊附斯義也。夫臣子本心，自有衷赤。權利蒙之，其心始黑。非必六科十三道盡然，特一二都給事等，有勢利小人，相與顛倒煽弄其間耳。記曰：「人父生而君食之，其恩一也。」故子之兄弟相引而欺其父，皆爲不孝；臣之大小相引而欺其君，皆爲不忠。然豈今之科道諸臣都不知此義哉。皇上威福之柄，潛爲輔臣申時行所移，故言官向背之情，爲時行所得耳。

夫人臣自非天性公直，要取富貴而已。富貴者，明主所以誘天下公直，權奸所以誘天下私邪，皆此具也。使公直者不失富貴，誰當私邪；私邪者不得富貴，誰非公直！今日不然也。臣不敢汎舉非言官而言事者，皆以失輔臣意得罪。即以臣所知肓官論之，首發科場欺蔽者，非御史丁此呂乎。此知上恩效一喙之忠者也。時行知將論其子也，教吏部尚書楊巍覆而去之，惟恐其再入都矣。終言邊鎮欺蔽者，非御史萬國欽乎。此亦知上恩效一喙之忠者也。時行不能辨其贓也，諷大學士許國擬而竄之，猶恨其不極邊矣。二臣謫外，其他言官雖未敢顯誚時行，而或涉其旁事，及其私人，則有年例及不時補外二法，以牽聳衆言官，使其迴心斂氣，而時行得以滔然無臺諫之虞矣。惟近日南京御史李用中奏正其子冒籍之法，而時行故以一請塞責。旋行祈請，欲得皇上一語，不礙其子進取，無乃要君甚乎！至於考滿與奏奇捷同日，正用前輔臣張居正故智。其奏捷疏中，有牛馬羊不計其數。南中諸臣皆笑曰，此經略公賀儀也。明日獎敕中必用此事。已而獎敕果有「元輔課功之日，正西陲奏凱之晨」數語矣。然臣按其日月，則元輔宴功之晨，正星象示儆之夕也。時行能欺蔽皇上，獨能欺蔽天象乎。而言官噤無言之者，正以丁此呂萬國欽爲戒，恐失富貴也。夫知感主恩爲皇上斥奸正法者，反得貶竄，雖皇上恩力不能庇之。故今科道中無義之臣，遂謂皇上不能恩人，并不知所受是皇上爵禄矣。

至於言官中賄囑附勢，盛作不忠之事，躐竊富貴者，往往而是。年陞閏陞以爲例，固然矣。故此輩不知上恩，專感輔臣。其所得爵禄，若輔臣與之者。雖他日有敗，今日固已富貴矣。臣亦不暇遠舉，即如今日吏禮二科都給事，此二臣者，豈不重爲天下僇笑哉。夫吏科都給事中楊文舉者，非奉詔經理荒政者乎。文舉所過輒受大小官吏公私之金無算。夫所過督撫司道郡縣，取之足矣，所未經過郡縣，亦風厲而取之。郡縣官取之足矣，所住驛遞及所用給散錢糧庶官，亦戲笑而取之。聞有吴吏檢其歸裝中金花綵幣琖盤等物，約可八千餘金，折乾等禮，約可六千餘金，古玩器直可二千餘金。而又騎從千人，賞犒無節。所過雞犬一空。迨至杭州，酣湎無度，朝夕西湖上，其樂忘歸，初不記憶經理荒政是何職名也。夫前所賄賂宴費數萬餘金者，豈諸臣取諸其家蓄而與之哉？正是刻掠飢民之膏餘，攢那賑帑之派數，以相支持過送，買其無唇舌耳已。而廣賣薦舉，多寡相稱，每薦可五十金。不知約得幾千金？至於暮夜爲人鬻獄，如減凌玄應軍之類，又不知幾千金。夫三輔臣皆家蘇徽二郡，文舉之貪，已蘇徽二郡人士皆能言之。輔臣獨不知耶？未已復命，而吏部紀録，居然首諫垣矣。乃知文舉之貪有所用之也。輔臣亦非不知之也。而從長安來者曰：「此鬬政府原有別待，文舉再四從中曲處得之耳。」夫皇上德意，親發内帑金錢賑救生靈之死，而文舉乃敢貪贓宴樂，擾害飢民，買官自擅。皇上雖在深宫，獨無一人言之乎？然文舉雖玷首垣，久無鳴吠，人謂此逆取順守之計，或以前人爲創也。昨見邸報，文舉靦顔奏禁諸臣言事矣。夫大學士王錫爵因公一揚假建言納賄自劾正法，此錫爵自起用以來第一盛舉也。且其奏詞曰：「以壯夫義士剖肝決命之忠，而反資市井乞憐之計，其詐而辱天下士大夫，至此。」見者莫不嘆美此言得大臣體。而文舉乃尤引其意，入於箝忌，亦可謂不成人之美矣。夫言事者但酌其便宜何如，非必誅其心也。鄭國浚渠，於秦亦利；申公竊室，爲楚則忠。私謀且然，況在公憤。若錫爵有大臣之心，必先召責文舉。如他日書之史册，某年聖旨禁人言事，謂皇上何如主，錫爵等爲何如輔臣？然文舉之才正辨此耳。欲因星變爲皇上斥貪欺，明公直，不可得也。彼不知地上有歲荒，安知天下有星變乎？而岌然六科之長，明年大計天下吏，臣恐文舉家無地着金也。至於禮科都給事胡汝寧，除參主事饒伸外，一蝦蟆給事而已。不知汝寧何以還故鄉也。此二臣者，正聖諭所謂風尚賄囑者，何能爲皇上發人之私；正聖諭所謂事向趨附者，何能爲皇上折人之勢？然則輔臣欺蔽故習，無時而撤矣。

失此不治，臣謂皇上可惜者有四。爵録者，皇上之雨露也。今乃爲私門蔓桃李耳，其實公家之荆棘也。皇上之爵録可惜。一也。若羣臣風靡，皆知受輔臣恩，不知受皇上恩。豈復有人品在其中乎？皇上之人才可惜。二也。輔臣不破法與人富貴，不見爲恩。皇上之法度可惜。三也。陛下經營天下二十年於兹矣。前十年之政，張居正剛而有欲，以羣私人囂然壞之。後十年之政，時行柔而有欲，又以羣私人靡然壞之。皇上大有爲之時可惜。四也。臣爲四可惜，欽承聖諭，少效愚憂。伏惟皇上特諭時行，急因星警，痛加省悔，以功相補，無致他日有負恩眷。輔臣國等堅正相規，無取觀望，以隳時政。其楊文舉、胡汝寧亟行罷斥，選補素知名節者爲都給事，以風其餘。而別諭都御史李世達等，謹守憲令，簡滌諸道御史，務令在内言事，在外宣風。一意遠賄觸邪，以回依阿還冗之象。如此豈惟星變永消，臣且爲陛下奏泰階之符也。

【箋】

作於萬曆十九年（一五九一）辛卯四月，在南京禮部祠祭司主事任。四十二歲。

據實録，閏三月丙寅朔，彗入婁。丁丑十二日，以彗星見，敕修省。己卯十四日，責給事御史參劾不公，風聞訕君，各奪俸一年。二十五日湯顯祖在南都見邸報載十四日上諭，遂上此疏。四月庚申二十五日，湯顯祖被詔切責。五月丁卯初三日，慰諭首相申時行即出辦事。諭有云：「湯顯祖以南部爲散局，不遂己志，敢假借國事攻擊元輔。本當重究，姑從輕處了。」庚午初六日，「大學士許國請發六科公本。爲吏、禮二科都給事中楊文舉、胡汝寧被南京主事湯顯祖訐奏，乞併批發，以安諸臣之心」。癸酉初九日，吏科楊文舉、禮科胡汝寧各辨南京主事湯顯祖疏。乞歸，不允。庚辰十六日，湯顯祖降徐聞縣典史，添注。

湯顯祖貶官後，同年六月武英殿大學士王錫爵歸省。七月癸未，諭廷臣：國是紛紜，致大臣争欲乞身，此後有肆行誣衊者，重治。九月壬申，建極殿大學士許國致仕。同月甲戌，首相申時行爲言官所劾，請致仕。丙子，大學士王家屏入閣辦事。丁丑，吏部侍郎趙志皋爲禮部尚書，前禮部侍郎張位爲吏部侍郎，并兼東閣大學士，預機務。

同年六月楊文舉告病回籍，即以湯顯祖、李用中、張守臣先後之劾，命降極邊雜職。二十一年（一五九三）二月，楊文舉、胡汝寧同以「不謹」罷。

〔前大理評事雒于仁等狂愚直言，猶賜矜恕〕據實録，萬曆十七年（一五八九）十二月甲午大理寺左評事雒于仁上酒、色、財、氣四箴。次年正月初六日，雒于仁被迫以病乞回籍，遂令革職爲民。四箴大意見明史卷二三四雒傳。

〔申時行〕萬曆六年（一五七八）三月以吏部左侍郎兼東閣大學士入閣，十一年至是年三月爲首相。見明史卷二一八。

〔丁此吕〕初，兵部員外郎嵇應科、山西提學副使陸檄、河南参政戴光啓爲鄉會試考官，私首相張居正子嗣修、懋修、敬修。居正敗，萬曆十二年（一五八四）三月，御史丁此吕發其事。時大學士申時行、余有丁、許國皆嗣修等座主也，遂謫此吕潞安推官。見明史卷二三六李植傳。

〔萬國欽〕據實録，萬曆十八年（一五九〇）九月壬寅，山西道御史萬國欽劾首相申時行對敵主和，受邊將賄，欺君誤國，謫劍州判官。疏見明史卷二三〇國欽傳。

〔李用中〕實録云，是年閏三月初一日，初，「大學士申時行男用嘉，贅於故給事董道醇，因就試浙江中式。有言其越省弊中者，時行奏請覆試。上以無私，不必覆試。至是御史李中用（當作用中）復言之。時行請革其子舉人，準承廕入監，并懇乞休」。

〔「至於考滿與奏奇捷同日，正用前輔臣張居正故智」以下數句〕據實録，是年正月戊午，經略鄭雒上疏報捷，云獲駱駝、馬、騾、牛、羊一萬八百有奇，三月庚戌大學士申時行一品九年考滿，特加太傅，兼官照舊。給與應得誥命。支伯爵俸。還寫敕獎勵，賜宴禮部。蔭一子尚寶司丞。

〔楊文舉〕據實録，十七年（一五八九）六月末，以吴地大旱命户科右給事中楊文舉督理荒政，先後齎銀五十萬兩，前往查理錢糧，撫卹饑貧，禁治劫奪，司道不職者即時參處。次年二月陞吏科左給事中。六月以賑荒事竣，薦舉效勞官員。國榷卷七五云，文舉出申時行之門。至南京，應天巡撫周繼郊迎，餽席三百金，幣四十。他郡倣效。迨復命舉劾，以賂爲高下。又據野獲編卷一九吏垣都諫被彈條，文舉聲名狼藉，號爲「八狗」「三羊」之一。

〔如減凌玄應軍之類〕凌玄應，前兵部尚書凌雲翼之子，在家不法，逼占生員章士偉住房，引起諸生公憤，一生員被毆致死。萬曆十五年（一五八七）九月，凌雲翼革去原官閒住，其子充軍。見萬曆邸抄。

〔三輔臣皆家蘇徽二郡〕申時行，長洲人；王錫爵，太倉人；許國，歙縣人。

〔胡汝寧〕萬曆十七年（一五八九）正、二月，輔相王錫爵之子衡中舉，被禮部主客司郎中高桂所劾，覆試，畢，王錫爵乞退避。刑部雲南司主事饒伸復上疏論之，並請罷王錫爵。饒伸被送鎮撫司究問。兵科給事中胡汝寧遂劾奏高桂、饒伸。饒伸革職爲民，高桂降二級調邊方用。次年二月，胡汝寧陞禮科都給事。又據野獲編卷一九「蝦蟆給事」條，前以亢旱求雨，禁屠宰，胡上章請禁捕蛙，以感召上蒼。故湯有此語。胡、饒同郡，故疏云：「不知汝寧何以還故鄉也。」

【校】

〔內之效外，外之借內〕萬曆邸抄，同。實録萬曆十九年閏三月條作「內之劾，外之參」。

〔受何人之爵，食何人之禄〕兩「人」字，原本缺。據實録補。

〔見者莫不嘆美此言〕者，原誤作「矣」。今改正。

〔然文舉之才正辨此耳〕辨，疑當作「辦」。

湯顯祖集全編詩文卷四四

玉茗堂尺牘之一

奉張龍峯先生

潞水維舟，弈旨琴歌，旁無長物，殊有蕭蕭之致。至於今美人漢京矣。大臣執法，當進賢退不肖。區區檢押，何足以云。如師秉滔蕩之大節，發深雄之遠心，前後上章，先醒時貴。念昔時同門諸君，春秋卷中，最爲得士。劉國基近被洗雪，死者有知。獨甘子開年才兼茂，有清英之色。孝廉劉調父服義沖樸，化馴其鄉。時值道昏，禮宜羔雁。夫贈遠者貴其地產，此亦吉之地產也。

【箋】

作於萬曆十一年（一五八三）癸未秋後，在北京成進士，觀政禮部。三十四歲。

〔張龍峯〕名岳，隆慶四年（一五七〇）庚午江西秋試考官。據實録，是年六月乙亥陞右僉都御史，巡撫南贛汀韶等處。

〔潞水維舟〕是秋張岳晉京，湯顯祖出迎于潞河（通州）。見潞河迎拜龍峯張老師詩。

〔甘子開〕名雨。永新人。萬曆五年（一五七七）進士。歷官福建按察副使、楚藩參政。著有翠竹青蓮山房集、古今韻注撮要等。見吉安府志卷二九。

【評】

沈際飛評「夫贈遠者貴其地産，此亦吉之地産也」云：「結得雋遠。」

再奉張龍峯先生

吾師高明深廣，竊在下風，奉意承教，十二年於兹矣。竊謂吾師旦暮可以當世，不幸明明之姿，爲氛埃所擁，倏然曠然，吾師遂中執法，得有所憲慮，爲執政助，是賀矣。

承示，以執政去留人物，當有微術行之，示世輕重。又以賈生不能用絳灌爲戒。觀吾師意，欲有以用之也。易否、泰發「平」「陂」、「翩翩」之義，詩傷風雅之變，疾時類之不明，而號令之多瘠。蓋惟禮從知、意、心而平天下，好善惡不善是也。不治者反是。中治者，其人公然邪而或留，公然直而或去。非盡其私暗，乃以爲術而輕重之。然術未脱於門而疑填於市矣，術安得施！近時名卿大夫，亦多上比執政而以爲用。執政尚刑名，則亦殺人；執政惡言者，則亦不善言者。自謂吾將用相國，然已爲相國用矣。愚賤無所歷而知，竊意定亂利機權，或多意外輕重。治平久，人才不甚相遠，去留之際，風體所由，莫若以正。至於執政處勢倍而更事黠急，恐未得用之，不爲執政用而可矣。在吾師深微弘妙，故當不假斯論。疏附後先，或亦不可無四友之一也。

【箋】與上一通同年作。尺牘云「奉意承教，十二年於兹矣」，張爲隆慶四年（一五七〇）江西鄉試考官。

答舒司寇

吾鄉在昔明德未乏，邇向闒軟。明公晶晶雄雄，殆欲爲後生所仰。接手書，諷以方壯宜近老成人，今滿朝鬬氣者多惡少。今幸以爲戒，無與親。受教無量。

竊觀先師有戒，壯在鬬而衰在得。蓋血氣有餘，宜受以不足；不足，又宜受之以有餘，自消息自補引，亦「觀其生，進退」之義也。如此然後可以觀民。諸言者誠好事，中多少壯。蓋少壯多下位，與物論近，與老成更歷之論遠。相與黨遊，而執政之遊絶。故其氣英。既不習於事，又不通於執政之情。名位輕而日月長，去就不至深護。或以此自憙。議隨意生，風以羽成。鬬誠有之，未足爲定也。而諸老大臣又多不喜與少年郎吏有風性者遊。物論既寡所得，又進而與執政親，熟其恩禮宴笑，因知其所難。物盈而慮周，中多眷礙。如井汲且收，不復念瓶羸也。故傾朝中尊卑老壯交口相惡，莫甚此一二年餘。人各有心，明公以諸言事者多惡少，正恐諸言事者聞之，又未肯以諸大臣爲善老耳。

以不佞當之，與其開而兩傷，不如交而兩成。諸少年宜上遊於諸老，領所宜學，時觀而勿語，以深厚其器，而須厥成。諸老亦宜稍進諸年少好事者，挹其盛氣，以自壯自補，無爲執政者所柔，因以益知外事。蓋不佞竊唯以血氣損益相補之誼，年少之資於老成人，猶老成人之資年少。鬬在不得，得在不鬬，二也交而用之，以二爲一。蓋朝家以鬬啓壯者之用，而壯者故自以不鬬資衰者之用；朝家以得懸衰者之用，衰者又能以不得資壯者之用。而後知老與壯交相成也。惟血氣未定，好色之遊，老成人正無所資之耳。如聞更有所近，夫亦知好鬭之禍烈於好色，正不知好得之譏深於好鬭耳。

不佞言若反，然衛公九十餘，求戒卿士，自稱「小子未知臧否」；「誰投以桃，報之以李」。區區有云，感於睿聖報李之誼，知門下不爲謔言。撫手一笑。

【箋】

〔舒司寇〕名化。臨川人。據明史七卿年表，萬曆十二年（一五八四）十一月任刑部尚書，十五年五月病免。作此書時，若士在南京太常博士任。

【校】

〔邇向闖欵〕邇，沈本作「爾」。

〔觀其生，進退〕易之觀卦，六三爻辭作「觀我生，進退」。

〔小子未知臧否，誰投以桃，報之以李〕詩大雅抑作「於乎小子，未知臧否」，「投我以桃，報之以李」。

與申敬中

前魏侍御有所列，弟從同年宴會中爲首岑兄言，有聞輒發，不必可行，是言官故事。在相國宜益禮厚魏君。首岑兄以告，未聞蒲州公有云也。留爲尊公相國之美，輒起魏侍御南銓郎。然蒲州公猶能乘時召鄒君等數人，而尊相國遂益以鄒君給事黄門中，甚善。第爾瞻婉彩不足，而貞意有餘，昨聞復以直言欲調他用。執政不援，衆庶不可户曉。善則歸君，過則歸相。他臣可言，主勢難斡。位至執政，不宜此言。弟恐後之人復以鄒君爲魏君也。蕭何一刀筆臣，尚能置書過吏。尊相國乃起經術，從人言，著大臣節，易耳。昔張氏諸公子，倘有一人明哲，援物論之公，扶義規邪，江陵君何必不悔，乃至於今乎！當其以諸君杖戍，一時并謂聖意，今天下人乃復推惡張君，此足下之所明也。勉思鄙言，以佐忠孝。

【箋】

作於萬曆十一年（一五八三）癸未，成進士，觀政北京禮部。三十四歲。

先是輔臣蒲州張四維子甲徵與申時行子用懋各以二甲十一、二十一名進士出身。將廷對，御史魏允貞上疏陳時弊四事，請自今輔臣子弟中式，俟致政之後始許殿試。魏允貞貶許州判官，旋調南京吏部郎。見明史卷二三二魏允貞傳。

據實録及明史卷二四三本傳，鄒元標字爾瞻，八月辛酉自都勾衛遷吏科給事中。十月劾罷禮部尚書徐學謨。十二月庚午，慈寧宮災，元標復上時政六事。帝謂元標刺己，怒甚。首輔申時行以元標已門生而劾罷其姻學謨，亦心憾，明年正月二十六日遂謫元標南京刑部照磨。謫官前，顯祖致書申時行子敬中，言降調元標爲不當。敬中，用懋字。參看明史神宗本紀及七卿年表。

〔江陵君〕前首相張居正，江陵人。

【校】

〔前魏侍御有所列〕「有所」下疑落「論」字。

答趙贊善

主國體者，實厭煩言。然容者之多言，亦主者之少斷。天下前已囂囂，而貴臣天隕，可謂洗削一時。今又坐失，後幸難再。今相國雖未有奇，號爲和雅，而名（明）公以才名出其門下，又戚里見知，得有所言，宜莫如足下。以足下之才之親，不能轉一和雅之相，乃向無所施處談天下事乎！三十六卦，寧止一遯，世且以足下挾傲而去，不益正言之名。意有所念，雖夜半遊相國於曲房之中，天下知其無邪心。第幸無以去爲言。以戚且知，而僅耿耿以去，誰不可以去也？

【箋】

作於萬曆十二年（一五八四）甲申正月，成進士，觀政北京禮部。三十五歲。

〔趙贊善〕名用賢。常熟人。前以論張居正奪情，被杖除名。「居正死之明年（十一年），用賢復故官，進右贊善。江東之、李植輩爭嚮之，物望皆屬焉。而用賢性剛，負氣傲物，數訾議大臣得失。申時行、許國等忌之，會植、東之攻時行，國遂力詆植、東之，而陰斥用賢、中行。……於是用賢抗辯求去，極言朋黨之説……帝不聽其去。黨論之興，遂自此始。」以上引文見明史卷二二九本傳。又據實録，用賢求去爲是年正月事。

〔貴臣天隕〕指萬曆十年（一五八二）六月首相張居正之死。

再答趙贊善

天下事有損之而益者。今日豈宜更留！右武不出關，爲還故御史乎？男兒去國，不可不成名。君子愛人以德。以丁生穎絶，何所不立見也。

【箋】

作於萬曆十二年（一五八四）甲申三月，成進士，觀政北京禮部。三十五歲。參看本卷答趙贊善及玉茗堂文之十六論輔臣科臣疏箋。

與司吏部

僕宵貌綽約，秉意疏質，得幸門下最久，徼榮至深。去八月中秩奏下覆，更與奉陵祠，甚幸惠也。都下獲夕，以旁避客，有所留言。喜兹歲天下復得明選君。竊不自疏外，宿意得陳。

仕宦固争濃淡之路矣，置之淡則無色，與貴人親易媒，遠則難致。故南郎者，仕人所謂遲迴厭怠之者也。鳳乘於風，龍乘於雲，仕宦乘於時。聖賢亦若而人耳。向長安而笑，僕豈惡風雲之壯捷哉。知門下有意留僕内徵也。雖然，僕有私願，而特不願去南。僕之有南，如魚之有水，精氣之有垠宅也。斷不可北者有五。父母與子，異息分身，綵忽懸慮。縱以受事乏其温凊，何得更忍闊離疎隔聞問乎！南都去家，水行風利，可五日所。家大人不遠一來至，月一相聞也。北則違絶常百餘日，子不知父母。一也。僕亡婦二年矣。遺息阿蘧八齡，阿耆六周耳。推燥分甘，用父代母，至今兩兒尚枕藉懷腕，行則牽人衣帶，引涼避風，衣食加損，視病汗下，非僕不可。在北鞅掌，何能視兒。二也。僕縱北徙，止可得六品郎。歲食錢可四萬。而所僦門室兩進，雜羅疏精，買水上而食，一馬二隸，費已不下七萬錢。人客過餉，十三酬折，裁足家累衣物，歲時伏臘耳。其餘經紀，不能無求。南郎多宫舍，人從酒米家來。三也。僕素羸，裁過時不得食卧，輒病惙數日。每自親擇藥。常嘆曰，神農於人有功，一得其食，二得其藥。徙北則朝請謝謁，常盡辰午，失食。道地精藥，多不至北。取假頻數，大吏所惡。且曹事沓迫，寧當舒枕卧邪？四也。又南北地性，暑雨寒風，清污既別；飛蟲之屬，各有所多。南暑可就陰息，雨適斷客爲趣耳。吏於北者，雖有盲風灰人之面，糞人之齒，猶將扶馬揚呼而造也。乃至寒時，冰厚六尺，雪高三丈。明星以朝，鼓絶而進，折風洞門，噫嗚却立。沉陰凌兢，瘁灑中骨。餐煤食炕，爍經銷液。又弱不受穢，行見通都道頭不清，每爲眩頓。春深溝發尤甚，遂有游光赤疫，流行瘇首，不避頑俊。是生青蠅，常白日萬口，横飛集前，意不可忍。舊都清麗娱人，獨夜苦蚊音，妨人眠卧。至於垂玄幙，燧青煙，未嘗不杳然而去也。土風有宜，五也。凡此五者，初非迂遠奇怪，强有推持。凡在通懷，所宜並了。況夫邇中軸者，不必盡人之才；遊閒外者，未足定人之短。長安道上，大有其人，無假於僕。此直可爲知者道也。夫銓人者，上體其性，下刌其情。恐門下牽於眷故，未果前諾，故復有所云。倘得泛散南郎，依秣陵佳氣，與通人秀生，相與徵酒課詩，滿俸而出，豈失坐嘯畫諾耶。語不云乎，「斐然成章」，人各有章，偃仰澹淡歷落隱映者，此亦鄙人之章也。惟明公哀憐，成其狂斐。

【箋】

作於萬曆十三年（一五八五）乙酉，在南京太常博士任。三十六歲。

據袁宗道白蘇齋類集卷一一巡撫福建右副都御史傅野司公墓志銘及撫州府志卷三五、三九，司汝霖後復本姓張，改名汝濟。江陵人，隆慶二年（一五六八）進士。以臨川知縣遷吏部郎，官至福建巡撫。又墓銘云：「癸未（一五八三）晉驗封郎中，甲申（一五八四）春予告休沐，丁亥（一五八七）復補驗封，尋進考功。」如紀年無誤，若士此書或作於去年，如是任官南京應自十一年始，然如是則與十二年作有關丁右武、屠長卿諸詩及長子士蘧生卒俱不合，意予告非罷官，未必置身局外，與若士書信往還或仍爲是年事。

【校】

〔雜羅疏精〕精，當作「糒」。

〔滿俸而出〕俸，原作倩。據沈本改。

【評】

沈際飛評「北則違絶常百餘日，子不知父母。一也」云：「若士妙腕，最善寫骨肉深情。」評「乃至寒時，……爍經銷液」云：「絶似李華。」評「不避頑俊」云：「四字致甚。」

與李道甫

知仙舟今日客滿，明當一出。夫用人者，主人之才；爲人用者，必非主人也。長者常能誘人；誘於人者，必少年兒也。難動者精奇，易動者必蚩蚩之民也。目中誰當語此。

【箋】

〔李道甫〕名三才。見明史卷二三二本傳。

【評】沈際飛評云：「勝讀一則子書。」

又

丈在北銀臺，巋然南斗之司。蜚鳥之音，下而不上。從容觀世，晦以待明。如平昌老令尹，葉落更無還枝，即君子泰征，亦未許以荼爲茹也。引想時爲一笑。

【箋】作於遂昌知縣任。李三才時官通政司（銀臺司）。

答馮具區

茱萸館之色笑，何日能忘。聞明公已了白義，更洩玄真。通輝牛女之河，採妙虛危之穴。二八寶華，等是丈六金身耳。乳母難摩稚佛之頂。僕禮可上人，直是愛其神秀。今便西遊峩眉，恐更坐須彌日月隱避處矣。屠長卿輕華覆代，虞淡然弱采暎人，徐茂吾疎秀表物，並是飛來玉泉懷抱之英也。湖上蓴絲，山中桂子，大足留連。

三公六卿，面目可曉，正恐槐梧望重，薜芰緣輕，采真之興難終，應化之情易起，則大車冥冥，方倚重於班如矣。豈徒詠素食於且淪，惻寒泉於未收已乎？包君去時，僕方病注，伏枕抽筆，不盡所云。

【箋】

〔馮具區〕名夢禎，字開之。秀水人。萬曆五年（一五七七）會元，選庶吉士，除編修。官至南京國子監祭酒。萬曆二十六年劾罷。築室杭州孤山之麓。見列朝詩集小傳丁集下。書當作於馮氏罷官後。

〔飛來玉泉〕在杭州西湖。屠隆字長卿，鄞人；淡然當是淳熙別名，徐茂吾名桂，俱浙人，故云：「飛來、玉泉懷抱之英。」

答馮具區司成

弟宦學之末，閱世賢豪有矣，皆立於是非之途，岐於内外之際。至如明公，循其自爾，由其固然，付彼是於兩行，齊屈伸於一指，可謂爲天之君子矣。數從明聖湖邊，緬想長安邸下，秉燭譏私，坐如隔世。秋達師遠過，示以大序，是真實語。達觀猶時時棒喝初機，作老樂家伎也。

【箋】或作於萬曆二十八年（一六〇〇）秋，達觀往臨川別若士北上。〔馮具區〕名夢禎，官至南京國子監祭酒，萬曆二十六年（一五九八）罷。卜居杭州西湖（明聖湖）孤山下。見列朝詩集小傳丁集下。

別沈太僕

明公渡江急不得見。不知明公更得渡江否？虎以懆虧，龍以静全。花以上拔，根以下存。名不可以多取，行不可以纍危。虛以居之，可以待時。

【箋】沈太僕指南京太僕卿沈思孝，明史卷二二九有傳，作於任官南京時。

【評】

沈際飛評云：「道德家言。」

翠娱閣本評云：「語得老之髓。」又評「虎以慄虧」數句云：「涉世良箴。」

答沈司空

一尉雷陽，再迴電白，徘徊真人之跡矣。移官大省，禮當馳問，顧以下位援上，中庸所戒，遂使空有起居之情不著，其無長短之效可知矣。更辱命序，示以寄懷。玩以再三，窺其一二。既以垂諸大明，復欲引以宵熠。奉尊謙之有屬，敢蓄懿而無文。

【箋】

當作於遂昌知縣任，萬曆二十三年（一五九五）。司空沈思孝嘉興人。去年十一月由大理卿陞工部左侍郎。前以劾張居正戍神電衛，一名電白，在徐聞之東。書云「更辱命序」，指湯氏爲作溪山堂草序，見沈繼山全集，溪山堂草。「寄懷」指沈詩湯義仍禮部郎抗疏謫官嶺表量移遂昌卻寄。見同書。

答管東溟

不佞非有夙慧，然能讀門下應制之文，覺有殊詣，非時人色澤而已。後知門下攝心三一，而不佞亦且從明德先生遊。後稍流浪，戲逐詩賦歌舞遊俠如沈君典輩，相與傲睨優伊。成進士，觀政長安，見時俗所號賢人長者，其屈伸進退，大略可知。而嘿數以前交遊，俊趣之士，亦復遊衍判涣，無有根抵。不如掩門自貞。得奉陵祠，多暇豫。如明德先生者，時在吾心眼中矣。見以可上人之雄，聽以李百泉之傑，尋其吐屬，如獲美劍。方將藉彼永割攀緣，而竟以根隨，生兹口業。不思譚局之易，而題鼎位之癡；不諒揮金之難，而怪瑣郎之墨。「修慝辨惑」，先師之戒虛矣。不謂門下長者乃亦漫以爲然。捧讀大章，可謂焦原有險，曲突無擇。其中畫一，多有名言，照晻丹青，垂俟來俊。若不佞所指，似是發蒙振落之資；不佞所當，似是迴飇末引之勢。豈敢附君厨之後，爲經營世業之倫哉！

憶不佞在祠署時，晤趙宗伯公，未嘗不問門下起居。時宗伯殷殷爲吴中屈第一指。今宗伯在事，而中允吴公且接迹凌厲，不富以鄰，并離其祉，微管而誰！惟門下及時龍惕以安或疑，上應風雲之求，下慰離羣之望。

【箋】

書云「憶不佞在祠署時，晤趙宗伯公……今宗伯在事」，按趙宗伯名用賢。據實録，萬曆十七年（一五八九）八月陞南京國子監祭酒趙用賢爲南京禮部右侍郎，尋改北，萬曆二十一年九月以忤執政王錫爵罷。書必作於萬曆十九年若士貶官後，二十一年趙用賢罷官前。管東溟，名志道。理學家。

〔李百泉〕名贄，號卓吾。思想家、文學批評家。萬曆三十年（一六〇二）自殺於北京獄中。著有焚書、續焚書、藏書、續藏書等。

〔吳中允〕名中行。明史卷二二九有傳。

【校】

〔豈敢附君厨之後〕君厨，當作「俊厨」。

【評】

沈際飛評「不富以鄰，并離其祉，微管而誰」云：「純用成語，是病。」

答屠緯真

讀足下手筆，所未能忘懷，是山人口語一事。天下固有此人，初莫肜其鴟也，取之雛毻之中，生其羽毛，立其魂魄，乍能飛跳，便作愁胡。但我輩終當醉以桑椹，噤其饑嘯耳。寧人負我，無我負人。江海蕭條，大是羣鷗之致。

【箋】

〔屠緯真〕名隆。明史卷二八八有傳。據實録，萬曆十二年（一五八四）十月，刑部主事俞顯卿劾禮部主事屠隆與西寧侯宋世恩淫縱，隆、顯卿俱削籍。書云「山人口語一事」，指萬曆十四年後與沈明臣交惡。屠隆來信見其棲真館集卷一六與湯義仍奉常。書信來往在萬曆十六年。參拙作屠隆年譜。

柬長卿

弟洗竹林寺以待足下，竟成子虛。羊溝蚡谷，何得遊赤水之珠。吴人莫寒泉之子，窮而問所之，弟云，王大司馬後，屠緯真家宜客。君以爲何如？

【箋】

作於遂昌知縣任。

屠隆曾應邀於萬曆二十三年（一五九五）秋往遊遂昌。書必作於此前。

〔王大司馬〕指王世貞，曾任南京兵部右侍郎。萬曆十八年（一五九〇）卒。

上張洪陽相公

聞之，神器不可爲，作用是性，宇宙在乎手，恢然有餘，上也。其次忘身與之決，其次存身。然孺子何知之有？詩云：「德輶如毛，惟仲山甫舉之，愛莫助之。」惟閣下萬一無忘家食時端憂天下之意。

【箋】

〔張洪陽〕名位。新建人。萬曆五年若士遊學南京國子監，張位爲司業。萬曆二十年（一五九二）入閣，二十六年六月閒住。書當作於張罷任前不久。

壽洪陽張相公

吾師七旬伊始，逢花甲之再開；九日惟春，乘木德而長旺。天人撫鸞歌於賀世，弟子欣雀躍於大年。酌醴星馳，望北垣之斗極；焚香日祝，在東山之衮衣。

【箋】

作於萬曆三十一年（一六〇三）癸卯歲首。家居。五十四歲。據玉茗堂文之一張洪陽相公七十壽序及此柬，是年正月初九日，張位七十壽辰。

答郭明龍

讀考工記序大作，罔其詞，遠其旨。易云：「形乃謂之器。」老云：「埏埴爲器。」聖人制器，如大鈞造形，規矩鈎繩，毫孔無不中理入神者。周公亦自占「多才多藝，能事鬼神」。匠宰無神，五官爲窳，於工有不梏而雁乎？賈生洛陽絶才，太史公徒寫其怨急，以貌其人。政事疏自有别行也，班始入疏遂覺靡長。總之，吾兄賢者，宜識其大，無庸戔戔文筆間也。

弟乞南部閒郎，所謂量而後入，幸爲語山公，雖是私乞，不妨公次也。當索弟官級之外耳。

【箋】〔郭明龍〕名正域。若士同年進士。選庶吉士，授翰林編修。明史卷二二六有傳。書云「山公」，或指余有丁、許國，時任輔臣，湯顯祖出其門下。書似作於萬曆十二年（一五八四），時在南京太常博士任。

又

袁子有言：知短而不用，此賢人之遠者也。如弟豈曰能賢，長於用南，短於用北，深相了耳。如仁兄語，是留弟一北，不敢拜明選君之惠矣。霜雪交下，翰林主人，北風其涼，謹以一金佐酒。

【箋】或作於前信之後一二年。

又

兄爲諸生時，有以自立同異，爲大臣而當更聽人耳語耶？世病兄輕發大端，要亦獨行其是，無所逃於天地之間，命也。上有疾雷，下有崩湍，即不此去，留能幾餘。中孚未能感人，幸自出險，爲需有慶。門下昔過黄粱祠有詩，枕中人會當破枕而去。猶憶亥冬，儇署笑言，屬有期契。向後再計入都，人地遂窅。投棄幽虚，時作故人夢想。而公才公望，亦復以明夷出門庭矣。江楚風遥，湘騷可接。清流王相如，負俊氣遊江湖間，欲盡見明公鉅人以廣其意，惟兄進而教之。

【箋】

〔郭明龍〕名正域。官終禮部右侍郎。萬曆三十一年（一六〇三）「癸卯妖書」案起，正域幾不免。自是罷官家居。書當作於此後。

〔亥冬〕萬曆十五年（一五八七）丁亥。

【校】

〔傴署笑言〕笑，沈本作「竿」。

答呂玉繩

承問，弟去春稍有意嘉隆事，誠有之。忽一奇僧唾弟曰：嚴、徐、高、張，陳死人也，以筆綴之，如以帚聚塵，不如因任人間，自有作者。弟感其言，不復厝意。趙宋事蕪不可理。近芟之，紀傳而止。志無可如何也。

【箋】

參看尺牘卷六與朱象峯。呂玉繩名胤昌，號姜山，浙江餘姚人，若士同年進士。或作於萬曆二十七年（一五九九），時真可有臨川之行。

〔奇僧〕當是僧真可，字達觀，號紫柏。著有紫柏老人集。

〔嚴、徐、高、張〕嚴嵩、徐階、高拱、張居正，明嘉靖、隆慶、萬曆朝相國。

〔趙宋事蕪不可理〕全祖望鮚埼亭集外編卷四三答臨川先生問湯氏宋史帖子云：「明季重修宋史者三家：臨川湯禮部若士、祥符王侍郎損仲、崑山顧樞部寧人也。臨川宋史，手自丹黄塗乙，尚未脱稿。長興潘侍郎昭度撫贛得之，延諸名人足成其書。東鄉艾千子、晉江曾弗人、新建徐巨源皆預焉。網羅宋代野史至十餘篋，功既不就，其後攜歸吴興。……其書自本紀志表，皆有更定。而列傳體例之最善者，如合道學於儒林，歸嘉定誤國諸臣於姦佞，列濮、秀、榮三嗣王獨爲一卷，以别羣宗，皆屬百世不易之論。至五閏禪代遺臣之碌碌者多芟，建炎以後名臣多補，庶幾宋史之善本焉。……某少讀宋史，歎其自建炎南遷，荒謬滿紙，欲得臨川書，以爲藍本，或更爲拾遺補闕於其間，荏苒風塵，此志未遂。……」湯顯祖長于史學，于宋史尤有心得。

【校】

〔不如因任人間〕間，沈本作「門」。

【評】

沈際飛評「以筆綴之，如以帚聚塵」云：「了語。」

答吕姜山

寄吴中曲論良是。「唱曲當知，作曲不盡當知也」，此語大可軒渠。凡文以意趣神色爲主。四者到時，或有麗詞俊音可用。爾時能一一顧九宫四聲否？如必按字摸聲，即有窒滯迸拽之苦，恐不能成句矣。弟雖郡住，一歲不再謁有司。異地同心，惟與兒輩時作磻溪之想。

【箋】呂胤昌之子天成作有曲品。吳中曲論指沈璟唱曲當知等。姜山以其家鄉地名爲別號。

【評】沈際飛評「凡文以意趣神色爲主」六句云：「作四劇得力處。」

答王澹生

弟少年無識，嘗與友人論文，以爲漢宋文章，各極其趣者，非可易而學也。學宋文不成，不失類鶩；學漢文不成，不止不成虎也。因於敝鄉帥膳郎舍論李獻吉，於歷城趙儀郎舍論李于鱗，於金壇鄧孺孝館中論元美，各標其文賦中用事出處，及增減漢史唐詩字面處，見此道神情聲色，已盡於昔人，今人更無可雄。妙者稱能而已。然此其大致，未能深論文心之一二。而已有傳於司寇公之座者。公微笑曰：「隨之。」湯生標塗吾文，他日有塗湯生文者。」弟聞之，憮然曰：「王公達人，吾愧之矣。」而當其時，門下於弟則有所謂心與而目成者。人誰無情，而忍不報施乎？

客曰：吳士文而吾鄉質。文常有餘，質常不足。以不足交有餘，辯給固不能相當，精微亦不能相致。無所相益，有以相損。因自引避，不敢再謁尚書之門，一參公子之席，其風性然也。又時知公子之意，雅在氣節，不在文章。文章已矣。而竊觀其時所號氣節諸君者，弟亦未敢深附。易不云乎：「定其交而後求，平其心而後語，安其身而後動。」不然，「莫益之，或擊之」矣。迨其擊之也，而悔其交，容有及乎！且門下人地才美，固與弟江外枯槁之士去就不同。何也，今之執政者非異人，固門下之父行也，執政尚將擇疎鄙有才之士而近之，況如通家之子也。才而好，遠之，豈人情乎？夫以門下之才且親，尚負意氣不肯自近，其疎鄙有才之士負意氣者，固益以遠矣。然則肯自近於執政，執政因而近之者，其人又多非負意氣而才者。彼其時政公論，安得不兩。而執政者之無所遠聞，殆非疎鄙寒士之過，皆通家戚里子弟，高者引嫌，卑者暱附，無有與言之過也。以愚計之，門下幸及此時强起除一閒署郎，得從容間見言事。執政有當，驩然承之；誤則愀然而獻疑。入則盡規，出不以語人。此亦事父執者禮然。而因以陰就天下之大計，亦不可謂非名節事也。且執政所以不受言事者，以爲此毀人以自爲名，莫愛己也。若門下以戚里晚進，而規隨其間，又自匿不奪其名，執政必以爲愛己，而不聽其言者，非人情也。然惟門下可以就此。正以門下有美才而負意氣，執政所重。重之而不親，此必門下負其人地才美，不思以用之。或意他有所在，先其疑形。如此而言不聽，交不成，此如學漢文者譏學宋文者，皆未有以極其趣，不足相短長也。

偶感門下推引過至，及欲移病塞門，似傷於懟世，故不惜亹亹言之。以門下昔日之心與而目成，庶有當於斯言也。

【箋】

〔王澹生〕名士騏，王世貞長子。論詩文與其父異趣。湯氏此書或作於萬曆二十一年（一五九三），時澹生服滿，故有「幸及此時强起除一閒署郎」之語。執政，指首相王錫爵。參看列朝詩集王士騏小傳及野獲編卷一一吏部選科道。王世貞於萬曆十七年六月陞南京刑部尚書（司寇公），十八年三月乞休。同年卒。以上據拙作年譜。帥膳郎，名機，臨川人。萬曆四年前後任南京禮部精膳司郎中。李于麟，名攀龍。後七子之一。明史卷二八七有傳。鄧孺孝，名伯羔。金壇人。見玉茗堂賦之一銅馬湖賦箋。

【校】

〔定其交而後求，平其心而後語，安其身而後動〕易繫辭下作「君子安其身而後動，易其心而後語，定其交而後求」。

〔固益以遠矣〕益，沈本作「亦」。

【評】

沈際飛評「吴士文而吾鄉質。……有以相損」云：「江右諸先正，得力處在此，故能自立標幟，不爲世轉。」按：江右先正，指江西理學諸儒，如鄒守益、歐陽德、羅洪先、聶豹諸人。又評「皆通家戚里子弟，高者引嫌，卑者暱附，無有與言之過也」云：「使人禁舌。」評「或意他有所在……不足相短長也」云：「層折注來，極迴環擊應之妙。」

答王宇泰太史

門下殆真人耶。世之假人，常爲真人苦。真人得意，假人影響而附之，以相得意。真人失意，假人影響而伺之，以自得意。邊境有人，其名曰竊。人之所畏，吾得不畏哉！僕不敢自謂聖地中人，亦幾乎真者也。南都偶與一二君名人而假者，持平理而論天下大事，其二人裁伺得僕半語，便推衍傳説，幾爲僕大戾。彼假人者，果足與言天下事歟哉！然觀今執政之去就，人亦未有以定真假何在也。大勢真之得意處少，而假之得意時多。僕欲門下深言無由矣。門下且宜遵時養晦，以存其真。

【箋】

〔王宇泰〕名肯堂。金壇人。萬曆十七年（一五八九）進士，選庶吉士，授翰林檢討。明史卷二二一有傳。精于醫，著有證治準繩全書及醫論四卷。

答王宇泰

來教令僕稍委蛇郡縣，或可助三逕之資，且不致得嗔。宇泰意良厚。第僕年來衰憒，歲時上謁，每不能如人。且近莅吾土者，多新貴人，氣方盛，意未必有所挹。而欲以三十餘年進士，六十餘歲老人，時與末流後進，魚貫鴈序於郡縣之前，卻步而行，伺色而聲，誠自覺其不類。因以自遠。至若應付文字，原非僕所長。必縻肉調飴，作衚衕中扁食，令市人盡鼓腹去，又竊自醜。因益以自遠。其以遠得嗔，僕固甘之矣。所幸鷄肋尊拳，長人者或爲我一吷耳。然因是益貧。田可耕，子可教，利用安身，僕亦有以觀頤也。趙真寧書亦語及此。種種情事，悦之兄能爲兄詳言之。總非楮筆能盡。

【箋】

信當作於萬曆四十一（一六一三）、四十二年。

〔趙真寧〕見玉茗堂文之一壽趙仲一母太夫人八十二歲序箋。

【評】

沈際飛評云：「介氣可風。余見臨川人物多孤竪少附和者。先後意緒所留遠矣。」

翠娱閣本評云：「鐘鳴漏盡，自應知止。覺宇泰非愛我也。」又云：「可砭老貪。」又評「誠自覺其不類」數句云：「亦有所不必。」評「因益以自遠」數句云：「猶是英雄骨相。」

又

丈醫書説受病因緣，對治本末，甚晳。且引「不得爲良相，爲良醫」語。夫族醫者徒工殺人之技，無生人之心，以口舌爲烏喙，以白簡爲砒霜，而曰以醫國，其可乎？弟曾讀東垣書序傳，其人孤耿慈惻，隱微必敬。蓋有至性躬行者。序傳文字，亦精整有法度。世儒恒言漢唐宋，如元亦何能十一也。仁丈序文字殆類是。非性體行誼，深敏樸至，不能爲是言。弟數動江東之興，顧堂上有二佛，日以斑斕供養。且資旅乏，不宜上岸求人。若彼前後者，何知而介介耶？弟之右武，兄之辰玉，俱爲故人。數十年弟兄情禮，知各極悲傷。焦先生不婆娑否，爲弟一致聲。

【箋】

〔右武〕丁此呂字，萬曆三十七年（一六〇九）卒。見黄汝亨寓林集卷一九祭丁右武文。

〔辰玉〕王衡字。卒於萬曆三十七年（一六〇九）。據王文肅公文草。

〔焦先生〕名竑。明史卷二八八有傳。

【校】

〔夫族醫者徒工殺人之技〕徒，沈本誤作「從」。

〔不宜上岸求人〕求，沈本誤作「來」。

答王方麓先生

少讀先生著書，漢宋名儒，無以易此。至於公方粹懿，宦學士志，皆人師也。過陪都，願一趣風函丈，以禁，詰朝而行遠矣。老成人自有典刑，瞻戀何極。

【箋】

作於萬曆二十二（一五九四）年冬或二十三年春，在遂昌知縣任。〔王方麓〕王樵。方麓爲其號。金壇人。明史卷二二一有傳。據實録，二十三年五月以南京刑部右侍郎陞南京右都御史。九月令致仕，書云「以禁」，即同卷答王子聲所云「來朝官禁與朝士通」之故。其子肯堂與若士善。

寄王弘陽冏卿

列子莊生，最喜天機。天機者，馬之所以千里，而人之所以深深。機深則安，機淺則危，性命之光，相爲延息。此旨令人懵焉恍焉。大病月餘，益知有此。北望琅邪，醉翁何似？

【箋】

〔王弘陽〕名汝訓。明史卷二三五有傳。冏卿，太僕卿也。

【評】

沈際飛評「機深則安，機淺則危，性命之光，相爲延息」云：「似陰符。」

慰浙撫王公

浙事遂至於此。私語在彼人，公議在天下。總之，臺下清衷晬表，賢佞所知。今古不同，人道遠，天道邇，臺下歸，直登東山而望之耳。

【箋】

〔王公〕名汝訓。餘見第十二卷湖州事起、冬至王江涇舟中送彭直指赴逮箋。

與門人賀知忍

四五年師弟子依依之情，時恍然在目。第風塵路斷，出山常難。心銘舊德，枉用相存。每一興言，頹焉短氣。使來千里，轉見高情。詢知履康，同人所慰。至如不佞，既不能留雞肋於山城，又不敢累豬肝於安邑。乏絶坎坷，都無足道。時有嘯歌自遣耳。便令使者往視養沖兄，積懷萬不及一。

【箋】

參玉茗堂詩之十一喜賀閣伯成進士詩箋。

〔不能留雞肋於山城〕謂自遂昌知縣棄官歸。

〔養沖〕姜士昌别號。時任江西參政。明史卷二三〇有傳。

寄門人賀知忍

巽父來，不得知忍書。近況何如？此時惟忍是安心立命。忍，忍也，印也。不忍不印。忍辱曰鎧，難之矣。

寄高太僕

久不聞問，知履候無爽。長安貴人，輒問吾郡薦逸誰最所知，僕詳宣道趣，以爲渾金潤玉，不宜久委泉石間。第門下一輩人遠矣，無知言者。吾鄉貴人如短尾羊，裁取自擠，何能庇人。憶與拾芝諸友倡歌踏舞，備極一時之致，長者時爲欣然御之。比來乃爲物情周攝所苦。右軍云，晚須絲竹陶寫。覺少年人磊魄更須也。還布衣於南國，作傲吏於本朝。春秋有作，亦何用書「高子來」乎？

【箋】

作於萬曆十一（一五八三）、十二年，成進士，觀政北京禮部。三十四、三十五歲。

〔高太僕〕名應芳。撫州金谿人。時罷官家居。見撫州府志卷五〇。

〔拾芝諸友〕指吴拾芝、謝九紫、曾粤祥等，俱撫州人，曾與若士合作紫簫記。

【校】

〔晚須絲竹陶寫〕世説新語言語作「年在桑榆，自然至此，正賴絲竹陶寫」。

與劉士和司業

今年大計殊佳。是陸公晚節得意處。但如此亦真奇士矣。承手命，弟一生大病，坐於多讀多言。多讀多蕪，多言多漏。今稍愧悔。兄其許我乎？海上尉當一二年，安心供職。郭考功未即開府，何也？逐臣無所忻，喜清人得政耳。

【箋】

作於萬曆二十年（一五九二）壬辰春，在徐聞典史任。四十三歲。

〔劉士和〕名應秋。江西吉水人。湯顯祖同年進士，曾有兒女婚姻之約。時任南京國子監司業。

〔陸公〕名光祖，時任吏部尚書。明史卷二二四本傳云：「二十年大計外吏。給事中李春開、王遵訓、何偉、丁應泰、御史劉汝康皆先爲外吏，有物議，悉論黜之。又舉許孚遠、顧憲成等二十二人，時論翕然稱焉。頃之，以推用饒伸、萬國欽忤旨。」據七卿年表，陸光祖，三月致仕。

答劉士和

兄於往編留意大佳。看往昔豪英幹濟，知近語淺。天下事體深之十分止可得五六分也。

【評】沈際飛評「天下事體深之十分止可得五六分也」云：「大識見大議論以數字出之。」

答劉中允

得手教，知益凝慎。以重視輕，静視躁，如涼中人視熱境也。倭事遂少信臣，可怪可懼。禁庭頗牧爲竟如何？若倭遂有朝鮮，亦似元昊在西，天必不使北胡有人以輕中國。

【箋】當作於萬曆二十六年（一五九八）戊戌七月劉應秋中允罷官前，若士遂昌棄官初歸。四十九歲。劉氏行實詳見玉茗堂文之十四明故朝列大夫國子監祭酒劉公墓表。

與劉晉卿

吾侄孝友足法，時時念之。辱遠存貽，極感世誼。大作細讀之，自是異日利器。憶昔尊公在都，生曾攜辰兒所刻時義請其塗教。尊公數日後見還曰：「令郎文字，大勢不必塗抹，拂其鋭志。但令看朱注，讀時墨，自然改觀。」至今追思尊公愛吾兒，不以姑息。今吾侄半千里外以文字求正，若更漫爾圈點，重負尊公於九原矣。但願如尊公教，棄去游習，取朱注、時墨玩之，定有入手。總之，此道雖小，未易言也。

【箋】

〔劉晉卿〕名同升，崇禎十年（一六三七）一甲一名進士及第。其父應秋，湯顯祖之知己，見玉茗堂文之十四明故朝列大夫國子監祭酒劉公墓表。

又

發故篋索尊公手教，長短近三十餘紙。時爲傷心。至其中論時事人物，每多至言，可定是非之極，以發國史所未備。不可不傳。且經不佞裁定，幸次第抄入刻内，并尊公手筆見還。我兩人光景如在目前，不知後人能似此否？

【評】

沈際飛評「我兩人光景如在目前」二句云：「哀音滿紙。」

答謝縡梅司寇

門下金崎精英，玉融風雅，鬱貞士之情神，顯大儒之作用。近讀風雷之奏，彌開日月之章。十漸不克終，遇唐宗而豈諱；六可長太息，逢漢帝以何嫌？今雖爲瑱以言，古有投珠於道。膏脂瘡痏，時事多非；菽粟參苓，其言自在。

【箋】

〔謝縡梅〕名杰，字漢甫。福建長樂人。歷官南京太常少卿、刑部侍郎。官終户部尚書。書云「風雷之奏」，當指萬曆二十五年（一五九七）謝杰疏陳時政之失。見明史卷二二七本傳。又據福建通志卷六一，杰號縡梅，著有白雲集。

【評】

沈際飛評云：「坡翁四六。」

奉李漸菴司寇

閣下爲南主吏計，北主法，愷亮雍弘，以情受信而靡隨，爲法見疑而不動。賦政柔嘉，仲山父之憲也。惟明公以大道契世，不得已而應之。善刀而藏，止如今日書明公傳，後亦當云有古大臣風矣。凡大美，終之實難，惟閣下裁幸。

【箋】

李漸菴名世達，萬曆十五年（一五八七）六月至十八年五月任刑部尚書（司寇）。先是任南京吏部尚書。明史卷二二〇有傳。

寄萬二愚

讀兄大疏，甚善。一不負江西，二不負友，三不負髯。聞新太宰清，新御史大夫明，或能久兄。兄亦可效外人法，移病去官。已作殿中侍御史，不爲朝廷用，更何如！

【箋】

作於萬曆十八年（一五九〇）庚寅九月，在南京禮部祠祭司主事任。四十一歲。

據實録，九月壬寅，山西道御史萬國欽疏劾首相申時行對外主和，受邊將賄，欺君誤國。謫劍州判官。二愚，國欽字。江西新建人。疏見明史卷二三〇傳及實録。

〔新太宰〕吏部尚書宋纁，是年三月任。

〔新御史大夫〕都御史李世達，是年五月任。

答劉子威侍御論樂

明公不以僕單外無所底，猥遺大篇數百萬言，流覽多端，莫循其以。猥承長者之問。聞之，凡物氣而生象，象而生畫，畫而生書，其噭生樂。精其本，明其末，故氣有微，聲有類，象有則，書成其文，有質有風有光有響。羲唐老孔所不容言。其下莊管，離騷，二招，李斯鄒陽之書，左遷之史，馬楊之賦，枚乘之七，蘇李，十九首詩，王駱崔顥長篇，王質夫雜伎，其於四者，穠曄無哀，行其自然，變藹横極。餘於四者偏有短長，今時而滅。僕弱冠時，一被楚詞琴聲，無殊重華語樂，「聲依永」，希微在兹。至於律尺，今古綿渺。管子呂覽，度數律元，已有殊論。遷歆而後，愈益悠繆。禮失求之野，樂失求之戎。大食雞沙，猶可按壓至中。

燕中有琵琶李，能爲大獵秋聲，初嚴大鼙，出和門，起鳥獸喧嘩，鼓吹笳角，大合圍，趣殺，驩呼，野酌，歌凱旋，攢雜並赴。然無其文。斯亦今之神瞽矣。明公好事有力，何不走一俊男子，寫其聲，因以度諸絲，被於簫唱。若乃今奏，令無過掩絲竹，粗爲和矣。僕從朝下聞其音，時無應制文格之累，縱諷前所陳數公書詩，浸淫出其味。乃知僕偕計以前俱爲妄作也。方欲本原物氣聲相，然無其師。吴人善音，幸有因略，入其微杳，如書所嘆，亦已無人。至於文詞，意知其然，才不能然。明公風雅奇宿，無所忽微，或當有以證進之耳。

【箋】

劉氏來書題爲寄湯博士，見劉子威集卷五〇。二人酬答書當作於湯氏任南京太常博士任上。劉氏又有復湯太博書重與湯博士言樂，見同書同卷。

〔劉子威〕名鳳。長洲人。嘉靖二十九年（一五五〇）進士，官至河南按察使僉事，罷歸。著述甚多。見列朝詩集小傳丁集中。琵琶李，見野獲編卷二四技藝李近樓琵琶。

【校】

〔無殊重華語樂〕重，各本誤作仲。重華，謂舜。書舜典：「帝曰：夔，命汝典樂……聲依永。」

【評】沈際飛評「羲唐老孔……偏有短長，今時而滅」云：「舉似掛漏駁雜，於樂元猶捫燭揣籥耳。詞則古色照人。」

再答劉子威

僕本南州鄙產，涉獵旁午，非有奇悟深聽，安足承問樂理。獨來教緣曆論律，以爲歲差而移，代不相循，當有越識。然華尼世絶，聞韶並歆。非如旋虚潛積瑕數準通之名，京蕭自立，同時所是，未皆倫野。僕前妄云因胡證雅，霎讚其音，非爲準論。南歌寄節，疎促自然。五言則二，七言則三。變通疎促，殆亦由人。古曲今絲，未爲絶響。圭葭所立，號云中土。南趍西音，要爲各適耳。必欲極此悟譚，似以「聲依」爲近。絶利一原，可以百倍。僕恨未矇，并闕前識。妄論琴理，緩急在絲，深浮在指，悲愉在心。凡音之生，流例非遠。太常音調，非所敢言。因公有云，牽率酬對。後有摽測，容致更端焉。

【箋】

此爲答劉氏復湯太博書，見劉子威集卷五〇。劉氏此書末云：「吾鄉元美有逸代才，雖未嘗言樂，而于音必深。昔有李日華、鄭虛舟，今之張伯起、梁伯龍，皆美于音者也。伯起嘗語僕，當近取之，不必求之太深。僕終不能得。元美弟敬美及吾鄉宗伯今在都，公試以請，相與共成之。老僕無能爲役，敬在下風。」所云「吾鄉宗伯今在都」，指南京禮部尚書袁洪愈或姜寶。前者吴縣人，萬曆十二年（一五八四）任，後者丹徒人，萬曆十五年任。劉氏與王世貞爲中表。此書之後，劉氏又有重與湯博士言樂。蓋禮樂爲太常寺所主管，不悉湯氏有無答復。

【校】

〔因胡證雅〕因，原作「固」。據沈本改。

〔圭葭所立〕葭，沈本作「叚」，非是。土圭測影，葭灰吹管，皆古代定曆驗律之法。

寄吴復菴司業

明公秉扶輿之峻心，發靈鎖（瑣）之昭質，幸直維解之後，起諸危坎之餘。卒以孤亭，掩此横絶。至使反閉卻掃，卧托求去。世之喪道，抑有由來。聞之，儒服世治不輕，難得而易禄也，易禄而難蓄也。願明公益絶好徑，用隆本朝。

【箋】

作於萬曆十八年（一五九〇）。吳復菴名中行，今江蘇武進人。隆慶五年（一五七一）進士，選庶吉士，授編修。萬曆五年以諫張居正奪情，受廷杖，罷官。若士發此信時，復菴任南監司業。若士此柬諫其求去也。吳氏明史卷二二九有傳。

寄何濱巖先生

某庚午舉於鄉，今且當强仕。記成童時，面受師訓，風義可想。嗣後雖遠鑪鏞，性局本殊，不好鮮規之技。拓落於時，流菈於古。讀天台賦、續名山遊，推襟送抱，常在縉麗渚之墟。見津客，輒問吳越清正之士，復是誰人。而翹車之音不聞，將所搜揚爲何。某父母年半百矣。敬問吾師，令子有當世才者幾人？雍藻請正函丈，惟不惜金聲。

【箋】

〔何濱巖先生〕名鏜，字鳴儀。麗水人。萬曆十三年（一五八五）卒於雲南參政任。見董司寇文集卷七載墓志銘。若士十四歲進學，時鏜視學江西。又據明史卷九七，鏜有名山記十七卷。

〔庚午舉於鄉〕隆慶四年（一五七〇），若士以第八名鄉試中式，時年二十有一。

〔雍藻〕湯顯祖詩文集名。當爲萬曆四年（一五七六）前後遊學南京國子監（辟雍）所爲詩文（藻）之結集。今佚。

【校】

〔嗣後雖遠鑪鏞〕鏞，當作「韛」。

奉羅近溪先生

受吾師道教，至今未有所報，良深觖然。道學久禁，弟子乘時首奏開之，意謂吾鄉吏者當薦召吾師，竟爾寥寥。知我者希，玄滁所貴。雲南進士張宗載時道吾師畢節時化戢莽部，干羽泮宮之頌不誣矣。京師擁卧無致，小疏一篇附往。

【箋】

當作於萬曆十一（一五八三）、十二年，成進士觀政北京禮部。三十四、五歲。

〔羅近溪〕名汝芳。泰州王艮之三傳弟子。湯顯祖出其門下。

答余中宇先生

某少有伉壯不阿之氣，爲秀木業所消，復爲屢上春官所消。然終不能消此真氣。觀察言色，發藥良中。某頗有區區之略，可以變化天下。恨不見吾師言之，言之又似迂者然，今之世卒卒不可得行。惟吾師此時宜益以直道繩引上下，萬無以前名自喜。弟子不勝爲國翹祝。

【箋】

〔余中宇〕名有丁。萬曆四年（一五七六），湯顯祖遊學南京太學，有丁官祭酒。萬曆十年至十二年爲内閣大學士。

寄余瑶圃

尊公老師，已裒然易名之請。蕞爾郡社，何關遲疾。貴治孝廉陸君夢龍，成其材，不下東海長卿，知門下當爲下榻。徐天池後必零落，門下絃歌清暇，倘一問之。林下人問心及此。不盡。

【箋】

〔余瑶圃〕名懋孳，當爲有丁之子。據山陰縣志，萬曆三十二年（一六〇四）以進士任山陰知縣。萬曆五年，湯顯祖遊南太學，有丁任祭酒。

〔陸君夢龍〕見第十六卷答陸君啓孝廉山陰箋。

〔徐天池〕名渭（一五二一——一五九三），字文長。浙江山陰人。參拙作年譜。

答余瑶圃

不佞自爲童子求蒙而叨執憲之知，暨作祠郎進旅而托司空之重。仁深引汲，義切歸依。顧以竄跡於炎方，遂乃銷聲於寒谷。音徽儼爾，慶赴闕如。每詠大車，動羔裘豹袂之想；欲陳采藻，寫桃投李報之思。力請未能，公論具在。加以通家之喜，得觀華國之成。妙宰殊高於一丘，集賢將徵於四諫。拜太丘於都下，久知元方之有季方；重蒼生於會稽，快覩萬石之齊安石。方懷宿好，更重新知。海上相望明月，祇用思存；山中惟有白雲，無堪持獻。

【箋】

見上文寄余瑶圃箋。

【評】

沈際飛評「拜太丘於都下」四句云：「璣璧錯落。」

答張起潛先生

某受知弱冠之前，契闊壯室之後。宛爾紅蠶，悲渝玄素之緒；困彼白魚，謬老丹青之篆。竟徹吾師寵靈，獲塵榮伍，敢忘所自。顧弟子意氣，時尚有之，不似往時輒發。覩時事，上疏一通，或曰上震怒甚，今待罪三月不下。弟子不精不神，蓋可知矣。

【箋】

〔張起潛〕名振之。太倉人。曾任撫州同知。

作於萬曆十九年（一五九一）辛卯五月，在南京禮部祠祭司主事任。四十二歲。

〔上疏一通〕閏三月二十五日湯顯祖在南京上論輔臣科臣疏。見玉茗堂文之十六。

【校】

〔今待罪三月不下〕月，原誤作「日」。今改正。

與張伯昇

世兄不遠二千里而來，清齋數信，垂橐而歸。如此門生，只似無耳。雙帛戔戔，哀愧橫集。便刻燭作中丞書，既爲揚善，另言去惡可矣。時義最忌者，莽蒼爲大，寥峭爲高。令子九復，雅負才名，變化日新，恃愛，仍此卷卷也。

【箋】

〔張伯昇〕名際陽。太倉張振之之子。湯顯祖十四歲進學時，振之任撫州同知。據吴郡文編卷一百六十四湯氏送張伯昇歸吴序，萬曆三十二年（一六〇四）伯昇來訪。中丞指應天巡撫周孔教，臨川人。據信中語氣，信當作於萬曆三十三年，爲伯昇有所關説也。

寄帥惟審膳部

人生有限之年，豈給無窮書籍。但用深心取適於妙。弟去嶺海，如在金陵。清虚可以殺人，瘴癘可以活人。此中殺活之機，於界局何與邪！歸苦熱瘴，魄幾易宅。痁危之後，身寄轉輕。語云：「本見而草木節解。」此時然也。兄無甚酒，幸爲我留少許情神，相老而嬉。

【箋】作於萬曆十九年（一五九一）辛卯秋，貶官南行過臨川小住。四十二歲。帥機曾任南京禮部精膳司郎中，時任河南彰德府同知。

【評】沈際飛評「但用深心取適於妙」云：「讀書法。」又評「此中殺活之機，於界局何與邪」云：「覷破了也。」

與帥惟審

滿堂溪谷風松，絃歌嗒爾，時忽忽有忘。對睡牛山，齁齁一覺，稍聞劉顧二君子前後見推，幾逢其怒。執政者太執乎！得天下太平，吾屬老下位，何恨。

【箋】

作於萬曆二十二年（一五九四）甲午，在遂昌知縣任。四十五歲。

帥惟審名機，同里友人。明年卒。書當作於今年五月首輔王錫爵致仕，顧憲成削籍前。「劉、顧二君子前後見推」，劉名應秋，顧名憲成，係去春遂昌下車伊始迄今秋事。劉大司成集卷一四尺牘與湯若士書云：「太倉（王錫爵）甚不喜兄，不知爲何。」（按，饒伸疏劾錫爵，若士論輔臣科臣疏以伸所言爲是，遂爲錫爵所憾）。又云：「王弘陽（汝訓）已任事（浙江巡撫）。相知之誼甚深，相爲之意甚周。行前曾與弟私論，到任後數月即有揭赴部，欲兄早離苦海。」又云：「顧涇陽（憲成）甚知兄。前推南禮不下，近日極意欲以南僕丞優處。覺當路之意不可，正恐反不見用，故暫以南刑爲速離縣令計。以謂此稍稍薄處，必得俞旨，不料其如此也。」

與帥公子從升從龍

〔睡牛山〕一名瑞山，又名眠牛山，在遂昌附郭。

謁上官不得意，忽忽思歸，輒思惟審。或舟車中念及半生遊跡，論心慟世，未嘗不一呼惟審也。惟審仙去，里中誰與晤言，浪跡遲歸，殆亦以此。惟審古詩文必傳，何須世人誇録。當爲去存之。紫釵記改本寄送惟審繐帳前，曼聲歌之，知其幽賞耳。

【箋】作於萬曆二十三年（一五九五）乙未，在遂昌知縣任。四十六歲。據陽秋館集惟審先生履歷，帥機是年七月二十三日卒。從升從龍，其二子也。

【評】沈際飛評「論心慟世，未嘗不一呼惟審也」云：「淡淡語感慨淋漓。」

寄石楚陽蘇州

初某公以吴憲拜中丞治吴，而明公亦以吴漕使守吴。南都人皆疑之，弟稍爲不然。或二相亦欲得高品撫牧其鄉耳。近從蘇來者，并云石公有羔裘豹飾之節，仁而且勇，非吳大家所宜。然猶謂石而無瑕，人急不得施其牙。未幾有此。雖然，公之品乃今無疑者矣。幸益自堅。有李百泉先生者，見其焚書，畸人也。肯爲求其書寄我駘蕩否？

【箋】

作於萬曆十八年（一五九〇）庚寅，在南京禮部祠祭司主事任。四十一歲。

據蘇州府志卷五二，石崑玉是年任蘇州知府。又據近人容肇祖李贄年譜，焚書是年始刻於麻城。石崑玉湖廣黃梅人，與麻城同郡。

【校】

〔畸人也〕畸，沈本依「崎」。

答石楚陽

得兄遠書，並悼死悲生三作，宛轉淋漓，使人潸然。建宇兄家貧落甚，中原門户，亦是興替相陵。弟前托之章令，求其郎君，郎君竟不相見。如何？弟齒六十，顔髮如許。獨丈弘材堅節，尚老江黄，有心共惻。江夏兄危苦安存，天意良厚。今始交口譽之乎？美成在久，伏念良深。恃愛，聊作局外之語。時方慎夏，有懷不盡。

【箋】

作於萬曆三十七年（一六〇九）己酉，家居。六十歲。

〔石楚陽〕名崑玉，曾任蘇州知府。萬曆四十一年（一六一三）至四十四年任大同巡撫。

〔建宇兄〕李用中字見虞，一作建宇。杞縣人。曾爲前蘇州知府石崑玉楚陽彈劾首輔申時行，後陞山西兵憲，得請還家。

〔江夏兄〕郭正域，江夏人。湯顯祖同年進士。萬曆三十一年（一六〇三）官禮部右侍郎，適「癸卯妖書」案起，幾遭不測。自是罷官家居。歸三年，給事顧士琦曾請召還，不報。見明史卷二二六本傳。

答石楚陽中丞

弟流覽時事，常有槩於卜式之談。縣官有隱，能者宜輸力，富者宜輸財。明公以文武兼資，秉鉞乘障，爲國力臣。弟爲世捐，便宜率妻子耕種牧畜，逐商賈什一之利，致富嬴，灌輸助邊。今並以精力罷綏，心計迕錯，無能有所埾蓄，向麾下少致升粟寸鏹，助軍市牛酒萬一。而猥以破俸厚貽頹拓無用之人，此其人曾不能與牧豎同短長，而輒敢靦顔再饕，不幾怙愛而頑無節度之甚者乎！誦扇頭報章，五六十明珠，瑟瑟然從肺肝鏘激而出。必非餘人所得懷袖者。古歌：「但得一心人，何用錢刀爲。」原貺返璧，篤誼中心藏之矣。

【箋】

〔石楚陽〕名崑玉。湖廣黄梅人。參前書。

〔古歌：「但得一心人，何用錢刀爲。」〕卓文君白頭吟：「願得一心人，白頭不相離。」又：「男兒重意氣，何用錢刀爲。」

復朱澹菴司空

有懷函丈，忽拜良書，穆如清風，不知其身之在炎奥也。世步多方，支吾未易。而陸公謝事，誰復意外用人？如彼汎舟，祇深維楫之思。

【箋】

作於萬曆二十年（一五九二）壬辰，在徐聞典史任。四十三歲。

〈朱澹菴〉名天球，漳浦人。官至南京工部尚書（司空）。萬曆十六年（一五八八）朱天球以南太常卿陞南太僕寺卿。若士曾爲其部屬。以上見實録。

〈陸公謝事〉據明史七卿年表吏部尚書陸光祖三月致仕。

【評】

沈際飛評「如彼汎舟」云：「説得凛然。」

奉朱澹菴司空

攝仕以來，嘗謂近見兩大臣耳。陸五臺先生奇中有正，李漸菴先生正中有奇。二公者，其用雖非世所得盡，然亦已用之矣。獨門下以大臣清重之德，宜參政機，而淹南甸，若召伯之在郟南，温國之在洛都，猶未爲世一用也。歸豐留汴，以重蒼生，豈勝縣切！第覩三數年間，陸公既老，李公復揺，正色端言，亦何容易。然二先生大臣之節亦已著矣。惟門下閲世已深，名德素著，有知己者，往而正之，去留之際，自成典刑，似不當過持難進之節，久南都而不悔也。

【箋】

〔朱澹菴〕見上文復朱澹菴司空箋。

〔陸五臺〕名光祖，萬曆十九年（一五九一）四月任吏部尚書，次年三月致仕。見明史七卿年表，又卷二二四有傳。

〔李漸菴〕名世達，萬曆十八年（一五九〇）五月任都御史，二十一年十月致仕。見明史七卿年表，又卷二二〇有傳。

【校】

〔第覩三數年間〕第，原本誤作「弟」。

寄傅太常

委清署而遊瘴海，秋去春歸，有似舊巢之燕；六月一息，無異垂天之雲也。比意陵祠松柏，依依五雲，殊深緬戀。加以足下風徽緼藉，豈不偏反。神樂觀道書，多半弟手點摘。清齋時爲下十數籤乎？居太常東者，前數人皆得給事省中。足下體勢，當是吏部郎。正弟居閒不如人耳，乃如來教，又忽不自知其不如人也。

【箋】

作於萬曆二十年（一五九二）壬辰，徐聞新歸，家居。四十三歲。

【校】

〔無異垂天之雲也〕異，各本作「意」，誤。

寄劉芝陽開府

淑德重地，江海安瀾，嶺外聞之，不勝驩尉。吾鄉在此位者，功澤良多。吉之周公，次歐陽公也。有光前牒，是在門下。趙侍郎蘇州田賦一疏，有可尋舉否？海中丞松江水利，今更何如？苟利吴人，不必自己，固大雅本懷矣。

故中丞餘姚張公，雄才疏節，不爲世知，如劍飛沉，出土入水。幸乃其子丹徒知縣集義，意度魁奇，當復大受也。又丹陽縣學訓導李東明，篤於躬行，若進之六館，必有繩染之益。伏惟臺下高其品目，引而重之。視時筐篋小吏，章句末儒，故相矯絶耳。

【箋】

作於萬曆二十年（一五九二），時在徐聞典史任。四十三歲。芝陽名應麒，江西鄱陽人。今年春任應天巡撫，十二月以養親乞歸。見明督撫年表。

〔餘姚張公〕名岳，字汝宗。歷官南贛巡撫，刑部右侍郎。見江西通志卷一二七。隆慶四年（一五七〇）任江西鄉試考官，湯顯祖是年中舉。

〔李東明〕號勿齋。臨川人。嘗受學於羅汝芳。官至丹徒教諭。見臨川縣志卷四二。

答徐聞熊令

踈愚之資，孤焉瘴海。天幸得挹長者巻巻。還鄉病起，更辱遠諭，乃至處以餐錢。徐聞幾許閒田，添尉一口，可謂荒飽矣。九日欲弔長沙，懷湘而雷，一宿貴生書院，視海上人士自貴其生何如也？萬里炎溟，冰雪自愛。

【箋】作於萬曆十九年(一五九一)辛卯，貶官徐聞，過臨川小住。四十二歲。
〔熊令〕名敏。江西新昌(今宜豐)人。萬曆十八年(一五九〇)任徐聞知縣。見廣東通志職官表。

【評】沈際飛評「徐聞幾許閒田，添尉一口，可謂荒飽矣」云：「甚辭妙。」

答徐聞鄉紳

萬里手教，如扶摇從天池南下。中間所以尉藉良過。獨念「君子學道則愛人」，常見古人雖流寓一時，不肯儳焉如不終日，誠愛人也。無論與諸生相勸厲，不敢虚其來，即樸蓮編民，流離蛋户，有見，未嘗不呴尉而提誘之。此自門下心神所炤矣。聞貴生書院成，甚爲貴地欣暢。然必有人焉，加意講德絃歌鼓篋其中，乃不鞠爲茂草耳。

【箋】作於萬曆二十年(一五九二)壬辰,徐聞新歸。四十三歲。

【評】沈際飛評「常見古人雖流寓一時,不肯傀焉如不終日」云:「以官爲傳舍者又何如!」

與張東山司馬

讀門下製作,挾敬亭之秀色,寫春穀之鳴泉,恨風塵緬邈,不得過西昌一聽絃歌,南國再酬言笑也。禹金近有新聲否?一水蒹葭,曷任延佇。

寄曾大理

諸公並建牙以出,而門下巋然在京,知深慈廣智,大修行人何地不爲福田?正不在區區王舍城耳。士和兄精進何若?妄意「隨時」之義,惟沖惟默。沖生智,默生威。沖不默不凝,默不沖不韻。館閣師儒,體勢尤堪清重。至如不佞,割鷄之材,會於一試,小國寡民,服食淳足。縣官居之數月,芒然化之,如三家疃主人,不復記城市喧美。見桑麻牛畜成行，都無復徙去意。偶懷西音，陳其下意。藥草有喻，佇惟便風。

【箋】作於萬曆二十一年（一五九三）癸巳，在遂昌知縣任。四十四歲。

〔曾大理〕曾同亨。吉水人。曾任大理卿。見明史卷二二〇。

【評】沈際飛評「沖生智，默生威」云：「養生家言。」

答於彭澤

門下遂翩翩望彭澤而去，爲人師，可以爲人長。江湖未遠，門下宜流清惠之音，陶先生柳，便是去後棠陰也。

【箋】〔於彭澤〕於可成。仁和人。以遂昌教諭遷彭澤知縣，見遂昌縣志卷六。書當作於遂昌知縣任。

【校】

〔便是去後棠陰也〕去，原作「云」。當改。

答岳石帆

兄書，謂弟不知何以輒爲世疑。正以疑處有佳。若都爲人所了，趣義何云？似弟習氣矯厲，蚩蚩者故當忘言，即世喜名好事之英，弟亦敬之，未能深附也，往往得其疑。世疑何傷，當自有不疑於行者在。

【箋】

〔岳石帆〕名元聲。嘉興人。湯顯祖同年進士。萬曆二十四年（一五九六）三月，以工部都水司郎中參兵部尚書石星，謫爲民。見嘉興府志及明史紀事本末卷六二。

【評】
沈際飛評「當自有不疑於行者在」句云：「只是個不依附人。臨川脚跟站地。」
翠娛閣本評云：「故當問所疑之人耳。疑何足惜。」

又

狂狷辨極中當今假道學之病。狂者嘐嘐古人，狂者言行不掩，假道學亦然。至於行似廉潔，則侵狷久矣。獨狷者踽涼，假道學亦踽踽涼涼。孟子時尚未進此。石帆今語，大是申商仲季。辨贊深爲公穀流通，炤世爲天眼通。然假道學終不可絶，彼假中亦有光景滋味也。

又

讀手筆云，世入亂萌，何言之徐徐也。喜外間把持差勝。吾輩或可恃以老，不至大顛越耳。

與岳石帆

孫賀明清材當爲世資，而漫遊臨川。昔人云，未有夢乘車入鼠穴者，此不其然耶。承示笑贊，時爲絶倒。顧世局無一處非可笑，玆且日新。弟且續遠公之會，二三石友其許我乎？

【箋】作於萬曆四十二年（一六一四）甲寅，家居。六十五歲。見玉茗堂文之九續棲賢蓮社求友文及玉茗堂尺牘之一答岳石帆箋。

與岳石梁

石梁過我，風雨黯然，酒頻温而易寒，燭累明而似暗。二十餘年昆弟道義骨肉之愛，半宵傾盡。明日送之郡西章渡，險而汔濟，兩岸相看，三顧而别。知九月當更盡龍沙之概。見石梁如見石帆，終不能了我見石帆之願也。

【箋】〔岳石梁〕名和聲。元聲（石帆）之弟。實録云：萬曆四十年（一六一二）四月，「復除廣西慶遠知府岳和聲補江西贛州知府」。嘉興府志卷五〇叙其宦歷云，出守慶遠，擢惠潮道參政，改補九江，官至蘇遼巡撫。據實録，任慶遠知府爲萬曆三十九年四月事。「改補九江」，既不見九江府志，又不見實録，疑是贛州之誤。然贛州府志所列歷任知府，亦不見其名。又據明督撫年表，天啓二年（一六二二）十月，山東右參政岳和聲以右僉都御史巡撫順天，即所謂薊遼巡撫也。時若士去世已久。

【評】翠娱閣本評云：「離合景誼，數言欲了。」

又

別去復是涉夏，滔滔草木長，衰人不可復强。時念仁兄才度英遠，必膺世寄，良爲欣然。顧亭之昨過云，兄似介然於東林，惟於乃翁猶存炤亮。仁兄可謂知人。凡過處的是涇陽本色，餘或未盡然耳。適粤著作當已就帙，亟欲讀之，用豁衰疲。

【箋】或作於萬曆四十一年（一六一三）岳氏自贛州知府去任時。實録云：「萬曆四十年九月，陞户部郎中楊瑩鍾爲贛州知府。」贛州府志則云次年履任。

【評】沈際飛評「凡過處的是涇陽本色」云：「定論。」

答李宗誠

劍城拜賢者之廬，時佳公子俱不在家，倘戀而去。一時有道如見羅先生，既埋星光於赤土；有才如稠原觀察，復投龍竹於延津。此在宗英，宜深永歎。不知此際更有起沉灰收餘駿之隙否？如弟量移，殊爲多幸。念平昌之於毗陵，真齊魯之於邾莒。然且捉衿決履，支護爲勞。不知神君何以治吴餘刃恢然也？

【箋】作於遂昌知縣任。

李宗誠，名復陽，豐城人。萬曆十一年（一五八三）至十六年任無錫知縣。見無錫縣志。無錫舊屬常州，常州一名毗陵。

〔見羅先生〕李材别號。豐城人。官至鄖陽巡撫，萬曆十五年（一五八七）十一月，鄖陽兵變，罷官。次年被劾，長繫五年，萬曆二十一年四月始命戍福建鎮海衛。所至聚徒講學，人稱見羅先生。參明史本傳及明儒學案卷三十一。

〔稠原觀察〕當即李琯，豐城人。萬曆十九年（一五九一）自福建僉事奉表入京，以論首輔申時行十罪削籍爲民。

寄李宗誠

獄中出豐城之劍，晦益冲天。如見羅真是奇男子，便有此奇幸。人生精神不欺，爲生息之本，功名即真，猶是夢影，況僞者乎。兄與兑陽居，必有啓發堅凝之益，恨遠莫爲助耳。

【箋】

〔兑陽〕劉應秋别號。見玉茗堂文之十四明故朝列大夫國子監祭酒劉公墓表。

與李宗誠

山公早遂山中，真是寥廓冥冥，衆讓前識。但山中自有山中作用，若空度許時，處不如出矣。知兄道念重，敢言之。弟一推南禮，再阻南刑，養拙括蒼，殊快。執政不爲不知己也。吏部郎比復少人，吾鄉劉直洲差强人意耳。

【箋】

作於遂昌知縣任。

〔山公早遂山中〕時李宗誠或自吏部罷官歸豐城。

謝陳玉壘相公

閣下會昌啓運，大録凝祥。虹玉早見於天，而克岐克嶷；星壘代明於地，而有馮有翼。殷禮配天，平格有陳伊陟；周常載日，忠貞若曰君牙。帝乃睠於在西，儼三垣之上相；衆所居而共北，況百里之微郎。擬附鳳而卷阿之車馬何多，欲登龍而積水之風雲自少。至如某者，匡中朽埅，蠡外寒流，高掞天庭，已識淵雲之秀，低迴世路，彌沾蜀日之華。山木歌其不知，澧蘭思而未敢。三年待罪，爾庭身素食之慙；一念好賢，王室世衮衣之敬。在戔戔而莫展，庶斷斷以如容。

【箋】作於萬曆二十二年（一五九四）甲午，在遂昌知縣任。四十五歲。

〔陳玉壘〕陳于陛，號玉壘。四川南充人。萬曆二十二年（一五九四）五月以禮部尚書兼東閣大學士入閣，二十四年十二月卒。見明史宰輔年表及卷二一七本傳。

【評】

沈際飛評「擬附鳳而卷阿之車馬何多」二句云：「詞意俱工。」

慰曾景嘿方伯

聞門下有翬珈之戚。夫以君夫人棄背，凡在末屬，禮切驚愴，況夫開戚如某者乎。第念娥沉婺隕，月星之履運難恒；而若照薇明，斗日之泰華長豫。惟曲副樞衡之望，少調琴瑟之悲。保重玉躬，登延珠掌。

【箋】

〔曾景嘿〕名如春。臨川人。據實録，萬曆二十六年（一五九八）二月陞浙江左布政使曾如春爲右副都御史，巡撫河南。臨川縣志卷四〇有傳。

復劉郡伯

辱以郡乘下詢。意三十年中人物，皆在耳目之前。鄉賢官以媚人，何得依鄉作傳？名宦人以媚官，未審以何而名？大可忘言，細復何述？若兵食雜志，祇取各縣規條，浹夕而成，又無需立局也。

【箋】

〔劉郡伯〕名世節。華容人。萬曆十八年（一五九〇）任撫州知府。見撫州府志卷三五。

【評】

翠娱閣本評云：「直是開不敢開之口。志書可以不作。」又評「鄉賢官以媚人」數句云：「忤世語。極快。」

寄章仲明侍御

大疏見示，俱經世大略，且不激不隨，使人心服。昔人云，悾悾爲忠，未有反見罪者也。山城阨塞，無緣一望帝城爲悵。至於世寄，可與悠然，悠然之心，差可寄世。

【箋】

書作於遂昌知縣任。

【評】

沈際飛評「悠然之心，差可寄世」云：「一轉悠然。」

寄李心湖祠部

病中枉君子過存，直是傾蓋如故。朝情好疑，而門下乃得容與江漢間。泰山毫末，惟世所擬。大智閒閒，利用安身耳。易乾之四「或躍」，或之者，疑之也。君子及疑之時，可以淵修；不疑，則往而麗天耳。

答余内齋

僕二十年來去池陽，觀明公瀟灑温藉，自足留人。平昌擁萬家爲長，含峯漱谷，大類五松。風謡近勝，琴歌餘暇，戲叟遊童，時來笑語。當其得意，不知陳真長未得爲三公也。

【箋】作於遂昌知縣任。余當作佘。内齋名毅中，池州銅陵人，萬曆二年進士。五松，銅陵也。

【校】〔觀明公瀟灑温藉〕温，沈本作「藴」。

【評】沈際飛評「當其得意」二句云：「似水經注。」

寄吴世行

楚公子射蚊霍山之陽，其氣甚壯，彼中人復有此風烈否？以兄恢偉豁如之性，士風其宜。丈夫涉世，亦貴善行其意，俗吏不足爲也。

寄李舜若侍御

大疏雖不得詳，大指可知。昨楚陽書來，終不致私謝，以附叔向不謝祁奚之義。兄不必引去，但坐看時人手面何如。古人云，才須學也。俗學虚談，吾輩收其實用。同年如章念清，其清可念也。云於鄉人未盡得其意，鄉人亦非意所得盡也。

【箋】

書作於萬曆十九年（一五九一）五、六月間，時在若士離南京後。據杞縣志：李用中字見虞，舜若當是另一字或别號。命名取意於尚書虞書大禹謨：「惟精惟一，允執厥中。」「弗詢之謀勿庸（用）。」湯氏論輔臣科臣疏曾提及「近日南京御史李用中奏正其子（首相申時行之子）冒籍之法」。劉大司成集卷一四與湯若士第五云：「李丈疏以廿四日發矣……疏草計覽。」此是另一疏，留中，實録不載。故若士此書云：「大疏雖不得詳，大旨可知。」今年六月首輔申時行有辨疏。一爲楊文舉事，一爲申相家人申炳受賄事。其事涉及蘇州知府石崑玉楚陽。故書有「昨楚陽書來」語。李氏疏與湯氏疏均爲申時行發，故有「終不致私謝」語。用中改官山西兵憲，後以終養告歸。故同卷答李舜若觀察云：「歸養疏，初以孝爲忠，今以忠爲孝，皆臣子佳事。」

【評】

沈際飛評「鄉人亦非意所得盡也」云：「巧翻。」

答李舜若觀察

弟時念仁兄，如在祠署中夜語時也。歸養疏，初以孝爲忠，今以忠爲孝，皆臣子佳事。此時家居，惟以葆神讀書，觀朝家故典，爲第一義。幸無悠悠度此時日。

斗大平昌，一以清凈理之。去其害馬者而已。士民惟恐弟一旦遷去，害馬者又怪弟三年不遷。昔人性之所不通，歸之命；命之所不通，歸之性。性命通則出入以度而無礙。恨復未臻兹境耳。

【箋】

作於萬曆二十三年（一五九五）乙未，時在遂昌知縣任。

寄江陵張幼君

庚辰公子一再顧我長安邸中，報謁不遇，今雖闊遠，念此何能不悵然也。辛卯中冬，與令兄握語雷陽，風趣殊苦。輒見貴人言之，況也永嘆！近得差一上相國墓否？役便附致問私。惟冀公子窅然時翫長沙秋水篇，代雍門琴可也。

【箋】江陵張幼君，故相張居正之子懋修。萬曆八年（一五八〇）庚辰登鼎元。鄒迪光作湯顯祖傳云：「庚辰，江陵子與其鄉之人王篆來接納，復啖以巍甲而亦不應。」王篆時爲都察院左副都御史。其兄嗣修，居正死遣戍遠地，當是雷州。辛卯中冬，萬曆十九年（一五九一）十一月也，時顯祖貶官徐聞。

與來武選

世俗何知清吏之苦。讀西遊詩，太華潼河，飛動几閣。念此勞歌，非安歌也。遂昌阨仄，何得秣之子之馬，一唱皇華。遊者之欲居，與居者之欲遊，亦各一時之致也。

【箋】作於遂昌知縣任。

柬丁庚陽

王中丞近以湖州事，爲吴越人人口語。然正大之舉，或非邪小能害，暫須一留。彭繡衣未知税駕何所？朝家弈手似换，而局勢未移，彼人善後事宜，吾鄉故不能及。

【箋】〔丁庚陽〕名此吕，字右武。江西新建人。時任湖廣右參政。餘見本書卷一二湖州事起、冬至王江涇舟中送彭直指赴逮箋。

答丁右武

亂世思才，治世思德。惟中世無所思。然吾輩不能不爲世思也。高卧北窗，亦何可便得。

與顧涇陽

都下遘止，似澧蘭之詠公子，山木之唱王孫。量移括蒼，每過司理之庭，朱絲冰壺，映人心目。天下公事，邇來大吏常竊而私之，欲使神器不神。旁觀有惻，知龍德須深耳。

【箋】

作於遂昌知縣任。

〔顧涇陽〕名憲成。東林諸賢領袖。明史卷二三一有傳。

〔每過司理之庭〕顧憲成曾謫處州推官。見處州府志卷一三。遂昌舊屬處州府。

答顧涇陽

從紅泉碧磵中，得門下手書，可謂真切之教。僕雖愚鄙，奉以周旋，無敢自外。第年來多病，心目憒憒。所幸高堂健飯，稚子知書，班斕之色，吾伊之聲，差尉晨夕耳。餘無足爲門下報者。春水吴雲，徒深天際之想。

【箋】

作於罷官家居之後。

與周雲淵長者

大道樸散而爲器矣。門下心精力一，自足成務格神。封圖乃是渾儀，曆書止是算法，必欲極神明之用，亦須達虛無之氣也。兹病未能，倘以異日。

【箋】

〔周雲淵〕見本書卷二〇王宇泰索周雲淵遺書檢寄箋。

柬吴拾之

兄來署中，真是「寒從一夜去，春逐五更回」也。除夕遣囚詩，可得和否？「除夜星灰氣燭天，酴酥銷恨獄神前。須歸拜朔遲三日，溘見陽春又一年。」

【箋】

作於遂昌知縣任。

〔吴拾之〕號玉雲。臨川人。曾助湯顯祖作紫簫記。

柬姜耀先

兄謂縱囚觀燈，恐有得間者，良然。兄肯放大光明，一破此無間乎？小詩並上。邑有河橋「繞縣笙歌一省囹，寂無燈火照圜扃。中宵撤斷天河鎖，貫索從教漏幾星。觀燈。」

【箋】

作於遂昌知縣任。

〔姜耀先〕名鴻緒。臨川人。與帥機、湯顯祖結社里中，從羅汝芳遊。著有大學古義、中庸抉微等。學者稱爲鯤溟先生。見撫州府志卷五九。

答祝無功

見門下登第，爲世道喜，又私計何地得此長令。已而休寧得之。休有商賈而少士，長其地者，亦如其地之氣而後可。今以祝公長休寧，不類。近見休人有知者，稍稍稱述祝公清苦，不甚爲怪。乃今知孔子曰「齊一變至於魯」，真期月而可者。夫性能融世而接之，此禮樂文章之根也。如僕太常祠部，所習而能，皆陳跡礙真，小文破理，亦不足爲明公道矣。

【箋】

祝無功，名世禄。江西鄱陽人。萬曆十七年（一五八九）進士，時任休寧知縣。官至南給事中。見明儒學案卷三五。

環碧齋集尺牘卷二寄湯義仍是來信。

【評】

沈際飛評「夫性能融世而接之，此禮樂文章之根也」云：「深甚。少許勝多。」

與黄對兹吏部

昔在南郎，聞門下風采凝映。入粵，從鬱孤臺見贛州使君，穆以清風之什，挹以明月之光。復知晉安風誼，並在黄家叔父矣。不意彈琴，猥承遺舄。民歌嚴治，以至於今。神君所傳，法不可改。奉以無悔，多幸在兹。新舊相承，情難自外。惟更有以督教，加愛遺民。

【箋】〔黄對兹〕名道瞻。晉江人。萬曆二年（一五七五）進士。舊任遂昌知縣。書云「不意彈琴，猥承遺舄」，指此。見遂昌縣志卷六。書當作於遂昌知縣任。「贛州使君」指知府黄克纘，萬曆八年進士。

答陳公衡

温州風土雖佳，而少人士，去省會遠。丈苦政深心，或不上聞。移長洲如建路鼓也。兩貴人家在，徑竇必多，君子不由也。李元沖在錫，無以殊人，久而不害者，平耳。平者，道之滋也。良友分金，以言爲報。

【箋】〔陳公衡〕名其志。晉江人。湯顯祖同年進士。初除永嘉知縣。萬曆十八年（一五九〇）自奉化移知長洲。見蘇州府志卷七一。

〔李元沖〕名復陽。見玉茗堂尺牘之一答李宗誠箋。

【評】

沈際飛評「久而不害者，平耳」云：「誰能爲此言。」

答徐檢吾光禄

得武林書，知西顧猶重。弟迂迴何適而可。温州土風僻秀，吏隱正佳。貴人爲求，急不可得。乃知宏鉅者雖衝必翹，瑣冗者在僻猶落。大勢如斯耳。前臺舉刺疏，弟以逐臣在薦中，疏遂不下。諸薦者猶可不下，刺者乃可不下耶！倘及春朝，庶嗣良晤於江上。

【箋】

作於遂昌知縣任。玉茗堂詩彭興祖遠過別去自注：「廣平守温郡時，聞予且以平昌令擢丞温，喜甚。爲起書樓五間。不果。」可與此書「温州土風僻秀」等句參看。據續修浦城縣志本傳，檢吾名民式，福建浦城人。萬曆八年（一五八〇）進士。歷官安慶知府、南京光禄寺少卿。書當作於萬曆二十四年。「庶嗣良晤於江上」，謂明春上計杭州，或可重叙也。

答潘完樸大參

昔賢下車，先問名德。夫買骨可以致駿，尅象可以來龍，精微之致也。若夫非駿非龍，而首被物色，蘿蘿之人，固已感深於神遘，抃切於風期矣。九日登高，當從大夫之後也。

【箋】當作於萬曆三十七（一六〇九）、三十八年。潘完樸，名士達，時任江西右參政。三十九年六月卒於任。見玉茗堂文之十三明大中大夫江西右參政完樸潘公墓志銘。

寄達觀

情有者理必無，理有者情必無。真是一刀兩斷語。使我奉教以來，神氣頓王。諦視久之，並理亦無，世界身器，且奈之何。以達觀而有癡人之疑，瘧鬼之困，況在區區，大細都無別趣。時念達師不止，夢中一見師，突兀笠杖而來。忽忽某子至，知在雲陽。東西南北，何必師在雲陽也？邇來情事，達師應憐我。白太傅蘇長公終是爲情使耳。

【箋】

當作於萬曆二十六年（一五九八）罷官後，三十一年達觀被害於北京獄中前。

寄杜胤臺

吾兄美才不偶於時，而弟亦淪落。同籍中覺在野者多，逝川無論矣，東封未就，世必需才，東山豈宜堅卧？遥望泰宗，董巢雄之才氣，王洪陽之德音，皆未易人也。有書往來，爲道思存不淺。

【箋】

〔杜胤臺〕名華先。山東冠縣人。湯氏同年進士。萬曆十七年（一五八九）十二月自南京吏科給事中陞陝西按察司僉事，整飭延安兵備。明陞暗貶。書作於杜氏解職後。

〔董巢雄〕名裕。撫州樂安人。曾任光禄少卿。見撫州府志卷四八。

〔王洪陽〕名汝訓。曾任南大理、浙江巡撫。見明史卷二三五。

寄伍念父

念父過龍埠不一至平昌，自是念父高雅，亦就試亟耶？舉世好新文依舊案，如耀先吉甫諸兄，何時與郡邑作一文字知己乎。念父通才，惟有秋新力戰爲快。幸甚努策。

【箋】作於遂昌知縣任。伍念父、（姜）耀先、（楊）吉甫皆湯顯祖青年時好友，老而不及一第。

又

殊慢念父，知不我訝也。九日後弟歸而兄歸，弟北而兄北矣。令不可久作，場不可數入。暑道宜秋，亦惟自玉。

答馮永安

天之生才多少，遂亦有以置之。弟才少，官之易而安，兄才多，官之難而危。東吴不已，徙而南溟。努力。士非短長坎坷無奇，非數遷不能所在有迹。君家敬通，豈不遇主，豈非曠材，而至擯里恚婦泣子。兄猶能慷慨斷兒女色，赴崖瘴縣，差爲遇於敬通耳。傜雜如憨獞，幸好馴之。

答魯樂同司理

丈方壯，天幸灑雪，功名自遠，宜及此時下氣書傳，當心名理，萬無聽小言以碁酒消憂。乃消日也。韶石定有曲江先生祠，當日游之。

【箋】

作於徐聞歸後。

〔樂同〕名點。廣州推官。若士同年進士。

答吴四明

明公下車，僕以辟邑長，不敢上援。然即柬丁右武云：「吴四明不當以時勢人相目。」右武答書，亦云：「因此公爲遲留海上，畢春汛去。」不謂明公所以奬借不佞，如來書已甚。此自明公風厲旁屬至意，然非卑猥所敢承。前爲郎所言事，天下似皆以其言爲可，然時有出位之譏。雷陽歸，得憩此縣，在浙中最稱僻瘠。僕又不善爲政，因百姓所欲去留，時爲陳説天性大義。百姓又皆以爲可，賦成而訟希。值上官一時皆賢者，苦無多求。前某觀察有重客，傳食屬邑，至僕治，值僕受詞日，即與冠帶并坐堂上。所受詞不二三紙。如此者再，客亦頻蹙去。至今五日一視事，此外唯與諸生講德問字而已。四明山海人物巨麗，加以吴公治行，當爲天下第一。所恨無緣展謁，惟有來冬上計，門下時以太守入爲九卿，故人相見，罄此晤言耳。

【箋】

作於萬曆二十一年（一五九三）癸巳，在遂昌知縣任。四十四歲。書云：「惟有來冬上計……故人相見」，按，遂昌任上計凡兩次，一在二十三年春（二十二年冬）、一在二十六年春。此書提及浙江海道副使丁右武，名此吕，丁於二十三年被逮，來冬之計當是二十二年冬，書作於二十一年。吴四明指寧波知府吴安國。

答王伯皋

足下手筆苦鉅，而時目苦小，如之何。遂昌斗大縣，賦寡民稀，故學舍倉庾城垣等作俱廢，非生稍修治，殆不成縣。去年稍取贖新之，工訖而止。每月受詞者再。今歲訟裁五十餘，而三食故人。食者踵至，何以待王先生。諸君有以諒我矣。

【箋】

作於遂昌知縣任。王伯皋欲來抽豐，作此書卻之。遂昌相圃書院成於萬曆二十一年（一五九三），尊經閣次年造。書或作於萬曆二十二年。

寄馬心易比部

兄出縣爲郎，能再堅否？弟素不習爲吏，喜遂昌無事，弟之懶雲窩也。時念故人，宛轉梅花水際，達人所至，皆爲彼岸，兄於世相萬無過嗔。

【箋】

作於遂昌知縣任。

〔馬心易〕名應圖。平湖人。曾任刑部（比部）主事。萬曆十三年（一五八五）疏劾科道齊世臣等，并及首輔，謫大同典史。服闋陞封邱知縣，年餘復刑部主事。以疾免歸。見平湖縣志。

與馬心易

時議紛紜，各省大吏，持禄養重而去，長吏因以羊虎不可治。上干天和，所在旱潦異常。就中獨是善人窮餓。嘉興馬先生，其最餓者也。年來何以樂此？星家雷生過謁，吾兄與之坐而問焉，亦知弟同此餓也。

答馬心易

三惠良書，闕然不報。此時男子多化爲婦人，側行俛立，好語巧笑，乃得立於時。不然，則如海母目蝦，隨人浮沉，都無眉目，方稱盛德。想自古如斯，非今獨撫膺矣。偶記兄欲我長歌撥悶，扇頭奉爲撫掌之資。眼中人如陸太宰何可更見。右武居會城，終不甚適。一丘一壑，乃可著吾輩耳。

【箋】

〔陸太宰〕名光祖。明史卷二二四有傳。

【評】

沈際飛評「此時男子多化爲婦人」八句云：「如畫。不顧剥人面皮。」

又

南皋書來，慰弟云：「茫茫海宇，遂不能容一若士。倘若士此中又不能容一海宇，即便爲所弄矣。」此語雖非其至，差足豁人。亦足轉奉兄破蹙爲笑。

【箋】

〔南皋〕鄒元標字，傳見明史卷二四三。南皋之札當爲萬曆二十九年（一六〇一）湯顯祖以「浮躁」罷職閒住作。

【評】沈際飛評「倘若士此中又不能容一海宇」三句云：「吾輩不可無此解。」翠娛閣本評云：「應是慰寂落不刊語。」又評「倘若士此中又不能容一海宇」句云：「妙爲解縛。」

答王子聲

來朝官禁與朝士通，徒阻我良晤。彼暮夜者亦何能禁也！風雪邸中，白晝擁卧，正爾爲佳。直是旬許聽鐘鼓鳴簫，都不似十年前長安同少婦時五更驚夢也。

【箋】作於萬曆二十二年（一五九四）冬、二十三年春之際。時以遂昌知縣赴北京上計。王子聲名一鳴，亦以知縣上計在京。一鳴於萬曆二十四年（一五九六）卒於臨漳知縣任。

【評】沈際飛評「都不似十年前長安同少婦時五更驚夢也」云：「言近指遠。」

復滕侯趙仲一

讀册，知極苦心，度越偷吏百一。第吾屬真人，爲世道出，即多奇偉，并屬尋常。所望三秦豪傑，故當有萬此者。

【箋】

作於遂昌知縣任。餘見玉茗堂文之一壽趙仲一母太夫人八十二歲序箋。

答真寧趙仲一

初聞兄已憤懣爲神，能殺讒者，雖疑之而亦壯之。後稍知有某公之嘖言。公豈爲債者哉。喪欲速貧，貧亦士之常。前弟附貽哲書中，勸兄無悔，但當加餐，一意經世出世之事。何得如來書不平滿楮！兄與弟俱有二尊人，官根斷續何論，但勿斷命根爾。

【箋】

〔貽哲〕劉復初也。書當作於萬曆三十年（一六〇二）貽哲北歸後。

【評】

沈際飛評「官根斷續何論，但勿斷命根爾」云：「長歌甚於痛哭。」

與袁六休

出關數日作惡。念與君家兄弟五六人，相視而笑，恍若雲天。一路待君不至，知君已治吳。吳如何而治？瞿洞觀相過，應與深譚。

【箋】

作於萬曆二十三年（一五九五）乙未春，在遂昌知縣任。袁六休名宏道，字中郎。公安人。據袁中郎集去吳七牘，袁以去年十二月來京謁選，今年出宰吳縣。

〔瞿洞觀〕名汝稷。列朝詩集小傳丁集下有傳。

答袁中郎銓部

巨源濬沖，并是竹林中人。山公一嬰世業，甄叙才品，故多啓事。王公門調户選而已。總之，因循時變，成其局段。中郎今日固可兼致。況乘通運，必無滯材。弟於吏部交遊，前後得二趙君。然夢白不能出弟於久在平昌之時，仲一不能白弟於未復平昌之後。世間惟意義之交，多成虚幻。弟乃得蕭然山中十餘年，二公亦以才大難用，不至作絶交書也。時憶長安夜雪。玉蟠子聲，遂爲故人。思白拓落，久無聞問。時把中郎錦帆，案頭明月珠子，的皪江靡。此時小修鴻征雁行，回憶三珠樹，曷盡忉忉。

【箋】

袁中郎名宏道，公安人。明史卷二八八有傳。據實録，萬曆三十五年（一六〇七）十二月自禮部儀制司主事調任吏部主事。書當作於此後。又據袁中郎集附傳，宏道三十八年卒。

〔夢白〕趙南星字，明史卷二四三有傳。

〔仲一〕趙邦清字。見玉茗堂文之一壽趙仲一母太夫人八十二歲序。

〔玉蟠〕或是袁宗道别號。見寄袁石浦太史箋。
〔子聲〕王一鳴，萬曆二十四年（一五九六）卒。
〔思白〕董其昌字。明史卷二八八有傳。
〔小修〕名中道，宏道之弟。

寄袁石浦太史

蹇散之姿，天幸以金玉之遊，牽拘黽勉，忽自忘其非神僊侶也。亦恃王子聲在座。交知零露，倏離而去，念之悵然！在都一吏部郎相詒以散局見處，謂可燕南趙北之間，便回馬首，不謂墨綵金骨，銷纏四年。玉堂人頗記平昌令夜半雪中回嘯否？

【箋】

作於萬曆二十五年（一五九七）丁酉，在遂昌知縣任。四十八歲。石浦名宗道，宏道之兄。萬曆十四年會試第一，授庶吉士，進翰林院編修。萬曆二十八年卒。其所著白蘇齋類集卷一五與湯義仍書云：「一别遽隔歲矣。王子聲音耗足下亦聞之耶？……足下久淹墨綬，又奚懌也。以弟觀足下，如世説所列文學、豪爽、言語蓋總具之，所取亦已太過。宦路升沉，自不必論；不然是世間真有揚州鶴也。」宗道此函當爲復信。

〔王子聲〕名一鳴。萬曆二十四年（一五九六）卒於臨漳令任。黄岡人。與公安三袁鄉里密邇。列朝詩集小傳丁集下有傳。

【評】沈際飛評「不謂墨絲金骨，銷纏四年」云：「酈道元筆。」

寄袁小修

都下雪堂夜語，相看七八人。而三公并以名世之資，不能半百。古來英傑不欲委化遺情，而争長生久視者，亦各其悲苦所至。然何可得也。弟不能世情愴惻事，而於此際無服之喪，無聲之哭，時時有之，更在世情之外。小修當此，摧裂何如。天根來，知兄意氣横絶，無損常時。而中郎有子而才，稍用爲慰。湘沔間正圖一把晤也。

【箋】據袁中道游居柿録卷九四月八日日記，此信作於萬曆四十二年（一六一四）。袁小修名中道，公安人。其長兄宗道，萬曆二十八年卒，年四十一。其次兄宏道，字中郎，三十八年卒，年四十三。傳見明史卷二八八。

〔天根〕王啓茂字。石首人。嘗問學於湯顯祖。

【評】沈際飛評「古來英傑不欲委化遺情」四句云：「淋漓。」

答習之

平昌令得意處別自有在。第借俸著書，亦自不惡耳。

【箋】作於遂昌知縣任。

【評】沈際飛評「得意處別自有在」云：「古簡。」

寄黄樓巖

不佞文學政事，不敢望言公，正倚門下爲子羽。乃公事亦不一幸臨邪。在浚之旄，何姝可予。秋欲一過大樓三十六龍湫，非愛其湫，愛其龍也。

寄吴汝則郡丞

兄之貳杭也，即真何日？弟事益復可知。斗大縣，面壁數年，求二三府不可得，通公亦貴重物哉。三生扞綱，似有人焉主之。滿而待遷，又不能使人不保爲愧。大段浙中士民，揭噪上不必任怨，保留上不必任德，直芻狗之可也。搜山使者如何，地無一以寧，將恐裂。時有礦使至。

【箋】

或作於萬曆二十五年（一五九七）丁酉，在遂昌知縣任。四十八歲。據杭州府志，吴從周時任杭州通判，婺源人。

據明史神宗本紀，去年七月始遣中官開礦於畿内。又據明史紀事本末，去年十二月遣太監曹金往兩浙開礦。明史卷三〇五陳增傳云：「至二十年，寧夏用兵，費帑金二百餘萬。其冬，朝鮮用兵，首尾八年費帑金七百餘萬；二十七年，播州用兵，又費帑金二三百萬。三大征踵接，國用大匱。而二十四年，乾清、坤寧兩宫災，二十五年，皇極、建極、中極三殿災，營建乏資，計臣束手。礦税由此大興矣。其遣官自二十四年始。其後言礦者争走闕下，帝即命中官與其人偕往，天下在在有之。……通都大邑皆有税監，兩淮則有鹽監，廣東則有珠監。或專遣，或兼攝，大璫小監，縱横繹騷，吸髓飲血，以供進奉。大率入公帑者不及什一，而天下蕭然，生靈塗炭矣。」

【評】

沈際飛評「地無一以寧，將恐裂」云：「做作。」

復項諫議徵賦書

僕以疎才閒局，久不習爲吏，而貴縣士民雅淳，可幸無事。因欲如蓋公所以治齊。後見貴倨家，武横奸盜，往往而有，不治不止，既以治之矣。而前後見府主以上，争言縣某某家所負。僕初不爲意。夫無恩禮風化人民，使自輸急公上，有不忍後之意，而猥以法，非令意也。近察貴縣民負者，非盡窮極無所還，多故大姓而落者。耻去其名，留所賣去田，或反益收人田自實。又有力者好以名借人，因以爲市。坊中大姓單民，又爲聽而隱食焉。至如大姓遠僻者，無官無商，固不知有比。僕亦不召比也。僕以罪薄量移，如世俗情，遷延觀望，隨民自止自逋，亦可呴沫，以愚媚百姓。顧使監司郡長獨受急徵之名，而令受德，非體也。豪弱等皆王田，而逋與抗，非法也。懼頑且倨焉，而遂之，非教也。後必並徵，貽難後人，非義也。并徵益以蹙，非惠也。此五者，因稍稍四出徵集。然所徵負多者，有所入，則不必其人以來。即來，亦歡然喻而遣之。蓋民不知義以至於此。至於以貧爲解者，則不可得言。何也，有田則有租，賣則言買者，令得徵於其人可也。父賣多，子不宜復聽其里，言於官，退焉可也。今都不然，而前所云數弊者皆是，安得不稍有以捕治心。然終以民氣雅淳，不忍笞間以示衆而已。至於足下家税所負，歲至若干，亦以門下方爲國侍從，未忍以租賦爲言。知門下病起必有以處也。而乃可爲子孫法。今並上門下數户，并貴宗若戚所影占籍附上。至朝家之事，僕荒隔已久，無所與聞。俟玉體平，當以巵酒過從，庶覺我以皇道，廣我以世資耳。

【箋】

作於遂昌知縣任。

〔項諫議〕名應祥，號東鰲。遂昌人。時以疾請告在籍。野獲編卷一一吏部堂屬云：「辛丑（萬曆二十九年，一六〇一）外計……初過堂時……遂昌知縣湯顯祖議斥……湯爲前吏科都給事項東鰲所切齒。項故遂昌鄉紳，時正聽補入京，故禍不可解。」按，野獲編作於萬曆三十四年前後，時項已擢太常少卿，故冠以前字。

上蔡觀察

聞門下終無係遯之思，某不勝徊佇。當趨道左，致其區區。而日乃中於寒雨，綿連似瘧，展轉牀絮間。夫以鸞鴻之迹方高，而犬馬之病彌滯，愛而不見，殊用自傷。且門下官都方鎮，俛授鉞矣，去然若累。而某數年猥冗，牽而不割，雖大小器殊，而超吝大遠。此尤病夫孱客所自怪自笑，而譫語成劇者也。直指當已敦留。淵慮周回，可止則止，似亦吴人學柳下處也。

答平昌孝廉

諸君貧而病，令尹病而貧。山水寥寥，愛莫能助。方自恨絃歌淺韻，諸君那得澹臺也。

【箋】

作於遂昌知縣任。

答楊日南鹺使

以冰雪之心，行米鹽之地，足矣。來教云何？

寄荆州姜孟穎

不奉聞問者且七年矣，勞思如何。弟邑治在萬山中，士民雅厚。既不習爲吏，一意勸安之，訟爲希止。憶不似丈仙令在宣城時，左君典，右禹金。何得君子山堂，彷佛敬亭雲氣？丈比復重聽乎？人言輒笑，衹增其耳順爾。往高節不附江陵，于今更是吴楚。

【箋】

作於遂昌知縣任。

〔君子山〕在遂昌附郭。

〔往高節不附江陵〕見玉茗堂文之七宣城令姜公去思記。

寄姜守冲公子

不佞弱冠時，庚午冬，同令先公春試同旅舍，對窗扉而卧，先晨起者，必拊背而笑。時王鄭二君子在焉。以後道義風期，常相切厲。訪之宣城，張青野在焉。壬午，生赴春官，過杭州，湖上卧雪者月餘。生之制義，並是此時所作。每一篇出，先公必爲噴飯絶倒，夸其必傳。向後音徽渺焉，古人不可見矣。懷思至今，山川曠遠，莫知公子幾位，賢孫幾人。明德之後，必有達者。幸悉示我，以慰遥思。先公當已祀於社，諸所爲銘傳，飾終信後之文，一一寄讀。詩書孝友，弘紹先業，自是慶門饒事。益爲勉之。生年六十，兒輩勝衣而已。王鄭張三君家世何如。亦一時共旅之懷也。悠悠江楚，睠言莫盡。

【箋】

〔姜守冲公子〕見玉茗堂文之七宣城令姜公去思記。

〔庚午冬〕隆慶四年（一五七〇），時湯顯祖二十一歲。

〔張青野〕見第三卷別荆州張孝廉。

〔壬午〕萬曆十年（一五八二），姜奇方時任杭州同知。

【評】

沈際飛評「先晨起者，必拊背而笑」云：「點染。」又評「每一篇出，先公必爲噴飯絶倒」云：「一味真率。」

寄王新盤觀察

見閩除，喜極。得將太夫人東征也。長安書滿紙塵情，今更以塵封之，閩士夫多永譽之誨，敢以返屬。俗吏忌與人争利，吾輩忌與人争義耳。

與周叔夜

州縣官與人空書短味，亦無得漫爾寄聲也。道體似盛而羸，山海秋深，氣候數易，早晚慎霧露，晝復避日。人生忙處須閒。弟作縣何如，直是閒意多耳。

【箋】

作於遂昌知縣任。

與王悦之

王先生於東海之濱解襪乎？見蜃樓陽談，當知世間影都非堅實。更進一機。彼中有海，差勝此中多山。主人何似？閉門令尹，十月早寒，當隨鴈而南。雲島再北，復是琵琶亭外時也。

【箋】

或作於遂昌知縣任。

奉祭酒戴愚齋先生

二十年不見吾師，清晬之表，想似何極。大學瞻依，風期未遠。美哉秋水，眷我伊人。藐此平昌，不敢望真氣東來，倘公子不忘故交，睠焉移玉，亦空谷足音也。

【箋】

作於遂昌知縣任。

〔戴愚齋〕名洵。四明人。萬曆八年（一五八〇）湯顯祖遊學南京國子監，洵爲祭酒。

答戴斐君

佇想風神，真人天際。山陰之棹，遠興難乘。因知吾師大哥以再從子嗣，二哥釋業，三哥逾壯未補青衿，爲哽咽喟嘆，不能已已。幸有三孫英茂可學，惟明公暱而教焉，以成達人之後。不佞苓落衰殘，度無起報知遇之日。隕涕而已。

【箋】

〔戴斐君〕名澳。奉化人。萬曆四十一年（一六一三）進士。見寧波府志。

〔吾師〕戴洵。奉化人。萬曆八年（一五八〇）湯顯祖遊學南京太學，洵爲祭酒。

答鄒大澤

讀大製，文漢而詩魏，必傳無疑。主計有趙夢白顧叔時足下三人，那可復得。時事正爾可知。家嚴不許不官，加以帥郎仙去，歸亦煢煢，不如遊寓。官方時有語者，近爲貴人憐引，爲乞一判鴈山，不可即得。得時，足下有意赤霞石門泉邪？

【箋】

當作於萬曆二十三年（一五九五）乙未七月帥機卒後。鄒大澤名觀光，湖廣雲夢人。萬曆八年（一五八〇）進士。時任文選郎中。參明史卷二二四陸光祖傳。按趙夢白名南星，顧叔時名憲成。憲成已於去年革職，顯祖方自北京上計歸，此事必已知悉，尺牘所云，或追憶二十一年大計事。明史卷二三一顧憲成傳云：「二十一年京察，吏部尚書孫鑨、考功郎中趙南星盡黜執政私人，憲成實左右之。」

〔爲乞一判鴈山，不可即得〕即本卷答徐檢吾光禄云「温州土風僻秀，吏隱正佳。貴人爲求，急不可得」之意。

〔赤霞〕或是赤城之誤。

報鬱儀宗侯

吴君誠有此書，但算至勾股商除，亦覺未盡。今其書盡以付金壇主人矣。知星者不覆，門下復不欲覆乎。

【箋】

〔鬱儀〕名謀𡐓。明皇族，寧王之後。著書一百十二種。見列朝詩集小傳閏集。

〔金壇主人〕指金壇人王肯堂。肯堂精心醫學，而於天文曆算之術亦甚留意。參看本書卷二○王宇泰索周雲淵遺書檢寄。

與史玉池給諫

香蘭之渚，芙蓉之菴，常有道心人宅之。兑澤彌深，乾時欲及，觀生進退，良已裕如。青山著述，白日褆修，又知非膚涉所能窺，流論所能干也。門下其亦有以振我。道大爲容，時清難俟，善卷之迹，何堪久懷。

【箋】

〔史玉池〕史孟麟，字際明，號玉池。宜興人。湯顯祖同年進士。官至太常少卿。萬曆四十三年（一六一五）以請立皇太孫，降五級調外。見明儒學案卷六〇。

與于中父比部

道體清勝。近當戰勝而肥，霍然病已。南徐北固間，山川映發，加以曲壇賓從之遊，天機自暢。比之弟兀然窮郭，貧病幽憂，情境何似。近局莫黑非烏，而伍寧方起補，鄒大澤光禄，或亦微陽將續耶？

【箋】

〔于中父〕名玉立。金壇人。湯顯祖同年進士。除刑部主事，進員外郎。萬曆二十年（一五九二）七月疏陳時政闕失，不報。尋進郎中，謝病歸。久之，起故官。三十一年「妖書」事起，被牽連褫官歸。三十七年稍起光禄丞，辭不赴。當東林、浙黨之分，浙黨所彈射東林者李三才，之次爲丁元薦與于玉立。見明史卷二三六傳。

與于中父

郎吏之推，尚爾不下。此中進退竟是如何？弟惟喜朝家有威鳳之臣，郡邑無餓虎之吏。吟詠昇平，每年添一卷詩足矣。

【箋】當作於遂昌知縣任，欲還朝而受阻。

又

兄在章門十餘日，有諸君子用世者日相從。弟落穆林下人，有語無緣請問也，亦無庸請問也。自當得弟於蕭然眉目之外耳。庚陽古人，便已三月，家事有大難語者，骨肉意氣之士，亦何可恃耶？

【箋】作於萬曆三十七年（一六〇九）己酉六月，家居。六十歲。時爲丁庚陽（此吕）卒後三月。卒期見黄汝亨寓林集卷一九祭丁右武文。于中父，見上文。

【評】沈際飛評「骨肉意氣之士，亦何可恃耶」云：「有歎聲。」

答于中父

極感仁兄垂言卷卷。弟堂上人已踰八望九，老萊子何當去斑斕，向人跪拜著公服也。拔蚊睫者能斬鵬翼耶？世局何常，根性已定，惟門下謹身以待。

【箋】見上文。

【校】

〔向人跪拜著公服也〕向，各本誤作「何」。

【評】

沈際飛評「世局何常，根性已定」云：「極警策。」

答魏見泉中丞

大教遠頒，斷斷休休，不忘細微，感戢感戢。部院覆疏，公論昭宣。雖俞旨未行，而辨疏終當簡在。大奏云：「一念爲皇上保安宗社之心，甚於爲家；維係天下之心，甚於爲身。」三晉河山，與聞斯語。惟門下彌珍玉體，以重金甌。

【箋】

〔魏見泉〕名允貞，萬曆二十一年（一五九三）至二十九年任山西巡撫。據實録。又，野獲編卷二二巡撫久任條，則謂連任至萬曆三十三年始請告去。明史卷二三二有傳。

【評】

沈際飛評「三晉河山，與聞斯語」云：「二句鄭重多少。」

與魏見泉公子道沖

不佞行能委薄，南都奉常時，辱先中丞公盱衡雅注，謂可同塵。微言漸深，餘歡每浹。或忘昕夕，數侍涼暑，內徵言別，長安一見，遂遠音徽。開府太原，兩承温藉。面語張丞，知遂昌戊戌之計，業從闕下棄官，何乃更入辛計，忘與當事者一言，懊惜久之。嗟夫，顯重之惻，及於疵賤，此其感激，何必真起死灰之然，而手傅枯鱗之翼哉。我公如在，猶可爲言，而今已矣。爲善之嘆，終廢之悲，其在兹矣。去春千田先生人來，言及公病且食貧，甚有交謫之苦。至勤公子長安舉債，以歡二人。忠孝油然，可爲流涕。公逝，當效南州故事，絮酒遄赴。而出山苦難。宿草生芻，寄弔於同人而已。猶記公前定師賈君，曲承咨度，後晤朝房，談及賈君，榮落欣悲宛然。賈君有知，事知己於九原耳。公既全忠死孝，公子大孝移忠。願時加溢米，以復公侯之後。

【箋】

〔魏見泉〕名允貞，任山西巡撫甚久，卒於萬曆三十四年（一六〇六）正月，書當作於本年或略後。明史卷二三二有傳。

〔遂昌戊戌之計，業從闕下棄官，何乃更入辛計〕萬曆二十六年戊戌，湯顯祖以遂昌知縣赴京上計，南還即棄官歸臨川。二十九年辛丑大計，自不在考察之列，乃竟以「浮躁」落職閒住。

【評】

沈際飛評「爲善之歎，終廢之悲，其在兹矣」云：「斐亹幽惻。」

答汪登原中丞

門下文經武緯，爲世津梁，而況不佞，辱教兹深，流想猶切。忽拜德音，慰藉優穆。至木瓜之細無忘，瓊琚之報有倍。下逮若斯，上報如何。第不佞食舊德而已餘，飲微量而知足。領其原數，敢成門下之清；璧所倍償，少助師中之費。鯨波既息，鳳省惟期。恒受福於王明，尚加惠於世業。私懷曷任翹佇。

【箋】

汪登原名應蛟。江西婺源人。萬曆二年（一五七四）進士。曾與若士同官南京禮部。詳見送汪仲蔚備兵入閩及箋。據明督撫年表，應蛟於萬曆二十六年九月任天津巡撫，後以朝鮮事寧，移撫保定。三十年召爲工部右侍郎。信作於萬曆三十年前。

復門人藍翰卿

不佞愚鄙歷落之士，蔽石林而無覯，思相藻以何言。乃有空谷足音，疑是真人天際。今文古文皆有，大言小言俱來。物鉛素於九流，理筌玄於二氏。居然不朽，而在諸生；然且採拾虛浮，過自撝挹。高山有客，能通咫尺之書；委土可師，謬爲函丈之敬。初當之而汗聳，既循之以心疑。豈向若者真有懷於望洋，將巡方者偶留聲於牧馬？真龍何待假龍以生雲雨，鉅蛇或負小蛇以示神奇。豈大雅之故然，乃高明之作用。如不佞者，懶散筆研之外，陶寫絲竹之間，獨有停雲之思，不絕臨風之興。以君大有，示我同人。即欲恃知己獻千一之愚，爲文人起百六之運，其如空虛無以相益，尊光祇以流謙。一字爲榮，九頓而謝。

【箋】

作於萬曆三十四年（一六〇六）丙午，家居。五十七歲。

參看卷一五答藍翰卿莆中。

【校】

〔陶寫絲竹之間〕陶，各本作「淘」。誤。

【評】

翠娱閣本評云：「花對語而如笑。」又評「豈向若者」以下數句云：「選聲而出。」

與湯霍林

李九我清方自愛甚，而非所言者亦言之，當自少禪理耶？王荆國久禪理，遭遇信主，莫克自終其用，神物固不可爲耶？將魯越之鷄，才與自爾，非薰學所能爲也。王弘陽陶石簣能轉世否？巖壑問廊廟事，足爲一吷。然有微意。惟有以教之。

【箋】

〔李九我〕名廷機，湯顯祖同年進士。萬曆三十五年（一五八七）五月以禮部尚書兼東閣大學士入閣，明年十月起養病杜門，至四十年乃罷。明史卷二一七本傳云：「廷機繫閣籍六年，秉政止九月，無大過。言路以其與申時行、沈一貫輩密相授受，故交章逐之。」湯霍林，見另牘。

〔王弘陽〕名汝訓。見卷一二湖州事起箋。

〔陶石簣〕名周望，會稽人。官至國子監祭酒。著有歇菴集。

寄湯霍林

前明公書，謂時議聚訟，何意至此。弟初聞之，憤憤至廢寢食。近今每三日内輒爲公喟然數聲。誹俊疑傑，古今庸態。弟更得此排蕩激發揮斥爲序。匪惟弔屈，兼以詛秦。知有當於著作之庭否也。王觀生時來，云冬當往候。適南豐弟子諸生朱爾玉璽以名家子懷書遠遊，有觀上國就名賢之志，首願借輝門墻，因附拙序薄幣侑呈。伏惟推分進朱生而教訓維持之，即弟拜榮多矣。論風曷任卷卷。

【箋】

作於萬曆三十九年（一六一一）辛亥，家居。六十二歲。

明史卷七〇選舉志云：「三十八年會試，庶子湯賓尹（號霍林）爲同考官。與各房互换闈卷共十八人。明年，御史孫居相劾賓尹私韓敬，其互换皆以敬故。時吏部方考察，尚書孫丕揚因置賓尹、敬於察典。敬頗有文名，衆亦惜敬，而以其宣黨，謂其宜察也。」若士則作此書以慰之。提及之序，即玉茗堂文之二睡菴文集序也。若士平日與東林諸賢政見甚相接近，獨於晚年韓敬科場一案持異議。明詩紀事庚籤卷一八云：「嘉賓（賓尹字）宣黨之魁，與東林爲難。萬曆辛亥，富平孫尚書丕揚掌察典，黜嘉賓等，士論快之。嘉賓以制舉業名天下，詩非所長。」

又

屢承書問，如敬亭山雲氣簫鼓，時來清人眼耳。此時弟護兒章門，主者未至，當是九月開場，便可登高望遠，候紫氣西遊。龍沙出聖人，殆謂君耶？洪陽師是弟少年所瞻敬者，既貴，便自落莫。難後較與周旋。前撫世局人，不與報喪，族子便爾唁喙。今撫王公，下車即謂法司郡縣曰：「張公自有遺記，誰敢睥睨！當告者即與笞六十。」旋定矣。此時妥然。而但有一真夫人者，全師于難中，與同出死，公所絶憐。雖爲立一子非侈。而公子過約之，稍更爲不平耳。餘無足煩台慮也。第門下必須一來哭之。朋友不過宿草，而況大座師最爲恩禮者乎？一哭而住龍沙，西山鸞鶴，良亦不惡。朱爾玉以坌頭陀進大官廚，夥移之甚，非道心人安能普施若此。渠得大書求新入，今已大會，後事勢未妥，不如求得大書值送洪學道處，只以舊名朱璽辯復得社而足矣。鄒愚公未有半面，而以所聞爲傳以寄，感勒良深，奉覽。弟未敢當此也。弟更當累積功行，爲異日大筆裏子。臨風喟然。

【箋】

作於萬曆四十年（一六一二）壬子，家居。六十三歲。前書之後，又值秋試之年。參看前信。

〔洪陽師〕前相國張位，明史卷二一九有傳。

〔今撫王公〕王士琦于萬曆三十九（一六一一）、四十年任江西巡撫。見江西通志卷一三。士琦爲湯氏同年進士。

〔鄒愚公〕名迪光，爲若士作湯顯祖傳。

【校】

〔夥移〕史記陳涉世家原作「夥頤」。

又

昨會中，吾鄉一卿云：「某公絶筆仍及宣城。」弟云，當是主者爲之。卿笑云：「近見尋常文序，知兄與宣厚也。」弟云，人自有真品，世自有公論，寧以厚私。因爲别白往事及求仲之才。顧亦未知絶筆何來也。寒途臘節，想應未便西行，春和乃得候迎江渚耳。三兒改就禮經試，欲得包儀父題旨及它習禮者講義，幸惟垂神。恃愛，祈懇之至。

【箋】

參看寄湯霍林第一信。

〔宣城〕指湯賓尹。

〔求仲〕韓敬字。湯顯祖卒後五年，爲編定玉茗堂集。餘參看寄湯霍林第一信。

又

驚承隆貺。弟意定交而求，亦極不欲以瑣瑣爲大雅累。但薄求厚應，舉室媿汗。

然終夜思之，不敢不拜嘉者，恃鮑子之知我耳。蟲獄久羈，白日爲黑。九華突兀，意有所摧。第知柔知剛，萬夫之望，恐未可以羣賢故迫爲應也。門下人多不能無生得失，諸惟慎之。讀南録，首索吾家兄弟，徒得宛陵别姓，爲頓足起行久之。四兒開先大收附弟子員，三兒開遠復席大庇，幸辱賢書。知仁兄當一莞爾也。哀勞之後，伏枕月餘，稍起，遣兒北征。當先投體天人師，冀開其覺路耳。肺腑之感，非楮能罄。統祈慈炤，不盡。

【箋】

作於萬曆四十三年（一六一五）乙卯，家居。六十六歲。去年十二月母卒，今年正月父卒。秋，三兒開遠中舉。餘見寄湯霍林第一信。

【校】

〔知仁兄當一莞爾也〕莞，原誤作「筦」。今改正。

湯顯祖集全編詩文卷四六　玉茗堂尺牘之三

答錢岳陽督學

門下天姥開其壇場，日鑄生其鄞鄂，自領洪都之學，出乎潛而見龍；爰登璧水之臺，起于飛而振鷺。可謂琴瑟絲竹，登魯壁之清聲；珪璧佩環，下梅梁之古色。邇乃星辰郎位，參北斗喉舌之司；江海池陽，正南國股肱之郡。起新知於物祖，眷舊德以人師。若小兒開遠，方當舞象之年，敢附雕龍之世，而亦拂其總角，引以譽髦。雖豫章之生七年，材不材而出地；得夫子之墻數仞，步亦步以窺天。夫豈闃其無人，必小子之有造；若云幸哉有子，慰愚父之無聊。心底厲以弗諼，意攀援而靡及。恃父子家人之愛，辱公侯國士之知。三事爲期，萬年以祝。

【箋】作於萬曆四十三年(一六一五)乙卯，家居。六十六歲。時三兒開遠中舉。據江西通志卷一二七，錢櫝字岳陽，浙江山陰人。時提督江西學政。

【校】〔爰登璧水之臺〕璧，各本誤作「壁」。

【評】沈際飛評「雖豫章之生七年」八句云：「推陳出新。」

答袁滄孺邑侯

門下起衆生所敬之天，誕兩祖流傳之地。現宰官而説法，蔭國土以流慈。他以攝伏凡心，自以莊嚴勝事。猶垂悲憫，曲引衰頑。喻以相分不可不明，性宗不可不了。以何因緣之故，得聞奇特之言。乃至小兒開遠，都歸大德含弘。容快覩於天人，許受參於童子。豈童真之有位，即長者之無邊。昔在達老舟中，得共本如座下。刊垂九帶，如標指月之輪；辨示兩兒，若誘聚沙之塔。逮逢明府，愈闢昏衢。在平等以常然，亦多生而幸直。獻珞何日，抽珠此年。

【箋】

作於萬曆二十八年（一六〇〇）庚子，家居。五十一歲。此札與卷一四贈袁明府奏計二十二韻序幾全同。參看詩箋。

〔本如〕前臨川知縣吴用先。

【校】

〔即長者之無邊〕邊，沈本作「達」。

答袁滄孺

門下炳江漢之英靈，兼孔釋之道術，弘才可以應物，亮節可以明心。時以大楚之風，作我臨川之俗。一事理以無礙，故性相之自如。在某大人有造，常披拂於雲行雨施；而開遠小子無知，首甄拔於日省月試。每色笑而弗怒，矢大小以皆從。何期玉節出照金華，方指皎日以成言，徒仰惠風而太息。乃辱裁書，彌深眷念。喜靈椿彌福彌壽，欣馥桂克長克明。慶集家禎，美翔國步。尚祈抑西竺之高情，竟東尼之素志。庶幾酬六年一日之知，允矣繼四世五公之業。

【箋】

作於萬曆三十二年（一六〇四）甲辰之後，家居。「袁滄孺」名世振。是年自臨川知縣改官金華郡丞。

答鄧遠遊侍御

慢門下甚。第尊酒疎燈，上下今昔，差不惡耳。而良書美韻，渢渢其來。至於商發流品，歸於才情，雅爲要論。昔人云，楚夏殊風，俱動於魂；蘭茝異臭，並感於魄。固無容夸長以詘短，愛素而卻丹。要於没世可選而已。不佞於此技，非有師承，偶從少作，倏兮齒至。而復引爲在兹，歸於作者。一言爲智，或不其然。至如遠遊，乃以殊致之韻，方將之力，浸淫義根，憑凌物象。成言成書，有足度越萬此者。君家文潔侍郎，表清言於澹臺之後；函史待詔，發蠹書於明德之旁。方於時賢，當亦互爲巧拙耳。承問大計事，觀察李公爲不佞琅琅留此長物，不佞便從闕下西歸，而更摭入丑計。時人局置已定，得竟陵一知爲足耳。材如竟陵，正自不免。邑犬羣吠，吠所怪也。牽率成韻，相遲登高，爲作九辨耳。

【箋】作於萬曆二十九年（一六〇一）辛丑，家居。五十二歲。此札與卷一五次答鄧遠遊渼兼懷李本寧觀察六十韻詩序幾全同，參看詩箋。

【評】沈際飛評「不佞於此技」八句云：「文選氣。」

答駱台晉督學

憶明公起文章於玉署，典禮樂於金陵，而不佞前以執玉下陳，駿奔於斯；後以飛鳧上計，迴翔其處。感程本之傾蓋，酌周瑾之醇醴。懷舊則山陵之色依然，知新而鐘鼎之器有在。帝眷西顧，作我人師。大江以西，莫不歸此陶運，扣彼鐘懸。識神物於衝天，發干將莫邪之氣；辨靈根於出地，擢維梓豫章之材。至如不佞久爲棄士，少不如人，頻辱下遺之音，益深中食之嘆。汝潁名士，問不及於貴人；孔李通家，對或申於童子。蓋將養其毛澤，下以寬趨鯉之私；積彼膚雲，上以竟從龍之想。是故觀其所感，庶幾情見乎詞。

【箋】

〔駱台晉〕名日昇，字啓新。福建惠安人。萬曆二十三年（一五九五）進士，授南京禮部主事。萬曆三十三年十月，自廣東僉事陞江西提學副使。

【評】

沈際飛評「汝潁名士」四句云：「絶不呆板。」

與張自雲

門下風神謦欬，自是館閣中人，而秦録中數不見者，何耶？才最難得，得之宜並歸一路，爲世道用。或有才而分用之，以小遲大與？望之。

與曹尊生廷尉

長安對門下夜坐，如姑射仙人，令人窅然忘世。不謂世人乃更不忘門下也。范南宫遂爲秋柏之實，人事何常。萬祈自愛。

答王雲泉侍御

喜門下以西方美人，再操南國之紀。至讀大疏，春容而盡百姓之情，抗壯而開九重之議。雖隔千里，何殊面談。知峩峩舊京，猶有典型在也。

與黄貞甫

惠茗，真鄣越之清英也。恨不得相對燒玉版牙添其風味耳。王相如願一披雲霧，幸以半面借之。

【箋】

〔黄貞甫〕名汝亨。仁和人。萬曆二十六年（一五九八）進士。授江西進賢令，改官禮部郎。

著有寓林集。

又

二公即署二年，而仁兄戀湖頭不已，卧竹浮梅，大是殢人尤物。吴君哀辭附往。所云重品而略富，富何傷品？計然陶公，非無品者。檻絶扇頭，敢附虞卿之後。

【箋】

黄貞父，萬曆三十三年（一六〇五）自江西進賢知縣内召爲禮部郎。書當作於此後。書云「檻絶扇頭」，指若士浮梅檻爲貞父作詩四首。

答黄貞父

葉生來云，丈訝弟邇來書詞淡淺，覺有自外意。世有忍外吾貞父者乎？從頭二十一史，從何處説起。此時即有深言，兄亦不能爲弟聽判，又不知弟當深言否也。弟之知遊，卧起論心，經有年歲者四五人，今皆開府而去。獨郭希老能於吏部堂上昌言留遂昌令，魏見泉石楚陽逢人作不平語，李翼軒生未一面，而爲弟高談。人生何必深也。

【箋】

書作於萬曆三十年（一六〇二），寓林集卷二五復湯若士之五是此信之答覆。

〔葉生〕名梧，字于陽。遂昌人。以湯顯祖之介，受學於黄汝亨、岳元聲。見遂昌縣志卷八。

〔弟之知遊……四五人，今皆開府而去〕指宣大總督梅國楨、漕運總督李三才、山西巡撫魏允貞、總督川湖貴州軍務李化龍等。明史各有傳。

〔魏見泉〕名允貞。見明史卷二三二。

〔石楚陽〕名崑玉，曾任蘇州知府。

〔李翼軒〕即李維楨。

又

破曉循池，梅花早放，凍雀喧然，不謂有美人之貽。世喪道久，微道力誰當憂之。憂身不治，正是世外人事，久當不復憂此身也。

與鄒南皋

兄説講學老人不宜走公門，真法言也。根底有病，老亦須發。弟自賀長至到今，未一面郡縣。然反得嗔。待流俗酌中爲難。薄賦並塵覽。

【箋】

〔鄒南皋〕名元標。江西吉水人。萬曆五年（一五七七）進士。觀政刑郡，以諫止首輔張居正奪情，廷杖，謫戍貴州都匀衛。居正卒，召拜吏科給事中。以劾罷禮部尚書徐學謨，忤首輔申時行，謫南京刑部照磨。起官南京吏部郎中，不赴。丁憂講學，名高天下，爲清議領袖。明史卷二四三有傳。

【評】

沈際飛評「根底有病，老亦須發」云：「道學真假關頭。」

答鄒爾瞻

李元冲過此，云，門下滿腹人材，無措手處。弟云，治世人多於事，否則事多於人。世際竟未知何如也。

【箋】〔李元沖〕名復陽。見尺牘之一答李宗誠。參另柬。

寄鄒爾瞻

吾兄大筆，有中外時貴所必不能請者。而歸仁一記，乃爲兒開遠應之如響。豈真以孺子爲可教耶？合發孔孟歸仁之旨，真是確論。至云性慈生忽，學道人正多坐此。

【箋】〔歸仁一記〕鄒元標歸仁書院記見其願學集卷五。

答鄒爾瞻

門下書云，當令沖父大有見聞。又云，不宜令聽新聲。大見聞全在新聲，不令聽新聲，恐終吴下阿蒙耳。弟近已絶意詞賦。道者萬物之奥，吾保之而已。而益食貧。時或問作小文，所謂白雲自怡悦耳。門户過大，時官難對，無如之何也。

【箋】據吉水縣志卷三六，黄希周字冲甫。若士門人。年四十九卒。

【評】沈際飛評「門户過大，時官難對」云：「不可一世。」

答孫俟居

兄以二夢破夢，夢竟得破耶？兒女之夢難除，尼父所以拜嘉魚，大人所以占維熊也。更爲兄向南海大士祝之。曲譜諸刻，其論良快。久玩之，要非大了者。莊子云：「彼烏知禮意。」此亦安知曲意哉。其辨各曲落韻處，麤亦易了。周伯琦作中原韻，而伯琦於伯輝致遠中無詞名。沈伯時指樂府迷，而伯時於花菴玉林間非詞手。詞之爲詞，九調四聲而已哉！且所引腔證，不云未知出何調犯何調，則云又一體又一體。彼所引曲未滿十，然已如是，復何能縱觀而定其字句音韻耶？弟在此自謂知曲意者，筆懶韻落，時時有之，正不妨拗折天下人嗓子。兄達者，能信此乎。何時握兄手，聽海潮音，如雷破山，砉然而笑也。

【箋】

〔孫俟居〕名如法。顯祖同年進士。萬曆十四年（一五八六）以刑部山西司主事疏請定儲位，謫潮陽典史。久之移疾歸。見明史卷二三四傳及實録。曲譜諸刻指沈璟南九宫十三調曲譜。萬曆三十七年付印，信當次年作。如法無子，以弟之子爲後，故云向南海大士祝之。見餘姚縣志卷二三。臺灣大學曾永義教授有專文論「又一體」，所舉皆非真正之又一體，與此文立意不同。

【校】

〔彼烏知禮意〕莊子大宗師作「是惡知禮意」。

〔周伯琦作中原韻，而伯琦於伯輝致遠中無詞名〕按中原音韻，周德清作，非伯琦。又伯輝，當作德輝，指鄭德輝。

〔而伯時於花菴玉林間非詞手〕按玉林當作玉田。花菴玉田，指黄昇張炎。

與曾金簡

山僧攜大序來，宛轉蓮花眷屬。白蓮乍生，鬚蘂臺蓋一時俱生。仁兄妙言初出，悲智願行一時俱出。此際弟五柳門中，作陶令之攢眉；何時與仁兄千蓮會上，向遠公而捧腹。第恐衡山白衣山人不得終隱，爲懶殘笑耳。迴鴈有音，遲佇無盡。

【箋】

〔曾金簡〕名鳳儀，字舜徵。湖廣耒陽人。與湯氏同年進士，同官南京禮部祠祭司主事，轉北儀曹郎。上據耒陽縣志卷六。

【評】

沈際飛評「此際弟五柳門中」四句云：「流轉如丸。」

寄曾金蘭

讀仁兄宗通序，道味悦心，似有投於夙好；禪關娱老，或不昧於往因。未嘗不欣言獨笑，氣味同然。顧以世法相牽，戲論爲累，終不能如吾兄拈性相以横陳，表宗經而直上也。熊生云，數過衡山不見金蘭先生，猶爲虚度南嶽。惟進而御之，並借新知以發衰憒。

【校】

〔曾金蘭〕蘭，爲「簡」之誤。

寄李本寧

門下江漢炳靈，爲世儒宗。某水木之餘，風雲之末，願一見無從也。辛丑之計，門下獨於銓部堂中，淵洄山立，亹亹於不肖，若恐其一日去國。此所謂得一人知己爲已足也。伊人一水，那得一葦航之。感念恩私，悵焉何極。

【箋】

〔李本寧〕名維楨，明史卷二八八有傳。野獲編卷十一吏部堂屬條云：「辛丑（萬曆二十九年）外計……初過堂時，李（維楨）之屬吏遂昌知縣湯顯祖議斥，李至以去就争之。不能得，幾乎墮淚。」按，時李維楨任浙江按察使。

答山陰王遂東

自分衰棄已久，無緣名字復通顯者。不謂采幽抉微，極意提獎。重以太夫人徽音之示，佳狀琳琅，披文相質，易以應命，附名碑陰不朽，良幸。又諭因貧折腰，待稍治生，當歸讀書。此誠言也。某少壯時即妄意此道，苦無師傅。至博士爲郎南都，讀書稍暢，又以流去嶺海。幸得小縣，乃更不習爲吏，去留無所當。棄官一年，便有速貧之嘆。斗水經營，室人交謫。意志不展，所記書亦盡忘。忽偶有承應文字，或不得已，竭蹷成之，氣色亦復何如。欲恣讀書，治生誠急。門下可謂通人。但讀書人治生，終不可得饒。世路良難，吏道殊迫。相爲勉之。

【箋】

據「棄官一年」，書當作於萬曆二十七年（一五九九）。王遂東，名思任。萬曆二十三年進士。次年自山西興平知縣丁内艱解任。後起當塗、青浦知縣，官至九江僉事。詩文並有名於時。湯顯祖曾爲其小題文字作序。見玉茗堂文之五。

與丁長孺

弟傳奇多夢語，那堪與兄醒眼人着目。兄今知命，天下事知之而已，命之而已。弟今耳順，天下事耳之而已，順之而已。吾輩得白頭爲佳，無須過量。長興饒山水，盤阿寤言，綽有餘思。視今閉門作閣部，不得去，不得死，何如也。

【箋】

作於萬曆三十七年（一六〇九）己酉，家居。六十歲。

〔丁長孺〕名元薦。長興人。萬曆十四年（一五八六）進士。家居八年始謁選爲中書舍人。以言事忤首輔王錫爵。二十七年京察以「浮躁」落職。三十九年起廣東按察使經歷，移禮部主事。四十五年又以「不謹」削籍。見明史卷二三六本傳。又據明儒學案卷五八，長孺爲顧憲成之門人。「視今閉門」云云謂王錫爵也。王卒於今年正月，湯氏似未得其耗，故有末尾所云。若士出于錫爵門下，未便有所云云，而量移遂昌後，不得重返朝廷，爲錫爵所困厄，故怨毒頗深。

又

兄更以言歸耶？輕垂晚之榮華，保方剛之亮節，難進易退，可謂君子矣。頃復有士人來云，霍林終是道人，求仲亦自奇士。審爾，則莊生所謂兩行，固可存而勿論也。

【箋】

萬曆三十九年（一六一一）丁長孺赴廣東按察使經歷，移禮部主事。值京察事竣，尚書孫丕揚力清邪黨，反爲其黨所攻。元薦上言，爲黨人所惡，論劾無虛日，竟不安其身以去。當東林、浙黨之分，浙黨所彈射者李三才，其次則元薦。書云「兄更以言歸耶」，當指此。見明史卷二三六傳。（霍林終是道人，求仲亦自奇士）見玉茗堂尺牘之二寄湯霍林諸書。

答趙夢白

天下皆知明公爲龍，可興雲雨，終不敢擾而用之，疑非人間物，終不可近耳。顧彼亦無雲雨天下之心，誠有之，即似龍如弟輩，必且祈卜而致之，封固而迎之，拜跪而候之，庶幾以類得雨而後送歸其處，況如門下真龍者哉！聞公隱於酒，酣暢高歌，甚善。承問索弟時義於仲文兄處。不知弟衰，時時病苦，不復留意此道。近日三尺童子能之，第其抉掠絞擾，其細已甚，亦如數年中奏疏辞讓之流耳。公子高才俊氣，能爲文章，須爲其大者。弟近號繭翁，乾而不出，無由更覩清光。悠悠天水，徒廑思存。

【箋】

〔趙夢白〕名南星，明史卷二四三有傳。萬曆二十一年（一五九三）官吏部考功員外郎，以大計忤執政，斥爲民。六七年後貽書江西參政姜士昌仲文爲其子索湯氏時文，原函見趙忠毅公文集卷二三與湯海若。

〔仲文〕姜士昌字，萬曆二十六年（一五九八）任江西參政。

【評】

沈際飛評「顧彼亦無雲雨天下之心」八句：「筆所未到氣已吞。」

謝鄒愚公

與明公無半面，乃爲不佞弟作傳，至勤論贊，反覆開辨，曲折顧護，若惟恐鄙薄之不傳而疵纇之不洗。始而欣然，繼之咽泣。弟何修而得此于鴻鉅也！漢人未有生而傳者，唐有之，次者種樹傳最顯。技微而義大。韓柳二公因而張之，爲世著教。弟之閱人不如承福，通物不如槖駝，雅從文行通人遊，終以孤介迂蹇，違於大方。槁朽待盡，而明公采菲集榛，收爲苑藻。百世珉璆，豈在今日。

【箋】作於萬曆四十年（一六一二）壬子，家居。六十三歲。參看玉茗堂尺牘之二寄湯霍林之二。

〔鄒愚公〕名迪光，字彦吉。列朝詩集小傳丁集下有傳。湯顯祖曾爲其調象菴集作序，見玉茗堂文之三。鄒氏復信見該集卷四〇。

【校】〔次者〕次，當是「㘸」字之誤。㘸者，指韓愈㘸者王承福傳。

復費文孫

僕少於文章之道，頗亦耳剽前識，爲時文字所縻。弱冠乃倖一舉，閉户閲經史幾遍，急未能有所就。倖成進士，不能絶去雜情，理成前緒。亦以既不獲在著作之庭，小文不足爲也。因遂拓落爲詩歌酬接，或以自娱，亦無取世修名之意。故王元美陳玉叔同仕南都，身爲敬美太常官屬，不與往還。敬美唱爲公宴詩，未能仰答。雖坐才短，亦以意不在是也。海内人士，乃稍有好僕文韻者。或以他故相好，或其智意未能遠絶，因而借聲。何至如門下所許，過其本情萬萬耶？然至士人談此道者，欣然好之，盛欲有所稟承，嘗以衰病捐去。章門邂逅，得如門下英姿遠意，出乎文字之外，欲相昕夕，顧無閒期。昔先師甚矣其衰，猶思斐然之士。迂愚未敢托於斯義，庶其謂之耳。

【箋】

據鄭仲夔雋區卷五，「章門（南昌）邂逅」在萬曆四十年（一六一二），書作於其後不久。據實録，萬曆十二年（一五八四）二月陞王世貞爲南京刑部侍郎。旋以病辭，在籍調理。十五年十月起原任南京刑部右侍郎王世貞爲兵部右侍郎，十七年六月陞王世貞爲南京刑部尚書，十八年三月始乞休。其弟世懋，十四年六月自福建布政司左參政陞南京太常寺少卿，次年辭病歸。時湯顯祖任南京太常博士，爲其部屬。陳玉叔名文燭，沔陽人。官終南京大理寺卿。列朝詩集丁集小傳云：「玉叔與吳明卿（國倫）諸人，稱詩希風，七子附其後塵。有五岳山房集數十卷，煩蕪剽擬，王、李之下流也。」

與熊芝岡

讀大疏，始知鉅人在邊不在廷也。玉光劍氣，時有白虹上見於天。行召公矣。

郴州有奇士，曰陳元石，願一趨風門下。與談必有當也。天下士須有氣力者承之。幸强食自愛。

【箋】

或作於萬曆三十八年（一六一〇）庚戌。芝岡名廷弼，湖廣江夏人。前年十月以浙江道御史巡按遼東。明年改差南直隸提督學校。熊襄愍公集卷一載巡按遼東申明款議疏或即書中所指之「大疏」。疏具萬曆三十七年八月初二日。

復熊思誠督學

丈備規矩準繩之大器，莅詩書禮樂之名區，豈不盛與！而良書撝挹，第云章程是咨，如約而止。夫約豈足斤斤於門下哉。張弛在心，鼓舞盡神，弟雖老，猶能受人師陶鑄也。

【箋】

〔熊思誠〕名廷弼。前文與熊芝岡作於萬曆三十八年（一六一〇）。此復信或作於次年，時廷弼改差南畿督學。

寄羅匡湖

已知道履彌暢，居廣居，行大道。豈非人間大丈夫耶？令我此念時時大羅天際也。高文妙語，幸寄少許，以訂予頑。兑陽兄令子孤甚，惟仁者念之。

【箋】

〔羅匡湖〕名大紘，字公廓。江西安福人。萬曆十四年（一五八六）進士。十九年在禮科給事中任，以疏劾首相申時行謫歸。見明儒學案卷二三。

〔兑陽〕劉應秋別號。見玉茗堂文之十四明故朝列大夫國子監祭酒劉公墓表。

答羅匡湖

市中攢眉，忽得雅翰。讀之，謂弟著作過耽綺語。但欲弟息念聽於聲元，倘有所遇，如秋波一轉者。夫秋波一轉，息念便可遇耶？可得而遇，恐終是五百年前業冤耳。如何？一夢已完，綺語都盡。敬謝真愛，不盡。

【評】

沈際飛評「夫秋波一轉」四句云：「老僧於此悟禪。又一轉語。」

又

弟朽人也。父母朽則朽矣。如仁丈出爲一世之重，處爲大道之宗，皆大孝事，何復遺憾。而不孝能追孝萬一耶。頹憊眩瘠，無復人形。時問棲梧土星何時剗度爾。

【箋】

作於萬曆四十三年（一六一五）乙卯正月父卒之後。

與門人許伯厚

不佞棄一官而速貧，宜矣。以足下强仕之年，方可馳揚京洛，而亦時有幽憂之疾，其有後時之感耶？榮進素定，理宜順之。無怨之難，聖人所嘆。只以馬心易仕至爲郎，而飯常不足，世道又復何言！

【箋】

〔許伯厚〕名應培。擅古文詞，嘗遊臨川湯顯祖之門。見嘉興府志卷五一。

〔馬心易〕名應圖。平湖人。萬曆十三年（一五八五）在南京禮部郎中任，以疏劾科道齊世臣等並及首輔，謫大同典史。見平湖縣志。

【校】

〔馬心易〕易，原本誤作「陽」。

與許伯厚

孟德王大將軍皆少壯時即雄飛得意，尚有伏櫪之悲，敲壺之感。況於苦心伏首數十冬春而未得借一者，悲感更是何如。勉之。今秋吾向鴈行中一望燕臺捷書也。

答許子洽

僻在江外，子墨之遊無幾。幸如門下賁思，假以芳帙，淵雲徐庾，春容駢陛。獨恨無以仰承贊唱也。不佞幼志頗鉅，後感通材之難，頗事韻語，餘無所如意。挈此於吴中，如以殘礫比海月耳。

【箋】

作於萬曆四十三年（一六一五）乙卯，家居。六十六歲。

沈際飛玉茗堂選集文集錢謙益序云：「吾友許子洽氏以萬曆乙卯謁義仍先生於臨。攜所著古文以歸，集爲十卷，而屬予序之。」

〔許子洽〕名重熙。常熟人。以史學名。見蘇州府志卷九九。書云「挈此於吴中」，指所爲古文也。

與但直生

遠遊吴越，收江山之助，縱聞見之益，歸視白鹿家山，黄龍舊侶，得無啞然。璇璣滿囊，幸摘一星示我。

【箋】

〔直生〕或是但貴元之子。貴元，江西星子人。萬曆八年（一五八〇）進士。

答但直生

書來，知令先公佳城改卜。謂景純誤人。不佞妄意水土比，水自是地中物。江南土淺，較爲迫水；西北地厚，至三丈不得水，復少華潤。管公明止望四獸耳，捉龍知脈，時師常談，要亦不得不爾。常見縉紳家，親方水蟻時，權利轉上歸而後覺之，殆不可曉。總之，令先公盛德，足下至性，允終其吉。不佞齒至，近得一不食之土，容速朽焉。未煩多師也。

【校】

〔不佞妄意水土比〕土，沈本作「上」。按：水土比，謂易比卦上坎爲水，下坤爲土也。作土爲是。

與但直生

良書亹亹，知一意時文字，殊慰。嬌兒兒女偶爾流態，不待飾妝，青衣有遇，此殆如夢中婉孌耳。老女施褵，必須莊嚴精曉。尊章鑒之，姒媪睨之俱可，而後君子安焉。此如醒時迎别，故難易若夐耳。總之男女遇合有命也。直生正當醒時，未能免俗，聊復爲之。爲之，則得矣。

【評】沈際飛評「姒媪睨之俱可，而後君子安焉」云：「曉人如是。」

寄梅禹金

半百之餘，懷抱常惡。每念少壯交情，常在吾兄。午日之曉，夢見兄容渥丹於昔。弟殊喜，笑曰，吾輩惟持此好臉，與世人打捱。揖我而入曲巷，後有池，前有堂。予問高瀛臺安否，旁一客云，宣州有同籍，而問高君何也。予笑而不答。醒殊悵悵。户外報鳳衢書來，何其異也。因書夢以寄。

【箋】〔鳳衢〕南昌知縣黄一騰字。一騰，寧國人，梅氏郡人。

寄劉天虞

兄迂道半千，而存弟於玉茗堂中，爲四日夜之談，沉頓激昂，歡楚俱極。無從嗣音，言之哽塞。同爲失路，而兄才度超闊，世需有時。如弟迂愚，其亦已矣。姜養沖兄更欲於度外拂拭，而混沌未鑿，終可如何。温公要不爲不知我耳。右武病毀殊困，仁兄得無喟然！

【箋】

作於萬曆三十年（一六〇二）壬寅後。

〔劉天虞〕名復初。陝西高陵人。原任潞安知府，忤中貴，貶官廣東提舉。是年返秦，迂道過臨川，訪玉茗堂。見是年作詩壬寅中秋後三夕送劉天虞歸秦至延橋别作。參潞安府志卷四本傳。

〔姜養沖〕名士昌。時任江西參政。明史卷二三〇有傳。

〔温公〕名純。萬曆二十九年（一六〇一）大計，湯顯祖以「浮躁」落職閒住，温純時爲都御史。參看玉茗堂文之三趙仲一鄉行録序。

〔右武〕丁此吕字。新建人。萬曆三十七年卒。明史卷二二九有傳。

與劉天虞

意仁兄便起家郎丞以上，不謂更紆南服。邇得宦籍，見作荆郡丞，爲兄悵然。然有一耆宿云：「荆州措大多如鯽魚，沙市琵琶多於飯甑。」措大多可憎，琵琶多可近也。仁兄漸北，太宰知我乎？燕燭郢書，弟不爲悮。

【箋】參看卷一五壬寅中秋後三夕送劉天虞歸秦至延橋別作。天虞名復初。任職荆州，府志失載。

【評】沈際飛評「荆州措大多如鯽魚」四句云：「似真似謔，妙狀。」

答劉貽哲

德音從天而下，始知諸葛公度瀘。傳示婦子僮客，莫不驚喜。詢知兄黑頭無恙，勉身就官，封疆廊廟，無非可效者。文字三種附上。劍州聶君世潤，真恪士也。丞撫州，即以真悋不諧去。幸引重而薦進之。承問敝邑令君葉明生，清惠宜民。林淩九殊俊，當亦難入蜀乎。

【箋】

〔劉貽哲〕當名復初，字天虞，一作天宇。陝西高陵人，有别墅在汝南。湯氏同年進士。曾任潞安知府，忤中貴，謫廣東提舉。萬曆三十年（一六〇二）北歸，訪若士于臨川。後官至太常卿。復初字天虞，以復卦起意，另一表字貽哲，則從初字取義。尚書召誥：「若生子，罔不在厥初生，自貽哲命。」據四川通志卷一〇〇，復初任四川按察副使。

〔聶君世潤〕劍州人。以進士任撫州同知。

〔葉明生〕當是臨川知縣葉天啓。萬曆三十八年（一六一〇）任。

與張異度

讀門下制義，氣質爲體，既寫理以入微；音采爲華，復援情而極變。雖未盡發淵海之藏，亦已少窺風霞之色矣。企佩彌懷，覯止何日？

答黄鳳衢

别去懷思。謂干旌久已河上，而德音忽貽，尚爾敬亭文脊間。仕如此其不急乎？承遠索文，誼難固辭。弟能爲文，而必借尚書銜登軸，士安可不作尚書也。

【箋】

〔黄鳳衢〕名一騰。寧國人。萬曆二十七年（一五九九）任南昌知縣。見南昌府志。

【評】

沈際飛評「弟能爲文」三句云：「輒喚奈何。」

寄孫區吴憲伯

八閩有孤介之士，曰沈君鈇者，弟禮曹時敬信友也。如鄖如衡，耿耿自將。時論過之，而士論未嘗不心儀之。擯落家居，蕭然可念。而遠聞有里閈之疑，涉於吏議，乃至流落隱屏，不能自釋。凡在風聽，皆爲傷心。以弟料之世情，自非晏平仲，誰能解驂而脱石父；自非孔北海，誰能飛文而理彦章。幸際吾兄英慨自命，倘痛志士之坎壈，洞世路之嶔崟，解其機絲，縱其毛羽，使沈生寛然無膺鋒觸檻之憂，有巖棲川觀之樂。豈止弟與沈生同其歡謡，即宇内慕義之士，且將感恻無窮。千里剖心，萬惟慈照。

【箋】

〔沈君鈇〕據實録，萬曆十五年（一五八七）十一月在鄖陽知府任。書云「如鄖如衡」，當曾任官衡陽。

與李麟初太史

未能一覿，展側何如。大雅久不作，吾鄉尤甚。弟雖少見脈理，而蚤衰無復登峯之興。門下當成此最勝。予將老而爲客矣。

【箋】

〔李麟初〕名光元。進賢人。萬曆三十五年（一六〇七）進士，授編修。官至禮部侍郎。見南昌府志卷四一。

答李乃始

僕年未及致仕，而世棄已久。平生志意，當遂湮滅無餘。獨丈每見有暱僕之色，每聞有賞僕之音。僕萬有一中，不無私念。秋柏之實，枯落爲陳，偶有異人過而餂之曰，此不死之餌也，則必有採而畜之，以傳其人者。而自度清羸，恐一旦爲秋柏之實，不能不倚丈爲異人也。

獨自循省，爲文無可不朽者。漢魏六朝李唐數名家，能不朽者，亦或詩賦而已。僕於詩賦中，所謂萬有一當。爲丈不朽者，過而異之。文章不得秉朝家經制彝常之盛，道旨亦爲三氏原委所盡，復何所曆言而言不朽？僕極知俗情之文必朽，而時官時人，輒干之不置，有無可如何者。偶而爲之，實未嘗數受朽人之請爲朽文也。然思之亦無復能不朽者。比來人才未有聽覩，才識如丈，年纔不惑，庶其圖之。僕觀館閣之文，大是以文懿德。第稍有規局，不能盡其才。久而才亦盡矣。然令作者能如國初宋龍門極其時經制彝常之盛，後此者亦莫能如其文也。習而盈之，道宏以遠。誠知且朽，猶欲逾於莫之示而無所聞者。

【箋】

〔宋龍門〕名濂。中年後還居浙江浦江小龍門山下。明史卷一二八有傳。

【校】

〔僕年未及致仕〕未，原本作「來」。據沈際飛本改。

【評】

沈際飛評「秋柏之實，枯落爲陳」四句云：「詞旨高寄。」又評「大是以文懿德」云：「倒一文字佳。」按，此用易小畜象辭「君子以懿文德」而倒一文字。評「後此者亦莫能如其文也」云：「目中不復有餘子。」

與李麟初

「文章論定前賢退，簪笏名除大雅留。」可爲名言。媿僕不足以承之也。薄飡未能免俗，所謂式食庶幾爾。

【箋】萬曆二十九年（一六〇一），湯顯祖落職閒住，李麟初有書相慰，顯祖作此答之。

【評】沈際飛評「文章論定前賢退」二句云：「二句千秋。」又云：「必簪笏不大雅耶，吾輩思之。」

答李乃始

良書娓娓，推挹深至，窅無俗情。弟妄意漢唐人作者，亦不數首而傳，傳亦空名之寄耳。今日佹得詩賦三四十首行爲已足。材氣不能多取，且自傷名第卑遠，絶於史氏之觀。徒蹇淺零誶，爲民間小作，亦何關人世，而必欲其傳。詞家四種，里巷兒童之技，人知其樂，不知其悲。大者不傳，或傳其小者。制舉義雖傳，不可以久。皆無足爲乃始道。吾望足下或他日代而張我，區區者何足爲難。雖然，乃亦有未易者。宋人刻玉葉爲楮，三年而成，成無所用。然當其刻畫時不三年，三年而不專其精，楮亦未可得成也。恃足下知而愛我，屑屑言之。惠詩久弊，幸更書以貽。

【箋】〔李乃始〕名光元，鄰縣進賢人。萬曆三十五（一六〇七）年進士，任官翰林院。〔詞家四種〕指所作傳奇紫釵記、牡丹亭、南柯記、邯鄲記，合稱玉茗堂四夢。

【評】沈際飛評「詞家四種」四句云：「四種極悲樂二致。樂不勝悲，非自道不知。」又評「然當其刻畫時不三年」三句云：「矯矯。」

答費學卿

讀擬試題，精熒蘊藉，非悠悠可造也。恨自頹廢，無因一挹朝采春色。所謂伊人，空有成蹊之眷耳。

【箋】見玉茗堂文之十二費太僕夫人楊氏哀辭。朝采一作晁采，費家園林。

答費學卿

春雪淋漓，擁爐微笑。而良書適來，亹亹千言，推獎過至。憶僕幼從徐子弼先生遊，而辱忘年於惟審，因能研弄模寫，長便習之。弱冠過敬亭，梅禹金見賞，謂文賦可通於時，律多累氣。因學爲律，粗以紀遊歷，寄贈言懷，無與北地諸君接逐之意。北地諸君，亦何足接逐也。寄示二詞，緜麗可愛。制義典雅圓昶，小有異同，知不爲訝也。公子翩翩，十舍而遥，無緣一攜手，如何？

【箋】

〔費學卿〕名元禄。江西鉛山人。其甲秀園文集卷一一有致湯若士先生書，此爲覆信。參玉茗堂文之十二費太僕夫人楊氏哀辭箋。

〔弱冠過敬亭〕指萬曆四年（一五七六）宣城之遊。時二十七歲。參看玉茗堂文之六玉合記題詞。

〔北地諸君〕指李夢陽、何景明、李攀龍等人，與太倉王世貞並稱何李、王李，爲文主復古。見明史卷二八七傳。

答黄右文

制義精熟至此，卒遇之，玉露金膏，不知黄監元武庫中物也。尚未融妥處，終有詞人意在。長君業已斐然，次公三公，殆是小謝更清越，非火攻者，甚爲兄喜。近日北人士如方之細，如房如宋之偉，皆江右人所不及。文字欲商者幸時相示。

又

弟學殖淺蹇，然語人未嘗不盡其誠。況於右文公子乎！急無以相益，喜其有以自養也。風雨遠歸，何能無念。

與李還素方伯

鄙念未嘗不在薇垣左右也。每過章門，數煩分俸。在兄之賜，固出廉泉，而弟之受，亦甚慚讓水。誦老伯父手卷，盥祓吟玩，可謂明月孤映，高霞獨舉。韻超超於玄釋，義沉沉於忠義。至於行草，常筆後而意先，亦豐筋而藴彩。神僊中人，有此神物也。聊贅數語，用附千秋。

【箋】

〔李還素〕當即李開芳。福建永春人。湯氏同年進士。據實録，萬曆三十五年（一六〇七）九月自江西按察使陞右布政使，故以方伯稱之。萬曆三十八年乞歸終養。

與李還素

君家兄弟每以孝友相先，名位相讓，恒令人朵頤。至若以相公在事，而卧托彌高，必有悟超然之致者。達人因任而行，似難固守誓墓之節。再過章門，披雲覩日，當知笑涕同時也。

【箋】

〔相公在事〕指其族人李廷機萬曆三十五年（一六〇七）五月入閣。書當作於還素丁憂時。

答李還素

蒲柳之姿，偃卧江閣。辱惠曹溪三作，檀度機神，言無不盡。至云「非不讀六籍，一讀一腼肱。文字原不立，何字可寓瞬」，可謂爻頌窮於此域，唄贊深乎彼岸矣。豈非朱溟浩杳，雲霞之所沃蕩；浮峯軫隱，日月之所回薄。驅靈洞秀，合而成東父之文言，耀南瞻之震旦耶！珍藏鳴玉，代響洪鍾。病起觀濤，晤言斯企。

【箋】

〔李還素〕當即李開芳，萬曆三十五年（一六〇七）略前至三十八年九月歷任江西副使、按察使、布政使。

寄李鵬岳

吾兄敭歷清英，物望民宗，往往而著。而高情逸韻，仍在衡泌。常願遶烏鵲之枝，從大鵬一息，而僕病未能，我覯難嗣。或者天造西人，起兄於桃源紫帽間，一過章門道乎。弟尚得披惠風，飲甘露，於以已病除衰，所願幸也。

【箋】

〔李鵬岳〕名開藻，字叔鉉，號鵬岳。福建永春人。湯氏同年進士。李開芳之從弟。萬曆三十二年（一六〇四）九月由浙江副使遷江西提學副使。以上據永春州志及實録。書當作於李氏江西罷任後。

答李鵬岳

暑瞶中得讀扇頭，四十年塵漬，嗒然頓消。更辱雙素，清人之惠，可易得耶！海濱高枕，久負蒼生，如何？

【箋】此函作於鵬岳離任後。「四十年」或指登第後。

與門人王觀生

霍林爲世疑至此，門下宜往慰之。古人懷一飯，不佞於天下士懷一言也。

【箋】或作於萬曆三十九年（一六一一）。參玉茗堂尺牘之二寄湯霍林。

與王觀生

世人如鰲山燈，裁有煖氣，手足便動。吾弟可不一發憤耶。三兒已赴龍沙矣。

答王觀生

才如觀生而長貧賤者乎？家人睽世情，應如是耳。有黄金臺在也，願言勉之。

答陳如吉給諫

朝論固如沸，聖明在上，終是君子多，小人少。但我輩不宜急以小人與人耳。

【評】

沈際飛評「但我輩不宜急以小人與人耳」句云：「大聖賢心腸，大豪傑作用。」

翠娱閣本評云：「忠厚之心，遠禍之術，彌亂之道。」

寄梅瓊宇

弟受知克生兄最早，玉茗堂中有哭詩。時見夢言而已。仁兄與弟生同年月日，而宦遊較弟稍達，多子殊秀。弟以烏哀流落，子多中才，卯酉相望，奚啻千里。吾兄容鬢何其？得借西來，庶爲心懌。

【箋】〔梅瓊宇〕名國樓。麻城人。官至四川叙州副使。上據黄州府志卷二〇。首句克生，梅國楨字。三人俱同年進士。據實録，萬曆三十三年（一六〇五）八月總督宣大山西兵部右侍郎兼右僉都御史梅國楨卒。書必作於此後。

答陳子顯

齊年兄弟，闊落天涯。緩急之情莫通，海山之使難遣。惟是宛水儀刑于控鯉，甌江想象於翔龍。梁岳雲霄，徒懸夢寐。忽承翰示，綿連周至，靄有餘情。白頭相思，宛如面命。弟多病早衰，而山人適來，寢丘之貽，寔惟重惠。朱澹老弟奉常堂尊，而鄭葵老爲弟知己，皆成故人。致聲諸公子，今昔之感，悵如之何。

【箋】

〔朱澹老〕名天球。漳浦人。據實録，萬曆十六年（一五八八）以南太常卿陞南太僕寺卿，湯顯祖爲其部屬。三十八年正月卒。

答鄭著存

青山雅操，既與華頂同清，而泖水恩波，將與吳海比潤。方喜梓里有人，而良書重貺，尉藉彌深，感何可言。每讀楊公奏記，發舒江漢之風，鎮定關河之氣。而遠詢幽逸，謙尊善下。晤時並爲致謝。

與魏見五

霍林宗兄，每道長安篤誼，仁父門士，再稱汝上雄文。讀癸春之報，世路方仄，獲登中原名俊，殊爲世慶。而大越已借廉平矣。鄞邑孫生鳳雛，遠韻已非凡響；呂生鳴陛，雅才自是利器；葛生士標，方當象舞之年，已負鵬摶之志。所爲無小無大，欲從公于邁者也。惟日進而教之。無能適越，獨章甫以自文；有意懷賢，諸逢掖以爲托。

【評】

沈際飛評「無能適越」四句云：「結響。」

與許仰亭吏部

太學趍風之後，音徽邈綿，南國多年，山川映發。許吏部月旦高懸，中間尚有臨川巖壑人否？如兄尚留南國，則弟當以六朝餘興，從君一笑石頭城也。

與汪二魯

二魯先生大器祖於彰獄，文采發於吴京。紆其雅念，顧我孱兒。春陽可以相煦，歲寒可以相結。何以酬兹，不負瓊瑶之贈也。

與門人吴季倫

吾友文藻染翰鳳池，何必減書生投筆耶？漢人以貲爲郎，多爲名卿，幸自努力。

與高旭玄

六年不見高卿，聞欲過我，殊尉。而久待不至，豈訪戴者偶興耶！吴越道中，春夏間可作麗人行。時亦憶汝水釣人乎？

與李九我宗伯

從京師來者，言丈蔬食敝衣。或以丈爲貧，或以丈爲僞。夫世人何足與言真僞也。馬心易作縣，食嘗不飽；趙仲一爲銓部歸來，幾爲索債人所斃。貧而仕，仕遂不貧耶！古人云：「匈奴未滅，何以家爲。」此時亦非吾輩作家時也。惟丈有以自礪。

【箋】

〔李九我〕名廷機，湯顯祖同年進士。明史卷二一七有傳。據同書七卿年表，萬曆三十一年

（一六〇三）以侍郎署禮部尚書，三十五年五月以禮部尚書入閣，次年十月養病不出，四十年致仕。書當作於萬曆三十一年至三十六年。

【校】

〔馬心易〕易，原本作「陽」，誤。

【評】

沈際飛評「此時亦非吾輩作家時也」云：「英氣勃勃。」

與唐凝菴

楚臣云：「舍騏驥而不乘，乃皇皇而更索。」以門下名德巋巋，召起東山，竟成遠引。知而不乘，今昔共嘆。張山人雲林大有俊氣，幸進而與之語。

【箋】

〔唐凝菴〕名鶴徵。武進人。隆慶五年（一五七一）進士。當作於凝菴自太常卿罷官後不久。

父順之，父子俱以博學聞。

【校】

〔舍騏驥而不乘，乃皇皇而更索〕按楚辭九辯作「卻騏驥而不乘，策駑駘而取路」。

與門人廖仕沂

昔儒之教小學生有數益。足下清才而爲蒙士授書，一可熟讀正字，一可檢容鍊心。蒙卦六象，學記一篇，切磋究之，有時行宦學之用。寧當以荏苒流落爲嘆？二作大雅流音，鏗爾明堂之瑟也。

答林若撫

不佞近衰，朒縮隈隺，自謚繭翁，乾而不出。忽承門下鏘琅雅歌，跫然來思。起其再眠，抽其獨絲。頓使枯蛾蠕蠕蘧蘧，如動如生，有出飛牕户間作五色意。加以長生名筆，虬拏鸞峙，攢爲世寶。天噓地吐，五内爲承。諸作精好流昶，自是廊廟元英。積感之餘，尚圖嗣音。

【箋】

〔林若撫〕名雲鳳。長洲人。見靜志居詩話卷二〇。

〔長生〕當作長白，范允臨字。華亭人。萬曆二十三年（一五八五）進士，以書法名。

【評】

沈際飛評：「頓使枯蛾蠕蠕蘧蘧，如動如生」云：「堆垛反欠老成。」

答黄九洛

寺中小飲，得周爰四方之事，揚扢千秋之業，殊暢。仙舟遂南，悵焉寤嘆。章門風雨，夜玩大作，皆有靈氣。點定以歸，采艾時當有幽人之想。

寄蘇眉源郡伯

晝下南州之榻，夜宴澹臺之祠，品愧名流，誼深古處矣。羅山人鐘精於素脈，委蛇多暇，或有意乎此也。幸進而御之。

【箋】〔蘇眉源〕名宇庶。前任撫州知府，萬曆四十年（一六一二）八月調任南昌，書當作於此後。

候董廓菴司空

私論郡國有才，必以明公經二物之則，冠三英之粲。何也，某都憲柔而不中，某司寇剛而未正，仲山有舉，端在仲舒。鄖樞焦心數年，徘徊南國。本朝於勞逸之際，可謂適人。獨念明公委蛇多暇，獻笑文尊。雨花木末之間，所侍舊祠郎安在？江山不殊，人物可知矣。

【箋】〔董廓菴〕名裕。撫州樂安人。官至南京工部尚書。見撫州府志卷四八。
〔某都憲〕都御史陳炌。臨川人。
〔某司寇〕刑部尚書舒化。臨川人。
〔鄖樞焦心數年〕董裕曾官僉都提督鄖陽。時寧夏變起，部檄鄖貸餉八萬，調兵三千西援。

鄖人洶洶思亂，裕亟請罷之，民始靖。見撫州府志本傳。〔所侍舊祠郎安在〕萬曆十七年（一五八九），湯顯祖任南京禮部祠祭司主事，董裕任南京光禄寺少卿。湯顯祖有詩董光禄招遊城南三蘭若同南海曾人蒨即事。

候王恒叔鴻臚

昨道天台，遂踏龍湫雁背，望禹穴以東，朝陽而西，秀色殆爲太初仙人所盡。謝鎮鉞而隱陪京，其意自遠。人生何必多取，旁少聽琴人，相如舊恙，當復平勝。往蹇不盡來連之思。

【箋】

或作於萬曆二十五年（一五九七），在遂昌知縣任。

〔王恒叔〕名士性，號太初。臨海人。萬曆五年（一五七七）進士。二十三年陞都察院右僉都御史巡撫河南，辭不受，改南京鴻臚寺正卿，書云：「謝鎮鉞而隱陪京」指此。二十六年卒。見台州府志。

【校】

〔殆爲太初仙人占盡〕太，原本作「大」。

【評】

沈際飛評「往蹇不盡來連之思」云：「硬入經字。」「往蹇來連」，見易蹇卦。

湯顯祖集全編詩文卷四七　玉茗堂尺牘之四

與門人胡元吉

嶺南百姓極喜吾省人士爲長吏。董擴菴在東莞，治行至今稱第一。楊臨皋遠矣，萬里之行，始於足下。願言勗之。莞爾文雅餘風，可鳴琴而治。清聲時聞，用慰我心。

【箋】

作於萬曆三十九年（一六一一）辛亥，家居。六十二歲，據東莞縣志卷四一，董裕號擴菴，楊寅秋號臨皋，皆江西泰和人，先後任東莞知縣。胡繼美江西鄱陽人，萬曆三十八年進士，次年四月任東莞知縣。元吉當是其字號。楊寅秋死於十一年前，故云：「楊臨皋遠矣。」

答黄荆卿

七年之官，二十年之别，千里之外，能憶六十歲老人，壽之以詩，可謂不忘之至矣。來詩云：「傳聞去國譚猶劇，不道爲郎罷即貧。」似爲悠悠者解。夫悠悠者何足爲解乎！太守蘇公課賦，見弟家淮兑米止一十二石，問曰：「國租本折相半，公歲穀當不能滿六百石。且公爲宰幾何年？」弟對曰：「四年矣。」蘇公嘆曰：「人言何足信。」弟笑而謝之。古稱知己之難，世豈有達觀怖死，義人要錢者耶！

【箋】

作於萬曆三十七年（一六〇九）己酉，家居。六十歲。黄荆卿名道日。廬州府志卷三二云：「舉于鄉，入國子監讀書。爲一時名流推賞。工翰墨，行草俱爲時所珍。」今合肥人也。

〔傳聞去國譚猶劇〕指萬曆二十九年（一六〇一）大計罷官閒住事。

〔蘇公〕撫州知府蘇宇庶。

〔達觀怖死，義人要錢〕是雙關語。達觀禪師萬曆三十一年（一六〇三）被害死於獄中。湯顯祖字義仍，一作義人。

【評】沈際飛評「世豈有達觀怖死，義人要錢者耶」云：「八字鑿然。」

與傅商盤司成

門下以天下之士，爲海内之宗。河汾地以作之師，築巖天以考其相。冠冕之屬，章掖之徒，仰其門闕，如望雲中之山；挹其津涯，似味忻然之水。何期豚犬，得近夔龍。其兄已矣，猶羈結草之懷；有子淒其，常恐析薪之墜。普開叢象之雲，重沾聖皐之雨。撫西河而迴載泣，詠南山而祝萬年。

【箋】此書與卷一四送仲子太耆入南雍感舊奉贈大司成太原傅公三十韻序幾全同。參看詩箋。

答李洙山

誦道教，知山陰道中，應接不暇，而更反哭築場，終弟子之義。好禮不倦，矍相之賓也。前無瑕來，自言能折門下西河之疑，弟心笑無瑕高資，又誰當折之者。大事甚細，非死數度不能生，非生數度亦不能死也。此中甘苦節度，誰能證之。「欲殺衆何意，千秋某在斯。」門下一過敬亭，訂此大事，何如。

【箋】〔欲殺衆何意，千秋某在斯〕見玉茗堂文之二睡菴文集序，爲湯賓尹作。

【評】沈際飛評「大事甚細」三句云：「禪宗語録。」

與姜仲文

仁兄卿月之臨，猶需旦晚，公論爲訝。弟曰，昔人以無書抵政府爲賢，今人反之。養沖自應久此耳。

【箋】〔姜仲文〕名士昌，養沖當爲其別號。據實録，萬曆二十六年（一五八八）任江西參政。明史卷二三〇有傳。

【評】沈際飛評「昔人以無書抵政府爲賢，今人反之」云：「誰能爲此語。」

答姜仲文

非仁兄一疏，千秋不知四明事。相國座右銘，非止去國餘忠已也。弟自分袂，杳爾龍沙。「公來雪山重，公去雪山輕」，匪虚語也。江東雲樹，欲寄無由。適徐生能數學，願一窺天於門下，因得附訊焉。庚陽必自有語。

【箋】見玉茗堂賦之五高致賦箋。

〔庚陽〕丁此吕别號。明史卷二二九有傳。

與朱以功

章門無右武爲壯士，無相公爲長者，何處受我輩耶。時時念中惟有朱先生。三兒每見朱先生一度，即著裏一度也。

【箋】

〔朱以功〕名試。江西南昌人。受學於章潢，未受官卒。見江西通志卷一三八。

〔右武〕丁此呂字。新建人。明史卷二二九有傳。萬曆三十七年（一六〇九）卒。

〔相公〕前相國張位。新建人。明史卷二一九有傳。萬曆四十年（一六一二）卒。

又

天下非水則旱，而儒之貧者尤苦，儒之真者猶苦，則門下是也。北門賢者，固不諱窮，獨如世道何？

寄朱以功

弟與仁兄周旋道義，隱微不欺者，四十年於茲。今病彌留，清光遂窅。三兒或不隕家聲，惟仁兄時而督教之。如弟戛戛一生，寡過未能，蓋棺已近。短歌志媿而已。

「少小逢先覺，平生與德鄰。行年幾望七，疑是死陳人。」

【箋】或作於萬曆四十四年（一六一六）丙辰，六十七歲卒前。

與馮文所大參

戊戌之計，明公大爲僕不平，言於使者，枳其談。而明公乃復不免。辛丑之計，僕三年杳然巖壑，不當入計中。時本寧李公大爲不平，言於吏部堂，梶其筆。而李公亦復不免。夫以明公與李公，名如日月之熒，實若鼎鈞之重，而誹俊疑傑，尚爲詬㠔不置。況如不佞，名微實輕，無足光重於世者哉！吴江非遥，而出門之難，阻我夢思。知明公近著寶善編，記吴中耆舊逸事。而太倉起潛師父子幽善良多，惟前後裁入。書得明公而信，庶可不朽。

【箋】〔馮文所〕名時可。歷任處州同知、浙江按察使。所著寶善編二集今存。餘見静志居詩話卷一五。

〔戊戌之計〕萬曆二十六年（一五九八）湯顯祖以遂昌知縣上計北京，歸即棄官旋里。

〔本寧李公〕名維楨。野獲編卷一一吏部堂屬條云：「辛丑（萬曆二十九年）外計，有欲中李本寧憲使者，賴馮（吏部侍郎馮琦）救止。而吏科王斗溟士昌用拾遺糾之，馮又力持，得薄謫。初過堂時，李之屬吏遂昌知縣湯顯祖議斥，李至以去就争之。不能得，幾於墮淚。」據實録，是年五月降浙江按察使李維楨爲右參政。

〔太倉起潛師〕名振之。湯顯祖十四歲補縣諸生，時張振之爲撫州同知。

【評】

沈際飛評「而李公亦復不免」云：「自足悲感。」

寄馮文所

追憶作吏明公屬下，如井贏缾，更加提挈。雖終焉不免引繩絶振，恩莫可忘。章門有懷，未既爲悵。雲林往，敬附積私。陶潛寄聲武陵漁父，知有賢主人在也。

【箋】

〔馮文所〕名時可。華亭人。静志居詩話卷一五有傳。又據處州府志，湯顯祖爲遂昌知縣時，馮任處州府同知。

【校】

〔如井羸鉼〕羸，各本誤作「嬴」。

【評】

沈際飛評「陶潛寄聲武陵漁父」二句云：「如蒼璧小璣，亦佳。」

與錢抑之

會試取雋者，日近卑弱，亦各自寫其致。學士不知所之，柳子所謂莫莫者其有宰於人乎。駕二龍於天逵，翔獨鶴於人間，是所顒佇。

【箋】

〔錢抑之〕名士升。嘉善人。萬曆四十四年（一五六五）殿試第一，授修撰。明史卷二五一有傳。

與姚承菴

門下蒼然藹然，有正叔之正，而伯子之和自在。若弟於蘇長公意韻猶在疑似間也。東坡謂伊川不知何年打破他這敬字。蓋東坡高資，又多遊於禪，往往有拍版門捶之戲。不知敬體無破，可打破之敬，非敬也。正叔歌後不哭，此是可破之敬，故蘇子打之。如門下之敬，似無可破者。何如。

【評】

沈際飛評「不知敬體無破，可打破之敬，非敬也」云：「乃知臨川不是假道學。」

與陳匡左

丈含香之秩且中，遂留爲清卿乎？若出，當作人師。江湖之氣方急，惟深心鎮之。與兒輩東望，輒思丈與姜山不置。近得曹能始示遊西山匡阜詩，如出武陵談谷中事，步虛雲際，便風微聞。可與晤歌，幸爲謝言。

【箋】

〔陳匡左〕名邦瞻，萬曆二十六年（一五八八）進士。曾官南京吏部郎中。明史卷二四二有傳。

〔姜山〕吕胤昌號，字麟趾。餘姚人。湯顯祖同年進士。

〔曹能始〕名學佺。萬曆二十三年（一五九五）進士。曾卜築匡山之下。見列朝詩集小傳丁集下。

與丘毛伯

正文體自是正論。第我國家全任法，不全任人，即文體不正者服官，不敢不如法治。偶以此三年一度耳。

又

公舉太夫人高行，上下莫不欣然，願相揚激，以光朝命。母賡鴻鵠之歌，子叶鳳凰之什。世際盛事，何幸覯之。

【箋】見玉茗堂文之十四丘節母墓表。

寄羅柱宇中丞

宣城湯嘉賓，弟宗英也。在世爲一時文章之師，在弟爲千秋道義之友。韓生異才，自可暗中摸索。至以絶不相及之事累熊芝岡。夫學使者行法一奸生，何負於世，而紛紜若是。世多以酒解酲，弟意非清泉解之不可。兄天下之清泉也。南北之强，不如不倚。惟留意。

【箋】作於萬曆三十九年（一六一一），據光緒歸安縣志卷二二，韓敬萬曆三十七年中舉。芝岡熊廷弼次年始改差南直隸提督學政。故云「至以絶不相及之事累熊芝岡」。時任應天巡撫（中丞）者爲徐民式。標題疑有誤奪。

〔湯嘉賓〕見玉茗堂尺牘之二寄湯霍林箋。

〔韓生〕見玉茗堂尺牘之二寄湯霍林第一、第三兩札箋。

答陸學博

文字誅死佞生，須昏夜爲之。方命，奈何。

【評】

沈際飛評「文字誅死佞生，須昏夜爲之」云：「數字銀鉤鐵畫。」

寄膠州趙玄沖

宋陳同甫自云：「擴開萬古之心胸，推倒一世之豪傑。」其人雄厲磊砢歷落如此，竟不爲世容。惟一辛節制知之，不能終也。以翁丈緯武經文，何在古英雄下，而竟以一尉小縣令長謝里門，高歌縱酒，忘憂用老，悲夫！世人目無瞳子，至今極矣。然聞兄諸郎君並以奇雋發越，人之所損，天之所益，未可量也。門人旌德劉大甫窮彌甚，氣彌高。欲度淮而東，終業大兄之門。如更不就，遂有望三神山褰裳濡足之想。弟殊壯之，知大度恢然，能爲之主。雨花臺下，一夢至今，臨風悵佇。

與張文石

弟士學，讀文石之文；宦學，讀文石之疏。松心竹筠，可追大雅。雲聲堂大作，乃屬言匪材，伏膺則恧，方命爲慚，竭蹷以成。伏惟裁幸。爰立既新，來譽斯始。文章禮樂，舍門下其誰。再節以趨，九斗未堪終對也。

【箋】

爲寄雲聲閣草序作。見玉茗堂文之二。據明史宰輔年表，萬曆二十九年（一六〇一）九月內閣首相趙志皋去世，十一月，沈一貫晉兼太子太傅建極殿大學士。九月，沈鯉、朱賡俱以禮部尚書銜召兼東閣大學士。「爰立」，見書説命上，謂拜相也。書當作於此後不久。張文石名納陛，明史卷二三一有傳。文石從顧氏兄弟之後，講學東林。若士此柬于沈一貫面目缺乏認識，以爲文石將有乘時再出之機，蓋若士居林下已久，昧於形勢也。

【評】

沈際飛評「九斗未堪終對也」云：「鍛鍊未免有迹。」

與陸景鄴

僕少讀西山正宗，因好爲古文詩，未知其法。弱冠，始讀文選。輒以六朝情寄聲色爲好，亦無從受其法也。規模步趨，久而思路若有通焉。年已三十四十矣。前以數不第，展轉頓挫，氣力已減，乃求爲南署郎，得稍讀二氏之書，從方外遊。因取六大家文更讀之，宋文則漢文也。氣骨代降，而精氣滿勁。行其法而通其機，一也。則益好而規模步趨之，思路益若有通焉。亦已五十矣。學道無成，而學爲文。學文無成，而學詩賦。學詩賦無成，而學小詞。學小詞無成，且轉而學道。猶未能忘情於所習也。思顧彦昇托契之詠，子美同遊之思，謂四方之大，必有曠然此路，精其法而深其機者。庶幾及老而得窺其制作，發鄙質所未逮，則亦足以滿志而無恨矣。既自俛循，孟子論友鄉國之士，裁得以鄉國士相友，或未敢與論天下之士，論詩書行事也。僕即有所通，其鄉而已耳。偶一憒憒，欲出於其鄉，承下風於四方之殊才。而疵賤已久，羸蹶日增。行路之難，今世爲甚。安得四出而望見其人，其人又安肯坐而爲某來者？

日者忽拜良書，大雅之辱，爛焉千言。大抵引重彌至。猝而受之，面泚發赤。已復驚喜自疑，豈天下士亦可以一鄉之士友耶？遊未能出其鄉，而天下士乃肯爲我先而至，古誠有之，何以得此於今也！把玩數四，乃始知陸君蓋有意乎古人，非今人之爲文而已者。詩不云乎：「樂彼有檀，其下維穀。他山之石，可以攻玉。」夫檀之可樂，得穀其下，以叢翠焉，穀之願也。玉在受攻，得他山而錯焉，亦玉之所不辭也。僕其穀與石乎？樂能於僕，而治不能於門下，何也。書所諭爲文之善與病，蓋已精其法而深其機者。談文字之病，非於有餘，而於不足。地有所不足，在其東南；天有所不足，在其西北。天地有然，而況人乎！病而陰，不足於陽；病而陽，不足於陰。亦其勢然也。古文賦，秦西漢而下，率以不足病，無有餘者。詩，唐四傑子美而外，亦無有餘。從其不足而足焉，斯已幾矣。完元之論爲文，子瞻之説稼，裁以求其足而止。至於文之質，生而已成。虎豹之皮，虹霞之色，不借質於犬羊霾曀必矣。陸君體能文之質，了然於後人之所不足，必曠然於前人之所有餘。其爲美檀之可樂，而攻玉之有成也已諗。倘得時窺制作，以發衰羸之思，幸矣。他日更有請也。

【箋】

此書與卷一六答陸君啓孝廉山陰序論學語幾同，君啓名夢龍，景鄴其別號也。書當同年作。

參看詩箋。

【校】

〔規模步趨〕趨，沈本作「趣」。

〔樂彼有檀，其下維穀〕詩鶴鳴作「爰有樹檀，其下維穀」。

答陸景鄴

不佞得以子墨之役，仰贊幽光，榮重無已。何當門下遠書鄭重，似非蕪蹇所敢承也。知此時入都榮選。門下之才，自爲世需。第世實需才，亦實憎才。願時虚中以鎮之。人愛不如自愛也。

【箋】

〔陸景鄴〕名夢龍，字君啓。山陰人。萬曆三十八年（一六一〇）進士。明史卷二四一有傳。書作於是年陸氏謁選時。陸氏憨生集（不分卷）寄奠湯若士先生文云：「憶在庚戌，先生爲龍先府君墓志銘，因銘先伯父，又撰女兄題辭。」書云：「以子墨之役，仰贊幽光。」指此。

【評】

沈際飛評：「第世實需才」四句云：「圓美。」

寄南弦浦關中

戊戌僕堅求去官，而明公垂念不置。僕即從闕下西歸，未嘗一日之任，而竟以辛丑計去。明公力援，翻爲削迹之本。然所留所去之賢佞，乃留人去人者之賢佞也。明公曾目僕爲有關係人數，何得言去。夫世已忘懷，惟感知無盡。一十七年，纔吐此音。南北紛如，曷盡西方之思。

【箋】

作於萬曆四十三年（一六一五）乙卯，家居。六十六歲。上距萬曆二十六年戊戌十七年。參看同卷與馮文所大參。

〔南弦浦〕名企仲。渭南人。曾官吏部文選郎。明史卷二一六四有傳。

【評】沈際飛評「然所留所去之賢佞」二句云：「人已兩得之語。」

答高景逸

門下爲大道主盟，雖千里之駕，已及途窮，而秉燭之光，猶晞日莫。倚其德音，良深感幸。承問一日千古，其事何在。無欲主静，談學所宗。千古乾坤，銷之者欲。有能一日，仁壽在斯，第槩觀斯人，有欲於世者未必能動，無欲於世者未必能静。就中消息，詎可詳言。至於世局紛呶，正坐人生有欲。世棄已久，世寄爲誰？或笑或歌，總未敢爲翰音之報耳。

【箋】〔高景逸〕名攀龍。無錫人。官至行人。趙用賢被劾，上書論首相王錫爵，謫揭陽典史添注。歸與顧憲成講學東林書院。天啓六年（一六二六）爲閹黨所迫自沉死。見明儒學案卷五八。

【評】沈際飛評「有欲於世者未必能動」二句云：「於此參取得破，不負主盟吾黨。」

答諸景陽

直心是道場。道人成道，全是一片心耳。每問江東豪桀，天下皆曰，有諸先生。最勝處不在講學。且聞學人多弱，諸先生腰腹殊巨，健啖，爲世寄一喜。歸子慕遂不我遘，兄必有文以張之。

【箋】〔諸景陽〕名壽賢。崑山人。萬曆十四年（一五八六）進士，曾官禮部主事。「南畿督學御史德清人房寰連疏詆都御史海瑞，（顧）允成不勝憤，偕同年生彭遵古、諸壽賢抗疏劾之……奪三人冠帶。」以上見明史卷二三一。〔歸子慕〕字季思，有光之子。見明史卷二八七。據疑年録彙編卷七，卒於萬曆三十四年（一六〇六）。信或作於聞訃後。

寄董思白

門下竟爾高蹈耶？蓴鱸適口，采吴江於季鷹；花鳥關心，寫輞川於摩詰。進退維谷，屈伸有時。倘門下重興四嶽之雲，在不佞庶借三江之水。芳訊時通，惟益深隆養，以重蒼生。

【箋】當作於萬曆二十七年（一五九九）己亥。據任道斌董其昌編年，思白今年四十五歲，以翰林院編修還鄉養病。〔董思白〕名其昌。華亭人。明史卷二八八有傳。

又

卓、達二老，乃至難中解去。開之、長卿、石浦、子聲，轉眼而盡。董先生閱此，能不傷心。莽莽楚風，難當雲間隻眼。披裂唐突，亦何與於董先生哉。形家饒生上謁，十年通此一字。生顛而爽，要離冢傍，亦可用也。

【箋】

〔卓、達二老〕李卓吾名贄，達觀名真可，先後於萬曆三十（一六〇二）、三十一年被害，死於北京獄中。

〔開之、長卿、石浦、子聲〕開之，馮夢禎字，萬曆三十四年（一六〇六）卒；長卿，屠隆字，三十三年卒；石浦，袁宗道别號，二十八年卒；子聲，王一鳴字，二十四年卒。書當作於萬曆三十四年或略後。

答阮堅之

達觀於章門舟中道我法中猛持，異日有堅之。弟懷不忘。窾六歸，備述風雅流溢，已乃有言。世外之心，固非世内人盡了。得扇頭詩，敬亭雲氣，霏亹堂席。率爾成韻，以通名字，不足塵懷袖也。

【箋】

或作於萬曆二十七年（一五九九）春湯顯祖别達觀於南昌後。阮堅之名自華，懷寧人。去年進士，除福州府推官。時或未赴任。

〔彙六〕周獻臣字。見玉茗堂文之二周青萊家譜序。

答鄒公履

任公托末契而爲客，子美思述作以同遊。裁理酬情，今昔無睽。寧當僕不求公履，而公履不求僕耶？當時序已佳，平心定氣，返見天性。可爲良言。僕直望公履轉縱轉深，才情更稱。少年人不在平心定氣，而在讀書能縱能深，乃見天則爾。

答凌初成

不佞生非吴越通，智意短陋，加以舉業之耗，道學之牽，不得一意横絶流暢於文賦律吕之事。獨以單慧涉獵，妄意誦記操作。層積有窺，如暗中索路，闖入堂序，忽然霤光得自轉折，始知上自葛天，下至胡元，皆是歌曲。曲者，句字轉聲而已。葛天短而胡元長，時勢使然。總之，偶方奇圓，節數隨異。四六之言，二字而節，五言三，七言四，歌詩者自然而然。乃至唱曲，三言四言，一字一節，故爲緩音，以舒上下長句，使然而自然也。獨想休文聲病浮切，發乎曠聰，伯琦四聲無入，通乎朔響。安詩填詞，率履無越。不佞少而習之，衰而未融。乃辱足下流賞，重以大製五種，緩隱濃淡，大合家門。至於才情，爛熳陸離，嘆時道古，可笑可悲，定時名手。不佞牡丹亭記，大受吕玉繩改竄，云便吴歌。不佞啞然笑曰，昔有人嫌摩詰之冬景芭蕉，割蕉加梅，冬則冬矣，然非王摩詰冬景也。其中駘蕩淫夷，轉在筆墨之外耳。若夫北地之於文，猶新都之於曲。餘子何道哉。

【箋】

約作於萬曆三十六年（一六〇八）戊申。凌初成名濛初，（一五八〇——一六四四），别號即空觀主人。吴興人，所作雜劇今所知有虬髯翁與顛倒姻緣二種。

〔吕玉繩〕名胤昌，字麟趾。餘姚人。湯顯祖同年進士，曲品作者吕天成之父。曾以牡丹亭沈璟改本寄若士而隱去改編者姓氏，遂誤以爲「大受吕玉繩改竄」。

〔北地〕指前七子領袖之一李夢陽。明史卷二八六有傳。

〔新都〕楊慎，新都人。明史卷一九二有傳。作有雜劇洞天玄記、蘭亭會、太初記等。

【校】

〔伯琦四聲無入〕謂周德清中原音韻入聲派入三聲。此作周伯琦，誤。

與門人李孺德

尊公百福方留難老，以待吾子一第，而吾子更何待乎？不患子才少，患才而存見多耳。令叔楚歸否？見本寧公，當大有所得。幸以起予。

【箋】

作於萬曆三十一年（一六〇三）孺德李邦華與其父廷諫同捷秋試後。邦華於次年舉進士，授涇陽知縣，後官至南京兵部尚書。上據吉安府志卷二六，李氏，吉水人。

與李孺德

孺德爲尊公岡陵之祝，所謂華蓋只在人心是也。華山百六十里，而不過我，能無悵然。幣卮之貺，何德以承，服之無斁。酌以自壽，拜雅誼矣。兒未嘗不學，尚難一舉。足下終是絶塵而奔耳。

【評】

沈際飛評「服之無斁」云：「套。」

又

尊公允稱人師，忽忽左遷，直道不可行，亦其時也。天逸我以老，人子之心，能無快乎。舞班之暇，加以絃誦，自是人間至樂。殘梅落盡，春杏當開，萬惟努力。

寄李孺德

聞孺德成進士，殊快。以孺德恂恂孝友，他日當不負此科名也。吾輩初入仕路，眼宜大，骨宜勁，心宜平。勿乘一時意興，便輕落足，後費洗祓也。顧僕一生拙宦，而教人宦乎。然亦以拙教也。

【箋】

作於萬曆三十二年（一六〇四）甲辰，家居。五十五歲。孺德李邦華此年進士。

【評】

沈際飛評「顧僕一生拙宦」三句云：「跌宕妙。」翠娱閣本評云：「平心一節，非直新進所宜。眼大骨勁，恐亦是卿用卿法可耳。」

與門人孫子京

江東孫郎，久踞石頭城。秋風厲時，必須一大決。令郎當已諸生冠軍，父子搴旗畢登，快事也。望之。

答孫子京

以不佞犬馬之年，煩子京鸞鳳之篇，掛我草堂，自得驪珠徹夜明矣。每一披對，如在秣陵春署時，感思非言所既。因墨妙知郎君復是過庭，大足愉快。荆卿亦寄詩爲壽，幸一致謝。

【箋】

作於萬曆三十七年（一六〇九），謝孫子京寄六句壽禮。參看玉茗堂尺牘之四答黄荆卿。

與孫子京

得禮經數作，便是玉帶圖也。小序得以燕石裝寶劍之首，乃辱珍遺，自是高誼不鄙易故師耳。余髮種種，筆亦如之，序語短而意頗長耳。

與吳曙谷宗伯

枚卜伊邇，正賴明公休休斷斷，鎮重廓清。求大忠於大孝，苫次固巖築之墟也。

【箋】

〔吳曙谷〕名道南。撫州崇仁人。萬曆四十一年（一六一三）九月服闋，即家拜禮部尚書（宗伯）兼東閣大學士預機務。見明史卷二一七本傳及宰輔年表。

【評】

沈際飛評「苫次固巖築之墟也」云：「巧。」

賀吴曙谷相公

閣下儲祥太乙，毓采函參。紫氣出盤龍，即神僊而位宰相；丹誠儀瑞鳳，從禮樂而踐端揆。行晉接於専槐，作孚先於維梓。荆國欲堯舜其主，五百年名世重生；康齋以伊傅爲臣，六七作行人再至。千齡僅遘，萬國同瞻。況在枌鄰，彌深柏悦。趨風拜舞，足蹇頓而未能；向日颺言，意丰茸而欲吐。君子道長，無負開天建子之辰；元老望高，正值中嶽生申之候。匪吾私而致慶，庶天下之得人。時值相公誕日。

【箋】

吴道南曙谷萬曆四十一年（一六一三）九月即家起禮部尚書兼東閣大學士，四十三年五月上任，四十五年七月丁憂。見明史宰輔年表。

【評】

沈際飛評「荆國欲堯舜其主」四句云：「洪鐘建鼓。」

答王太蒙中丞

清風所至，吏民灑然。伯東兄語弟云：兄入嶺，歲省冗費幾萬餘。公私餽遺亦如之。炎海爲廉泉，瘴嶺爲冰柱矣。

【箋】

〔王太蒙〕名佐。浙江鄞人。湯顯祖同年進士。累任江西副使、參政、按察使、布政使、據實録，萬曆三十五年（一六〇七）七月自江西右布政使陞廣西左布政使。文當作於此後，萬曆四十一年陞江西巡撫前。

〔伯東〕李開芳字。時任江西按察使。

與門人王起莘

以王氏冰蘗之嗣，遊沈氏芝蘭之室，原委既闊，倡和復新。日月就將，器弘以利。予日望之矣。相圃得鄭公之文，立禮興詩，非止不佞一人之感已也。

【箋】〔相圃得鄭公之文〕湯顯祖在遂昌建有相圃書院。罷官後十年，即萬曆三十六（一六〇八）年，處州知府鄭懷魁作相圃生祠畫像記。

【校】〔以王氏冰蘗之嗣〕蘗，原誤作「蘖」。今改正。

答王起莘

浙水之湄忽飛翰而下臨川之壑。語語俠骨，何王郎之壯也。惟望門下發憤專精舉子業，冲漢而起，爲舊師光也。遨遊名家，貴能進取以資藏習。餘語心銘之矣。千秋之人，顧與一時之人争伎倆乎？

答鄒賓川

弟一生疎脱。然幼得於明德師，壯得於可上人，時一在念，未能守篤以環其中。來去幾何，尚悠悠如是，時自悲怛。屢拜良規，媿勉無量。僭評長公文字，知有當否。

【評】

沈際飛評「時一在念，未能守篤以環其中」云：「自商所得。」

與劉冲倩

古稱臭味二字，最微而妙。其中通極器界之外。不佞胸腹中，時時有玉笥冲倩矣，何近遠之間！大作謬爲點定，並往。

與晏懷泉給諫

年來計典，倚重臺垣。一路一家，達人自有衡量。正直忠厚，至性然也。長公孟謙文筆大進，非止爲門下發芝蘭之香，且爲不佞借桃李之色矣。吴生橡有俊才，禮宜先謁長者。惟進而提命之。南治中袁公滄孺，雅有道心，不爲睢盱逢迎之態，曲折而至此。門下亦時相引重否？

【箋】

〔晏懷泉〕名文輝，南昌人。歷官武進知縣、刑部主事、南京禮科給事中。見常州府志。

〔袁公滄孺〕名世振。萬曆二十七年（一五九九）至三十二年任臨川知縣。

與吴本如岳伯

昔人云，良牧所在民富，去而見思。初謂平平爾。涉令去官，始味其言。惟清惟惠，可以富民；能富其民，乃以見思。則門下之謂矣。

【箋】

〔吴本如〕名用先。桐城人。曾任臨川知縣，萬曆四十年（一六一二）十二月自浙江右布政使陞四川巡撫。上據明督撫年表。

答張夢澤

門下毓采南維，宣機北極，出蘭陵而結綬，揚秋馥於清風；臨渝水以鳴琴，寫春融於白雲。士民久芾乎甘棠，賓從粼輝於玉燭。至如不佞，偏州浪士，盛世遺民。可爲大夫，枉登高而作賦；又聞君子，曾過庭而學詩。子雲之心尚玄，世皆譏其寂寞；萇弘之血未碧，天不鑒其精誠。自分地阻人偏，殘叢二酉之蠹簡；何悟天發吾覆，快覩三辰之龍旗。跫然足音，燦其物色。大臣之度，休休若自其口；吉人之詞，藹藹如見其心。既愛我甘，敢自愧其雕飾；言采其苦，必無棄于葑菲。謹以玉茗編紫釵記操縵以前。餘若牡丹魂、南柯夢，繕寫而上。問黄粱其未熟，寫盧生於正眠。蓋唯貧病交連，故亦嘯歌難續。空垂愛日，感瓶冰以測寒；願借長風，獻指節而知短。未展登龍一念，乃煩良馬三之。恭承大製，久紘誦於諸衿；奉揚仁風，輒謳歌於片楮。名香挹荀令之氣，廉金頒陶徑之資。感公度之隆施，慙寸私其匪報。

【箋】

據玉茗堂文之八渝水明府夢澤張侯去思碑，張師繹任新渝知縣三年，萬曆三十年（一六〇二）以丁憂去職。此信作於萬曆二十八年，時南柯記已成，邯鄲夢猶在寫作中。

【評】

沈際飛評「可爲大夫」八句云：「因方爲珪，遇圓成璧，妙妙。」

答張夢澤

丈書來，欲取弟長行文字以行。弟平生學爲古人文字不滿百首，要不足行於世。其大致有五。弟十七八歲時，喜爲韻語，已熟騷賦六朝之文。然亦時爲舉子業所奪，心散而不精。鄉舉後乃工韻語。三變而力窮，詩賦外無追琢功，不足行一也。我朝文字，宋學士而止。方遜志已弱，李夢陽而下，至琅邪，氣力强弱巨細不同，等贋文爾。弟何人能爲其真？不真不足行，二也。又其贋者，名位頗顯，而家通都要區，卿相故家求文字者道便，其文事關國體，得以冠玉欺人。且多藏書，纂割盈帙，亦借以傳。弟既名位沮落，復住臨樊僻絶之路。間求文字者，多邨翁寒儒小墓銘時義序耳。常自恨不得館閣典制著記。餘皆小文，因自頹廢。不足行三也。不得與於館閣大記，常欲作子書自見。復自循省，必參極天人微窈，世故物情，變化無餘，乃可精洞弘麗，成一家言。貧病早衰，終不能爾。時爲小文，用以自嬉。不足行四也。元以前文字，除名人外，不可多見。頗得天下郡縣志讀之，其中文字不讓名人者，往往而是。然皆湮没無能爲名。名亦命也，如弟薄命，韻語自謂積精焦志，行未可知。韻語行，無容兼取。不行，則故命也。故時有小文，輒不自惜，多隨手散去。在者固不足行。

五也。嗟夫夢澤，僕非衰病，尚思立言。兹已矣！微君知而好我，誰令言之，誰爲聽之。極知知愛，無能爲報，喟然長嘆而已。

【箋】

作於萬曆三十年（一六〇三）壬寅。見玉茗堂文之八渝水明府夢澤張侯去思碑。夢澤名師繹，渝水，江西新喻也。

〔宋學士〕名濂，見明史卷一二八。

〔方遜志〕名孝孺，見明史卷一四一。

〔琅邪〕指王世貞，見明史卷二八七。

與車嘉興

吾丈沖明在躬，高華映世，發江楚之英靈，寫衡廬之秀色。憶南都陪遊，醉德依仁，睠言如昨。兹復借重中吴，地大人殷，撫以上善，綏用中典，其在於兹。漢故事，以郡國治行第一召爲列卿，豈非故人榮望耶！吉父往，附致候私。薇垣在望，無任跂佇。

【箋】

〔車嘉興〕車大任，字子仁。邵陽人。萬曆八年進士，歷南禮部郎中，出知福州、嘉興二府，陞浙江按察副使，進右參政。有囊螢閣草。見静志居詩話卷一五。

【評】

沈際飛評「撫以上善，綏用中典」云：「妙理妙句。」

又

平湖馬映台師老而子少，沈几軒師去而子孤。上煩宫墻之引，下乞門户之庇。此不佞所百叩而祈也。敝門生許應培以詩禮之門，端而有致；吴顯科以簪纓之緒，秀以能文。統祈垂慈，時加藻拂。極知人微地遠，正以盛德通懷，三千里而呼，或一應耳。若乃公子龍鳳之標，必取風雲之友，則如錢士升之清，孫弘祖之俊，朱茂正之雅，皆扶風絳帳之英也。嘉雖多士，知者數人，聊作中涓，以待伯樂之相爾。

【箋】

〔馬映台〕名千乘，字國良。嘉興府志卷五八有傳。隆慶四年（一五七〇）江西鄉試考官。

〔沈几軒〕名自邠。萬曆十一年（一五八三）春試任房考，湯顯祖出其門下。

〔許應培〕字伯厚。見嘉興府志卷五一。

〔錢士升〕見明史卷二五一本傳。

〔孫弘祖〕字致虛。嘉善諸生。見嘉興府志卷五五。

與孫令弘

孫君奇人也，乃知爲公孫貴門，無所苦，而自以意性，好爲蒼淵簡遠不入世之文，所謂怪怪奇奇，祇以自娱者耶？已而知君名爲公孫子，高華中實有所苦，故激而爲文章，慅恽而菀伊。雖然，然年少亦何至是也。昨讀後寶晉齋記，寥戾綿延，出人語度之外。至云「春秋三十有一，周旋百端，出罕素交，入偏室適」，公孫何其多恨也。晉王述三十年不爲其從子所知，山簡三十年不爲巨源所知。以君之才氣凝郁如是，交遊内外，豈遂無足知子者耶！淡以明之，寬以居之，何知公孫之不復爲公也。

【評】沈際飛評云：「是一篇題跋。」

答朱公子茂正

不佞南都奉陪尊公，清英大雅，日夜無倦。後稍疎闊。冰玉之姿，時映人心眼。年來自傷，常闕於交遊弔恤之事，而公子裁書遠報，不以不躬爲罪，推引穠至。琳瑯滿目，森然有聲。轉悲爲慶，慶我虞封兄之有達人也。文字亦有無可奈何者，時也。年餘寸陰，終宜努力。

【評】沈際飛評「文字亦有無可奈何者，時也」云：「蕭蕭瑟瑟。」

上馬映台先生

庚午之秋，所録者弟子某一人而已。而弟子復以性氣乖時，遊宦不達，無以報稱。南都一問起居，量移平昌，馳問公子，而貴里人云，俱在廉府。寸忱未將，弟子何爲！知師盛德考槃，福履彌泰；而師母夫人北堂春永，佳公子翩聯聳秀，弟子之願殊慰。因便薄致芹私函丈之前。趨風何日，弟子無任想戀徊徨之至。

【箋】隆慶四年（一五七〇），湯顯祖以第八名中舉。馬千乘，字國良，號映台，時任試官。嘉興府志卷五八有傳。

與馬公子長卿

弟兩拜吾師於長安，後在南都，致問而已，弟子之敬闕焉。初謂世路稍通，酬知未老。已而世棄，無能復奉音旨。讀世兄行實，泫然淚下，長喟而興。當吾世，爲吾師而不知其人，可能免於駑鈍之誅乎？勉從諸大筆後爲神道碑，亦不知弟子能傳其師否也。然因師以傳，弟子之幸。弟未死，終當一掃墓下，嘔其寸心耳。

與彭興祖

美人過山中，無可爲報。以兄意度所至，必無人道之患。獨陰陽之患，無可如何。幸甚自愛。

【箋】

玉茗堂文之六芳草集題詞云：「辛丑（萬曆二十九年，一六〇一）夏五，予坐廢，交遊殆絶。有客泠然數千里扣玉茗堂扉而去，媒以芳草詩，蓋吴下彭興祖也。」書當作於此後不久。興祖父年（一五〇五—一五一七），有文名。

答黄金宇文學

大江以西乃有黄先生。載籍極博，發天苞地絡之文；才思殊腴，倒珠海瑶山之筆。奏牘可以三千，而無緣索長安之米；對策幾乎六十，而不獲奉賢良之詔。人無足與之語，天有所不可謀。良怖其才，深悲其遇。不佞蚤策步於先醒，晚垂精於後死。踰六望七，委筆墨以頹唐；越陌度阡，嘆知遊之契闊。忽承駢語，喜溢新知。何今兹而始來，及佳人之遲暮。恐愛之而莫助，感捐佩以何言。聞將棄小儒之文，業已領大乘之教。割塵情於綺語，發妙想於靈心。然則此中所爲麗藻雲霞，正彼岸所爲空花陽燄。敢因愧謝，竟此願言。所謂伊人，安得褰裳以往。逝肯適我，猶堪秉燭而遊。

【評】沈際飛評「奏牘可以三千」六句云：「筆底恣縱。」

答朱廣原

癸未仕人，最早零落。子弟象賢者，亦不數家。而門下以天授之姿，拓天屬之緒，爲年籍光重，可以激厲頑鈍，喜倍恒情。顧念門下鼎盛華貴，不佞沉錮衰委，未敢遽以世好通也。而良書已跫然巖壑矣。佳扇以揚清風，奇香以襲餘馥，明鏡以睎末照，美人之貽，感誦無極。至若瑶華之言，精博婉麗，不佞蹇恧，無能仰酬，率意嗚謝，惟大雅炤原。

【箋】萬曆十一年（一五八三）湯顯祖之同年進士，朱姓者四人。此似指狀元朱國祚。國祚字兆隆，浙江秀水人。授修撰，進洗馬、諭德，萬曆二十六年擢禮部右侍郎，轉左，改吏部，後被劾，引疾歸。光宗即位，召拜禮部尚書，入閣。以上據明史卷二四〇。

答涂允昇

尊公勳震疆陲，行孚朝佇。而門下復沖然大雅，趨庭之儀，尺寸不失。令人意往。向辱綢繆，眷焉良夜。更貽翰音，孝友之性，温恭之懷，悠然詞表。第徐生來直生寒嗽。而故山已定，新丘難尋，朽骨之期，當以異日。

【箋】

〔涂允昇〕江西南昌人。其父宗濬，湯氏同年進士。萬曆三十四年（一六〇六）六月自大理寺左少卿出任延綏巡撫，三十九年二月陞宣大山西總督。四十二年八月回兵部管事。尚書也。明史七卿年表云：「不赴」，未視事也。

與張凝一

董范事起，王弘陽先生正在括蒼，言及門下良工心苦，爲世道受此淩遽。時亦未計後來至此極也。雖然，門下危而茗民安，社而祝之，自有在也。郎君雙秀，明月珊瑚，光價南海。易所云「鼎折足」、「傾否」，造物恢詭，前後寧可知耶？遠贈纖絺，服之無斁。門下未便再粤，時友憨山，攝歸净理，則萬物可齊也。

【箋】

〔張凝一〕烏程知縣張應望别號。高淳人。萬曆二十年（一五九二）進士。見江寧府志卷三八。廣東其戍所也。參看卷一二湖州事起箋。

〔憨山〕名德清。時戍雷陽。見列朝詩集小傳閏集。

【評】

沈際飛評「易所謂『鼎折足』、『傾否』」云：「誤。」按，此用鼎卦九四及否卦上九兩句，文與義並不誤。

答王慕蓼憲伯

每從還素兄論貴郡英舊，則必先我門下。體粹行備，仁洽義豐，里居極孝友雍肅之誠，宅官高委蛇正直之節。瞻言明德，展側時勤。借衮西來，未能利見，而猥承翰音，過爲采信。夫以寸善靡儲而盱衡首被，一介未上而褒挹前施，此自休容之本懷，而宴衰槁之殊遇也。東向鳴謝，耿耿曷盡。

【箋】〔還素〕即李開芳。福建漳浦人。官江西副使、右布政使。

與門人劉琪叔

與琪叔語，如行山陰道上，令人應接不暇。別論已心志之。不能愛人，不能成身。禮所謂寬身之仁也。小詩爲別，願言珍重。

【箋】卷一九有詩同陳元石送劉琪叔歸山陰三首。琪叔當是山陰人。

與門人周仁夫

仁夫每爲我言固始魏孝廉，今果大發矣。仁夫可爲知人。夫能知人者，其人亦可知也。仁夫無悲不遇矣。

【箋】

作於萬曆四十一年（一六一三）。固始魏孝廉名復琦，是年進士。

答徐然明

不佞爲文，亦既衰矣。欲求今少壯能古文詞者，時以自資。不可卒得，則取四方諸生文字翫之。體不必偶，而風神氣色音旨，古今大小一也。然明文字，靚秀鮮婉，復流羨委長，少壯固如是也。不佞得受其光好，裨益良多。來教云，年事未臻，風期已托。然則予之資生而生之資予也，又已久矣。小序媿不文，亦諒其既衰耳。

【評】

沈際飛評「而風神氣色音旨，古今大小一也」云：「可見先輩憤樂不衰處。」

與門人葉時陽

生去平昌十餘年，初無所覬。兒子又鮮一達者。乃爲生繪像立祠，此是貴鄉篤誼。如生薄德，何以承之。然生在平昌四年，未嘗拘一婦人，非有學舍城垣公費，未嘗取一瞶金。此又可質之父老子弟而無擇言者也。庚桑之社，或以是耳。時陽積學苦志，宜便發去。令子文理近益慁否？旦夕爲平昌祝者，黄槐丹桂間多得一二人，正不必皆臨川桃李也。

【箋】

〔葉時陽〕名梧。遂昌人。曾以湯顯祖之介，受業於黄汝亨、岳元聲。見遂昌縣志卷八。時陽，縣志作于陽。

與門人時君可

君可是文場利器，遲速不必論也。平昌祀我，我以何祀平昌也？昔人云，天下太平，必須不要錢不惜死。生或不媿此文官耶！

【箋】
〔時君可〕名可諫。遂昌人。以歲貢任進賢、安福、紹興等地學官。見遂昌縣志卷八。

寄鄒梅宇

與兄三世之好，在外經年，何能不思。二夢記殊覺恍惚。惟此恍惚，令人悵然。無此一路，則秦皇漢武爲駐足之地矣。兄以廉吏作客，未便作饒客也。

【箋】
〔鄒梅宇〕名光弼。臨川人。以舉人任鍾祥知縣。稅監至，光弼獨抗之。中官陳奉杜茂銜之，疏參逮治，削爲民。久之，復起爲都水司主事。見撫州府志卷五一。
〔二夢記〕南柯記與邯鄲記傳奇。

柬鄒梅宇

昨越客譚黄白之術，兄便欲舉債從之。弟因思鍾祥一大汞爐也，兄已錯過，此會不宜更錯。廉吏可爲而不可悔。遂成口號，博笑。「余裁足食衰疲早，君幸衰遲足食難。獨羨贓官歸老健，一生贏得不求丹。」梅宇令鍾祥，未幾以忤稅璫落籍。

與趙南渚計部

初試政時，極承知遇。倉卒南去，自知才非世需，不敢求通長者。後益淪落。每讀大疏，軍國平章，千里之外，宛如聚米。國體民生，於焉是賴。而忽來旁及之論，遂成遠引之思。豈有維縶之誠，徒滯近關之跡。詩云：「雖無老成人，尚有典刑。」每詠斯言，恨身已錮，不能出一言爲明公發其悃愊。聞明公已待放於郊。夫咫尺君親，而去住難言。朱紱之困，甚於蒺藜，此幽憂之士所不能堪，而何以爲名公釋然也。捐擯以來，長安問絶，而獨不能忘舊於明公。以明公立朝都無過舉，所疑一二大事，自有主者，後人當自諒之，明公無愧色也。惟優遊龍蠖，以爲世儀。周志齋堂翁無恙，其公子名位何似？幸示之。

【箋】

作於萬曆三十八年（一六一〇）庚戌或略後。南渚名世卿，山東歷城人。隆慶五年（一五七一）進士。張居正卒，起官户部郎中。「初試政時，極承知遇」指此。明史卷二二〇本傳云：「三十八年秋，世卿乃拜疏出城候命，明年十月乘柴車逕去。」據七卿年表，南渚自萬曆三十年任户部尚書。

〔周志齋堂翁〕前南京太常寺少卿周繼，曾爲湯氏上司。亦歷城人。

【評】沈際飛評「朱紱之困，甚於蒺藜」云：「合引妙。」按：指句中所引易困卦九二「朱紱方來」及六三「據於蒺藜」二句。

與門人陳伯達

長公愛我，我愛長公。莫往莫來，每懷子衿之嘆。十月盡，或過章門一晤也。誦來作，令人怡然曠然。卷卷未能萬一。

與王止敬侍御

門下以清衷雅抱，擢居耳目之司，世道良幸。弟巖壑已久，無緣作長安書，私懷惄焉。「君子羣而不黨」，「抑而强與」。幸益自韜，以須大用。

【評】沈際飛評「『君子羣而不黨』，『抑而强與』」云：「特借兩言，爲同人告，用意良苦。」

復甘義麓

弟之愛宜伶學二夢，道學也。性無善無惡，情有之。因情成夢，因夢成戲。戲有極善極惡，總於伶無與。伶因錢學夢耳。弟以爲似道。憐之以付仁兄慧心者。

【箋】〔二夢〕指所作南柯記與邯鄲記傳奇。

答陳古池

夫道，視不可見，聽不可聞，體物不可遺。講者不知是講體是講物。講物則不盡，講體則不能。弟所以遲領教於門下耳。張侯自是久而相知，公事澹臺可無避也。

【評】

沈際飛評「講物則不盡，講體則不能」云：「此老全闢講學。」

答錢簡棲

姑蘇大雅士，舊獨莫寒泉，今獨錢簡棲。氣岸横絶曹伍，有當予心。遊道非委軟難，愷亮難也。得楚遊諸語，霏亹歷落。茲與蒼厓兄相對斷橋江閣間，如見足下。時屬兄常倅處，能相物色否？

【箋】

作於萬曆三十二年（一六〇四）甲辰，時錢希言簡棲、張際陽蒼厓先後來訪。錢希言，謙益之高祖從父。著有松樞十九山、劍筴、遼志等。見列朝詩集小傳丁集下。常倅，常州通判陳朝璋也。見常州府志卷一三。

【校】

錢希言松樞十九山：討桂編載此札，文句大異，今迻録如左。按，討桂編有萬曆四十一年（一六一三)自序。

【箋】姑蘇大雅君子,後先種種,獨吾簡棲先氣岸横絶曹伍,有當于余心。士道固難于概亮哉!蘇長公云,詩人相愛,唯我與君稀。近得所寄諸未鋟草,造語皆頳珏斐亹。時時置案頭,如與足下相對斷橋江閣間。庚辛金穰飯足,加以内有受之,外有元成,得二公周旋,足以樂饑。履綦當不出千頃雲縹緲羣峯外也。縮地無術,把臂何其(期)。弟前爲屬兄于常郡通守陳君處,不知竟能相物色作河侯否?東望曷任依依!

【評】沈際飛評「遊道非委軟難,愷亮難也」云:「挺然。」

與錢簡棲

不佞弟于雅道已久,行世亦深。有如門下學績才緒,即已横絶一時,凌轢千古。弟所爲愛而敬之者歟。徒恨速貧,杯中酒數空耳。前所求選拙藁以傳者,欲令頑艷俱欣，愛嫉咸愜，如此恐不敢便謂有三十首也。上巳入章門一月，張相國丁右武念兄甚，各云有佳客，草草别去。去後懷思何及。想兄更不欲西來，弟亦未便東往。把握何時？過江亭，每憶雪鴻之跡，使人魂黯矣。所寄新刻，婉爾唐音，風神自清。敬服敬服。劍筴，良書也，何以不成梓乎？貞父内徵過家，兄須一詣西子湖頭，便取四夢善本，歌以麗人，如醉玉茗堂中也。

【箋】

作於萬曆三十三年（一六〇五）乙巳。

〔上巳入章門一月〕萬曆三十三年（一六〇五）乙巳事。

謝鄭輅思郡伯爲作相圃生祠畫像記

不佞少學爲文，薄成影響之用。長習爲吏，空以木强爲體。烹小鮮而覺擾，候單鳧而不復。此亦無所短長之效，固宜罔攸進退之利。已而吏民矜其悾悾之忠，人士采其揭揭之義，固存得一之愚，用著在三之厚。去再考而猶拙，托千祀以彌慙。若不獲鉅公之筆，則洛陽石闕，無緣甄其治行；浚儀畫像，誰與施其神明。久之射堂爲通矢之墟，灌壇等嘻出之社矣。竟邀天幸，獲承公度引夔相而傳義，援澤社以徵禮。蔽芾無留，何有勿剪勿拜；馨香莫遺，安得采蘋采蘩。乃辱達人君子之言，置之高陵深谷之地。乍披文而傅質，已玉振而金聲。乃至錦傷見捐，而推以機杼刀尺之妙；琴隱委絶，而謚以高山流泉之響。跽啓而詠，唱嘆有餘。讀至「行可質天地鬼神」，不覺涕從，何以得此；譽以「文能安民人社稷」，徒令汗浹，無所承之。

【箋】

作於萬曆三十六年（一六〇八）。鄭輅思名懷魁，時任處州知府。所作相圃生祠畫像記見遂昌縣志。

〔去再考而猶拙〕指萬曆二十九年（一六〇一）大計以「浮躁」落職閒住。

答繆仲淳

兄手書良厚。弟有二親，俱七十餘，無出理。留一官，止是纔人物耳。知遊中似兄無一俗滯態者，更能幾人。江東道風何如，幸時以聞。

【箋】作於萬曆二十七年（一五九九）己亥若士父母七十後。繆仲淳爲吴中山人。野獲編卷二二督撫許中丞云，萬曆二十年許孚遠爲閩撫。「吴中繆仲淳以經世自豪，與許素厚，亦招之往。」

復牛春宇中丞

保障重臣具文武才望，而徒拾無影細事，致使請告難留。既褻民宗，仍傷朝體。識者謂何如？弟才質踈鄙，然留之乙未之計者，南公也；錮以戊戌之計者，温公也。夫以貴鄉二老趨舍不同，則南北之情益無足異矣。誰將西歸，懷之好音。世諦悠悠，臨風嘆息。

【箋】〔牛春宇〕名應元。陝西涇陽人。湯顯祖同年進士。萬曆三十六年（一六〇八）以右僉都御史巡撫南贛。四十一年二月引疾歸。書當同時作。

〔留之乙未之計者，南公也〕萬曆二十三年（一五九五）湯顯祖以遂昌知縣赴京上計，時或有人中傷，仗南公執言。南公名企仲，時任吏部文選郎中。明史卷二六四有傳。

〔錮以戊戌之計者，温公也〕温公名純，三原人。據七卿年表，萬曆二十六年（一五九八）戊戌五月召，十二月任都御史。戊戌之計是正月事。戊戌疑是辛丑之誤。見二十九年作詩辛丑京考後口號寄温都堂純箋。

【評】

沈際飛評「夫以貴鄉二老趨舍不同」二句云：「人情時局，數行道盡。」

答牛春宇中丞

知兄已爲遠志，如近事何？天下忘吾屬易，吾屬忘天下難也。

【箋】

見上文。

湯顯祖集全編詩文卷四八

玉茗堂尺牘之五

答易白樓

門下清操惠德，當異常震蕩之後，收拯還集爲勞。而更以蒹葭之親，遠懷樗櫟之齒。彌邀篤誼，具仰優材。道體沖明，諸惟自愛。

【箋】

〔易白樓〕名應昌。臨川人。萬曆三十五年（一六〇七）進士。答柬似作於萬曆三十七年，謝其賀六旬壽。

與門人余成輔

見足下何似？膏火自煎，净其膏而火自恬。人生，火傳也。惜薪修祜，古有名言，念之。

答門人黄元常

施糜散木，是賢喬梓高誼。但饑流感目，拯恤關心，文字定損佳思。惜年來衰憒，無能爲少俊鼓舞耳。釵香付内。並謝。

【箋】

〔元常〕名中澹。江西廣昌人。有文堂詩集。見廣昌縣志卷五。

柬陳如吉給諫

形成於疑，氣生於激。賢者正不免耳。若夫人有南北，爲一人者有何南北也。

與吳繼疎

僊舟溯洄從之，竟不可得。趙仲一書，以煩清篋。國學孫君懋昭，清才雅操，湖中不易得者。惟門下高眄之。王宇泰兄學深而行樸，宜相朝夕。彼護太倉，自是師友之情。弟最疾夫賣恩爲名者。仁丈以爲何如。

【箋】

作於萬曆三十年（一六〇二）吴仁度降調南京刑部郎中之後。仁度字繼疎，明史卷二八三、撫州府志卷五一各有傳。

〔孫君懋昭〕烏程人。萬曆三十六年（一六〇八）在遂昌教諭任。後陞南京國子監學正。見遂昌縣志卷六。

〔王宇泰〕見玉茗堂尺牘之四答王宇泰。

〔太倉〕前首相王錫爵。太倉人。

答曠聲和

門下含醇毓粹，出仁義忠孝之鄉；藴質宣文，起敖城冠蓋之域。祖有功而詒翼，哲人之儀則相望；子能仕而教忠，儒者之風猷自遠。三世相傳四聖易，允潛躍之維時；百畝之田一卷書，正麃蓑而有獲。從南皋爲師弟子，指仁文首座以爲期；在東吴多士大夫，悦禮樂鳴琴而可治。頃承良範，示我孝思。宛轉百年之中，淋漓千里之外。兼以士論有人，銘志懸諸日月；重以予嘉乃考，綸綍賁其扃泉。而復垂意殘叢，待以集翠。敢曰哀誄之屬，一時所推；徒以嘆心之言，同里所習。穹碑則設，無乃賤玉而貴碈；末簡可裁，庶亦遺華而采實。

【箋】

〔曠聲和〕名鳴鸞。江西廬陵人。師事鄒元標。萬曆三十五年（一六〇七）進士。曾任丹陽令，故云：「在東吳多士大夫，悦禮樂鳴琴而可治。」時丁憂家居。見吉安府志卷三三六。

〔南皋〕鄒元標號，明史二四三有傳。

【評】

沈際飛評「三世相傳四聖易」四句云：「華實並茂。」

與幼晋宗侯

君行殊慢，知留亦無以永客歡也。高、張、楊、徐詩，一過已快。都有矩格，緼藉深穩，不漫作，大是以清氣英骨爲主。後輩李粗何弱，餘固不能相如。恨未得見王止仲饒醉樵詩。醉樵似是臨川通人也。

【箋】

〔高、張、楊、徐〕明初詩人高啓、張羽、楊基、徐賁，時稱四傑。見明史卷二八五。

〔李粗何弱〕李夢陽、何景明，明弘治前七子之領袖。見明史卷二八六。

〔王止仲〕名行，明初詩人。入明史文苑傳。

〔饒醉樵〕名介，元末仕于張士誠下，爲淮南行省參知政事。臨川人。

【評】

沈際飛評「後輩李粗何弱」四句云：「可入詩評。」

寄張聖如鹺使

觀人者，醉之酒以觀其恭，予之財以觀其廉。今所試於門下者，非衆醉衆濁地耶！石門之歃，夷齊比心。門下當有道處此，積水奮飛，未可量也。庾嶺南枝，時勤夢想。惟益堅冰雪，以候春陽。

【箋】〔張聖如〕名崇烈。湖廣應城人。萬曆十六年(一五八八)舉人,約萬曆三十年前後任撫州樂安知縣(其前任之前任萬曆二十八年視事)。擢巡按御史。以上據撫州府志卷三六、應城縣志卷五。巡按御史或即廣東鹾使也。

賀王紹賓憲伯

門下以父母之愷悌,爲天子之保鄣。借法星者三年,允矣江湖紫氣;播清風於萬里,峨然嶠嶺青天。臨桂促熙春,父老攀轅於東邑;甘棠留化雨,衣冠寫詠於西江。何但懷去思於五賢,固且佇來儀於八座。不佞披雲宇下,愛日天中。快覩遷喬,既來好音於幽谷;欣聞適館,敢致微敬於緇衣。

【箋】作於萬曆三十八年(一六〇〇)庚戌。紹賓,烏程縣志卷一五作紹濱。浙江烏程人。萬曆八年進士,曾任臨川知縣。據實録,三十八年三月自江西按察司副使陞廣西右參政。

寄門人朱六義

言者催請館試，當是仲夏爲期。以門下淵抱風期，自是玉堂中品。臨川二百年餘不得借一。當事者有維梓之意否？郡縣尚缺，惟有難之者乎？前郡縣各一人司之而不足，今郡縣共一人攝之而有餘。因以知吾郡之易耳。

【箋】六義當是朱欽相別號。萬曆三十八年（一六一〇）進士。見明史卷二四六、撫州府志卷五一。

【評】沈際飛評「前郡縣各一人司之而不足」三句云：「深心婉筆。」

寄馬梁園

賈生宋忠，同在季主卜肆，幽思清辨，雖極陰陽之致，亦覺長沙落落。弟得見兄在魏無雙店中，奇俠相聞，目擊而笑。遂爲同進兄弟，走馬江淮間，作清强男子。而弟亦奉祠秣陵，音貌時接，道誼相督，中不顧私。我輩交情，神明所聽。後兄稍得通挹，提文江右，弟時謫歸一見，竟爾寥廓，遂至於今，各爲世棄。此其抑塞流放，長沙之投，宋忠之使，奚足道哉。貽哲兄來，欲作詩宣寫愁結，而歌酒沉連，遽不能成音成文也。前曾中丞往問弟懷中何人，弟云，止有汝上馬長平彭魯軒。貽哲云，兄體逾旺，而弟逾瘠。箇中去就，貽哲能道之。悠悠忽忽，惟有强食自愛。

【箋】

〔弟得見兄在魏無雙店中〕湯顯祖有詩口號寄馬長平初見長平於魏老卜肆感懷。長平、梁園俱是馬猶龍别號。河南固始人。湯氏同年進士。時家居。

〔曾中丞〕據實録，萬曆二十六年（一五九八）二月陞浙江左布政使曾如春爲右副都御史巡撫河南。臨川縣志卷四〇有傳。

〔彭魯軒〕名應參。見卷一二湖州事起箋。

〔貽哲〕姓劉，名復初，字天虞，一作天宇。陝西高陵人。曾官山西潞安知府，以得罪中官，謫廣東提舉。萬曆三十年（一六〇二）北歸，曾訪湯氏于臨川。故云「貽哲能道之。」信當作于同年或次年。參卷三答劉貽哲。

與馬梁園

仁父道兄里居，超然物際，而行備規繩，非公正不發憤。殊尉。涇陽兄書大有義味，而細欠商量，乃致疑然並作。聞天虞兄復爾。吾徒俠骨何處不銷耶？年運而往矣，握手竟是何時！

【箋】

作於萬曆三十八年（一六一〇）庚戌。是年淮撫李三才被劾，顧憲成自東林書院貽書執政葉向高、孫丕揚爲之力辯。議者大譁。書所云「涇陽（憲成）兄書」指此。明年三月，三才自引去。見明史卷二三二、實録册四三九。顧憲成涇皋藏稿卷五與湯海若云：「不謂時局紛囂至此，吾輩入深入密自是快事。獨弟血性未除，又於千古是非叢中添個話柄，豈非大癡。幸老兄一言判此公案。」「一言」當指「大有義味，而細欠商量」數語。憲成柬作於三十五年其弟允成卒後。馬梁園，名猶龍，河南固始人。湯顯祖同年進士。曾任廬州推官、江西提學僉事。

〔天虞〕見卷一五壬寅中秋後三夕送劉天虞歸秦至延橋別作。

寄林丹山

不佞昔在孝廉，數受明公度外之知。春穀堂中，宛陵樓上，遊宴盡日以忘疲，笑言申旦而不寐。姜公慷慨於燕市，明公卧托乎長安，密歷周旋，意氣殊絶。何意楚材零落，姜公已爲故人；而明公謝事高居，廓然莆海。雖丹霄之彩，自成羽儀；而東山雅望，豈終林壑。往來我思，累有年歲。每過天門石硊，想凌陽子明，何可更得。猶記公子亭亭玉表，當即珪璋廟廊，而尚滯庠序，豈連城相償固自有待耶？追昔撫今，興言惝戀。

【箋】

〔林丹山〕名鳴盛。萬曆二年（一五七四）任（今安徽）南陵知縣。福建莆田人。「不佞昔在孝廉」，指萬曆四年春宣城之遊。參看玉茗堂文之六玉合記題詞箋。

【校】

〔廓然莆海〕莆，原作「蒲」。今改正。

又

世實需才，而未必能需才。才與世所以長左，而嘆世憐才者相望於今昔也。如門下材度，橫絶一世，而竟爲噂遝所沉，家食里閈者且二十年，大閩固仕國，而莫相推輓者何？兩相並里，楊公之後，千載奇遘，以人事君，取才自近，舍丹山其誰也。南望興莆，曷盡眷眷。

【箋】

〔兩相並里〕晉江李廷機、福清葉向高俱閩人。

【評】

沈際飛評「世實需才」四句云：「忼爽。」

與吴伯霖

常讀王仲師九思至「巷有蚰蜒，邑多螳螂，覩兹嫉賊，心爲切傷」，不覺大噱。人雖多僻，何詎如許。弟自舉子來，便遠於州縣。徒以棄斥衰微，親老子稚，未能絶情門户。兄視弟志意於世榮落亦何有耶！貞父於弟不薄，五年之中，無一私語，謂世如夢，南柯黄粱，轉爲明顯耳。

【箋】

〔貞父〕黄汝亨字。仁和人。萬曆二十六年（一五九八）進士。任江西進賢知縣，三十三年始遷禮部郎離去。著有寓林集。

【校】

〔常讀王仲師九思〕仲師，當作「叔師」。王逸字叔師。

【評】

沈際飛評「不覺大噱」三句云：「無端，妙。」又評「五年之中無一私語」云：「可謂古人。」

答黄二爲

憶齋頭鵠首，把袂譚心，恨無繇一度芝城，載遊蘭室。而更辱惠音，兼以雅爵，思存所逮，何日能忘。書院賦已多蕪累，敢辱頭陀之命乎？思岡清魂，必能幽贊。棲賢之舉，功德何量。

【箋】

〔棲賢之舉〕見萬曆四十二年（一六一四）作玉茗堂文之九續棲賢蓮社求友文。

與門人李超無

初弟以僧來見，大似可人。長髮章門，便作殘僧矣。學書學劍，拓落無成，重以交匪之嫌，致有竊鈇之議，必自反也，又誰尤焉。第許中丞公江東妙宰，讞刑惟平，來撫吾西，益留慈恕。令公係其至戚，淑問乃其素風，但可矜疑，必從寬政。此時惟有痛自讖悔，盡消業緣。萬一可回，自是神君好生之德。若妄擬求援，微彰怨恚，雖有善者，可如之何。悵矣難言，悽其曷盡。

【箋】

〔李超無〕名至清。江陰人。玉茗堂文之四有李超無問劍集序。餘見列朝詩集小傳丁集中。

〔許中丞〕名弘綱。浙江東陽人。萬曆三十三年十二月至三十五年三月任江西巡撫。據東陽縣志卷一七，許達道，萬曆三十五年進士，授江陰知縣。任期爲萬曆三十七年至四十二年。書所云「令公」即此人也。

【評】

沈際飛評「便作殘僧矣」云：「字法。」又評「此時惟有痛自識悔」云：「千古處患難法。」

與門人劉大甫

主者尚爾遲遲，南闈何如？今吾弟須速取龍頭，爲熱心人一快。貧者士之常，措大亦別無逐貧法也。

答朱朱陵

糧藥經營，且不暇給。硯席之事，戒而不親。每承下問，愧戢彌深。更辱於令君處婉言屈禮，此自明公友于至性，追念令兄遊好。第不佞年來自廢，了不關人。魚相呴以沫，不如相忘於江湖。楚水吴山，未既嗚謝。

【評】

沈際飛評「魚相呴以沫」二句云：「超絶。」

與朱朱陵

子得先生蓋英英大雅君子也。委玉摧鋒，不我長覩。别後胡山人一醉奉常東署。山人無恙耶？悦道書來，述門下高義殊絶一時。扇頭二詩，見存亡之感。入長安，晤中郎兄，當爲舉「天亦溺然灰」之句。胡浠侗在時，的皪可喜。聞其子孱甚，幸左右之。知易楚衡多賢子，殊樂。並爲致意。

【箋】

〔子得先生〕見玉茗堂文之七蘄水朱康侯行義記。

〔胡山人〕名之驥。蘇州人。曾爲詮次朱子得之遺稿。見蘄水縣志卷九朱期至傳。

〔中郎〕袁宏道字。見明史卷二八八傳。

寄朱朱陵

近得良書，知已還僊署。弟志似閔叔，不肯一累縣官。三年無謬敬者。會稽士馬生應兆以高才困成均，幸過而與之。

與劉君東

來教，旁人何知我輩交情也。屠長卿曾以數千言投弟，弟以八行報之，渠頗爲怪。弟云，古人書上云長相思，下云加餐飯，足矣。此世人所不解也。公子何得不留膝下耶？古人秉燭夜遊，是真實語。弟偶隨兒子至此，歸去看演黄粱夢耳。

【箋】

〔劉君東〕名浙。泰和人。以理學名，學者稱約堂先生。見泰和縣志。

〔屠長卿曾以數千言投弟〕見其棲真館集卷一六與湯義仍奉常。湯氏覆信見本書卷四四。

〔黄粱夢〕指萬曆二十九年（一六〇一）所作邯鄲記傳奇。

與門人王得環

開賢書得足下姓字，不啻兒輩得之，賓巖師清躅其踵之矣。葉時陽知已南歸矣。風便無忘好音。

【箋】

〔賓巖師〕即何鏜。麗水人。湯顯祖於嘉靖四十二年（一五六三）補諸生，時何鏜視學江西。

〔葉時陽〕見卷四七與門人葉時陽箋。

答董嘉生

不佞極不喜爲人作詩古文序。因足下卷卷成之，昔慚長卿，今愧本寧。過學卿，可出此一過當悲歌也。

【箋】

作於萬曆三十三年（一六〇五）之後。長卿名屠隆，是年卒。

〔學卿〕見玉茗堂文之十二費太僕夫人楊氏哀辭。

東門人李太虚

雪中屏去雜累，讀書寒舍，足稱男子矣。不佞得太虚，固前有光而後有輝。太虚得不佞，猶欲日有就而月有將也。夜間口占以似。「少年豪氣幾時成，斷酒辭家向此行。夜半梅花春雪裏，小窗燈火讀書聲。」

【箋】

〔太虚〕名明睿。江西南昌人。天啓二年（一六二二）壬戌進士。見崇禎八大家詩選。

與沈華東憲伯

世大治亂常起於殺人，殺人常起於殺萬物。讀老伯樹德堂稿，始知吾兄讞鞫多所全活，有從來矣。承諭代作，弟從來不能於無情之人作有情語也。

答沈華東

不根之譚，出弟門人之口，誠然。因新知而賣故知，借舊師以贊新師，已遍南部洲矣。豈吾鄉爲甚。弟宦淺，來者常不能厭其意。但今人厭其意，亦不能厭其口也。即如陳思罔日市斗米，而謂其侵腴田；鄒爾瞻絶口公事，而謂其好與人事，他可知矣。

【評】

沈際飛評「因新知而賣故知」二句云：「可恨。」又評「但今人厭其意」二句云：「可畏。」

與常州倅陳翼愚

承教，李超無倘今日存戰栗之餘，當異日效投桃之報。江東儒俠，具感高誼，寧獨不佞榮藉已哉。

【箋】

作於萬曆二十八年（一六〇〇）。

陳翼愚名朝璋。臨川人。時任常州通判。

與蘇石水督學

門下初下羊城之幡，欲奉龍門之馭，而終以禁例，未能自前。迨真人遠引，亦復瞻望弗及。寤言爲悵而已。門下即以紫帽爲葛巾，以金粟爲竇禴，而四海人士所望蘇公者謂何。昔荀公每踐三事，輒思太丘。二相自不能不興懷於此矣。

【評】

沈際飛評「昔荀公每踐三事」三句云：「悠然。」

與門人陳仲宣

佳作氣食全牛，自堪壓卷。然令師大聲許人解元，不止洩漏天機，并亦唐突人意。宜罰不宜賞矣。

答王霽宇制府

珠厓可擊，捐之徒以屈漢公卿；銅梁既開，長卿所以喻蜀父老。人言不足，中每信而見疑；公度有餘，外且存而不論。固已允文允武，庶幾純孝純忠。至如不佞，清時棄士，僻壤餘生，見武公代有司徒，願附緇衣之好；聞召伯王命乃祖，喜傳圭瓚之文。顧後進而當王公之前，纂組難通於錦水；匪先容而居賓客之末，絲蘿乃寄於松潘。敢云續千賦之心，何當動百年之感。一語爲知，九頓鳴謝。風雲路斷，無由沾公旦一沐之榮；雨露天寬，庶幾賡吉甫萬邦之頌。

【箋】

〔王霽宇〕名志。鄞縣東鄉人。時任四川參知備兵松潘衛。信爲兩家聯姻而作。

【評】

沈際飛評「珠厓可擊」，八句云：「簇簇能新。」

寄陶石簣

門下德心醰粹，道履貞固。躋之玄纁之秩，專以羹醴之任，必且調玄幹世，賞氣成務。而細人難與達觀，敦士未即大受，乃如來教。豈非因心爲量者由乎我而自知，緣器爲功者存乎世而靡必哉。至如不佞，故無通俗之識，空有忤物之累。長麋豐草，誰曰不宜，而又以下貧乏于野之資，生累少出門之適。爾思非邈，我覯猶勞。徒爾戀豐容於朔邸，展詒翰於陪京。想似徘徊，眷言閔嘿。宿德如斯，餘可知矣。二葛侑械，絡兮絺兮，淒其以風，則寒士之懷也。

【箋】

〔陶石簣〕名望齡。會稽人。萬曆十七年（一五八九）進士。官至國子監祭酒。見列朝詩集小傳丁集下。

答章斗津

「不二生不測，所性匪安置。無欲所不欲，有欲天下庇。」來詩可謂照用俱全。末云：「羲孔臨師保，乾坤爲家舍。」則幾乎大矣。五十以往，拜惠殊深。敬謝。

與饒三明

數欲一葦從之，輒以不勇自愧。石楚陽昨詩云：「漢家有隱終難讓，未必箋疏老一經。」弟答云：「箋疏閉閣渾閒事，長伴漁樵到日曛。」仁兄以爲何如？

答衛淇竹中丞

昔爲屬吏，今作部氓。筆墨之役，其何敢辭。第臣之壯也，尚不如人，況其衰乎。何能供衙官一視也。

【箋】

〔衛淇竹〕名承芳。四川達州人。萬曆三十五年（一六〇七）六月至三十八年四月以右副都御史巡撫江西。見明督撫年表。

與龍身之

久不聞問。喜貴體猶健，而長公賢能立門户。醉鄉無恙，春日彌長，白髮丹心，總付杯中物耳。

【箋】

〔龍身之〕名宗武。參本書卷四〇澄源龍公墓志銘。

與陳思岡給諫

門下清苦，古人之所難，世寄之所恃也。大奏抵疑觸忌，仗清白而制詭隨，釋細微而攄偉鉅。悠悠者世人之情，耿耿者貞士之志。置之舊京，亦豐芑仕人之意耶。

與鄧太素

十年仰止，纔一登堂，殊慰鄧林瓊樹之思。寶劍星懸，借大手一揮，便爲旌陽生色。寒射珠宫，蛟螭卻避矣。

與嘿菴宗侯

辱門下遠念，茗以滌口，刻以清心，如吸冰雪，銷此永夏。馮公白頭，孤苦長遊，以鷄足山破熱惱耶？弟入省止有哭吾師一事，思之亦是世間法，於道人何與？得吾丈集句，先爲致西州之感，「爲報故人憔悴盡，誰家池上又逢春」，可謂長歌當哭矣。

【箋】

〔吾師〕前相國張位，新建人。明史卷二一九有傳。據尺牘卷二寄湯霍林之二，張位卒於萬曆四十年（一六一二），書當作於此後不久。

寄魏合虛大行

昔賢定交於杵臼，賞契於桑陰，曾無一介之通，撫塵之舊，引之惟恐不亟，稱之惟恐不盡，其志意殊也。門下英風茂誼，學者莫不聞。而楚士陳生嘉礎、吴生光龍，於方内外無不通，真足吞吐雲夢。日近長安，惟門下時有以壯之。弟語無妄也。

【箋】〔魏合虛〕魏光國，字合虛。江西東鄉人。萬曆三十八年（一六一〇）進士，授行人。見江西通志卷一五三。

答門人蕭承之

「劍在堪訓諾，囊清不賣文。」何能向如許人作涸鮒也。來書感高誼矣。

與門人朱爾玉

聞爾玉益貧。貧不失爲爾玉也。唐宜之傅遠度卓左車，是秣陵三珠樹。爾玉時往來否？尚書兒訓梓成，幸惠百帙。身不能作尚書，猶欲以一經貽子也。

【箋】尺牘新鈔卷四卓發之與湯海若先生云：「某生十年而得讀先生經義，至唾震澤（王鏊）毗陵（唐順之）爲腐儒。又五年而讀先生牡丹亭記，至與楞嚴共函，藏之篋中，與同卧起。嗣後便索玉茗堂集讀之。每讀一遍（篇），輒下酒一斗。迄今又十年矣。常欲一命豫章之駕，如趙至之狂走亡命，而索叔夜於洛陽。乃經歷多難，偃蹇名場，羊觸狼跋，蹙蹙靡騁。至今遐想風器，愧彼童子之求侶，何以忽膺齒牙餘論，有『秣陵珠樹』之語耶。遥聞聲而相思，非後學所敢望于先輩也。昨秋屣足燕市，今復轉徙白門，頗多悲憤之什，令其先不佞而見先生。」牡丹亭刊於萬曆二十三年（一六〇五），玉茗堂集刊於三十四年，去年爲秋試之年，書必作於萬曆四十四年。時發之約二十五六歲。若士未必及見此書也。發之字左車，浙江瑞安人。有漉籬集。

寄謝耳伯

安石不出，當如蒼生何。以門下清才高韻，一飱能輕萬石耶。千秋一瞋，惟專意大業，以慰遠懷。不盡。

與王相如

相如才氣横絶，欲下帷讀書十年乃出，甚善。不盡讀天下之書，不能相天下之士。故曰外遊不如内遊。如僕老矣，居無可談，得貞父來，同卧語三日，差絶人意。亦時念及足下，恨遠莫爲致。余生時藝批往。藍翰卿奇博士也，煩爲道卷卷。

【箋】

書當作於萬曆三十三年（一六〇五）或略後。貞父，黄汝亨字。仁和人。萬曆二十六年進士。任江西進賢知縣。萬曆三十三年内遷禮部郎離去。著有寓林集。

〔藍翰卿〕見第十五卷答藍翰卿莆中詩箋。

答王相如

巖壑已久，闃其無人。足音空谷，乃有相如。陶陶永夕，淹雅雄發。方媿適館荒涼，無以假司馬。而尺素遠貽，重之白紵，風義藹如。委蛇素絲，長卿故自多情。加以凌雲之筆，隨在當爲重客，何煩不佞饒舌也。養田近業何如？秀才念佛，如秦皇海上求仙，是英雄末後偶興耳。

與吴葵臺

以克壯之猷，利大作之用，快甚。貴治文學晏有聲，能以諫議自通；孝廉王德新，能以文章自見。獨風聞真州李季宣之子秀才爲商人所苦，瓜州蕭成芝之子童生爲里人所侵，皆弟故人，二十年不相聞問，心殊念之。吾兄暇時以垂清問，即當我秋風一度也。

【箋】揚州府志載萬曆時吳姓知府二人，一爲烏程吳秀，隆慶五年（一五七一）進士；一爲湖廣吳嘉謨，萬曆三十五年（一六〇七）進士。以尺牘所記事實核之，以後者爲是。

復門人王天根

手書亹亹，知足下嗜我殊癖，此是往因，非關今作。別後苦濕昏墊，似瘧似寒，五旬乃起，無復神明舊觀。伏枕讀文字一過，霍然。爲作一叙，蹇短，不自知其云何也。扇頭詩宛有深情，貪和志感，足下當知我心悲耳。

【箋】作於萬曆四十二年（一六一四）甲寅。叙見玉茗堂文之四義墨齋近稿序。「貪和志感」，見詩卷九九日答天根。

答李孟白岳伯

江以西地薄人劇，加以春夏則霖潦滔天，秋冬則焚炙掃地。米價騰翔，盜言踵至。戊己之隱，猶未底此時。非明公先後天而慮詳，左右民而法備，力贊兩臺，疏蠲議賑，民其魚乎，民靡孑乎？倘不佞今日，猶得飲天食地，秋毫皆歸鴻造。手額祝謝，非值不佞一人已也。賀閤伯書已領。看定文字，容異日附報。

【箋】

〔李孟白〕名長庚。湖廣麻城人。萬曆二十三年（一五九五）進士。時任江西參政。見江西通志卷一二七。

【校】

〔賀閤伯〕閤伯當作函伯。函伯乃賀世壽字，萬曆三十八年（一六一〇）進士。

【評】沈際飛評「民其魚乎，民靡孑乎」云：「只須一句。」

又

郢些華於褎綸，南金盈於渥鼎。劉綱龐藴之喻，有若昭蘇。第榮養多虧，終難以世外相釋也。

復徐鍾汝

吉父兄來云，吾兄之清，更湛於水，至今疏食，爲民祈福。如此安得長物貽我陳人？適弟迎得丈六大像，安奉廬嶽棲賢，正乏舟資，即以回施。更爲繞禮三匝，奉祝吾兄宰官身功德無量也。

【箋】作於萬曆四十二年（一六一四）甲寅，家居。六十五歲。參看玉茗堂文之九續棲賢蓮社求友文。鍾汝名穆。貴州銅仁人，占籍臨川，萬曆二十九年（一六〇一）進士。時任興化知府。

【評】沈際飛評「如此安得長物貽我陳人」云：「工。」

復于振方岳伯

得于池亭，徼惠干旌，煖此寒色。伊人有懷，寄之薄詠。恨無佳箑，仰佐仁風。巽父今之古人也，瞻佇何極。

【箋】〔于振方〕名仕廉。金壇人。萬曆十四年（一五八六）進士。任江西右布政使。見江西通志卷一三。

與易楚衡

海内知遊，在貴郡者，英沉踔厲，意氣皆足千秋。亦各乘時極其幹用。惟胡浠老扼塞津途，齎志以没，心甚念之。不謂遺孤搆閔乃至於是。幸有門下仁人長者，生死而肉骨之。金石高誼也。扇頭四雅，以王孟之音，寫陶韋之思。六月披襟，甫覺清風徐來，不知於陵漢陰於肉食何如也。如弟短才，何當江沱漢汜之餘，而謬辱袞詞哉。逕資貳拾，聊爲浠老公子讀書之費。黄襟老未行，弟尚面有所托也。

【評】

沈際飛評「以王孟之音，寫陶韋之思」云：「音與思分屬得妙。」

與蔡槐亭

吾丈文章經濟，所至鼎吕；郎位清華，隱然公望。曲江拜署以來，烹鯉不嗣。近見除書，知復出牧嘉水。此郡吴越之交，江海所會，樞機鎖鑰，舍丈而誰？鄧生過我云，石帆兄讀易之餘，雅意吟染，閒氣胸中一點無。令人惝然。

【箋】

〔蔡槐亭〕當名永植。福建人。任嘉興知府。見嘉興府志卷三六。

〔石帆〕見玉茗堂尺牘之一答岳石帆。

【評】

沈際飛評「開氣胸中一點無」云：「得此語已足。」

答門人吴芳臺舶使

昔人稱身處脂膏，不能自潤。若未處脂膏，何言潤也。吾弟此其時矣。海剛峯在南，盡裁官吏費，共至貳千餘。不佞見而知之。魏見泉在邊，歲節互市費積至七萬餘以爲修堡之資。不佞聞而知之。二公卒稱名臣。吾弟市雖小，不妨以大人自爲也。宦東粵者，清濁皆易見。吾弟勉之。

【箋】

〔海剛峯〕名瑞，曾以右僉都御史巡撫應天十府。見明史卷二二六本傳。

〔魏見泉〕名允貞，官山西巡撫。見明史卷二三二本傳。

【校】

〔若未處脂膏，何言潤也〕潤，沈本作「清」。

【評】

沈際飛評「若未處脂膏，何言潤也」云：「翻醒。」又評「吾弟市雖小」二句云：「愈緊。」又：「拳切之至。」

寄郭振龍

門下起忠孝之鄉，詣文章之域，㨫青華而東陽借色，切寶婺而北極儲禎。固已頌蜚百里，揆佇三台矣。許中丞之名德，盧儀郎之危節，在門下殊禮中否。舊南太常簿吴直齋令子存恭存肅，從不佞最久，家世舉業何似？倘收之參苓之末，亦門下桑梓至意也。

【箋】

〔郭振龍〕名一鶚。江西廬陵人。萬曆二十九年（一六〇一）任浙江東陽知縣，下任三十五年來代。以上據東陽縣志卷五。書當作於萬曆三十五年許弘綱自江西巡撫離任後。盧儀郎指禮部主事盧洪春，萬曆十四年以言事被杖斥爲民。盧亦東陽人。明史卷二三四有傳。

答陳偶愚

弟孝廉兩都時，交知惟貴郡諸公最早。無論仁兄衡湘昆季，即思雲愛客亦自難得。三十載英奇物化殆盡。炙鷄絮酒，遠莫能致。良朋永嘆，風人知之矣。弟不記仁兄何由負謗家食。天與佳兒，得鸑鷟而輕腐鼠，復何恨。康侯高義，涉江來命，適苫拮据，都無静思。其去其存，物貴自遠可耳。

【箋】

〔陳偶愚〕當是以聞字或號。湖廣麻城人。萬曆三十五年（一六〇七）進士。當與卷一七寄麻城陳偶愚懷梅克生劉思雲同時寄出。

〔衡湘〕梅國禎號。麻城人。明史卷二二八有傳。

〔思雲〕姓劉，國禎中表。見野獲編卷一七梅客生司馬條。

〔康侯〕見玉茗堂文之七蘄水朱康侯行義記。

與孫見玄學博

竊禄平昌，樸棫菁莪，一無所有。然既嘗得其士而子之，惟願賢人君子明師傅時加保持，如金玉宣言，庶亦忘其前度之教令淩弛也。如門下色笑伊教，心口俱融，固羣弟子之謳謡，實鄙衷之舞蹈也。至若十年擯棄，無足去思，而必寵之以文，飾之以句，此自淑人君子教民不遺厚念耳。

【箋】作於萬曆三十六年（一六〇八）戊申，時爲遂昌知縣罷任後十年。家居。五十九歲。孫見玄名懋昭，見本卷與吴繼疎箋。

與孫見玄

碣記亹亹萬言，凡弟塵微，并收無棄。丈方以龍矯之姿，驤首雲漢，而乃垂潤於枯蝸泥鮒之流。敢曰風義之相期，故是淵懷之遠惻。圖報何時，私懷靡罄。

【箋】〔孫見玄〕名懋昭，見本卷與吴繼疎箋。

答孫見玄平昌學博

門下吴世公侯，越都君子。秉理樹於民宗，命世包乎物祖。鴻漸天逵，擬臚傳太極之殿；龍蟠地澤，仍光映少微之墟。固將老其梗楠杞梓之才，工師得木；且以深其風雨露雷之教，山川出雲。遲斗魁者三年，積風濤乎萬里。然猶上善彌卑，休光自遠。時嘘不燄之灰，猶惜既傷之錦。孰嗣子産，遊鄉校以忘言；汝爲召南，示門徒而勿拜。英詞潤金石，牌板銘心；高義薄雲天，門墻載德。

【箋】

作於萬曆三十六年（一六〇八）戊申，家居。五十九歲。見本卷與吴繼疎。

【校】

〔固將老其梗楠杞梓之才〕梗，原作「梗」。當改。

【評】沈際飛評「時噓不燄之灰」二句云：「跅弛之意自在。」

答吳屺陽

時維正午，禮直佳辰。偶將豚犬之兒，觀於流水；特思鸞鳳之友，蓄彼高山。眷何日以遊蘭，欲因風而採艾。乃辱沖華，及於衰朽。角黍閔靈均之既餒，梧仁感威鳳之同餐。雨茶開金縷之香，雪酒映青蒲之色。自美人之爲美，與清者而皆清。諸附足以珍完，再肅手而鳴謝。

【評】沈際飛評云：「俱午節事，落腕不同。」

答孫公晳

玄宫梵館，一再周旋。少年早抱長生之訣，衰年乃就無生之意。未遂商量，別去良悵。拙詩無似，書來猶稱不惡，當是用謔爲愧耶？

答汪雲陽大參

弟受性疎梗，户外都無長者車來。而丈儼然臨之，信宿之間，三顧白屋。日月過而幽草回，風雷至而慵魚動矣。兩受良書，優渥滿紙。承諭榷事已定，有仁人長者覆露在上，縱不盡鷹化爲鳩，或可日損以月耶。弟書生，何足仰贊萬一。當道吉而淦，賀君夫人螽斯樛木之祥也。

【箋】

〔汪雲陽〕名道亨。懷寧（今屬安徽）人。萬曆十一年（一五八三）進士。時任廣東布政使。見安徽通志卷一七九。似先任參政，後陞布政使。

【評】

沈際飛評「縱不盡鷹化爲鳩」二句云：「妙語湊手。」

與汪雲陽

弟爲雷州徐聞尉。制府司道諸公，計爲一室以居弟，則貴生書院是也。其地人輕生，不知禮義，弟故以貴生名之。兑陽兄爲記，已立石。昨新志不録其文，弟思兑陽兄有道氣，其文非偶然者。仁兄宜一補刻之，亦嘉惠後學意也。

【箋】

〔兑陽〕劉應秋别號。見玉茗堂文之十四明故朝列大夫國子監祭酒劉公墓表。記指徐聞縣貴生書院記，見劉大司成集卷四。

復汪雲陽

承諭已如教以對。弟觀邇來言不忠信行不篤敬，州里蠻貊，都不可行，而可行於銓省之上，名利兩盛者有之，然或不可久行耶？

故遂昌令宰志會，六年冰蘖，至不能遺女。東鄉令曾遇，去縣時，士民環泣者千餘人。清惠之聲，科甲中所不能多見者。乃僅得知萬州與丞廉州而已。銓曠曠若此，欲吏無賄得乎？俱係貴屬，惟仁兄有以異之，非弟私也。

【箋】〔汪雲陽〕名道亨，時任廣東布政使。萬州、廉州俱在治下，故云貴屬。見廣東通志卷一八。

【評】沈際飛評：「故遂昌令辜志會」十一句云：「何緣得此伽陵頻迦音耶。義仍佛也，菩薩也。」

與阮寄卿

熟門下高誼三年於此。仲連季布之間與？恨不佞蹌踉藜荻中，不能一握手爲悵。扇頭小韻，庶幾情見乎詞。

柬徐觀我

吾丈既翔江浦之龍，復下雲間之鶴。分身普化，有脚行春。緬邈伊人，安得蓴羹千里，奉陪調鼎之餘也。何東白樸茂長者，惟丈有以振之。

答馮觀察

蘇子云，刻木而拜之，一旦以爲薪，必有所不忍。弟前日不忍二字是也。安心是寶，方命爲慙。

【評】

沈際飛評「安心是寶，方命爲慙」云：「亦是小伎倆。」

寄薛欽宇

惠心道旨，既已隱耀湖東，復爾迴翔蜀道。雖眉山錦水，足勝麻源赤松，而仕隱留連，終非銓人者愛名賢之義也。顧塵心世目，妄爲欣滯，禪深定久，寧復罝懷。獨以借節西來，舊民所渴耳。兒輩毛羽未成，報知何日。夢想周旋，徒深悵戀。

【箋】

〔薛欽宇〕或名士彦。福建漳浦人。萬曆八年（一五八〇）進士，三十四年任江西右參政。見江西通志卷一一三。又據四川通志卷二一〇，後陞四川按察使。

寄薛欽宇觀察

門下以道旨應世，不可得而親疏，罔攸疑於進退。而乃來嘖言，於大雅何傷。井渫不食，徒爲行路人惻耳。汲收有時，義學無盡。小詩奉貽，少致淒其之韻。

與劉宗魯

金張累葉，良佳，不必盡爾，但能捉麈清言，便是王謝家子弟。況如門下風骨文旨，居然舊家，可勝欣慰。章門闕款，別思爲勞。更辱遠遺，拜嘉爲愧。快閣秋高，尚圖晤既。

答劉宗魯

擬爲詞哭尊公，而六十八歲之兒，忽焉失此怙恃。斑斕頓易，堂室交空。如割之懷，重創莫比。何能復畢誄挽之禮。遠儀鄭重，愧無以承，涕零而已。

【校】

〔六十八歲之兒〕六十八當作六十六。玉茗堂選集尺牘三兒湯開遠序云：「歲在龍蛇，六月既望，家嚴祠部公遂棄藐諸孤去矣……易簀之夕尚爲孺子哭，命以麻衣冠就斂。」此爲卒年最可靠之記載。龍蛇用鄭玄故事，玄卒於辰年，見後漢書卷六五。月之十六謂之既望，作絶筆詩忽忽吟之次日也。文昌湯氏宗譜云，萬曆丙辰年九月二十一日卒，月日當有誤。如是則湯顯祖去世於萬曆四十四年丙辰六月十六日，即公元一六一六年七月二十九日，享年六十七歲。

答樊致虚

每行日月之灘，動覺風雲之氣。而門下乃翹然發秀其中，臨汝三舍地，風期之末，流射無已，常恐不佞資淺分薄，猝無以迫近休景，傅會以傳。而麗人適以通濟弘筆見受，繩勉銘誦，刻鏤龍鱗之堠，鎮奠鼉趺之石。美哉樊川，詞雖宭蠢，因明德而遠矣。不謂木瓜之投，實獲瓊瑤。僥榮陽之重，飾平昌之醜。以射序爲瞽宗，采蘩爲畏壘，千秋之感，實在於兹。讀近作，緦緦泠泠，益復暐異。人地映發，固自天縱。秋深病骨稍疎，當從太末星瀨布帆而東。峨峨洋洋，知絃歌非遠也。

【箋】

作於萬曆三十六年(一六〇八)戊申,家居。樊致虚名良樞,時任麗水知縣。太末、星瀨,龍游、七里瀧也。參本書卷三五麗水縣修築通濟堰碑。

【校】

〔繩勉銘誦〕繩勉,當作「黽勉」。

〔鎮奠鼉趺之石〕趺,原誤作「跌」。今改正。

答沈何山

儒相盛於江東,以吴興爲冠冕。而門下家世道場,代興湖學。每羨太史公與門下文心藹藹,質行彬彬,二華吐秀於金莖,兩室含靈於玉樹。五湖之陰,三山之陽,海内同仰。而忽於燕來之日,驚傳鳳字之書。謙光滿映於行間,引重逾深於望表。捧之而愕,慨焉以嘆。顧惟不佞無能吏事,有負明時。分絶意於風雲,敢晞光於日月。迨其謂矣,焉用文之。倘江右徽大越之靈,借具瞻於露冕;即不佞終小山之隱,尚致詠於宜衣。

【箋】

〔沈何山〕名演，字叔敷。烏程人。萬曆二十年（一五九二）進士。湖州府志卷七二、明史卷二一八各有傳。

〔太史公〕指演之兄漼。萬曆二十年（一五九二）進士。改庶吉士，授檢討。官至大學士。明史卷二一八有傳。

答鄭孩如

尊經數語，琰琬千秋。不佞何幸，徼齒於仁人長者。計最當遂聽尚書履聲。中州士民更得一遲飛舄否。

【箋】

〔鄭孩如〕名汝璧。浙江縉雲人。其遂昌明倫堂記，即此柬所謂「尊經數語」，作於萬曆二十五年。時自山東巡撫丁憂里居。萬曆二十七年（一五九九）起爲南京太常寺少卿。上據實録萬曆三十五年七月附小傳。

寄蔡虚臺憲伯

憶從門下斟秣陵之酒，酌杜陵之詩，莫逆於心，每成於目。嗣後風流雨散，不我時遘。門下望隆三事，妄意之，當得衡文江右，或下章門之榻，庶合延津之劍。終不可得。借節延吴，江海素心，於焉遥托。終貧且痗，越陌爲難；莫往莫來，勞思永嘆。門下沖明在躬，世寄日遠，惟洪暢嘉德，以應機璇。江陰諸生李至清問禪匡廬，經行已久，有志請纓，無慮按劍。自非虚臺，孰當憐而收之。敢爲緩頰。

【箋】

〔蔡虚臺〕名獻臣。福建同安人。時已自南直參政陞湖廣按察使，以士民挽留，仍分巡常（州）鎮（江）如故，江陰在其治下。

〔李至清〕見本卷與門人李超無箋。李至清以通匪之嫌下獄，若士于萬曆三十八年（一六一〇）致函常州通判陳朝璋爲其説情。參本卷與常州倅陳翼愚。此書當在其前。

與吴縮生

尊公皋比何似？爲人師，不勝爲人長耶。當便從六館轉清曹去，正自不惡。昨索柱聯，勉就，惟裁存。「爵里自東吴幾千年，延陵不乏季子。江湖直南斗垂百尺，高居可摘星辰。」

答卞玄樞

不佞病下滯，秋稍劇。得扇頭大作，細諷之，大雅之音，便作西來爽氣清人矣。擬一和音，而巡使去急。當續致也。承以時藝下詢，不佞以爲時文惟時是因。即以貴郡人士文字，至馮公而思微，至陳公而體鉅，至譚君而氣馴，至趙君而意結。不以維梓爲恡，但取利器爲資，則此四元者，皆門下緩急之絃，淺深之墨也。時義入彀，何必高談，即如曹平子機到筆隨，自不可及。恃愛漫爾作答，知不爲謔也。

【評】沈際飛評「時義入彀，何必高談」云：「文章原無定相，平奇濃淡，入彀即佳。敲門磚管甚方圓粗細也。」

與吴亦勉

吴地文物浩雜，吾鄉吏其土者，或慧或愿，往往有以自見，理學勝也。況夫至慧而處愿，其所自見，固益有異者。門下意性沖明，物莫能迕，而緼藉經略，復深以弘。上下咸宜，有譽無吝。遠問，極爲舞躍。徐檢老起家公處，廉樸自將。時鄉士屬吏有難之者，竟以治行尊顯，至今撫吴。門下其勉之，他日亦公之坐也。致聲思白，雖甚愛弟，如世吏何。吴多異書稗説未經世目者，能求其一二解頤否。

【箋】

〔徐檢老〕名民式，萬曆三十七年（一六〇九）任應天巡撫，四十一年以終養乞歸。四十三年一月得替。見明督撫年表。

【評】

沈際飛評「況夫至慧而處愿」九句云：「理學廉樸，亦該得盡。」

與陸津陽岳伯

明公含寓内之沖明，發雲間之鉅麗。長安一覯，清氣溢於素襟；豫章載言，舊德形乎色笑。吹暄寒谷，許談辯於高筵；采翠枯條，引陶匏於刻石。移歲序而感嘆滋深，想風神而夢想何極。喜因當湖之往，敬申臨汝之懷。道重機衡，北望徒懸於斗極；天開節制，南行或拜於章門。抑津漢之昭回，明河正午；祝陽德之方至，永日乘乾。

【箋】

〔陸津陽〕指前江西布政使陸長庚。浙江平湖人。「喜因當湖之往」，書當作於萬曆三十九年（一六一一），由新任平湖知縣、臨川人朱欽相轉致。當湖，平湖也。

復瞿睿夫

兄弟四十年來，忽然白頭，相見感愴欣慰，何能自勝。中間兄以孝廉流，弟以郎官謫，沙漠炎瘴，各極天涯。所讓避者，兄才氣英闊，加有舊貲，足爲著書食客之費。

而弟故儒素，宦淺無足與遊，小詞自遣而已。然而儉易容少病，視兄苦折處差爲饒減。天道也。雖絶聞問，時一念之。從黄來者，定悉起居。昨見兄神明烱然，而形氣頓異，凡有心者，誰不爲惻。況如弟者，同明相照，情切自倍。瑣旅下舍，大浸窮炎，溢水甑山，如蓺如炙，僮客被病，轉側須人，何以堪此！或者章門龍沙，高人避債臺也。來書殊苦，不忍讀。到汗下病已，並爲豁然。遂成六絶引意。諸惟減思益食，黄髮爲期，嗣相見也。

【箋】

作於萬曆四十二年（一六一四）甲寅，六十五歲。以上據本書卷五〇沈氏弋説序。〔瞿九思〕字睿夫。黄梅人。以聚衆反對知縣違制苛派，長流塞下。見明史卷二八八。書云：「六絶」如卷一六聞瞿睿夫尚留章門睠然懷之六首。

【評】

沈際飛評「中間兄以孝廉流」四句云：「殊少韻致，然情自摯。」

寄徐聞陳慎所

知盛德醇完，仁壽滋至。令公子孝謹有聞，令孫當已振振秩秩。不佞覼想舊遊，時動天池萬里之興。知我者希，惟太丘德星亭在耳。貴生書院已入省志，劉公應秋記文尚遺，似宜增入。今當草深一丈乎？榕樹依依，風期未闋。惟門下加餐難老，引翊主持，幸甚。

復俞淳初侍御

邸報排議紛如，惟大疏折貴戚之邪心，固宗社之本計，方是有關係文字。舍親易瑞之一趨一步，自是孔門卓爾。宦學相成，惟終惠教之。

復胡瑞芝司空爲二女納采作

門下氣含天粹，才應王明。起丹筆以籌七兵，樞垣望久；坐紫薇而階一品，井絡功高。疇若予工，營洛借貳都之重；選於衆舉，稽皋將九德之諧。信在國則公輔惟公，即承家亦相門有相。弟俯惟暗劣，仰憶光儀。舟楫同遊，國士委金蘭之契；庭堦異彩，都人談玉樹之奇。諒非偶而其地既同，故匪媒而自天作合。屈體勢六卿之重，許娟盟二姓之驩。百里于飛，甫占鳳鏘而遠耀；九霄而上，即看鵬翼以高翔。既松蘿業已成言，欣承兑吉；在槐棘猶云備禮，彌覺謙尊。寧須後命爲榮，已拜先施之辱。

【箋】

〔胡瑞芝〕名桂芳。據實録，萬曆四〇年自貴州巡撫陞南京工部右侍郎。撫州府志卷五一有傳。

【評】

沈際飛評「疇若予工」六句云：「古藻。」

湯顯祖集全編詩文卷四九　玉茗堂尺牘之六

答吴徹如大參

門下沖年對日，壯節傾時。毓南國而麟趾自振，久稱君子之子；起東林而臯比獨擁，將曰聖人其人。既玉色以揚休，亦黄中而通理。至如不佞，放三年而兔逝，未能消積罪於公卿；偶一旦而嚶鳴，猶幸竊奉教於君子。爲俗所擯，乃時爲道所容；同病相憐，詎謂同明相照。我思公子，延陵湘澧之間；公眷幽人，靈谷柴桑之際。

【箋】

〔放三年而兔逝二句〕萬曆二十六年（一五九八）湯顯祖自遂昌知縣棄官歸，越三年，大計，又以「浮躁」落職閒住。

【校】

〔爲俗所擯〕翠娛閣本漏「所擯」二字。當補。

〔我思公子〕公，翠娛閣本誤作「我」。

【評】

沈際飛評「放三年而免逝」四句云：「清朗圓亮。」又評「我思公子」四句云：「藻甚。」

翠娛閣本評云：「矯矯見此老之崛强。」

又

不佞於世何所短長，而悾悾發憤，乃與明公一麈而論乎？筌宰珍明公於席上，斷鄙人於溝中，有用無用，乃適其分。更辱來詠，引重過當。即加爵一列，詎足爲榮。恨伏枕未能劇呤以報也。引領曷盡。

與李稠原

相地猶如相人，形神欲親。貴郡人多精於相地，而敝鄉人多精於相人。王生遍遊名公卿，常自謂得見俊人能令自品俊，見癡人正自轉癡耳。此語殊快。物華天寶間，知有稠翁矣。願引而聽之。

【箋】〔李稠原〕當即李琯。江西豐城人。萬曆十九年（一五九一）自福建僉事奉表入京，以論劾首輔申時行削籍。

【評】沈際飛評「常自謂得見俊人能令自品俊」二句云：「不見鑑人而人在鑑中乎。妙理未有。」

答張稚原

每念吾師鍾鼎之緒，惟兄一人。千里江湖，殊勤鄙念。遊觀一度，智意日新。中有所得，無緣便與人語也。

與蔡質凡郡伯

門下公方簡澹，絕無世俗濃華機利之心，可謂大雅君子矣。而一旦仰罹大事，芾憩之樹，愴若苫帷；攀臥之懷，踴於號慕。獨弟以毀瘠沉頓，匍匐莫逮。恃門下內恕孔悲，不深罪於同憂者耳。

【箋】

書云：「毀瘠沉頓」，萬曆四十二年（一六一四）十二月二十一日，湯顯祖母卒，明年正月父卒，書當作於此後。

謝徐匡嶽

〔蔡質凡〕名侃。晉江人。萬曆三十五年（一六〇七）進士。時以撫州知府丁憂歸。見撫州府志。

書院大記，精實廣大。歸仁知止，旁皇會通。何論之著也。兒子開遠遂得此於門下。太陽乃爲寸燧延暉，洪鐘乃爲尺筳流響耶？未知終無負大教否？庶鐘鼎之文引而勿替耳。

【箋】〔徐匡嶽〕名即登，字德峻。江西豐城人。李材弟子。湯氏同年進士。官至河南按察使。著有易説九卷、正學堂稿、來益堂稿等。〔書院大記〕或指歸仁書院記。

答馬仲良

不佞少頗能爲偶語，長習聲病之學，因學爲詩，稍進而詞賦。想慕古人之爲，久之亦有似者。總之，有韻之文，可循習而似，至於長行文字，深極名理，博盡事勢，要非淺薄敢望。時一强爲之，輒棄去，誠自知不類昔人之爲也。明公過聽毛伯之言，盱衡揚眉，謬爲引飾。委以頌言，勉承嘉命，祇益慙泚，誠又自知其不類今人之爲也。瑶刻大致性乎天機，情乎物際。星月定於衡璇，風雲通其律吕。含星吐激，自然而調。英妙如斯，過此安極。讀而樂之，又不啻身爲昔人矣。

【箋】見玉茗堂文之一賀馬母王恭人六十壽序箋。

【評】
沈際飛評「瑤刻大致性乎天機，情乎物際」云：「未許粗心人道。」

答彭芹生侍御

十數稔來，獨得兩公疏，明目慊志。門下言其内，熊公言其外。言其外者，乃在干城；言其内者，乃在腹心。至聖學疏，暨法祖録。所謂黼扆崇之，則有勳華之盛；韋帶守之，則有王公之重。金石日星，莫有鉅焉者。如不佞章句附之小儒，詩賦比之童子，跡其去官，咎坐迂妄，固非以疾邪忤物，跅弛見遺。至如門下去就，乃可爲衡權之重輕，丘淵之夷實爾。良書先被，引詡奬借，尊光莫踰。自惟鈍朽，何以來兹。憶昔某公始未出山與終而還山，議論風采，恢然鉅公也。當其執政，殆極憒憒。名鉅已爾，餘復可知。即非有傍子之言，亦不能受正人之用。若曰惟當語以平，平豈一平人所能也。門下意度高廣，而家食甚貧，如未能盡去浩冗，終當委蛇一出乎。世棄君平，君平未可棄世也。

【箋】

〔熊公言其外〕見本書卷四六與熊芝岡箋。

〔某公〕張位也。明史卷二一九有傳。

【評】

沈際飛評「平豈一平人所能也」云：「持議任事，正不在奇。」

答門人鄭龍如

春風時來，忽得龍如扇頭贈詩，「寰中皆辟易」，未足仰承；「世外有同心」，差爲厚幸。南屏大作，時照几閣間。錢受之何得云爾，不小吾江右耶。

【箋】

〔錢受之〕名謙益。常熟人。萬曆三十八年（一六一〇）一甲三名進士，授編修。著有初學、有學二集，編有列朝詩集。

【校】

鄭仲夔（龍如）雋區卷五載此札，謂尺牘所載爲「後來記室之誤，且書非全幅」云。全文録後。春風時來，忽得龍如扇頭贈詩。「寰中皆辟易」，未足仰承；「世外有同心」，差爲厚幸耳。即當袖采懷香，所至夸出座客。雲中沛艾猶惜此隤黄也。南屏大作，時照几閣間。清言真如蘭屑冰霤，承教宜附以傳。直去章門急，容寄以復並和章爲笑也。顔謝同游，衰年所托。萬惟自珍。

與孫子喬

璆琅大編，本淹中之名理，發郢上之奇音。心骨俱清，神采並茂。極慕用於衰蹇，輒寶示於羣頑。嗣晤劉大甫，始知旌節已在鍾陵。禮重維桑，情深班草。而公歸已亟，予跂未能，悵寄如何。昨得讀尊公大集，益知至性有源。越人輿誦，皆知執法之清；而楚水瀕危，具見遺身之孝。事兼家國，義叶君親。此風人所以發興於景行，而沈心於懿德者也。聊因南羽，少附思存。小刻並附政。庶幾無愛風斤，垂光秉燭。

【箋】

鍾陵，即臨川之鄰縣進賢。

答門人鄧君遷

聞君遷篤明無上之理，不廢有中之事。義學既極精入，文字復爾蒼沉。第時課穿雜，謬種流傳，縱浚發於慧心，或取驚於拙目。恃愛遠詢，點定以復。

答門人桂仲雅

我所思兮在桂林。乃三年不通一問，而有遐心耶？真實作舉子業，是所爲知己祝耳。李公書幣附璧。不知其人可乎？僕今日耐鬻文，當日亦耐鬻爵也。

與宜伶羅章二

章二等安否，近來生理何如？牡丹亭記，要依我原本，其吕家改的，切不可從。雖是增減一二字以便俗唱，卻與我原做的意趣大不同了。往人家搬演，俱宜守分，莫因人家愛我的戲，便過求他酒食錢物。如今世事總難認真，而況戲乎！若認真，並酒食錢物也不可久。我平生只爲認真，所以做官做家，都不起耳。廟記可覓好手鐫之。

【箋】

〔呂家改的〕指呂胤昌所寄沈璟之牡丹亭改本。

〔廟記〕即宜黄縣戲神清源師廟記。見玉茗堂文之七。

【評】

沈際飛評「與宜伶羅章二」云：「宜伶何幸，將與石動箭黄繙綽諸人共傳邪。」又評「我平生只爲認真」二句云：「唾壺足碎。」

寄虞德園

讀仁兄所爲天主之徒文字序，甚深微妙。東方人護佛，西方人乃破佛耶！林楚石送揚叟來，云工容成之術。過湖頭當謁兄長生之術與無生之旨，何如？

【箋】

〔虞德園〕淳熙號。見玉茗堂文之六溪上落花詩題詞箋。

與張大復

文字或一題數首，歷落磊砢，筆意所至，昔人如在。李超無來，知門下抱丘明子野之疾，而聽詠徹明，户屨滿晝，何奇也。貴里豪桀惟諸景陽，清士惟歸子慕。子慕不可作矣。止敬又云，有一孝子之孤，得門下存之。甚善。幸無更作時義，冥思老易太玄，著書可也。

【箋】

作於萬曆三十九年（一六一一）。

〔張大復〕見玉茗堂文之三張氏紀略序。

〔李超無〕見玉茗堂尺牘之五答門人李超無。此指萬曆三十六年（一六〇八）李超無三訪臨川。

〔歸子慕〕有光子。明史卷二八七有傳。卒於五年前。

〔諸景陽〕景陽一作敬陽，名壽賢。崑山人。萬曆十四年（一五八六）進士。曾官禮部主事。參拙作許自昌年譜。

【評】 沈際飛評「筆意所至，昔人如在」云：「善評。」

答蘇眉源郡伯

先嚴跧伏衡泌中，獨台慈禮異，題之曰「可聞不可見」。悲夫，今真不可見矣。辱奠施，傷哉。鄉飲祭酒之時，何時也？篤終之誼，哀感何極。

【箋】 作於萬曆四十三年（一六一五）乙卯正月父死之後。家居。六十六歲。據實録，撫州知府蘇宇庶已於四十年八月調任南昌知府。

【評】 沈際飛評云：「似檀弓。」

答沈湛源

捧讀方城諸議，公真可作州也。如云「艱難非豪桀不濟，危困非權變不解」，此是世間法。如云「樹老歸根，人老還鄉」，此近出世間法。至於世出世，即無老少權實耳。直心是道場，正不必作涉世觀也。吾兄在彼，上下必相信重，無所疑難。持以道心，亦不爲旁縣少年所妬。冠履走集，賢聲易翔。諸惟堅貞，以觀名世。

寄李季宣

弟於兄交雖道義，情逾骨肉。廢棄十餘年，始得一通問，可謂有人心乎？想仁嫂以次百福。玉郎諸生幾人？真州石城，是吾屬嘯歌之路也。魂夢在兹，能無慨惝。弟棄官速窶，日甚一日。幸二尊人健飯，三兒粗能讀書，不至憂能傷人耳。千里風期，曷勝契闊之嘆。

【箋】

〔李季宣〕名柷，見問棘郵草之一真州與李季宣一首箋。信作於萬曆三十五年（一六〇七）。湯氏棲約齋集文選序云：「予往來維揚，與大儀李季宣友善。向後音徽莫嗣。頃乃從南州汪魯望所相聞……逾年魯望舉秋試。」秋試在萬曆三十七年。逾年，湯集通例爲隔一年。

與李莪明

門下奏最六年，和風之惠，秋月之清，自當銓管九流，封彈六省。而仍備旋郎宿，中論謂何！已復思維，近局如沸，遷止無期，進退難遂。更喜明公脱穎而出，拔塵而飛。且容與於都官，轉清通於吏部。木升而成雲棟，鴻漸而荷天衢。回視同時而頃領折腰，妄意而徘徊巇路者，異日遲速相校，何止三四載已哉。則門下之未爲不遇也。知台旌過敝郡而北，道左當罄此懷積也。

【評】

沈際飛評「木升而成雲棟」七句云：「詞能滿志。」

答羅敬叔

讀十二故人傳，知高誼久矣。弟少學詩賦，祇以自娱，不似前人用此挾交作聲色也。所至得罪名人，非止敬叔。前於右武兄處邂逅，僅高揖而別，欲一語不得。忽然懷舊心傷，克生仲弢，皆爲異物。吾鄉此道，亦復鮮人。如敬叔者，何可便得。大將軍何以重揖客也。

【箋】

〔羅敬叔〕名治。南昌人。家貧賣文爲活。所至浪遊江湖，不謁權貴，以詩酒自豪。有十二故人傳。見南昌府志卷四四。

【評】

沈際飛評「忽然懷舊心傷」五句云：「詞意俱有餘。」

柬羅敬叔

足下雪中來視，正以高誼示兒輩耳。十二故人傳又添一箇焉。小詩爲別。「閱世常高卧，懷人向獨醒。吾衰難一送，號鴈遶汀汀。」

【校】

〔號鴈遶汀汀〕汀汀，疑是「沙汀」之誤。

答門人曾在中

僕不效君平賣卜也久矣。在中善爲我辭焉。

與無去上人

秋净尚圖借一臂袈裟地，聽龍門説法也。四香戒如教上。不亂財，手香；不淫色，體香；不誑訟，口香；不嫉害，心香。常奉四香戒，於世得安樂。

與翁泰輿

往來東越，得習令兄先生風政，淑人君子，蓋清廟之鍾球，而高闈之柱鎮也。天幸計吏，得望光儀。儼朗沖凝，流光可挹。立談數語，動感垂慈。向後投棄，音徽遂遠。幸時詠封奏，知朝有人焉，野亦可恃。兹者明公更以甘棠聯大越之陰，華萼並長春之色。豈獨題材於春署，恒將對拜於黄扉。聽鸞和之在天，忻燕喜以無地。上路新秋，干旄在望。曷任依依。

【箋】

〔翁泰興〕當即翁愈祥。萬曆二十六年(一五九八)進士。先後知邵平、會稽、清豐,召爲吏部稽勳司郎中,卒于道。其兄憲祥二十一年至二十六年任鄞縣知縣,與湯氏遂昌任期相當。故云「天幸計吏,得望光儀」。以上據常昭合志卷八。

與盧貞常大參

聞之禮,入其境而五經之教可知也。攬秀樓文字千餘,不佞録近六百。溷溷乎鬱鬱乎,層積森發。此皆門下愷弟作人,致大觀如斯。顧諸士貧,合貲僅梓其半,盛美不全,殊可慨惜。成大美者,必謀於大人。門下當爲欣然了此。知無難也。

【箋】

〔盧貞常大參〕名廷選。福建莆田人。時任江西左參政。見江西通志卷一三。

【評】

沈際飛評「溷溷乎鬱鬱乎,層積森發」云:「大雅。」

寄盧貞常

不佞被病寒崖，門生陳伯達來云，門下已返莆中之棹矣。駭愕沮懊，不知所以。後言其概，始有由來。世路之難行，宦情之難信，一至於此。門下弘猷亮節，炳如日星，何能點綴。獨爲世道人心一侘傺耳。當事憐才，自應夙駕，以慰懸跂。

【箋】

時盧貞常自江西左參政罷任歸。見江西通志卷一一三。

與方玉城

玉城思緒英奇，不謂千里殊風，得成良晤。清歌緑酒，長夜留連。悵彼離情，正如昨日。芙蓉木末，攀展何其。幸帝子閣中，得遘左使君，知道履逾暢，小姬別館，能自超然。良慰。大筆必多瓌瑋，非此不能爲公脱穎也。

【箋】

〔方玉城〕方大任之字，「城」當爲「成」。桐城人。萬曆四十四年（一六一六）始登進士第。上據安徽通志卷一七九。

【評】

沈際飛評云：「清出不可删。」

答趙我白太史

被病久時，念天水真人，奮欲從之，無路也。幸以河梁之節，願一追陪，而風雨淒人，寒痟所避。捧讀大章，金石爲響。搔首一過，頭風頓拂。開春能勝杖履，當從研墨於雙姑鳳凰之側也。

寄左滄嶼

目中如門下，零露蔓草，未足擬其清揚，秋水霜蒹，差以慰其遊遡。鳴琴山水，太沖深招隱之情；遲暮佳人，惠休擬碧雲之詠。倏焉别去，渺矣伊人。再覯無從，悵佇何及。

【校】
〔秋水霜蒹〕蒹，各本誤作「兼」。

【評】
沈際飛評「零露蔓草」六句云：「疏秀。」

寄彭魯軒侍御

不佞有識以來，見直指使者，何止數十公，往往幹潔自將，要以補偏蹈隙，非欲真爲世界傾洗一番，否濁更不留餘。如兄之治越，與弘陽兩公，雖被患而去，吴越間庶幾一清。身爲男子，高步中原，他更何論。不佞割鷄而傷，況其大者。新舊之間，久成局段，豈可爲哉。

【箋】

〔彭魯軒〕名應參。

〔弘陽〕王汝訓别號。見卷一二湖州事起箋。

【評】

沈際飛評「身爲男子」三句云：「吾輩須具此一副襟期。」

答門人陳仲容

大作奇特，卻是尋常道理。日月湖中，恒有異産，欣快何極。

答張雨若

門下以命世之英，接元凱之運，鴻名興而作雨，賜姓翕以連天。廣昌之廣洋洋，清江之清湛湛。所在快覩，實願從遊。已寄謝於有文，復附聲於興祖。搴美人而誰爲語，思公子而未敢言。忽以令君之言，欲爲相公之祝。聊以笑小者之爲，小製何如大製；豈容代大匠之作，小年不及大年。惟其有矣，豈曰能之。

【箋】

張雨若名汝霖，浙江山陰人。萬曆二十三年（一五九五）進士，授江西清江令，調廣昌。萬曆三十二年時爲兵部武選司主事，其妻父朱賡任太子太保文淵閣大學士，以臨川知縣之介，乞文爲朱賡七十壽序，湯氏婉言以此答謝。明史卷二一九傳云，朱賡「諄謹無大過，與沈一貫同鄉相比，暱給事中陳治則、姚文蔚等，以故蒙詬病云」。參其孫張岱瑯嬛文集卷四家傳。

【校】

〔已寄謝於有文〕有，沈本作「右」。

與康日穎

讀大作，瑽瑽琤琤，鮮發可喜。加以瓏琢，魁卷無疑。蘇有嫗賣水磨扇者，磨一月，直可兩，半月者八百錢。工力貴賤可知。吾鄉文字，近不能與天下争價者，一兩日水磨耳。

【評】

沈際飛評「蘇有嫗賣水磨扇者」四句云：「學者不可不知。」

答張了心

君子之至於斯也，吾未嘗不得見。況如了心者，有江漢大國之風，又吾亡友子聲之友乎。得子聲之友，如吾子聲在也。悲喜殊甚。扇頭見故心人尚能楚歌也。盱有明德夫子語録，當已醉心。無寶山相失也。

【箋】

〔子聲〕王一鳴字。見列朝詩集小傳丁集下。

〔明德〕見玉茗堂文之五明德羅先生詩集序。語録，指羅氏盱壇直詮。

【評】

沈際飛評「得子聲之友，如吾子聲在也」云：「風調。」

與門人吴來復

蘇季子黄金盡，益發篋引錐，卒以六國擯秦。管子之後，一人而已。門下固爲清吏後，而文史足用。止時義一路，未肯降心以從。此如轉丸振落。能以鄙言從事，時亦弋獲否？

【評】沈際飛評「止時義一路」二句云：「義仍淹迹文史，鞭心詞賦，向人便勸走時義一路，隨方化導耳。」

答來任卿觀察

今春計吏，見去者直以爲仁兄即主，冤哉。雖然，莒僕窮弱人耳，行父逐之，張其事者猶曰舜功二十之一。仁兄功不舜功二十之半乎？花圃接樹何似？春早，便有佳意，時時行散及之。倘安車且至，又須車上一僔何如？

【箋】〔來任卿〕名三聘。浙江蕭山人。顯祖同年進士。任江西左參議，進右參政。見江西通志卷一一三。

與余成輔

先儒云，收放心，即可記書不忘。足下靜坐存想，數月來讀書，覺有光景，不似往日。此如苦行頭陀忽然開霽，瀾香千偈，不足爲也。今之隱几者，豈昔之隱几者耶？

答遂昌辜友吾

門下揚粤璇原，晉安華族。沖明在躬，挹清源而寫照；宣慈惠物，挾温嶺以揚暉。赤子何知，庇棠陰於父母之國；小人革面，食桑椹於君子之堂。奚豺虎之足投，顧鳳鸞而已化。政高東浙，風遠南州。至如不佞，傷昔年之製錦，敢言大邑大官；仰今日之鳴琴，足辨任人任力。既荷包蒙，更慙惠賁。謹頓首以謝來儀，尚剖心而談往事。平昌有君子堂。

【箋】

〔辜友吾〕名志會。晉江會昌人。萬曆三十五年（一六〇七）在遂昌知縣任。見遂昌縣志卷六。

【校】

〔門下揚粤璇原〕璇，沈本作「旋」。

【評】

沈際飛評「赤子何知」六句云：「精整。」

與朱象峯

昨譚江陵以下諸相，各成局段。兄憶其大略記之，稍暇當爲點定。可論相，亦可論世也。

與羅玄父

夢澤書來，始知皋比南學。以弘材而蚤攝清序，士固有所自致。如薄俗何。生長西湖，宦學南都，勝寄都爲妙明收盡。著作日新，可勝想似。

【箋】〔夢澤〕見玉茗堂文之八渝水明府夢澤張侯去思碑。

答樂愚上人

此時世路人情，大非昔比。做官人失勢，出遊亦難如意。況衰颯老僧，數百里外，向朱門求嚫，能悲施者幾何人。安之矣。兩貴人俱無報書，亦無庸相報也。蓮社文久附去，遠公有靈，世豈無具龍象大力者，成此勝事，不必隱向鷄鶩索食也。

【箋】參看玉茗堂文之九續棲賢蓮社求友文。書當作於萬曆四十二年（一六一四）甲寅，或略後。

寄門人傅雲中

大作知當大受。病中聞報，爲撫掌大笑。知雲中亦笑而不止也。往勸門下調攝，快意之際，宜倍自珍。

寄葉增城

方布縠寒疇，而傳春録者云，門下高發矣。蒼蒼者何嘗不念讀書人耶。録中名士不少，而能流雅頌之聲，蓄治安之術，正恐未有賢於門下者。承明著作，幸有早寄。

答江完素

金川深仁，户讚途頌，去思可勝耿耿。封彈之司，在帝左右，明公可謂能安人，當事可謂能知人矣。兒輩碌碌，承念及，並謝。

【箋】

〔江完素〕名日彩，曾任金谿知縣。見撫州府志。

答李淮南

門下蟠根儁李，擢秀維揚。本當盛之白玉之堂，偶爾試之清風之邑。才華無敵，一洗而凡馬盡空；政事有神，四顧而全牛已解。至如不佞，一行自免，原非養望東山；再出何期，不致貽譏南嶽。分無求於聞達，寧言空谷足音；奉有斐之文章，真是從天喜色。多儀藉璧，拜嘉惠於書詩筆墨之中；薄意未將，祈炤亮於竿牘篚筐之外。

【箋】參看卷一六寄贈分宜李淮南明府奏最箋。

答錢受之太史

文章之道，有盡所託。曠世可以研心，異壤猶乎交臂。存來感往，咸效於斯。或爲風神形似之言，或以情理氣質爲體。愜一而止，得全寔難。捧讀大制，弘郁之文，深微之旨，豐美者如翬鳳葎萋，而朝陽溢其采；簡妙者如高鴻巇嵲，而靈露發其音。渴者飲其情瀾，倦者驚其神嶽。翰天飛而不窮，巵日出以無盡。粲矣備矣。而復垂音一介，獎借横披。所謂溝中之斷，寵以丹青；混沌之姿，鮮其眉目。通懷若斯，心感何極。不佞壯莫猶人，衰當復甚。世途瞶瞶，妄馳王霸之思；神理綿綿，長負師友之愧。賦學羞乎壯夫，曲度夸其下里。諸如零星小作，移時輒用投捐。蓋亦寸心所知，匪煩人定者也。又何足掩空虛而對問，侈怡悦以把似者哉。江外三藩，時勤星使。如天西顧，候望有期。

【箋】

作於萬曆四十三年（一六一五）乙卯，謝其爲玉茗堂選集作序也。

【評】

沈際飛評「文章之道」十句云：「可敵劉勰文心。」

與葛屺瞻大參

擬過溢口，庶挹清真之色。而一琴一鶴，窅在逋仙亭際矣。悵惝中返。未幾馮公坐化。真所云「嘆逝比悠稔，交臂乃耆年」，徒令彌深往念耳。樂愚禪老，以棲賢蓮社見約，偶與題詞。意此地是明公夙慈所留，非得明公發神鷲之音，號如龍之衆，固不能震動榛礫，招延氣味也。萬惟留意，無與俗同。

【箋】

〔葛屺瞻〕名寅亮。錢塘人。萬曆四十年（一六一二）任江西右參議備兵九江。參看玉茗堂文之九續棲賢蓮社求友文。

【評】

沈際飛評「非得明公發神鷲之音」四句云：「亦贍。」

與喻叔虞

見賢昆季俱瑯瑯，如見松高。生在外最爲吴越諸少所愛，歸來十載，始見叔虞愛我。叔虞有意成詩乎。學律詩必從古體始乃成，從律起終爲山人律詩耳。學古詩必從漢魏來，學唐人古詩，終成山人古詩耳。叔虞力尚可爲，如生老矣，尚能商量此道。恃愛言之，並以示我同好。

【箋】

當作於萬曆三十六年（一六〇八）戊申，喻叔虞名守益，新建人。有詩名。見南昌府志卷四四。

答楊景歐大行

某猥薄無所底，門下乃褒其纖介，先車騎而顧之，復喻以無毁，導以有言。薄陳梗概，獲受淵弘。東國之下白屋，西河之過曲巷，未足儷其沖洽也。委頓荒沉，未敢再奉光塵。夢寐天人，邈焉河嶽。承示台懷，中原無黨。三門湍急，砥柱誠難。諸惟門下自力。

答沈幼宰

尊公名德中朝，舊於讓亭師座右習聞風淑。嗣知門下文采照麗兩都，更辱名翰天隮，奇書日出。貫穿三千年之上，翻駁二百則之中。奇矣麗矣。序言勉成以復。公有良史才，大對維期，便當荷逵木天。用慰跂仰。

【箋】作於萬曆四十三年（一六一五）乙卯，家居。六十六歲。參看卷五〇沈氏弋説序。

與余節侯

利器不可以示人。節侯文字有金石聲，幸益自愛。

與門人李本仁

吾鄉氣脈方盛，既占羊角，遂擬龍頭。來作亦神鑲之至矣。勉之。

【箋】

〔李本仁〕名學旻。臨川人。恒齋李東成之子。萬曆二十五年（一五九七）舉人。選峽江教諭，歷任饒陽、澄城、漢川知縣。

〔羊角〕羊角洞天，在臨川城内。

【評】

沈際飛評「既占羊角」二句云：「集中嫌此等纖句。」

與胡實美

舟泊文昌而不入我室，能無憾耶！惟孝友于兄弟，少白有子矣。

【箋】

〔胡實美〕名欽華。汝焕之子。參看玉茗堂賦之一匡山館賦箋。

答顧伯欽

牛女之墟，璇衡奕奕，下於臨汝。斗匡玉茗堂中，何遂有如此客。乃以尊公豐碑見屬。不佞小文，何以辨此。而貪負名德，未能固辭。且煩名公大孝不遠二千里而來，令人感惻。但哀瘠之餘，頭岑岑然，意憒憒然也。秋清後從事嘉命乎。伏枕荒忽，不盡所云。

【箋】

作於萬曆四十三年（一六一五）乙卯正月父卒之後。家居，六十六歲。

〔顧伯欽〕名大章。常熟人。萬曆三十五年(一六〇七)進士,立朝有節概,後爲魏閹所害。明史卷二四四有傳。

與男開遠

祖望孫榮,孫榮而祖不待。兒舉於鄉,父嘆於室矣。杜聯寄爾。「寶精神則本業固,謹財用而高志全。」我歌鹿鳴五十年,求一避債臺不得,念之。

【箋】〔開遠〕湯顯祖第三子。萬曆四十三年(一六一五)中舉,以父病不赴明年春試。明史卷二五八有傳。

【評】沈際飛評「寶精神則本業固」二句云:「聯句意未純,不如下二句好。」又評「我歌鹿鳴五十年」二句云:「有以清白傳家者,拜服拜服。」

寄門人饒見石

見石積學敦行，何妨爲六月之息。來使云，見石且就選。如以爲色養，則捧檄亦佳事也。

柬杜西華

枕上覺氣隱，因思明德師講「勿忘勿助」，大有入處。其語録幸抄示。此亦弟朝聞時也。

【箋】

〔杜西華〕名應奎。臨川人。有五經注解會語。見臨川縣志卷四二。

答門人李實夫

邪而有餘，不若正而不足。爲子之節已終，何必求餘也。

答馬稺遥

先慈之哀，繼之先嚴。創鉅痛深。加以衰羸，溢粥强杖，不能起此壞墻，何暇及硯席間事。第痛定時作千里之思。大篇高者危激，深者淵裕，更疎豁之，於世目尤快也。

【箋】

當作於萬曆四十二年（一六一四）十二月母死，次年正月父死之後。時年六十六。

【評】

沈際飛評「大篇高者危激」四句云：「色蒼。」

答門人萬可權

昔人云，未聞以宦學也。然而從學於宦，其學愈滋。山川風物，國憲官常，恣其采拮，或不在區區佔畢間也。桂宫在御，而苦父是存。詞誼兼惻，臨風泫然。

【箋】〔萬可權〕南昌人。天啓七年（一六二七）舉人。有香雲館集，黎遂球爲之序。

寄韓求仲

不佞顯祖款啓寡識之人，忽見門下應制諸作，風骨情神，高華巨麗，晻藹流爛，若刃之發于硎，而鑣之疑于神也。横目之徒，皆足驚殊嘆異。而所遇稍有心期者，反復疑誹，力巨者逾甚。不佞所以辯説贊唱百端，覺爲哀沮。第云子善于宣城乃爾。不已冤乎。雖然，美成在久，久乃論定。珉玉交亂，于孚尹何傷。前作蘧菴詩草上。兹承壬子五月望日書，及長律二，可謂三歲字不滅。書中推許過至，靦莫自容。雅韻鏘如，感慨係之矣。借堂顏以和，卒未能工。木落水寒，當爲茗雪問客，時與門下别有揚扢也。諸惟慎默自愛。

【箋】參看玉茗堂尺牘卷二寄湯霍林諸札。蘧菴爲韓敬堂名。

〔壬子〕萬曆四十年（一六一二）。

又

弟江外衰愚，暗于今昔之務。每快睹門下高文，自是當時第一義。痛覽諸公深文，自是當今第一冤。天定勝人，竊望門下静慎和恕，以竟此局。臨風不盡卷卷。

湯顯祖集全編詩文卷之五〇 制藝

大學

詩云緡蠻 二節

大賢覺人知止，因示以聖人之知止焉。夫人心之知誠宜用之於止矣，而不知聖人之知止，則亦何以緝其熙而敬之哉。且明德至善，即在家國天下倫理之間，而匪敬不止，匪知則明德不紹，而無所以一其敬也。是故詠「緡蠻」之詩，察丘隅之止矣。物猶然有知矣，而况人乎。此止之維幾在人，則心光之不絶者亦惟人。誠一續其光焉，而定静間具呈本體，寧獨一得氣之先而已乎。此上之惟康在人，則天明之不盡者亦惟人。誠一繼其明焉，而安慮中自成妙用，寧獨一相彼之思而已乎。夫子所以有覺於斯人，而文王所以先知於厥止也。何也？非深遠之體不足與接真知，而有絶續之明，不足以臻敬止。其惟大雅所稱「穆穆文王，緝熙敬止」也乎。謂穆然其中有精，而止與德俱來者無不知也。穆乎其知常運，而止於德之明者，無不敬也。故緝熙於君臣，而仁敬止焉；緝熙於父母，而孝慈止焉；緝熙於國人之交，而信止焉。蓋以此語知，則聖明獨覺之精，凝而爲敬，而至善之幾常靈。以此語止，則聖敬淵微之體，聚於其知，而至善之康常會。大哉知乎，不知則不可以爲人，知之則可以爲聖也。

【箋】

湯顯祖制藝本署「固城陳名夏百史手評」，今録其評語于各篇之後。

【評】

湯義仍先生，其行文，巧思俊語絶似玉茗堂諸樂府。若先輩大家渾渾浩浩之氣，集中不多見矣。尤可删者，雜用二氏，即此篇「心光」、「其中有精」等語是也。

〔匪敬不止〕數句評云：「先出敬字、知字，皆淺徑。此等寔開自臨川，宜戒之。」

〔則心光之不絶者〕句評云：「非儒家語。」

〔而安慮中自成妙用〕句評云：「分定静安慮，亦屬小見。」
〔非深遠之體〕句評云：「似樸而纖。」
〔不知則不可以爲人〕句評云：「後人佻巧本此。」

爲人臣止於敬 一句

以聖人所遇之君，立人臣所止之極。夫敬者，人臣之止也。文王無所不敬，止矣，况君臣之大乎。斯以爲至德也。且人受天地之中以生，亦緣君臣之義以立。商周之際，文王所以縻係於天下也，吾見有君人之大德，又有事上之小心，亦以其敬止之德之純焉耳。是故紂誠君也暴也，而文固於暴乎忘也。文誠臣也，聖也，而文亦於聖乎忘也。文之心，唯知爲之上者，不得不爲之君。而厚下防潰，凡以翼其君者，何可不用也。爲之下者，不得不爲之臣。而明夷養晦，凡以效其臣者，何可不致也。於是乎以敬而作臣之所焉，以止而作敬之所焉。何者？聖人之爲臣，非以苟顯其身，將以立天下之極也。聖人之居敬，非以苟顯其忠，將以盡吾性之量也。故其往蹇之德，處憂患之思，苟臣道之所當爲者皆以敬，而凝其精矣。濟涣之才，正蒙難之志，苟臣分之所當竭者，莫不以敬而求其足矣。受命之年，惟中身（年）矣，時非不久也，而終以從王，真不愛其身，不愛其國，而愛其君也。質成之際，有主德矣，勢非不大也，而率以事殷，真不畏天命，不畏人心，而畏其君也。愛以情敬，畏以分敬，文王之爲人臣也如此。要之，敬之行也，非有所加也。其所不容不行者也。敬之止也，非有所極也，其所不得不止者也。斯純臣之道哉。

【評】

此文人人所知，然其佳處在步驟，不在華貴也。（艾千子）

「不畏天」、「不畏人」句，險而有病。文王畏其君，亦是畏天盡人的道理。義仍先生只要形出畏君意思，便説個不畏天命，不畏人心，不自覺其言之疵謬如此。（張爾公）

只説文王不忍忘紂一層，聖道廣大，偶見一二藴含語，便足稱題。如全篇敷衍此意，其不爲後人之佻巧者幾希矣。

〔文王所以縻係〕句評云：「俊句可思。」

〔是故紂誠君也暴也〕句評云：「此題不必出紂，然用調自佳。」

〔於是乎〕句評云：「三字無着。」

〔皆以敬而凝其精矣〕句評云：「似又有致□功夫。」

身有所忿……在焉

身不能以忘其物，則不足以有其心。夫心在其身，亦以無物而在也。身有所忘，而心隨之矣。此身心之所爲一乎。且夫身以形用者也，容有所不修，而心則以神用者也，何有所不正。所謂正者，非正而正之也。心不離其心，則得其所以爲正；心不失其正，則得其所以爲心。正者，心之自體也。而有不得其正者，身之有所累之也。蓋動而愈出者心也，有何所而可置；吾之無處而不居者亦心也，又何所而可以立吾之有？惟以身爲血氣心知之屬，遂使心有喜怒憂懼之依。其來也，身之所不能已也。雖不能已，而安得緣於其所不已。其去也，身之所不能忘也。雖不能忘，而安得倚於其所不忘。諸有以太虛爲宗，而不能空諸有也，着即爲偏。有情以終滅爲驗，而不能遺其情也，留即爲礙。有所忿懥，何其身之躁而强也。有所恐懼，何其身之濡而弱也。如是者，心不得其正。有所好樂，是以其身爲愛根也。有所憂患，是以其身爲患本也。如是者，心不得其正。夫心自有正所也。有所而無所，乃其正也。豈可以心之所，爲喜怒憂懼之所乎。心之所在正也。無所而有所，非其在也。又豈可以喜怒憂懼之所在，爲心之所在乎。終身隨所有而遷，終心待所有而應。引而去之，不得反其神明之舍矣。初猶有其所有，已而爲有之所有，反而求之，不復在其方寸之中矣。蓋既以有所之身爲身，而所爲羣有之根者，已不足以正衆正，則必以不得正之心爲心，而所爲中正之主者，亦不能以存吾存，此所謂以妄身亡其真心者也。卒之心不在，而視聽食俱無所當，則並其身而不在矣。吁，試以能喜怒憂懼之心，究喜怒憂懼之所，則所謂有所者，亦且惡乎在哉。喜怒憂懼無所在，而心於是乎在矣。心在，而身亦在矣。嗟夫，小身立而大身亡，妄心遊而照心隱，則人之生祇見其難矣。是故富貴一也，而貧賤夷狄患難居其三。好樂一也，而忿懥恐懼憂患居其三。所謂吉，一而已。必以此爲身，身亦何利乎。咸之諸爻，皆有身象也。而四不言心，心無在也。知心無在，則何在而非心。然則其視身之諸有，若日月寒暑之屈伸往來也，皆利也。神以知化，一以知百，則可以利用而安身。過此以往，未之或知可也。

【評】頭緒太繁，疵句太多。非先生得意筆也。暗用釋老，尤其遊戲出入處。然衆選所宗，吾特存其縱横之致耳。（艾千子）

有所忿懥，胸中但有忿懥，不復知有恐懼好樂憂患，故曰不得其正。此私心不可有也。心不在，失其主宰，槁其神明之謂。此真心不可無也。所字在字纏繞，不合儒者之理。後人樂用此法，予不能不尤臨川。

〔非正而正之也〕句評云：「隱句即謬句。」

〔身之有所累之也〕句評云：「拈所字始此，皆非正大語。」

〔吾之無虚而不居者亦心也〕句評云：「竄入釋氏。」

〔小身立而大身亡〕句評云：「釋氏之學。」

若有一個臣 二節

相天下其心有能有不能，惟仁君能愛惡之也。夫相臣之心，利能容，病不能容也。於斯用愛惡焉。非仁人其孰能之。且世主之論賢也，論及能爲利，則知愛，論及不能爲利，則知惡。而卒不能能其愛惡之道者，則以其君非仁人，故不能明於大臣之心也。我茲讀秦誓，而得仁人之愛惡矣。彼均之一個臣也，其外樸，其心虚，寔能容天下士，以能有所保而國利。之人也，其所能誠可愛，而以其若無他技也，則愛之未易能也。若夫無其技，無其心，寔不能容天下士，以不能有所保而國殆。之人也，其所不能誠可惡，而以其能獨進也，則惡之未易能也。惟仁人也以心之德行於愛，因以愛之。理通於惡，而放流加焉。蓋自斯人遠，而中國無殆人之迹；蓋自斯人遠，而天下有利正之途。無論朝無倖奸，大臣之愛不替，而舉凡人之才者能者，無不爲大臣之所好，則皆吾好大臣之所及也。此之謂能愛人，能愛其人之能者也。無論國有顯法，大奸之惡已除，而舉凡人之賢者能者，得不爲大奸之所惡，則皆吾惡大奸之所及也。此之謂能惡人，能惡其人之不能者也。明通公溥，含元德於一心，而天下後世之規以裕。慶賞刑威，伸大義於天下，而推賢進不肖之澤以長。君人者而有愛於利乎，則以仁人之能愛，愛此能容保之臣可也。如有惡於殆乎，則以仁人之能惡，惡此不能容保之臣可也。不然，不能平好惡於一個臣，而平天下也哉。

【評】

寔見有不能好惡處，急出仁人。文有次第可觀。如其人易見好惡，不必仁人而能之矣。張九齡之忠，李林甫之奸，當時政自難識。

（則以其君非仁人）句評云：「以歸、胡爲此起，當合古法。」

畜馬乘 二節

傳者引戒利之訓而極言之，見利之不如義也。甚矣利之害深也。大夫之義猶不言利，而況於國乎。此傳者意也。且夫理財曰義，蓋君之所少者非財也，義也。義以公利，君亦無不利焉。聚財之務，以義利則利矣，以利害則害矣。胡不引孟獻子之言，推極而鑒之也。以爲受大者不得取小，天道也；予禄者不與民争業，王制也。畜馬乘以上，皆高爵也。常恐不能化民也，尚安取民之利乎。又況畜聚斂之臣乎。蓋身爲聚歛者，時有屬厭之心，臣之聚歛者，工爲竭澤之計，擇害莫若輕，吾以爲寧有盜臣矣。此獻子爲有家者言也。而亦以爲有國者規，爲争利者戒也，而亦以爲和義者勸。所謂聚歛之臣者，非小人耶。小人不可使也。君之失德，小人導也。若之何其以爲善也。國家之敗，小人召也。若之何其有以救也。此謂專好利而不備難者也。有國者，將害是務去，而又以利速之乎。此謂抱小利而忘大利也。有國者，固擇利而動，而何不以義利之乎。上下之際，制度數而議德行。天地之間被潤澤而大豐美，此之爲利，不亦可乎。何不爲富安天下，而直爲是廩廩也。言財利之臣，誤國可勝道哉。此孟獻子之所不畜也。

【評】先生雜曲中絶句，每善於集唐。此可謂集漢集左矣。然中間點化曲折，姿韻天成，則先生本色自在。（艾千子）

〔以爲受大者不得取小〕句評云：「每有此玄曠之句。」

中庸

君子戒慎 合下一節

君子率性，有不離之功焉。夫道合於性體，而每於動幾失之也。君子豈能一息離歟。且道於性自相依附，人於道容有合離，則未有以定性而知誘之也。君子有常惺法焉，有獨覺法焉。蓋夫人之心必緣事而後有所持，固未有澄然定之時也。君子之學以主静而常無所事，固自有儼若思之象也。不睹矣，性體神明於其中，蓋尸居而龍見焉。不可以忘戒慎也，有所以觀其妙也。不聞矣，性體沉潛於其際，蓋淵默而雷聲焉。不可以忘恐懼也，有所以致其虛也。不離性以爲體，固將一念之不生；不離性以爲端，能無獨知之自起。隱乎，其天下之至見乎？不慎則妙於止者，或以應而粗也，君子益戒慎焉。蓋於不覩中，獨觀其受象之先矣。微乎，其天下至顯乎。不慎則虚於寂者，或以念而隔也，君子益恐懼焉。蓋於不聞中，獨窺其受響之原矣。夫其以常惺爲本體也，則大用俱寂，獨存性真。其以獨覺爲端倪也，則全體具呈，不虧毫念。君子之率性，無合無離，而與道相依附也。功深哉。

【評】

此先生最不悖理文字。妙於止，虚於寂，皆聖賢道理。不得以二氏病之。

〔蓋夫人之心〕句評云：「真實道理。」

〔蓋尸居而龍見焉〕句評云：「莊句，可删。」

莫見乎隱 一節

知性機之所動，而君子可慎獨矣。夫隱微，性之動機。君子凝獨，寧無慎與。且天命流而爲性，天之動也。人性率而爲道，人之動也。動之於物際則爲同，動之於性中則爲獨。獨之中離，則無不離也。彼敢於離焉者，得無以覩聞未交，而隱且微乎。

不知性體，原不涉耳目，故道機亦不離隱微。心曲之中，若無物矣，天地萬物，於中影見，其靈采之昭灼何如也。心行之際，若無幾矣，毫釐千里，頓然差别，其精神之暴著何如也。真有莫見莫顯者乎，如此乎獨之不可不慎也。故君子者，以至見出於至隱，獨所舍，吾以覿其朕焉。天命在隱，不敢不慎隱也。至顯出於至微。獨所起，吾以知其際焉。天命在微，不敢不慎微也。一暴之以爲無，全體呈而莫覺；一持之以爲有，妙用倚而不流。此君子所爲戒慎恐懼而常惺惺者也。君子慎獨，而後天機不隱，道心不微，卒惺然常覺而不雜也哉。

【評】萬曆初年有此文字，當視爲幽奇靈怪。然自今觀之，更覺圓細微適。其稍與題礙處，亦病其過於微也。將人所不知而已獨知之之意，掃作粗塵矣。

目之爲理學既不可，目之爲禪學又不可。先生於文可謂藏身固矣。（艾千子）

「影見」、「差别」、「靈采」，皆禪學中語，宜汰之。

〈吾以知其際焉〉句評云：「際，本勝朕字。際則無界限，至顯矣。即不作題目看。亦當入周程。」

子曰人皆……避也

語智而遺其身，不知其智也。夫其身之不能免也，而可謂曰智，則物之於機也，亦可謂智乎。夫子悲天下若此，嘗謂天未嘗不引人於智，人未有肯自處於愚，人皆曰予智，亦情也。誠如是，則智之所始，宜莫先於愁我心；智之所真，宜莫先於愁我身。此雖在中智良然乎。而乃有大謬不然者。人物同生也，而相兼相制。欲一之而不能，靈蠢殊質也。而爲巧爲機，欲避之而不可。非必憎於物也，或以需其利也。非必甘於物也，或以除其害也。物固有之，人亦宜然。事不必其紛糾而難知，少不戒焉，喜怒哀樂皆貽其憂者也。機不必其杳渺而難明，少不察焉，視聽言動皆有其危者也。或以其身爲利於天下，以爲能利天下也，利天下之智未窮，而天下固以不利報之矣。或以其身爲害於天下，以爲能害天下也，害天下之智未窮，而天下固以害從之矣。方其曰予智也，自謂耳目聰明矣，乃離而不知其麗也，坎而不知其陷也。前有危而卒踐，聰明之德何存。方其曰予智也，自謂心志靈洞矣，乃健而不知其險也，順而不知其阻也。中有隕而載馳，靈洞之機何在？人之愚者，尚能怵然而爲疑，曰予智而莫之避耶。物之智者，猶能翛然而自遠，曰予智而莫之避耶。如此而生，不可謂之知生；

如此而死，不可謂之知死。夫自矜其智，以號於天下，而生死之不知者，世往往然也。不可悲夫。

【評】

深刺世人，而立言終有偏處。

〔宜莫先於愁我心〕句評云：「晉人語。」

〔或以其身爲害於天下〕評云：「句不情，是臨川之偏處。」

君子之道費　全章

中庸深著道機，不隱其道者也。夫道非隱而已也，著乎天地，所謂費而隱與。嘗謂道甚易明，而語道者嘗以隱爲言也，則道機於是乎不著矣。豈知君子之道固隱也。非隱而隱者也，費而隱者乎。微眇之意，不出於善貸之中；冥極之機，取藏於應用之際。蓋自夫婦之愚不肖所知所能，及其至而爲聖人所不知不能，天地之所憾焉者，皆是物也。故君子以費語道矣。語大不可得而載也，費也。語小不可得而破也，亦費也。詩人不嘗言道乎。「鳶飛戾天，魚躍於淵」。非言上下隱也，言其上下察也。然則君子之道不爲隱矣。方其端也，造於夫婦之微。及其至也，察乎天地之大。見乃謂之象，所見即道也。若詩所言鳶魚者亦是也。動乃謂之氣，所動即道也。若詩所言飛躍者亦是也。道豈不費哉。特其所爲察者可以悟言，不可以智索也。則謂之隱焉爾。要之非隱而隱，乃費而隱也。此所謂道機矣。

【評】

此等文誰不能爲，而必説爲夫子繫爻詞法，是愛之過也。數插隱字，未妥。

〔微渺之意，不出於善貸之中〕句評云：「表體。」

〔非言上下隱也〕句評云：「隱字宜結末節，先出在此便不老。」

夫婦之愚……所憾

中庸極道之量，有與之而無盡之者也。夫自居室之微，以至天地之大，皆道囿之也。有聖道之責者，宜何如以思其至耶。此以明費而隱也。且夫天下有淪于無者，則既不能有，而一涉於有，則又不能盡而有之也。道在有無之間。故入於有，而不盡於有焉。試言之，謂夫婦之愚，不可與有明也，然性靈之知，彼亦與焉，而及其至，雖聖人亦曰我未能明也。吾嘗見匹夫匹婦出其知慮，常足參與聖人，而聖人慮善，反有借知於匹夫匹婦者。所必不可知者，又無論已。是道在愚者所知之中，又在聖明所知之外也。謂夫婦之不肖，不可與有行也，然日用之能，彼亦與焉。及其至，雖聖人亦曰我未能行也。吾嘗見匹夫匹婦效其材力，常有合於聖人，而聖人立事，反有借能於匹夫匹婦者。所必不可能者，又無論已。是道在不肖所能之中，又在聖修所能之外也。寧惟聖人，法象莫大乎天地，無遺憾矣。然憾生於所不足，而積形積氣，常有不足之嗟。憾生於所不正，而極備極無，時有不正之累。蓋匹夫匹婦固已不免於其咨，雖古昔聖人時亦致疑於造物。人自憾耳，天地何傷。然以道律之，以彼其大，宜復令人憾耶。蓋道有大焉者矣。是知有天地，然後有夫婦；有夫婦，然後有聖人。此皆生於道之後，而遊於道之中也。故夫婦所與者不全於聖人，聖人所能者不全於天地。此皆爲道之所盡，而不能盡道之所爲也。道誠費而隱哉。

【評】

夫婦聖人天地，參錯發明，名理迭出。文致道上，如明霞在空，舒捲自如。至字即在可與處看出，解甚超妙。行文理質相輔，有先正風。從知能屬夫婦，故命曰與。設此時令聖人與之，安知非所以莫與者，則知能之與即至也。從不知能屬聖人，故命曰至。設此時令夫婦至之，安知非所恰至者，則不知能之至亦與也。此姚孫榘文中妙語，更自靈會。（韓求仲先生）

聖人亦曰四字，如何安置。皆求新渺可喜之過。

〔且夫天下有淪于無者〕句評云：「不可以教世。如倡此等語，宜曰淪於渺且誕而不反也。」

〔而聖人慮善〕句評云：「此數句合題。」

〔人自憾耳〕句評云：「句法促。」

〔此皆生於道之後〕句評云：「皆渺語。」

故君子居 一節

中庸推言君子之心，一性命於素而不妄也。夫素者，性之易也。居易而命隨之矣，所以獨爲君子歟。中庸推言君子素位而行之心至此，若曰位之所居屢變矣，似非己之所能盡；居之所行殊值矣，似非正己之所能盡。君子常以正己爲素，而無外心者何也？其有見於性命之際歟。蓋天命之謂性，其流行之不已處常也，而推移之偶值者變也。自其常者而觀之，則謂之命矣，而其中有幸焉。自其變者而觀之，則謂之幸矣，而其中有命焉。命若往而若來，可以俟也。而素之所存，則居之也易矣。幸倏往而倏來，不可以徼也。而素之所不存，則行之也險矣。故君子者得易簡之理，而位天地之宗；知險阻之機，而待陰陽之正。如居上位，正其上之已而足矣。此端拱無爲至一之道也。至于身正而夷夏通焉。雖曰永言配命，要以俟其常然者而已。居下位，正其下之已而畢矣。此心逸日休至夷之術也。至於身正而上下交焉，雖曰自貽哲命，要以俟其固然者而已。若夫小人之腹，固非君子之心。常於力命之間，妄意天人之際，如上有所行於下也而陵之，非險道乎。小人曰：吾嘗試以陵之，庶幾其受我而陵也，則幸而已矣；即陵其下不獲，而繼以危亡，勿悔也。下有所行於上也而援之，非險術乎。小人曰：吾姑且援之，庶幾其受我而援也，則幸而已矣；即援其上不獲，而隨之僇辱，恬如也。蓋君子所謂常然者，小人以爲未必然。不知其所謂必然者，固君子之所爲偶然者也。君子之所謂固然者，小人以爲不宜然。不知其所謂宜然者，正君子之所爲或然者也。是故圖安者之所動色，抵危者之所甘心，待化者之所參詳，偷天者之所萬一。蓋君子見幸中之有命，故履常而常；小人見命中之有幸，故乘變而變。至於命之必夷，而幸之必險，然後知天人之有定，而性命之無違也。

【評】終是填詞手，故日遠大家而流於纖渺。命幸倒翻，不見深致。乃先生當日則自侈矣。〔一性命於素而不妄也〕句評素字云：「不可單用。」〔位之所居屢變矣〕句評云：「必翻見本題之淺，何也。」〔而素之所不存〕句評云：「無一語近人。其最高處在此，其不及先輩之平，當切實深思而自得之。」〔若夫小人之腹〕句評云：「機械語，不可再設。」〔小人以爲未必然〕句評云：「游調。」

洋洋乎如……左右 一句

中庸擬鬼神發見之自，亦體物不遺之驗也。夫鬼神妙萬物而爲言者也。觀其所祭，洋洋乎如或見之，其亦可驗也已。子思子明費隱也，曰：鬼神盛德，體天地之物矣。天下之鬼神不可知，而廟中者，天下之象也。體物之鬼神不可盡，而體人者，體物之精也。自今觀之，鬼神有在乎，抑無在乎。但見萃享之時，使人內心之敬已。而陟降之靈，流通於苾芬者，儼乎意象之可即。觀盥之時，使人外心之敬已。而往來之神，動盪於氤氳者，赫乎靈變之不拘。對越於上，非真有鬼神在也。然英爽浮動，與吾心之鬼神一也。固有若在其上，洋洋其居歆矣。駿奔在旁，本未有鬼神在也，然精英流滿，與吾心之鬼神合也。固有若在其左右，洋洋其旁列矣。若在乎上也，而又忽然若在乎左右，幽明凝會於一時，神氣流行於兩在。何其彷佛中有精如此也。上見其如在，而且左右亦見其如在。爲物者無所不之，爲變者有時乎在。何其恍惚中有物如此也。無形也而若有以形，雖瞿然若見其似者，承祭之心，要亦鬼神之流露，不可誣也。豈待正目而視之乎。無聲也而若有以聲，雖肅然如聞其聲者，承祭之心，要亦鬼神之洋溢，有由然也。豈待傾耳而聽之乎。吁，言在則有所不在，而其鬼不神；如在則無不在而無在也，而其神不死。故洋洋乎峻極於天，即如在其上者也；洋洋乎發育萬物，即如在其左右者也。直與鳶飛魚躍同其昭回，不覩不聞同其掩映者乎。

【評】

末語深見題理。與本章誠字甚切。前猶常境。

〔而體人者，體物之精也〕句評云：「體物句，原該括。」

〔但見萃享之時〕數句評云：「偶句。」

〔非真有鬼神在也〕句評云：「插此句，反淺。」
〔何其彷彿中有精如此也〕句評云：「其中有精，其中有神等，不宜入制義。」
〔故洋洋乎峻極於天〕句評云：「見道語。」

洋洋乎 一句

驗鬼神之體物者，在上其一徵矣。蓋鬼神本超於迹者也，而且洋洋在上焉。謂非體物之驗乎。且夫天下之物，凡其淪之於冥冥者，則吾得以無在名之；凡其著之於昭昭者，則吾得以有在求之。唯無在而無乎不在者，則其盛莫得而狀焉。若鬼神是已。彼方其祭祀之時，所爲灼然有在者，不過圭璧之類耳。若鬼神則無所據者也，胡以言在？所爲儼然在上者，不過尸祝之類耳。若鬼神則無所着者也，胡以言在上？不知唯自駿奔于下者觀之，每若於虛處得其真。故自照臨於上者言之，自似於無中現其有。謂其上果有像之可接耶而非也。唯無像之中有以像天下之像，怳若神之矚我，而我之與神搆者，洋洋乎其所凴依將在上矣。謂其上果有聲之可聆耶而非也。唯無聲之中有以聲天下之聲，宛若神之命我，而我之與神交者，洋洋乎其所降陟乃在上矣。雖其所謂在也者，吾且不敢執之以一定。顧其怳兮惚兮，依然在我心目之間者，果何物也？則謂非神之英靈所在不可也。雖其所謂在上也者，吾又不敢拘之以定位。顧其若隱若現，愾然彰於幽漠之中者，又何物也？則謂非神之威命在上不可也。何也？論鬼神之所爲盛，本超聞見之表，第自其居高而臨卑，若有在上之象焉，於是遂即位成形耳。論祭祀之所爲敬，亦超耳目之外，第自其俯躬而仰瞻，又有在上之形焉，於是遂觸境得耳。洋洋盛德乎。在者豈盡屬虛幻，上者又果屬方所乎？則體物不遺之一驗云爾。

【評】

存其不詭。

〔若鬼神則無所據者也〕句評云：「不見不聞，上已説過。此當促使天下之人着眼。」

〔自似於無中現其有〕句評云：「未巧。」

〔唯無像之中有以像天下之像〕句評云：「不成句法。」

父爲大夫……大夫 改孫樓稿

葬祭之達於大夫士者，惟其分而已。蓋禮緣生死之情，而分以爲節也。則夫葬祭之法，亦曰爲其所得爲者焉耳。此周公之所以定其制，而示天下之爲大夫爲士者。且禮以終始人道之節，而屈伸其無已之心，其分莫明於葬祭。葬者，藏也，所以藏而安之也。不於其分則不安。祭者，食也，所以食而享之也。不於其分則不享。忍親於不安不享者非孝也。於是乎有制焉。今夫葬用爵。生乎由是，死乎由是者，所以之死也。祭用禄。不及其生，猶逮其死者，所以之生也。是故諸侯而世其貴也，有諸侯之禮相世焉，必不肯降而自卑。庶人而世其賤也，有庶人之禮相世焉，必不敢引而自尊。然則周禮之所以別嫌疑也，必於大夫士矣。故葬以大夫，祭以大夫，父子世爲大夫者而後可也。使父爲大夫而子則士焉，則葬以大夫之禮，而貴者無失其貴；祭以士之禮，而賤者無失其賤。何者？爵隆，則葬從而隆。大夫卒於其官，有加禮焉，非故引而進之也。禄薄，則祭從而薄。士得考其大夫，有常食焉，非故襜而用之也。若曰子以父貴，而若世官然者，以舉非爵之祭，敢乎哉。葬以士，祭以士，父子世爲士者而後可也。使父爲士而子則大夫焉，則葬以安士之常，而難爲上矣；祭以安大夫之常，而難爲下矣。何也？死者之爵命於君，君在斯爲之臣，而誰敢以賤事其親也。生者之禄出於子，父在斯爲之子，而非敢以所貴事其父也。若曰父以子貴，而若追王然者，以舉非爵之葬，敢乎哉。由是達之，則天下之爲人子者定矣，天下之爲大夫士者安矣。然後爲法守而葬與祭皆得矣，然後爲情盡而生與死皆無憾矣。

【評】

先生改震川稿，無一佳者。予皆置之。不欲以截長補短之文示天下也。此亦改孫百川作，補出諸侯庶人，乃百川所未及。編者按，孫樓（一五一五—一五八三）字子虛，號百川。常熟人。嘉靖二十五年（一五四六）秋試中式。屢試不售。謁選爲湖州判官。

〔是故諸侯而世其貴也〕句評云：「補法，老。」

〔然則周禮之所以别嫌疑也〕句評云：「不急出大夫士，得養局法。」

〔父子世爲大夫者而後可也〕句評云：「又虚引一步。」

忠信重禄……姓也

君之所以經臣民者，皆以心勸之也。夫體之子之，其事皆心也。我何以得臣民之勸哉，以此。嘗謂君非自爲君而已也，歸之以羣臣百姓，然後爲君；非自爲心而已也，係之以羣臣百姓，然後爲君之心。今之爲勸臣之説者曰，駕馭而使之耳。不知此以勝其臣，非以勸其臣也。試以心體之。人之於體，有不愛養之者乎。士亦宜然。

君好術而形迹生，士不附矣。吏事勤而奉禄薄，士不勵矣。忠信而重禄之，猶吾體耳。夫士也，幸而爲信君使也，安可使我君無忠信之臣。幸而食税多也，安可使我君不食養士之報。交相舞蹈，以致其身，雖士有精忠，亦其勸之者素也。然則勸臣下者，在有以動其精神也哉。爲勸民之説者曰，號令以誘之耳。不知此以督其民，非以勸其民也。試以心子之。人之於子，有不安利之者乎。民亦宜然。民謂我疲人以逞也，役未有時也；民謂我浚己以生也，賦未有程也。時使而薄歛之，猶吾子耳。斯民也，使之不過三日，其用易足；税之不過什一，其財易供，争相受養以竭其力。雖民有素義，亦其勸之者深也。然則勸民者在有以調其命脈也哉。蓋爲君者屬臣若民於分，則以分應。雖有以奉上也，而不謂之勸。通臣若民於心，則以心感。雖非以誘下也，而亦謂之勸。上下懽忻，交塞無間，宜爲君也哉。

【評】

精神命脈兩結語，減損全局不小。作者鑒之。兩勸字，盡見中義。

〔幸而爲信君使也〕句評云：「刺入。」

〔在有以動其精神也哉〕句評云：「千子極贊此句。」

〔試以心子之〕句評云：「皆巧變處。」

誠者天之道也 一句

中庸以誠，歸之自然，見道之原者也。夫道非人之所爲也，天也。誠爲天道，君子亦由誠而之天也夫。嘗謂道之真曰誠，道之原曰天。誠者寔然，而天者自然。其致非有二也。明善以誠身者，其知天之道乎。何也？大凡附會之巧，皆由於意生；而假詭之論，終歸於幻滅。若乃性真有恒，先天而生，終古而存。一於昭於穆之體，物與無妄。觀其玄虚，用其周行，皆不識不知之神。道有精，不得不化。一有不寔，氣窮而天息矣。故舉而歸之曰誠。誠以言乎性也。道有真，不可以相薄。稍涉有爲，情生而化薄矣。故舉而歸之曰天道。道以言乎命也。物與身相雜。而物乎物者，必其自身本來之體。雖使感遇無常，精純日應，而就其中有一真不散者，非人力也，是天道之不變也。善與惡若混，而繼之善者，絶無向後循習之私。雖使智故萌生，神明日汩，而就其中有一念不没者，非人力也，是天道之不隱也。無言而四時行，百物生，貞之所以起元者，天之天乎，固天道也。無爲而主道德，貫經制，一之所以長豫者，人之天乎，亦天道也。知天之所爲，則知人之所爲矣。知人之所爲，則知不可不明善以誠身矣。

【評】

玄静簡穆，大似道書。（韓求仲先生）

此風已開近日子書門户矣。然前輩每以經常語相輔而行，如感遇無常二比是也。合郝仲輿先生原作觀之，各有優劣處。（艾千子）

其經常語，亦從筆端偶見。大段結意，以無爲宗，以虚爲貴，此學術未純處。

〔而天者自然〕句評云：「道家。」

〔觀其玄虚〕句評云：「道家。」

〔道有精，不得不化〕句評云：「終是混語。」

洋洋乎發　二節

中庸極言道，而直窮天人之際焉。夫道之大原，未可形量也。洋洋優優，姑爲摹其神如此。中庸意曰：吾今而知聖人之道也。亦嘗極天地之覆載，以及聖神之制作，幾於不可控揣。今轉念之，而轉覺斯道之寔際也。大矣哉，人惟囿於道，故不知道之大，然未有一俯仰而道不在者。則何不就俯仰間一觀道。亦推習於道，故終不知道之大，然未有一日用而道不俱者。又何不從日用間一證道。故吾不能擬道爲何狀，而第覺是道也，固宜渾淪其體，而磅礴其用乎，亦出於無端，游於無際乎。如是者爲洋洋，而道之發育峻極原如是也。不然，向所稱以育以位者，寧人力也乎，則何得不歸聖人之道乎。吾併不能指道爲何名，而第覺是道也，固宜合於無合，而分於無分哉。亦稱情而往，隨量而受哉。如是者爲優優，而道之禮儀威儀原如是也。不然，向所稱自中自和者，寧應迹也哉，又何得不歸聖人之道哉。洋洋者在道亦在兩間；優優者在道亦在人世。道所謂見乎隱，顯乎微也。而止謂虚者寔之，滯者靈之，道且不勝雕刻矣。洋洋者在兩間，而兩間不有；優優者在人世，而人世不知。道所以不可覩不可聞也，而必謂麗於穹窿，徹於形器，則道又不勝名相矣。大哉聖人之道乎，固非聖人不能有此道，而其待人也又何疑。

【評】

洋洋優優，總是摹擬話頭，不容更着摹擬。此文一片空明，盡掃腐障。（韓求仲先生）

灑灑説來，更覺虚空欲碎。之乎者也，今人所謂宣城秘訣也。中煞乎字哉字，先生已先之矣。

（馬君常先生）

每于實義中，忽行渺句。

〔則何不就俯仰間一觀道〕句評云：「句未員（圓）。」

上論

吾十有五 全章

聖人由學達天，亦未有不俟其機者也。夫天之道浸微，由志學至從心，機有不容速者。聖人能無次第乎。其自言以告有志者若曰：天有命於人也，無往而不爲矩；人之學斯矩也，無往而不從心。蓋至於從心，然後爲天之命也。吾其幾矣乎。我非生而知之，學而知之者也。道以功深，吾必有以循其道；機以年熟，吾必有以逗其機。蓋修路之悠長，而悟門之非頓也。思吾下學之始，其十五時乎。以爲學而無志，何以凝承此物也。收攝精神，歸之於近裏；持循功力，期之於入微。蓋志之未起，不知天下之有斯學也。學之既知，始知天下之無非志也。堅之以學，遲回適道之餘，而漸有可居之業，久之以立。推移見解之際，而貞於不二之明，殆吾三十而可與立矣，四十而可以不惑矣。進於立，而後所志者有可緣也。進於不惑，而後所志者有可遊也。然則吾之所以下學人事者，不已勤乎。而所以命吾學脈者，尚未之有知也已。逮吾上達之際，其在五十時乎。以爲知而非天，何以神明斯學也。日監日新，無一日而非命；知乾知復，隨百物而通天。蓋吾未知有天命也，猶謂學有不可以從心也。既知有天命也，始知學無不可以從心也。由是而之氣一志也，入吾耳者無非天機；循此以往志一氣也，出吾心者無非天則。蓋吾六十而耳順矣，七十而從心所欲不踰矩矣。至於耳順，而知天命之妙於感也。至於從心，而知天命之妙於應也。然則吾之所以上達天命者不已積乎，而所以永吾天命者，殆未之或知也已。由是覩之，自吾之勤於下學也，凝於寔矣。然不如是，不足以達天心。至吾之積而上達也，游於虚矣。然不如是，不足以化吾志。功固有所不可止，而機固有不得不行者也。共學者其共吾此學也耶。

【評】幽渺語已開近日蹊逕，然吾愛其渾樸。蒼蒼莽莽中，時帶俊語，則今人所難耳。（艾千子）

自分下學上達，所謂題中强立名目也。文氣多雜清語，稱先生爲晉人可耳。

〔天有命於人也〕句評云：「倒提矩字，亦墮時文坑塹。」

〔蓋至於從心〕句評云：「自贊不穩。」

〔吾必有以逗其機〕句評云：「逗字可恨。」

學而不思 一節

論學思不可偏廢，而皆歸其弊於心焉。夫心無内外，通乎此而善學者必明，善思者必安。一至焉，一不至焉。其容有得心者乎。嘗謂道在人中，修之者學，悟之者思。思以思其學也，而學者以學其思。合之則一致，離之則兩妨。此其弊不可不知也。何也？道者事物之所然也，紛綸無極矣。君子欲統而一之，循法則不可勝紀，擬迹則不可偏循。所恃有性光之相攝耳。不然，而以聖賢才力一歸之見聞，固謂積之人能，可以既其實矣。不知法迹之所多，神明之所少，蓋虚靈之本體，未行於物，而外來之見解，復錮其中，將必有汶汶汩汩而紛乎其無緒者，其名曰罔。罔非學也，不思之學則然也。道者，心知之所出也，微渺無垠矣。君子欲傳而依之。造形似，則境成於其想；窮無有，則意制於爲虚。所恃有實修之自證耳。不然，而舉見聞覺知，一竟之思維，自謂托之天智，可以遇其真矣。不知虛境之所安，實際之所危，蓋古人之精神，雖無定法可據，而師心之擬議，亦何變化可成，將必有繆繆悠悠恍然其若失者，其名曰殆。殆非思也，不學之思則然也。蓋繕性於俗學者，徒知意生之爲昧，而不知心之含象爲靈也。妙思於無學者，徒知物迹之爲役，而不知象之寫心爲真也。知偏之爲害而合之，合而泯之，亦其庶於道一乎。

【評】幽俊靈異，而無詭僻雕鏤之累，所以異於今人也。一二舊語，入先生手，真點鐵爲金矣。（艾千子）

易其渺語，用常理注題，自然明白洞達，然而先生不能也。予每篇揭出，政欲天下共存其美好者耳。

〔通乎此而善學者必明〕句評云：「合古。」

〔所恃有性光之相攝耳〕句評云：「皆非儒家要語。」

攻乎異端　一節

聖人甚言異端之不可治，所以一道真也。夫學道者將以利天下也，攻異端者則害而已矣。害也而可以攻之耶？夫子意曰：學術所係非細矣。内之有以用其心，外之有以用於人，其端不可不辨也。何也？道爲虚位，中含致一之歸；學有專攻，貴識利貞之義。蓋非惟無所用心者之足以自損也，非惟習於倍道者之足以禍世也。或志意所操，雖未嘗忘情於道術，而辨術不審，且至於浸淫乎異端。道有定體，非所謂修之吉耶。不明先聖之道，由大中以出，而執其所習之性以爲體也，治之惟恐其不精也。道有定用，非所謂行之利耶。不知先王之道，由至正以通，而執其所隔之見以爲用也，又治之惟恐其不深也。將以學術居心，而此則異端也。不可以語順而祥，將以學術易世，而此則異端也。非所以語公而當。循其體，時亦有所合焉。然其害也，非私其情於己，則玩其志於時。無益性體，祇見其亂道真而長浮俗也。蓋治之逾精而害逾遠矣。據其用，時亦有所濟焉。然其害也，非爲人之太多，則刻覈之太過，無益世用，祇見其敝其形而傷於化也。蓋治之逾深而害逾流矣。吁，攻異端者固亦竭精殫時，非苟而已也。而卒之以害，則何不移其治於彼者，以精於中而力於正耶。倘所謂修之吉而行之利耶。辨術者思之矣。

【評】

先生集中有此一首，足以贖渺言之過矣。中後四比，堂堂正正之論，開拓心胸，諸子百家頹然自廢。學者熟讀此等文，然後流覽異説而終不可亂也。

〔内之有以用其心〕句評云：「大而細。」

〔道爲虚位〕等句評云：「四語爲先生熟套。」

〔而執其所習之性〕句評云：「方是端字。」

〔不可以語順而祥〕句評云：「用韓子語，勝用子書。」

〔非私其情於己〕等句評云：「佛老在夫子時爲沮溺，嵇阮在夫子時爲原壤。」

〔祗見其亂道真〕句評云：「應私情，應玩志。」

子張問十　全章

聖人答賢者以知來，以世唯此禮也。夫聖人不能爲世，能以禮相世而已。知其禮，則知其世矣，豈有窮哉。且夫世也者，天地之所禪謝，而王事之所推移。求世於世，世運亦屢遷矣。其變不可得而知也。惟求世於所以世，則世遠惟一機矣。其常可得而知也。是故子張問十世可知也，而夫子方欲因世以明禮焉。告之曰：子何疑於十世之可知也與哉。夫世一也，歷天下之變而成之，亦緣天下之常而著之者也。何也？古之天下，即今之天下，後之視今，猶今之視昔也。是故殷之繼夏也，豈十世而已乎。當夏之世，而何以知殷也。殷能革夏之世，不能不因夏之禮，殷之所損益者，蓋可知也。周之繼殷，豈十世而已乎。當殷之世，而何以知周也。周能革殷之世，不能不因殷之禮，周之所損益者，蓋可知也。蓋先世之所損益者，因未始不相沿，要之所以爲因也，所以爲禮也，固不得謂其已往也，不可得而知。後世之所損益者，亦何可預期，要之不外其因也，不外其禮也。亦安得以其未來也，不可得而知。由百世之後，等百世之王，見其禮而知其世；由百世之上，俟百世之下，引其故而知其新。蓋禮之所以經者，世爲之脈也。無世，則無殷之繼夏，無周之繼殷，亦無繼周者，故觀禮以世也。而世之所以傳者，禮爲之命也。無禮，則無一世，無十世，亦無百世者。故明世以禮也。禮以存世，故百王如一王。世以存禮，故百世如一世。蓋善繼者，繼於其所因。善因者，因於其損益。知損益，則知其所因，不得不因者在也。知因，則知其所繼，不得不繼者在也。法象陳而禮立。世雖有百，太乙之流形一也。何問然於先天後天。知故滋而禮詳，世雖有百，人情之大竇一也。亦偶然而前際後際。夫百世亦久矣而可知也，又何十世之不可知也。吁，夫子斯言，其愛世以愛禮之心乎。

然繼周者爲秦，秦之繼周，甚不若周之繼殷也。安在其百世可知也。曰：秦何嘗不因於周乎。尊君卑臣，周之制也。父嚴子共，周之教也。秦特因之而甚焉。其掃滅周典，特其所損益者，其所因如故也。若秦而不因於周焉，又安得一世二世也哉。蓋秦之所因者，乃萬世之所必因者也。故曰革而相息，君子於是乎觀世焉。

【評】以識力奇，是爲真奇。

世不能不革，禮不能不因。革雖是變，因則是常。非先生發此大論，幾令百世可知流於緯讖矣。（韓求仲先生。）

欲行博大之體，竟屬瑣細一家。以世字禮字挑弄故也。此文行世久矣，宜抹之，爲好立異論者戒。

〔蓋先世之所損益者〕數句評云：「其或繼周者，宜直接如何將因字翻議。」

〔無禮，則無一世〕句評云：「太費周折。」

夏禮吾能　一節

聖人嘆古禮能言而不能徵，以嘆魯也。夫時至春秋，魯亦周之杞宋也。杞宋不能存夏殷之禮矣，夫子其能存周於魯哉。此夫子所以嘆也。且夫三代之勢，若循環然。其大致先禮矣。二王之禮，去今未遠也。吾不敢致論於我周，即夏殷之禮，能無慨於中乎。何也？未嘗不傳者，夏殷聖人之心也。可以必傳者，夏殷聖人之禮也。而竟有不能盡然者。今昔污隆之勢也，是故禮以言傳矣。顧能言在我，而足徵不足徵在其後人。徵在人，而所以足不足在文獻。吾於夏禮能言之，而後夏之杞何如也。吾於殷禮能言之，而後殷之宋何如也。精意之所留者，不存之先訓，則存之先民。庶幾兩者猶在也。乃藐焉微胄，誰其振之。經制之所遺者，不傳之故典，則傳之故老。乃今兩者俱微也。雖炳乎在昔，孰從知之。蓋非吾不能言之，彼無所徵之也。不然而杞與宋故府有遺書焉，世家有耆宿焉，則吾既得以徵吾言，天下亦得以信吾言。夏殷之禮，雖至今存可也。而孰知其無徵也，一至此哉。然則我周之禮，其爲今日之徵者，固自有在也。而我周之勢，其爲他日之徵者，又未知何（疑落「如」字）也。吾能無慨然也耶。

【評】

似雅而非雅，以其佻也。似淡而非淡，以其淺也。此文可謂雅矣，淡矣。

〔吾不敢致論於我周〕句評云：「句淺。」
〔未嘗不傳者〕句評云：「數疊句，合古。」
〔顧能言在我〕句評云：「先輩不盡出題。」
〔庶幾兩者猶在也〕句評云：「宛詞，善形聖意。」
〔而杞與宋故府有遺書焉〕句評云：「不多説，未句。」
〔其爲今日之徵者〕句評云：「此結處，不妨説出。」

子曰見賢 一節

聖人示心學，隨所見而惕焉。夫必所見以爲賢，則常有不賢者雜也。思齊而内自省，所謂以心見之者乎。且夫心學常惺，固不以見而隔。心學常惕，則每以見而嚴。此在感遇者不可不察也。今夫人當爲賢人，不當爲不賢人。然人殊其趨，賢不賢常對立也。吾樂乎見賢，無樂乎見不賢。然士苟有志，賢不賢皆可見也。如其人賢也而吾見也，可徒羨之已乎，愧之已乎。此吾進德機也。吾深有意乎其人，而其人已見，吾尚師心於不見，而所見復親，蓋儼然示我以不遠之則矣，則可以思齊矣。思以齊之，前行何若；思以齊之，後道何由。固知其非絶德也。彼惟能思故至此。吾復不能思而終於此。則是既常見之，亦弗克由之也。且將有不見其賢之日也。思齊，蓋真能見賢者耶。如其人不賢也，而吾見也，可徒疾之已乎，惜之已乎。此吾杜惡機也。人心固已不同，未察吾心之何似。人情不甚相遠，詎必吾情之不然。蓋凜然示我以不遠之鑒矣。鑒可以内自省矣。往念未安，省之則有；潛私可化，省之則無。固知其非性惡也。彼惟不戒其已然，吾復不肖其所以然。則人之視己，猶己之視人也。且將有不見其不賢之日也，内自省，蓋真能見不賢者耶。是則通思省於所見，而知其心之常惺，反所見於思省，而知其心之常惕。别人之品以證己之修，存己之機以待人之發。又何憂於不若人之賢，而若人之不賢也。

【評】

更不於省齊寔發一語，只提兩見字，起伏呼應，意象靈異。（韓求仲先生）

在今日爲圓細刻露之盛業，然先生始爲之，流弊不小。如「人心固已不同，未必吾心之何似；人情不甚相遠，詎必吾情之不然」，巧極矣。而有識者不將譏其拙乎。知大巧之爲大拙，然後可以論臨川之文。

〔且夫心學常惺〕句評云：「開後學佻巧。」

〔然人殊其趨〕句評云：「常語自俊。」

〔吾深有意乎其人〕句評云：「巧句。」

〔且將有不見其不賢〕句評云：「巧句。」

不有祝鮀 一節

聖人感於衛事，而嘆世之好佞焉。夫祝鮀衛臣之能言者也，而宋朝乃以美色著於衛者也，卒也佞者免焉。世之好佞豈不甚哉。夫子感於衛而深嘆之，若曰：夫人之遊於世，其遇合豈有常哉。亦視其世之所好如何耳。遠乎今而逮夫古，世猶愿也。人在情質之間也。不爲容，不修聲，遠於古而先於今，世則漓也。人在耳目之際也。亦近諛，亦悦色，以吾觀於今，則又有異焉者。祝鮀非衛之大祝乎。祝之陳辭，固媚於鬼而非有媚於人也。然有似乎佞者，器數已陳也，猶紛若以道之。惟恐乎神明之不聽，明信未孚也，必矯舉以祭之，猶倖夫諂媚之有福。以此事神，鮀不得爲忠信之史也。以此事人，鮀不能爲醇樸之人也。而若夫宋朝者何如哉。淫婦人欲得之以爲夫，然已有刺之者也。無道君寵之以爲臣，然已有逐之者也。然則有佞如鮀，雖無宋朝之美，其於今之世也必免矣。即美如宋朝，如不有祝鮀之佞，其於人之世也必不免矣。何也？今之人亦無異於今之鬼神也。如其所以陳器數者而使習通道焉，雖紛若人猶聽也。如其所以托明信者而委曲陳説焉，雖矯舉人猶福也。故宋朝有刺，而祝鮀猶以其才在宗廟之中矣。宋朝見逐，而祝鮀猶以其餘從會盟之役矣。今之世豈不大抵然哉。在朝廷，不佞難以終寵。即儕黨之間，不佞不足以存其身。處怨敵，不佞難以巧立。即骨肉之際，不佞不足以全其恩。蓋至以色事人者，不如以鬼事人者之幸以免也。則世之好佞甚於好色哉。夫佞之於世固無當也，而好之若此者何哉。

【評】

言徵寔而難巧。此義徵實處，作翻空景。具極工巧，可謂絶技。

李衷一作亦同此解。愚意如此等文不可無一，不可有二，故置之。（韓求仲先生）

此文諸家評語甚多。然吾最愛吴長卿云：「稍不雅，不礙其古。稍不禁才情，終不掩其法度也。」重佞是後人權説耳。然二人履歷却如此，此謂以實事證虚景也。（艾千子）

聖人感慨之至。其氣愈平，其語愈和。朝廷不佞云云，痛快之至。以代聖言，猶未見耳。

〔人在耳目之際也〕句評云：「皆巧語。」

〔在朝廷，不佞難以終寵〕句評云：「難免句，此盡情矣，然以盡情而不見感慨。」

仁者壽　一句

主静之極者，立命之極者也。蓋静者命之原也。仁者主於是焉。則命自我立矣。壽固其所哉。今夫壽人者天，然天實非有心以壽人也。亦惟各足乎人之分而已。故人而苟有以取之，未有不獲乎天者也。今仁者休藏諸用，既有以完其太始太一之真；而用顯諸仁，又有以衍其自本自根之運。人之生也，本於静矣。仁者惟静，則得其生生不死之機，道亦有以長裕之也。命之元也，立於静矣。仁者惟静，則接其元元不息之妙，世亦不得而交喪之也。馳其性體而無由入者，則無以存其身。以其好動也。而静者之形適矣。形固神之所真宅在也，而適則實，實則可以載神氣以順天行，而與之爲無窮。杜其德機而無由出者，亦無以游其真。以其惡動也。而静者之心妙矣。心固形之所爲真君者也，而妙則虚，虚則可以攝流形以御變氣，而無之爲無極。蓋乘乎天之理，即乘乎天之數。理之所以無變，數之所以有常也。凝乎天之道，即凝乎天之器。道之所以日新，器之所以無弊也。故静莫如山。自開闢以來，而其體不隳者，有生生者存也。静莫如仁。以一人之身，而其真不滅者，有止止者存也。人莫不欲壽，亦莫不欲仁乎。

【評】此亦臨川改造之佳者。好動、惡動二比，參合性命，不爲影響之語。

子釣而不綱 二句

觀聖人之取物，而正大之心見矣。夫不綱大矣，不射宿正矣。斯其爲聖人之心乎。嘗謂合道之心，常不欲動殺機也。殺之中猶有道焉。試言之。太虚之聚爲氣，見魚游而鳥飛；攻取之間有情，類欣生而畏死。但吾人多智欲之萌，固必窮魚鳥以爲養。聖人因禮俗之始，亦將假魚鳥以爲資。魚有釣，釣不足而綱隨之。魚之窮也。聖人曰：吾已釣矣，若之何其綱也。鳥有弋，弋不足而射宿隨之。鳥之窮也。聖人曰：吾已弋矣，若之何射宿也。取數之多，不若取數之少，留不盡之物以還太虚。邪而有餘，不若正而不足，留不盡之機以還純白。吁，此聖人所以爲道心也。

【評】似寂而喧，以簡勝煩，固不必論。即其用句典醇，運思微妙，非深於理學者不能爲此。今人止以晉魏之清言，花間草堂之俳俠，爲足以盡先生者，非也。（艾千子）

得其説，可以淑身，可以理國。

文止二佰一十二字，六經諸史，無所不寓。悟者自悟。讀義仍先生此文，覺青峒二作僅可作此文之注疏。（張爾公）

文合道理，然篇法太簡。遂有以短縮爲微言妙道者，其流可厭。予不敢漫稱此作也。

舉爾所知　三句

聖人告賢者盡其用人之明，而待天下以自廣焉。夫用人之道，誠不必盡用其知也。知此則天下之知皆其知也乎。此公天下之志，而夫子以廣仲弓之見也。意謂任天下之事於一身，不若通一身之責於天下。子慮知人之難也，盍亦於其機知之乎。何則，賢才爲世生，初非爲我私人也。欲野無遺賢，自宜公天下以相致。賢才爲世用，亦非爲我私勞也。欲以人事君，自當合天下以爲功，因其所克知而克宅焉。有遺於所知之外者非意也，勢也。勢可以窮一人之知，固不可以窮天下之知矣。因其所敷求而敷施焉。有遺於所求之外者，若我知之不足也。生材之有餘也，材可以限一人之求，固不可以限千萬人之求矣。天下之賢一也，我知其賢而舉之。人誰無心乎，自以其所知效焉，而有不能自擇者。苟可以爲天下得人，庸知其事之在人耶。天下之才一也，吾知其才而舉之。人亦有心乎，自各以其所知迫焉，而有不能自遏者。但期於使人才得用，何知其事之非我耶。知有所不必盡，而天下之人代吾知。則雖知一人，亦足以自慰。而寄誠心於天下，以益顯其無私之明。人有所不盡舉，而天下之舉皆吾人，則雖舉一人，亦足以自盡，而合天下之氣類，而共成其無方之度。其始也，一人之所知，若有待於天下焉，常恐賢才之不能盡致也。其終也，天下之所知，若有應於我焉，自見賢才之不可勝用也。古之逸於得人，而優於天下者，用此道耳。

【評】

此題單重「舉所知」句。知賢者多，舉賢者少。舉賢一念，可以對天地，質鬼神，況於人乎。時文多作「公其用於天下」等語，似斐綢可觀。然只須一二語照合，不必滿篇用「大臣無私無我」諸套本也。

〔意謂任天下之事〕句評云：「論大臣通用語。」

下論

上好禮 三句

大人之所悦諸心者，通天下之志之理也。夫禮義信皆所以通天下之志也。以此爲好，斯學之所爲大乎。且君子之學，學爲大人而已。大人者合天下以成其學者也。而以小人之業終焉者，亦已忘天下矣。遲也亦未聞有大人之所宜好而學焉者。今夫禮所以自敬，亦所以敬天下也。義所以自宜，亦所以宜天下也。信所以自信，亦所以信天下也。三者舍（合）之爲同然之體，效之爲自然之用。隱則爲學術之全，達則爲化機之大。亦顧好此者之未爲民上耳。上焉者，誠舉斯民所自有之禮，先斯民而好之乎。則無論此禮之無體者，與民心所同節者，日相經緯，即衣冠瞻視之間，已無一非大觀在上者，敢弗敬與。何也，民既儼然見大人之禮，又因而雍然見用上敬下之禮，則其敬也，固其所也。誠舉斯民所自有之義，先斯民而好之乎。則無論此義之不習者，與民心所咸利者，日相循習。即用舍舉廢之間，已無一非至公在上者，敢不服與。何也，民既凜然見大人之義，又因而犁然見以下從上之義，則其服也固其所也。誠舉斯民所自有之信，先斯民而好之乎。則無論此信之不言者，與民心之無妄者，嘿相孚契，即期會聽決之間，已無一非爲上易知者，敢自愛其情與。何也，民既確然見大人之情，又因而油然見以下忠上之情，則其用情也固其所也。蓋當其未爲上也，即以天下之所期者，悦之於心，而不爲忘世之學。故其既爲民上也，即以生平之所好者，章之於下，而自有經世之功。此之爲學何如大者，稼圃云乎哉。

【評】

每句洗發，不以凌獵爲奇。文甚合時，骨肉俱稱。

聖人將用世大題，自闒倒沮溺諸人。只虛虛説個模樣，文亦有登泰山、望滄海之意。（馬君常先生。）

前後不泛説應求，其氣特静。

〔且君子之學〕句評云：「起是古筆。」

〔亦顧好此者〕句評云：「巧句。」

〔民既儼然見大人之禮〕句評云：「有迴環生動之意。」

君子思不出其位

君子明於止，而有以善用其思焉。夫思欲行而位欲止也。思不出其位，君子明於止乎。嘗謂天下之事，常隳於人之不思，而又常亂於人之不止其思。此皆不明於君子之思矣。人之心皆有所思，而人之身各有其位。以思而論，則心知所極，固非位之所能窮。以位而言，則身寄所存，亦非思之所能越位對立，而君子之功分明矣。乃暇爲畔援者思乎。君子固有思其居，以思其外者，而終不出乎己之位也。位見在，而君子之趨操覩矣。乃暇爲將迎者思乎。君子固有思其反，以思其終者，而終不出於今之位也。蓋思有體，出位之思非體矣。君子寧使吾心有不盡之思，而終不以越吾位。思有用，出位之思非用矣。君子寧使天下有遺慮之事，而常有以域其思。故位之所在，精吾思以入之，而不謂之狥天下。既思乎其所不得不思，位之所不在，不馳吾思以出之，而不謂之忘天下。亦止乎其所不得不止。蓋至於止而天下之理各得矣。君子善用其思者耶。

【評】

清真不俗，可以入道。若士理題，盡能若此。不愧大家矣。

〔亦非思之所能〕句評云：「無一不切題語。」

人無遠慮 二句

不知遠之近者，難以遠天下之憂矣。夫憂之遠近何常，遠之則近矣，可無慮與。今夫天下憂患之途，亦迷亂而難稽矣。以爲近乎，遠在無極。以爲遠乎，近在身側。蓋慮無遠也，遠即其所爲近也。以爲遠則遠矣。憂無近也，近即其所爲遠也。以爲近則近矣。惟夫人心之慮一也。近有所至者，常遠有所遺。而人心之憂亦一也。遠有所遺者，必近有所迫。静稽萬物之端，不能無變。不能無變，故無常憂。由是則其衷虛，其念遠，令人莫見其事端焉。冀其遠於憂也。不然，利害之介，間不容息耳。動處萬物之極，不能無反。不能無反，故有奇憂。由是則其智深，其救遠，令人不見其事極焉。冀其遠於憂也。不然，倚伏之幾，勢不旋踵耳。將毋曰在千里之遠乎。然已在几席間矣。蓋安止目前，此外若爲無用之地。不知所徊徨者，正不可無餘地也。將毋曰在數世之遠乎。然已及其身見之矣。蓋語及身後，常情若爲有待之時，不知所怵惕者，正未始有後時也。是故自非聖人，外寧必有内憂，而保泰君子，朋亡亦不遐遺。誠知遠即在近之中，而憂常在慮之外也。物有必至，理有固然。可無懼乎。

【評】

苦語欲作世箴，玄理直空世諦。（韓求仲先生）

不爲驚張，自拯危竦。吾以愧今之爲驚張者。（馬君常先生）

極深研幾。其含醞處，尚如初萼之未放。（吴長卿）

玄語清談，可空晉人之席。一二鬆語，遂減其質。故文貴切而核也。（艾千子）

深識静力，足以達變通微。後來作者，無能越其範圍。（周介生）

張九齡識林甫能誤國，察禄山有反相，此正蚤計遠慮，杜絶亂萌處。如玄宗不悟何。（張爾公）

以鹿門作觀之，自見臨川之小而碎。編者按，鹿門，茅坤也。

〔遠在無極，以爲遠乎〕句評云：「不成句。」

〔惟夫人心之慮一也〕句評云：「題義不能斬截。近字遠字，混擾可厭。」

〔不能無反〕句評云：「幽深語，不切。」

小人不可　一句

小人者小於其大，以成其小者也。夫器各有極，可以小知者，固不能受天下之大矣。所以爲小人與。嘗謂天下之事有大小，而人亦有大小。小之不能爲大，猶大之不能爲小也。是故可大受而不可小知，君子人也。將爲小人焉，欲授小人以其大，而小人不可受矣。然欲知小人以其小，而小人又有可知者矣。蓋天下國家，技有不與而道存焉。道非小於小人也，而小人不能弘其道。百家衆務，道未嘗不存，而技專焉。技非私於小人也，而小人獨能工其技。是故天下之道脈大矣，無不可受者，而以與小人，則懼焉而不敢當。何也？非褻天則棄天，固不能受天之明命也。天下之事業大矣，誰不當受者，而以屬小人，則震焉而不敢任。何也？非畏世，則慢世，固不能受世之神器也。一藝易精也。彼則精之，雖或君子之所不該不偏者，而舉以窮其致。專門亦足以名家。一官易效也。彼則效之，雖或大人之所罔兼罔知者，而舉以覈其能。文采亦足以表世。合而爲樸則不足，散而爲器則有餘。蓋大之所不在而小在焉。其自視也，亦若是而已矣。授之以大則兩傷，效之以小則俱適。蓋中有所不受，而外知焉。人之視之也，亦若是而已矣。不然者，烏在其爲小人哉。

【評】

章法大，句法奇，刻畫殆盡。（韓求仲先生）

大受小知，上已見過。此特别出小人，當仍照大受者，自有君子在。頻悉分説，不得要領。

〔小人者小於其大〕句評云：「拙。」

〔猶大之不能爲小也〕句評云：「戲筆。」

〔是故天下之道脈大矣〕前一小段評云：「不可大受句。可小知句。前已分見，此二比覆説不可大受。」又云：「不可二字呆了。」

〔一藝易精也〕句評云：「此二比覆説可小知。」

君子有三戒 一節

觀君子之戒，而人生之變備矣。夫血氣者，人心之所乘也。此固君子之所歷戒乎。嘗謂人受陰陽以生，而有血氣心知之性。血氣不可以爲常，恃有心知在耳。吾因以知君子者有三戒焉。不知常者妄作，君子恒戒之於所作。惟運化者密移，君子常戒之於所移。少即有所戒矣，其戒在色。或感思於時物，或流想於風人。君子之所不絶也，而不至於淫。蓋年少之人非期於色也。血氣之未定使然也。君子有以定之矣。壯亦有所戒矣，其戒在鬬。或激烈於同仇，或感憤於時事。亦君子之所不平也，而不至於俠。蓋壯年之心亦非期於鬬也。血氣之方剛使然也。君子有以柔之矣。凡皆血氣之盛時也。至於衰而宜戒者復有在矣。精華漸敝，亦無好色之心；意氣俱銷，絶少争雄之興。惟有得而已矣。蓋近死之心已不足以自持，而備嘗之艱又將以爲後慮。天下嘗有抗潔於當年，而隳心於末路者。此固君子之所必戒也。血氣雖衰，有不衰者存也。積少得壯，積壯得老。知爲有盡之軀，由色而鬬，由鬬而貪，足盡人生之態。蓋至君子有三戒，然後知心知者精也，血氣者粗也。精者豈宜隨粗者而變乎，人亦可以自戒矣。

【校】

性命之言，運以騷雅。故自可詠可思。（韓求仲先生）

聖人警策世人之言，得此韻筆可誦。入血氣既衰，謂無好色以争雄，恐未必然。不如删去。

用四偶語未確，且傷題氣也。

〔恃有心知在耳〕句評云：「突用心知，皆巧處。」

〔而不至於俠〕句評云：「俠字，春秋時不宜言。」

〔亦無好色之心〕句評云：「未確。」
〔蓋近死之心〕句評云：「四語確。」
〔知爲有盡之軀〕句評云：「非□。」

性相近也 二句

聖人辨人所以相遠，而性之本體見矣。夫人性不甚相遠，習而後有遠也。可以習爲性也乎。夫子欲天下近性也。謂夫知天之所爲，知人之所爲，可以言性矣。今夫天下之人，何其相遠也。豈性之遠於人哉。人之遠於性耳。夫性者，道之所繼而常焉者也。自其性言之，有氣稟不齊之等，而未接乎事物無窮之變。大德曰生，所以鼓舞於性命之權，而與之以保合之命者，誘焉而皆生，亦同然而皆得。而陰陽動静不甚別於其間。同出於虚也，合虚於氣之紛紜，而心知之本未可以差殊。人生而静也，乘静於動之紛擾，而日用之機未始不相似。蓋人爲之功未見，則天地之功未成，而濟惡之迹未著，亦未可懸定以不才之名，而賢不肖混混焉者，君子可以觀其初矣。至於習者，道之所適而變焉者也。自其習言之，以其氣稟不齊之等，而接乎事物無窮之變，衆庶馮生，所以交馳於各致之情，而沿之以密移之習者，起之以微渺，成之以益多，而勝負屈伸，常不能以相一。有得其性之近者，休養滋息，究至於不可勝用。有反其性之所有者，矯揉造作，究莫測其所底。蓋人爲之功以致，則天地之功以成，而悖德之迹既深，斯自致於漸靡之極，而賢不肖彰彰焉者，君子可以觀其終矣。是知因其所遠以遠之，是人之去性無已時也。因其所近而近之，是人之與天無二際也。原始要終，故知性習之分矣。自遠於習者，猶曰性爾，天其如人何哉。

【評】夫子言性兼言氣質。善者固善，即惡者亦不遠於善。孟子性善之論本此。不得謂孔孟論性有二旨也。善惡混之説，與相近原本不同。相近者，主不遠於善説。善惡混，主可以爲善可以爲不善説。此孟子之學獨得其宗，而楊子終屬偏見也歟。

〔而濟惡之迹未著〕句評云：「相近，兼善惡而言。此單指惡何也。」

〔而悖德之迹既深〕句評云：「此單指惡。」

鄙夫可與　全章

聖人極言鄙夫不可與事君，昭臣戒也。夫人臣所以事君者，此心也。鄙夫之心，患失而已矣。可與之事君也哉。夫子所以立戒也。若謂人臣事君，非吾一人事之，必有所與同事之者，與不可不慎也。慎無與鄙夫焉。蓋上臣事君以人，吾可以人而與之同事吾君；中臣事君以身，吾亦可以身而與之同事吾君。若鄙夫者，可與事君也歟哉。何也？吾所與事君者，其品雖不齊，要必其人之心常在於君也，而後可與圖幾；必其人之見常遠於利也，而後可與揆節。鄙夫大不然矣。忠義之性常於彼而不足，私家之患常於彼而有餘。富貴者寄也，得之可以患乎。鄙夫未得之，則患得之矣。得喪者常也，失之何以患乎。鄙夫既得之，則又患失之矣。人惟無患失也，則其所以事君者，自有在也。故常有所不爲。鄙夫既患失也，則其所以事君者，舉可知也。又將何所不至。小忠小信以自結者無論也，嗜進不止，常爲天下之辱人。何也？苟患失之，身有所不暇立也。逢君長君以自固者，無論也。持權以危，常犯天下之大戒。何也，苟患失之，勢有所不得已也。然則鄙夫者，何所不至乎。天下豈有無不至者，可與之事君乎。從鄙夫之所爲，則危吾君；異鄙夫之所爲，則危吾身。故貞臣義士常不與鄙夫深言天下之事，常不與鄙夫共立天下之功，誠耻之也，誠畏之也。鄙夫可與事君也與哉。

【評】與人事君，卻更難於獨身事君。此獨從不可與上再三描畫。情志關生，氣韻森折。（韓求仲先生）

劈頭說個鄙夫可與事君也與哉，語氣深渾。玩「也與哉」三字，便將鄙夫一片肺腸徹底覷破。「無所不至」一句，要見鄙夫包藏許多叵測。口說不盡，又不必直口說盡。冷語危情，怵然有履霜堅冰之戒。正望人着意提防。時文痛駡鄙夫，講無所不至，又不能隱躍吞吐，必急口道破，皆非也。細玩義仍先生此文，尚未肖本題語氣，學者不可不知。

蘇氏曰：李斯憂蒙恬之奪其權，則立二世以亡秦；盧杞憂懷光之數其惡，則誤德宗以再亂。其心本生於患失，而其禍乃至于喪邦。已說逗（透）鄙夫誤國伎倆。又按歐陽修宦者傳論「急則挾人主爲質」一語，更窮到鄙夫幽深險狠處。雖聰明强斷之主，亦無如之何矣。令人悚然。（張爾公）

前後刻發與事君者，較常作别有光采。爾公云「無所不至」句，未能隱躍含吐，良然。〔要必其人之心〕句評云：「純雅切近。」

逸民伯夷　全章

聖人之心，不必於逸者也。夫逸民之行不同，其中常有逸心也。夫子則何心之有。嘗謂一而不可不易者道也，高而不可不中者德也。吾論道德之際矣。商周之末，常有逸民。其人可數也，其行可知也。夫子斷之曰：天下之世變累矣，賢才有不盡之嗟。逸人之操行高矣，道術鮮相忘之意。民有不降其志，不辱其身以爲逸者，斯以爲伯夷、叔齊矣。柳下惠、少連之逸不然。言之倫，行之慮，彼亦有以中之也。虞仲、夷逸之逸，又不然矣。身於清，廢於權，亦有所中之也。行誼則殊，逸心無異。我則異於是焉。委運唯時，何必著清和之行；因任自我，何必存放廢之心。蓋無可無不可者也。此吾之所異於逸民也。吁，體妙道者，不當如是耶。

【評】

此文不及具區作遠矣。不特表體可厭，而寥寥數言，日滋敝陋。願後來作程體者毋效此。編者按，具區，馮夢禎也。

顧瑞屏先生近日好作短篇，來虎丘，以一册示予。予獨選其少作及長篇有古法可傳者。凡短篇皆置之。恐天下將以先生易爲言，而滋之譏也。名高宦成，不可求以小心步驟。選者求其美好而已矣。

〔吾論道德之際矣〕句評云：「句亦似晉人。」

〔天下之世變累矣〕等句評云：「表體。」
〔道術鮮相忘之意〕句評云：「皆老子語。」
〔斯以爲伯夷叔齊矣〕句評云：「無筆法可取。」
〔委運唯時〕等句評云：「表體。」

上孟

王曰何以利……君(者)也 二節

大賢別言利與仁義之化，欲王慎所以感之也。夫起化者上也。利風之薄，仁義之厚，可不慎與。孟子正對惠王如此。若曰：利爲逆萌，仁義爲順端。防其末者絶其原。此不可不察也。夫自天子以至庶人，好利之弊何以異哉。王以利倡之則和，國不勝其求則危。故君擁王侯之重，而身常不免。臣割等衰之地，而意常不濟。此其地非不足也。而不制之以義，則君無以安其臣。人欲無極也，而復形之以利，則臣不難危其君。其弊也，將有父教子二，君賞臣奸。而以爲固然者，利之化也。仁義不然矣。吾見仁之於父子也，復有仁而遺其親者乎。無所於解，天之性也。義之於君臣也，復有義而後其君者乎。不可以二，天之制也。居則養老盡孝，而事上共稅，固不忍求分以自營。有變則耻失其君，而悼喪其親，亦不忍乘危以自擅。視之言利，其順逆之教，美惡之風，抑何殊也。吁，孟子乘安危利害之分，指意燦然矣。不出於斯路，而務畜利長威，豈不謬哉。

【評】

有極尊賞者，然終非先輩所難。存之以爲運古者之式。（艾千子）

音節淒拍，瀠則潔矣，終非高深之業。

王無罪歲 二句

能大盡其心者，大得民也。夫行王政者，乃可以言盡心荒政矣。不然而曰歲耳，何以來天下之民哉。且夫天有歲事，國有王事。惟人君者，常無以自罪而罪歲凶，此荒政之所以無奇，而流民之所以愈去也。有如吾君者戚然有動乎其中，而不以未盡者移之歲；愓然深思乎其故，而不以適至者咎夫民。一則曰天之愛民甚矣，豈忍俾吾民至此極哉。夫職歲者何罪，而省歲者罪也。不然，佃漁樹畜故在也，而吾不能教且勸，此亦歲罪耶。一則曰君固爲民立矣，奈何任歲氣窮吾民哉。夫司歲者何罪，而諉歲者罪也。不然大庖公廩無恙也，而不能簡且發，此亦歲罪耶。夫王惟罪歲也，則止於移民，止於移粟，已有求多之心。王無罪歲也，則有以修救，有以修禳，自有盡心之效。豈惟兩河安輯，天下之民動焉。何也，天下皆罪歲之君也，而王無罪歲，固宜其感德音而附矣。豈惟四鄰内附，天下之民來焉。何也？天下皆望歲之民也，而王無罪歲，固不無仰荒政而趨矣。至此則歲凶不足限王心，且將集天下之民，而驗王心之大。歲凶亦不足以減王衆，且將敺天下之民，而益王民之多。此之爲國良足快也。

【評】

無繁音，嫌其摹先輩。

〔有如吾君者戚然〕句評曰：「直入王無罪歲，皆摹擬王唐處。」

〔而省歲者罪也〕句評云：「總前後計之，此當屬中比矣。其氣小促。」

〔此之爲國良足快也〕句評云：「結句草草。」

王如施仁 三節

大賢爲時君畫勝算，在反秦楚之所爲也。夫國自有常勝之道也。秦楚不仁而梁仁，則勝固在於梁矣。孟子爲梁王畫也，若曰：天下有大勢，制天下有大計。勤勤修怨不若累仁。夫百里可王也，而況莫强之國耶。王之爲秦楚勝也，王亦未行仁政也。王不以仁政，則亦與秦楚等矣。如此則當以甲兵之堅不堅利不利論矣。有如吾王者施仁政於王之民焉。刑罰省之矣，税歛薄之矣。民無見奪之時，得從容於本業之務；民有休暇之日，得修明於禮義之間。若然者，又何畏於秦楚之甲之堅而兵之利乎。可使制梃撻之矣。何也？秦楚之使敵者非其民耶。其於民何如也？煩刑厚賦，奪民時矣。不得深耕而易耨。凍餓離散，無人群矣。何暇孝弟而忠信。夫彼之陷溺民，乃如此其深也。彼之民固望仁人之有以征之也。而王之仁愛民，乃如彼其厚也。王之民適從王而征之也。彼秦楚者，誰與王敵哉。非秦楚之君不欲與王敵也，乃秦楚之民不欲與王敵也。有與王敵，則雖堅甲利兵敵之而不足；無與王敵，故制梃撻之而有餘。此天下之大勢也，而制天下之大計也。若曰報怨而已，則秦楚之民誰非與王敵者哉。

【評】

前後實講處只虛遞過。每於虛處游衍文勢，深得本文章法。（洪弱生）

題不難布置，然又入俗手不得。臨川不用縱横語，所以能免俗字。

〔勤勤修怨〕句評云：「短句可厭。」

〔秦楚之使敵者〕句評云：「與荆川同虛轉法。」編者按，荆川，唐順之也。

〔奪民時矣〕句評云：「倒見上節。」

王之臣有……遊者

大賢將言齊君之負所托，而先言齊臣之有所托焉。夫天下可以托妻子者，惟此友也。齊臣楚遊，能無所托乎。孟子以之設諷也。夫人之身，天下之事，尊卑大小不同，然莫不各有所托也。寧論吾王乎。今夫王之國，有爲王之臣者焉。固仰賴於王者也。然臣之家，又有爲臣之妻子者焉，又仰賴於王之臣者也。使王之臣而常家於齊也，固得遂其保聚之心。或王之臣而欲遊於楚也，必且思爲室家之寄。齊之去楚，不知其幾千里也。人臣無出境之交。或以使而遊也，雖曰：征夫靡遑，然亦不能無恤於私矣。楚之歸齊，又不知幾何時也。人臣有有故之去。或以宦而遊也，雖曰：

壯夫有懷，然亦不能無顧於內矣。寡妻弱子，不勝仳離之悲。王之臣必托臣之友也，勢也。密友良朋，正在羈旅之際。臣之友必且受臣之托也，情也。勢以地遠而隔，故王之臣，客遊於楚，而家係於齊。情以地近而通，故王之臣，不托於王，而托之於友。或者友之能終其托與。則古之人常有寄孥而行者，良有以也。固王之臣之大願也。或者友之不終其托與。則古之人尚有分宅而居者，獨何心也。豈臣之友乃獨不然也。蓋不必死生不相倍負，而一妻子之托，已見交情。不必久要可以不忘，而一往返之間，乃見交態矣。又況乎所托乃有大焉者乎。

【評】

只四語涉麗詞，予抹之。餘自蕭遠不俗。按，四語指二偶語也。

〔雖曰：征夫靡遑〕句評云：「韻勝於詞。」

〔寡妻弱子〕句評云：「忽出此二偶語，不稱。」

左右皆曰賢未可也 二句

不以近臣之譽進賢，蓋其慎也。夫左右太信，則有與不肖論賢者矣。國君之所可，豈在是與。孟子箴齊王之疾，曰：人才首關於大政，君心每惑於小言。所貴乎進賢者，亦慎諸此而已。彼環在王所，有近於左右之臣者乎。得陳於王前，有先於左右之言者乎。固有相率而稱人之賢者矣。浸而不察，亦有因而可之者矣。不知好進之士，常以左右爲根抵之容；而近習能（之）人，亦每以朝端爲外市之地。故舉爾所知，雖達之左右皆有聞也，而何可以遽然其賢。論所及（及所）知，雖時而左右先爲言也，亦未敢以輕用其可。左右雖卑也，與外臣之尊者常相低昂。如曰某也賢。其尊之也，則有借君側以成衆者。亦因而尊之乎，恐他日之卑踰尊，亦如是矣。烏乎可也。左右非疎也，與外臣之親者常相比附。如皆曰某也賢。其親之也，則有事中人以迎（近）幸者。亦因而親之乎，恐異日之疎踰戚，又復然矣。如何可也。寧使左右謂我有賢而不用，毋寧使天下謂我用賢而不公。蓋明揚士類，本非所望於近幸之人。正使其所賢者賢，亦非左右所得而賢矣。寧知而不舉，以傷左右之心，毋寧舉而不賢，以傷朝廷之典。蓋推轂人才，本非可求于私昵之地。正使其所賢真可，亦非左右得以制吾可矣。夫觀意察色，一辭善譽，以移主心者，莫左右若也，而弗之可焉，則如不得已之心自近者始矣。由是公聽並觀，尊賢不失，尚何賢知之士羞，而世主之論悖乎。

【評】

説左右與外臣表裏處極透切。秀骨清神，深識遠韻。（韓求仲先生。）

少喜讀此文。尊親二比，今古同慨。

先生之文，大段病在尖巧。此作層層發意，貌安神和。又從古今近幸着眼，婉轉之言，勝於迫刺。此先生所以爲大家也。孟文短篇，予多汰去。嗣刻國朝文，則僅存此等數義耳。

〔亦慎諸此而已〕句評云：「清古之氣，迥異他作。」

〔如曰某也賢，其尊之也〕句評云：「氣紆徐，而無一滯語。」

〔蓋明揚士類〕句評云：「痛切，而言愈和。」

昔者太王……居焉

先王有不能懷其故居，而狄之爲患久矣。夫邠故太王之故居也。狄人來，而太王去矣。然亦豈後世所得效哉。嘗謂今昔之變不同時，大小之敵不同勢，然時危同於感愴，而勢小易於圖存。此不可不計也。夫强大壓境，可爲寒心。豈今日君之事而已耶。昔者太王當之矣。自今觀之，「居岐之陽」，太王之孫也，而不知太王實始居岐也。「乃眷西顧」，太王之德也，而不知太王固先居邠也。「觀其流泉」，流泉無恙也。蓋民之初生，其土於斯也非一世矣，非不處且安也，如邊警何。「度其夕陽」，夕陽如故也。蓋君之有宗，其依於此也非一日矣。亦既庶且煩也，如戎心何。始也自竄於犬戎之間，而公劉啓其地。中也亦復中犬戎之患，而亶父遇其時。狄人可事也，而不可弭也。國有三軍已被之矣，安能安居此乎。故土可樂也，而不可長也。地非一姓，已知之矣。何必懷此都乎。蓋「天作高山」，隱然周原之在望也。於是胥宇其下焉。雖不得終其皇澗之遊，而亦庶幾乎厥愠之無近矣。帝遷明德，俄然周道之有夷也。於此乎周爰其居焉。雖不得免於疆理之勞，而亦庶幾乎昔遷之無嘆矣。豳前而觀，居邠者此太王也。雖未有室家，何知有異日之居岐。豳後而觀，居岐者亦此太王也。當增其式廓，亦肇基於昔日之居邠。蓋古公雖欲尊生而讓王，狄人固以殷憂而啓聖。殆至王用享於岐山，而世乃歌夫邠風矣。滕固今之邠也，而齊則滕之狄也。何去何從，倘有岐山在耶。吾故曰古今之變不同時，而大小之敵不同勢也。何也，商世質而野，天王至五遷邦。不窋以下得徙居無常，皆有荒忽之意。戰國並小而城之，比密焉。欲遷，何也？又有不同者，小國諸侯可以避狄而遷都，衛文公以遺民而南是也。大國天子不可以避狄而遷都，周平王不再轍而西是也。噫，其亦無使國家避狄而後可耳。

【評】

「今昔之變不同時，大小之敵不同勢。」此二語，則意不在諷滕以遷，諷之以强爲善耳。觀其首尾大意，中間比對典麗，人人所知也。

商世質而野，此讀書見古人大勢處。（艾千子）

雅逸之氣，彷彿古人。此臨川合作也。

臨川用詩，似勝方山之用易。然數比喚語皆用詩，又似可省。

〔然時危同於感愴〕句評云：「無時文氣。」

〔居岐之陽〕等句評云：「五經惟詩語可入制義。亦惟臨川善用。四比皆用詩詞作證，以（似）少變法。」

〔國有三軍〕句評云：「古詞湊洽。」

周公知其……知也

齊臣欲得聖人之昧於其兄，大賢亦不爲諱也。夫周公之任管叔，固未始逆之於先也。此何足以問而爲公諱與。且燕之叛齊，與管叔之叛周，其事不可並論者，陳賈欲文過於君也，乃歸過於聖焉。意以監殷而叛者管叔也，而命之以監殷者周公也。

惡如管叔，天下無不知之。而況以周公之親乎。聖如周公，不善必先知之，而況以管叔之惡乎。始也固周公伐殷，終也挾殷餘叛周。在叔固犯無將之戒，始則出之以去偪，繼則伐之以立威，在公亦有養禍之意與。孟子直應之曰：不知也。蓋聖人有先事之智，舉天下不能逃其明。然聖人無逆詐之私，於兄何所用其智。殷民之有不靖，公所知也。庸知叔之負周而叛也。破斧作歌，在公雖有三年之役，然此特閱墻之後知之耳。當其未任之先，叔猶在「振振公子」之列也，而孰意其有此也。衮衣興詠，在公雖有信宿之留，然此特毀室之後知之耳。當其命監之際，方將有赫赫大宗之寄也。是孰意其至是也。要之當我不難知也。周公非弟則可耳，當叔非兄則可耳。燕齊非兄弟比矣，賈安得以爲齊王文哉。

【評】

講不知也，渾然仁人忠厚之言。今人不免雜入譎道矣。作孟子題，當力反戰國習氣。此讀書者所宜知。（艾千子）

〔舉天下不能逃其明〕句評云：「樸而贍，似露下意，而詞近古。」

「聖人無逆詐之私，於兄何所用其智」，當移在周公之過句。喜其前後不武斷耳。

人亦孰不……市利

〔破斧作歌〕句評云：「二比便不可易。」

專欲者有同於嗜利，大賢爲齊王言之也。夫齊固天下之朝市也，然孟子豈真欲富貴者乎。罔利之論，亦以著世戒也。意謂大丈夫立身行世，分義自明，不爲世所賤也。我之以義去，不以利留者，不爲賤丈夫而已。夫季孫不譏子叔疑乎。富與貴是人之所欲也。夫豈惡此而逃之。顧天下之義，當爲天下惜之。無事沾沾爲也。天下之利，當爲天下公之。無事專專爲也。如叔疑所爲，其躬之不閲矣，而皇皇焉爲厥後之圖；其生亦有涯矣，而汩汩焉爲無涯之計。始也非徒爲一身謀也。蓋曰吾身用而子弟之利自在也。夫固以官爲市，以公器爲私家者矣。究也非徒爲子弟謀也。蓋曰子弟用而吾身之利未失也。夫固以朝爲市，以富貴爲居積者矣。豈非私龍（壟）斷於富貴中者乎。季孫之所謂壟斷者何也。古今爲市者，物情在焉。通其爲利者而已矣。市司蒞焉，治其罔利者而已矣。有賤丈夫焉，以爲從有無之常，則人得而分利也，構壟斷而登，一徘徊間，凡可以筦別之處畢見矣。狗教令之法，則吾無以盡利也。顧左右而望，一旋轉間，凡可以爲罔利之謀頓生矣。此市利也，真賤丈夫之行也。以此行於市，尚爲市人羞，況以是行於朝哉。人亦孰不欲富貴，而何以至此極也。夫不留我以義，而留我以子弟之萬鍾，若斯舉者，吾不知其可也。

【評】

轉法捷，結法老。（韓求仲先生）

只季孫所謂壟斷一語，轉法陡健，文亦有逸致。

〔季孫之所謂壟斷者〕句評云：「過語有力，惟能止，乃能行也。」

〔以此行於市，尚爲市人羞〕句評云：「語斬然入法。」

一怒而諸 二句

昭人昭二子威福所係之大，以此爲大丈夫也。夫大丈夫雖關天下之運，然非以喜怒爲人用而已。儀衍挾無常之私，以制天下之變，道義之所禁也。豈大丈夫之謂乎。蓋世分七國，相沭（怵）以兵，相誘以權。而媾人者，以說相高矣。士遊其間，欲爲大丈夫，以一身爲天下諸侯動静，勢不亦難乎。而吾且以儀衍爲大丈夫者，此非吾一人之私言，而寔有以關於天下之大故也。何也？大丈夫遊於世也，非怒則安居耳。

法陰陽而闔闢，固吾人所以握天下之氣機；候消息以興衰，亦天下所以效一人之變態。吾所小乎丈夫者，以其無係乎此也。吾所大乎丈夫者，以其有係乎此也。是故奮辭以進説，二子所以飾怒也。怒起於一，若無與諸侯之懼，然而機之所激，天下莫不以爲威，則固有怒不與懼期，而懼自至者。吾見兵之寢也，若或撓之；而戰之息也，若或鼓之。是其構之起也甚渺，而覩其疑形者，凛莫知吉凶之所由兆。談之握也甚微，而攝其變動者，卒莫知禍福之所自來。諸侯殆懼乎。夫諸侯所懼也，非懼人者也。諸侯不懼於人，而懼於二子之一怒，則權之所在，有以屈天下之尊；而威之所至，有以震天下之望矣。世固有奮怒而不能惴匹夫者，而況莫大諸侯惴於一怒而無敢寧息者乎。至其絶遊以藏辨，二子所以養安也。安裕於躬，亦若無與於天下之熄，然而怒之所斂，天下莫不爲休。固有熄不與安居期，而熄自生者。吾見武之耀也，若或翕之；兵之覩也，若或戢之。不必别求所以靖萬國也。而天下大難之端，若與其機緘而俱泯，不必别求所以休生靈也。而天下奔命之苦，若隨其勢禁而暫寧，天下其熄乎。夫天下易沸也，難乎熄者也。天下不熄於天下，而熄於二子之安居，則居己於静，足以制天下之動；居己於簡，足以解天下之紛矣。人固有即安而不能庇一人者，而況方行天下，恬於安居，而有恃以無懼者乎。夫諸侯之懼，感於二子之怒，則勇如列辟而不可凌，天下之熄，而出於二子之安，則仁定天下而不可摇。如此乎大丈夫之能事乎。殊不知怒出於説之行者，乘人之怒也。君子不以爲武。安生於説之不行者，因人之安也。而君子不以爲功。是則其懼諸侯也，諸侯之所自懼，而二子不能用其怒。其熄天下也，天下之所自熄，而二子不能用其安。若此者，非真有關於天下盛衰之運，而爲大丈夫者也。

【評】

矜張誇大，極類口氣。先生作此文，亦有一歸胡横據胸中。編者按，歸胡指歸有光、胡友信，明史卷二八七各有傳。

〔法陰陽而闔闢〕等句評云：「偶句。」

〔則居已於静〕等句評云：「此道家語。押（捭）闔家未必及此。」

【校】

昭人昭三字或是景春曰之誤。孟子滕文公下：「景春曰：公孫衍、張儀豈不誠大丈夫哉。一怒而諸侯懼，安居而天下熄。孟子曰：是焉得爲大丈夫乎。」

其君子實……小人

商人備物以迎周師，亦可以慨世矣。夫周無君子小人，皆商有也。二之已可慨矣，況至以商迎周耶。且帝王代興，當揖遜之時，天下尤相迎也。當革命之時，天下猶昔觀兵之意也。南河之謳，北狄之怨，有由來矣。商周新故之際亦然。武王之次商郊也，事乃有不然者。使受也雖無同好，有與同惡，則若林之衆猶未得前歌後舞而入也。商之君子非士大夫耶。周師入，君子怒可也。何又篚厥玄黄，迎周之君子也。父師奴，少師剖，幣聘之風靳然。彼雖君子，誠不若生於周者，得以賢其賢而親其親也。今而後喜可知矣，得同君而臣之矣。不以拾矢爲贄，而以好幣相先，何溫然堂户之交賓也。豈其中無一忠臣哉。天命之矣。不億之親，猶將往焉。而又何論於今日之君子也。蓋望周之將相來久矣。商之小人非故百姓耶。周師入，小人戚可也。何又簞食壺漿，迎周之小人也。老人刑，妲己笑。仇餉之思蕩然。吾儕小人，誠不若生於周者，得以樂其樂而利其利也。今而後喜可知矣，得同君而氓之矣。不以飽己之師，而以迎人之師，何藹然田野之相饁也。豈其間無一義士哉。天命之矣。有二之衆，皆先往焉。又何論於今日之小人也。蓋望周之卒旅來久矣。由是得意於羣臣百姓，因而爲王者，新主也。得罪於羣臣百姓，不可復赦者，舊君也。今日之爲君子小人者，此商人也。他日之爲多士多方者，亦此商人也。由商周而後，人情向背可勝道哉。

【評】

一句一轉，一轉一態。其鎔冶古今，又當勿論。（陳明卿先生）

說得人情可悲可駴。褚淵馮道便是後世君子濫觴。倒戈者又勿論矣。（韓求仲先生）

比對字句，無不精鑿。此以五七言律詩爲時文者也。次商郊，猶昔觀兵，方是大家意體。（艾千子）

此與左右皆曰賢、昔者太王諸篇，皆選家所最隆重者。而予稍嫌其屬詞整麗，刻意排對，終遜大家一籌。

〔當揖遜之時〕句評云：「一設意。」

〔天下尤相迎也〕句評云：「巧句。」

〔南河之謳〕句評云：「再設意。」

〔武王之次商郊也〕句評云：「此語是聖人心事。」

〔父師奴〕句評云：「兩用三字句，未妥。」

〔由商周而後〕句評云：「古文。」

驅虎豹犀象而遠之 一句

聖人安民之生，亦以因物之性。夫虎豹犀象，非人情不可近也，驅而遠之，亦因而安之也乎。且聖人之安天下，與暴君之擾天下，其心俱無厭也。非徒以人暴之，又或致人於虎豹犀象之前，而觀其避以爲樂也。或投人於虎豹犀象之中，而使之噬以爲威也。大生爲德，必不使爪角得以近吾人。聖人好生，必不使元元有以迫于獸。此數物者，其以園囿爲室，非一日矣。園囿弛以與民，而復不爲徙迹他所，民猶駭而不居也。若山林川澤，惟其所之而後可也。彼獨夫者，其以田里爲池藪也。居是物矣，田里悉以便民，而復使得逼處此，民猶恐而妨業也。若魑魅魍魎，莫或逢之而後可也。物生有域，而性難以近人。投之於其域，則動静有時，不相備而必無患。物遊有際，而威生于近人。安之於其際，則喜怒有類，不相感而自無虞。周南吁嗟於麟趾，召南吁嗟於騶虞，則其近之也。此非仁獸也而近之，無乃非德類也乎。周公以慈衛天下之仁，不忍也。馬放之華山之陽，牛放之桃林之野。則猶遠之也。此非用物也，而不遠之，無乃益凶象也乎。周公以德消猛獸之義，不留也。驅飛廉於海隅而戮之。虎豹犀象，亦自有海隅在也。同其驅，不同其戮者，以爲罪異焉耳。驅蛇龍而放之菹。虎豹犀象，亦自有菹存也。同其驅，亦同其放者，示之有生焉耳。是則聖人之遊世也，無害人之心；而聖人之制世也，無害人之物。以此故人與物不相傷也。斯成周有道之國與。

【評】

摹古易耳，而緣筆起趣，似別有肺腸。（原評）

正正奇奇，是武侯藥師之陣也。（韓求仲先生）

虎豹犀象便有馬牛相形，驅放便有飛廉蛇龍相形，可謂人巧極矣。物之巧者，雕鏤盡態，滋長佻氣。一變而爲點染之文，遂以小題爲游戲之筆。文豈可以游戲耶。此文自佳，而予抹之，惡其漸也。

〔且聖人之安天下〕句評云：「巧句。」

〔馬放之華山之陽〕句評云：「巧句。」

〔無害人之心〕句評云：「句不倫。」

下孟

故曰徒善……自行

大賢欲人主以法行善，而引言獨用之弊焉。夫人主有善念，非良法不能致之民也。然則此兩者豈得獨用哉。孟子慨世之不行仁政也，而示之曰：世主不忍人之心，豈異先王乎。顧先王有善政以行也。彼曾不考而施焉，則心窮於無寄而治不古若，無惑也。兹意也，古有言之者矣。彼仁萌於行則爲善，然必設之度數，昭之品式，乃克爲之，則未聞徒善也。仁達於政則爲法，第須精神之運，心術之通，然後從之，則未聞徒法也。夫謂之曰善，則愷悌便民之意，亦既盎然於中矣。然其中徒盎然耳，所操不過一善，善之外何有焉。愛鬱於方寸而不流，豈足以定經制慈；止於感觸而不致，豈足以備樞機。蓋善之達於政，其所托者然也。徒善則無所托，何足爲政哉。則善因不離治矣。而其純任法者，則畫一宜民之迹，既亦燦然於外矣。然其外徒燦然耳，所守不過一法，法之内何有焉。人主意欲圓，法欲方。彼張設且滯於方而難循。

天下神則行，形則止。彼綜核愈格於形而不運。蓋法之無不行，有所待而然也。徒法則無所待矣，安能自行哉。則法亦不得離善已。以心術言，任德與任法繩駁異矣。然使設施無具，即仁心充塞，祇與密文網者同科。以聲聞言，寬仁與操切厚薄殊矣。然彼處置乖方，即仁聞昭彰，祇與瑣科條者共敝。故自古行仁之主，必詳經制；而自古行法之主，必監先王。誠以至德之下於民若隔九閽，非政莫由達也。

【評】此題正式也。後來作法雖多，然當以是格爲正（艾千子）

以純當稱題。

民之歸仁 一節

大賢狀民之歸仁，皆其不容已者也。夫民之於仁固便也。加之以不仁之敺，則民之歸仁得已耶。且夫至德之世，民居其國，不相往來，若鳥獸之不亂羣，而魚水之相忘也。德不足而有仁，天下之情勢生矣。欲而之焉之謂情，迫而之焉之謂勢。欲之所在則歸也，歸之所在則仁也。以仁爲下，民猶水也。水之惡逆而好順也，地道然矣。以仁爲壙，民則其獸也。獸之去隘而就寬也，天性然矣。此何待於敺乎。而況又有以敺乎。蓋兩仁之國，民各有所歸也。兩不仁之國，民亦無所歸也。唯一仁一不仁形，此令民輕背其主，而人易去其鄉矣。故獸走壙而爵走叢，類也。益之以鸇，而叢之得爵，愈疾而愈多，鸇爲叢敺也。水就下而魚就淵，類也。益之以獺，而淵之得魚，愈疾而愈多，獺爲淵敺也。鸇獺自厭其性，不知其爲敺也。是桀紂之行也。淵叢能爲庇依，不能必其敺也，是湯武之資也。吁，知民之歸仁情也。國君宜爲仁以接民之情，知民之去不仁勢也。國君宜無爲不仁以成人之勢。何以爲仁，聚民欲爾。何以去不仁，無施民惡爾。得天下與失天下，其道何不（莫）由茲耶。

【評】

張侗初評云：「此等文是西京調度，西京氣骨。」予謂此非西京也，六朝中之清貴者。以其俊而整耳。西京則拙樸而疎。（艾千子）

置耳目之前，易令人喜好者，此類文字也。然識者當察其簡令中，寓俳寓巧。玉茗堂傳奇皆同此格。

〔且夫至德之世〕句注云：「老氏之學。」

禹惡旨酒而好善言 一句

明王得好惡之機，所以存性也。夫旨酒亂性者也，善言合性者也。惡之好之，禹得其機矣。且天于人，帝于王，皆以性體相係焉。難持而易絶也，幾希故也。明察而行之，則舜矣。禹何以王焉？舜示危微之機，禹定好惡之極。凡可以亡吾性者，禹無不惡也。惡旨酒深焉。夫旨酒也，達者遭之而意解，昧者醉之而神全。固有不好之者也，何遂至於惡也。禹則曰：旨酒之溺人也，甚洪水矣。以身疎之，又垂歌而戒之。何也，性體危也。酒逾甘，性逾亡，亡天下者也。禹惡之，其顧養之孝耶。凡可以存吾性者，禹無不好也。好善言深焉。夫善言也，諷理者有迂闊之疑，指事者有迫切之忌。亦有不惡之者也，鮮能加之好也。禹則曰：善言之錫我也，若洪範矣。以身拜之，又懸樂而招之。何也，性體危也。善日聞，性日存，存天下者也。禹好之，其聖人之勤耶。吁，性不亡，則百度貞。吾以禹爲得惡之機也。性存則萬行全。吾以爲禹得好之機也。載祀四百，爲三王首，有以也夫。

【評】大樣題，以陪説乃小。即陪説洪水洪範，亦尖巧不成大家之度矣。予盡爲抹出，使天下見之，便知先生可傳者，在彼而不在此也。

〔且天於人〕句評云：「陪説巧。」
〔難持而易絶也〕句評云：「短句。」
〔昧者醉之而神全〕句評云：「墮車不傷，可作酒德頌耶。」
〔甚洪水矣〕句評云：「巧。」
〔其顧養之孝耶〕句評云：「巧。」

使浚井　一句

聖父之再有所使，聖子亦可謂不幸矣。夫完廩之計，已非父之所以使其子也，而又使之浚井，何爲者哉。嘗謂子之於父，東西南北惟其所使。此天下之大戒也。況乎爲孝子之聖者哉。瞽叟常使舜完廩矣，因而火之。使不幸而舜死也，則一完廩之使，定以畢舜矣。瞽無煩於改計也。幸而舜不死也，則一完廩之使，不足以盡舜矣。象蓋謀之益疾也。以爲自上而下者其勢易，故不能殺舜於捐階；自下而上者其勢難，於是使舜而浚井。舜既耕田而孝養矣。吾人耕田而食，不當鑿井而飲乎。此浚井之所爲使也。在舜固以爲常也。舜既完廩以順命矣，孝子已不登高，復可以臨深乎。此浚井之所爲使也。雖舜亦以爲變也。以父使子，或其井之欲浚未可知也。然觀其完廩也，而非以爲完，則其浚井也，而非以爲浚。不然，兄弟均勞可也。何其終不及於象也。以頑使聖，或其井之不欲浚未可知也。然舜惟知所使之身爲父母遺，方以幸免之身爲父母使。不然，遇災而懼可也。何其復受命於井也。夫瞽叟有是使，而頑謀愈淺；舜有是使，而孝德彌深。卒也空旁出焉。蓋天之生舜，寧肯使之泥於井也哉。

【評】

閒清以攄情，微婉以諷事。發舒自得，構架天來。插入象處，形神具出。（韓求仲先生）

臨川文心，靈變至此。然此摹刻聖孝，興（與）點染尖巧者不同。

〔以爲自上而下者〕句評云：「似謔而真。」

〔方以幸免之身〕句評云：「聖人之心。」

聖人先得……然耳

原聖人亦得人之所得，益信心所同然矣。夫理義之於人，同然皆得者也。可以聖人之先得，而遂疑其有以異乎。且夫人所爲均畀者，獨有此理義。而其究也，失之乎陷溺，則未嘗以初心揆之聖人也。夫一謂之同然而分聖愚也哉。人不常然其所同然，而好然乎異。不蚤得其同得而歸得於聖，遂若聖人别有一心者。不知聖學雖出乎天性，而靈明之覺最先。聖心則稟於同然，而懿得之好無二。先天化醇之初，其誘慕未乘而天然者猶在。此時觸乎天而即理，順天而制焉即義。聖人所神而明之方寸中者，亦不過吾衷所同好而不察焉者也。特其超悟在聞見之先耳。後天保合之頃，其智故不汩，而故然者猶存。此時順其故而即理，循故而宜焉即義。聖人所嘿而成之淵微内者，亦不過我志所同契而幾希焉者也。特其懸解在事物之表耳。心非由外而得。自不得者失之，而見聖人爲獨得。要之離我心之所然，無聖人之所然；離我心之同，亦無聖人之獨也。而奚所減損焉。得非自聖而始。自難得者後之，而見聖人爲先得。要之此後知之心，即先知之心。舍後覺之心，亦無先覺之心也。而奚所虧欠焉。噫，能不失其所同然，則可以即我心而爲聖。惟不得其同然，則因以失我心而爲愚。然則所然者不與聖殊，而所以然者得不得之間也。何爲罪降材哉。

【評】

太用然字名目，此亦改仲輿稿也。凡人原作各有體局，不善改竄，多削字削句之病，又將去其神氣，而參用我見，何如讀原本之爲愈乎。余刪臨川改稿以此。

〔人不常然其所同然〕句評云：「同然二字宜出以正解，再用一然字便可笑。」

〔先天化醇之初〕句評云：「先天後天，制義不必用。」

仁人心也 全章

大賢以學問之道示人，因論仁義而歸諸心焉。夫仁心義路，而學問尤在心也。放而不求者，烏覩其學問之道乎。且世之人莫不重學問矣。第學其所學，問其所問，而未得其道者，則以求之學問而不求之心。何言乎？心人知其甚切矣，而仁則視之不如心也。路人知其甚切矣，而義則視之不如路也。我以爲仁其人之心乎，義其人之路乎。蓋惺然不昧者心，而仁乃其惺惺不昧者。故外仁無心也。坦然可行者路，而義乃其坦然可行者。故外義無路也。以義爲義，義或可舍也。路可舍乎哉。以仁然由路爲仁，仁或可放也。心可放乎哉。舍其路而不由，放其心而不求，可哀也已。豈學者心也。路之舍，心之病也。人以放鷄犬者放其心，而不以求鷄犬者求其心。問自有道而不在心耶。不知學非他也，心學之也。問非他也，心問之也。使人之心，果放而即求與？則其心爲有主之心，此求心正學問也。使人之心，果放而不求歟？則其心爲無主之心，凡學問皆放心也。「學問之道無他，求其放心而已矣。」心既不求，則路之不由。又何可哉。此其可哀也。

【評】

劈頭説明學問，而題緒已清矣。文有靈俊之致，不費辨駁。但心爲有主之心而理精，心爲無主之心而理粗。是先求心，後有學問也。與學問總爲求放心語意相遠。讀者分别存之。（艾千子）

此等文皆可以不存。求放心句不得一二見到語。

〔蓋惺然不昧者心〕二句評云：「無深意。」

〔人以放鷄犬者放其心〕句評云：「語不倫。」

故天將降 一節

觀天所以大任聖賢，而人可以察天意矣。夫天非私聖賢也，又非薄聖賢也。大任之，則有以成之矣。處困者，可遂謂天忘己耶。且自有鯀胥靡而下，起而爲君爲相者，俱非生而貴也。蓋未嘗不困焉。人以爲其始也，天之未定也。終也，天之既定也。此不明於天之説也。天於聖賢，蓋生而定之矣。蓋將大任降之矣。以爲生之於順適之境，吾意雖聖賢猶得懷安而宴溺也。情也。生之於逆意之鄉，吾意雖聖賢猶將愁思而震厲也。勢也。故大任將降，有開必先。心志苦之，思慮深也。筋骨勞之，不一其事也。體膚餓之，曾不得一飽也。身也而空乏之，無資身之業也。行也又從而拂亂之，數造事而窮也。聖有所不通，而歡養俱闕。賢者不必貴，而淡泊相遭。此時微妙之心，當有以震而動矣，乃天以所苦者動之也。此時嗜慾之性，宜有以堅而忍矣，乃天以勤勞空乏者忍之也。此時幹務之才，若有以增而益矣，乃天以所拂亂者增而益之也。天何厚於斯人也哉。與之以心性，又與之以所動所忍之心性，與之以能，又與之以所增（所）益之能，以爲非若而人降大任之弗勝也。聖賢固定於天也。

【評】

昌黎力去塵（陳）言，此法惟傳清遠。

古不傷才，峭不露巧。（韓求仲先生）

存此以爲率筆之戒。聖賢説到降大任，何等重大，而故作挑達之體，不可謂文人無罪過也。

〔蓋將大任降之矣〕句評云：「倒。」

〔故大任將降〕句評云：「直。」

〔曾不得一飽也〕句評云：「嘆一飽之無時，可用在文中乎。」

稽大不理　全章

大賢以士慰時人，而徵以不容之聖焉。夫不容然後見士也。聖人猶然，世可知矣。孟子以慰貉稽也。嘗謂人之爲士也，求理於心者，其行嘗固；求理於衆者，其行嘗搖。吾子憂不理於衆口乎？亦患子之未能爲士耳。夫士也，殆有甚焉。抑之而愈亢者，烈士之心也。清之而愈濁者，衆多之口也。士有以隱微爲行者，衆人既以冒昧而疑其迹。士有以暴白爲行者，衆人又以委曲而譏其心。蓋衆人之論衆人也，每存寬假之譚；衆人之論士也，常懷嫉妬之意。士人之論士也，容爲責備之辭；衆人之論士也，直取聲聞之附。士惟一口，而衆口難齊。士不甚口，而衆口易動。以爲士之有遺行歟。孔子何如人也，温良恭儉讓人也。今之聖孔子者，萬口如一人；追論當時之口，若將殺孔子而無罪者。而孔子之心，用是苦矣。吾以爲「憂心」「群小」之詩，孔子是也。何也？衛宫婦人耳。至如季孫武叔之流，其衣冠笑貌俱得與孔子相同者，而孔子不能止其口。豈非女入宫則見妬，士入朝則見嫉乎。又況乎孔子而後者哉。文王何如人也，仁敬孝慈信人也。今之聖文王者，萬口如一人；追論當時之口，則有烹文王而後快者。然文王之聲用是起矣。吾以爲「不殄」「不隕」之詩，文王是矣。何也？昆夷夷人耳。至如崇虎蜚廉之屬，其言語嗜欲俱得與文王相通者，而文王不能止其口。豈非夷狄不喜中國之盛，小人不喜君子之盛乎。又況乎文王以次者哉。衆口悠悠，卒無傷於士品。余心嘿嘿，徒借慨於風人。稽亦勉爲士而已。

【評】

此文太傷於巧。脱胎换骨，皆自六朝。由其巧而排（俳），排（俳）而俊也。温良恭儉讓，仁敬孝慈信，隱匡宋之圍，曰殺孔子；融羑里之字，曰烹文王。詩曰「憂心」，文曰孔子之心；詩曰「隕」「問」，文曰文王之聲。咬文嚼字之風肇矣。莽蒼樸拙，不顧前後，出比對比，而古氣灝瀚者。吾故

因此文，而追思古道之在萬曆初年，升降之漸也。前半痛發士憎多口句，似腐而正大。（艾千子）

此文馮開之、韓求仲二先生，俱讚嘆不已。或以爲玲瓏剔透，或以爲似腐而奇。學者細心思之，當以千子之説爲確。予按，引孔子文王，正針砭貉稽。見道德不逮古人，便皇皇憂謗，畢竟自家缺陷。亟鞭他猛力内省，並非慰藉。義仍先生錯下兩個慰字。末段「衆口悠悠」四句，又似時輩油腔，非先生本色。（張爾公）

數拈口字，皆無雅韻。

〔其行嘗摇〕句評云：「不成句。」

〔蓋衆人之論衆人也〕句評云：「古今感惻。」

口之於味也　全章

大賢定性命之分，而君子之學見矣。夫欲不可極，道不宜歉也。此於性命有分矣。其惟君子乎。嘗謂世之有事於君子者，厚於養而薄於修，皆未有以察性命之所謂也。是故知性之所爲，知命之所爲者幾矣。吾兹辨焉。今夫形氣通於物，而嗜欲開焉。誠皆有以適之也，而亦有以制之也。是故聲色臭味安逸，侈乎性哉而屈於命。物欲之感人無盡，而人生之用物有涯。如是而曰性耶？是相於淫也。惟調之以自然之命，則可以養和於恬；委之以固然之命，則可以平情於淡。君子不謂性也。何也？繕性於命，性不敵命；又況順吾命，乃所以順乎性也。若謂之性，君子亦猶而人矣。至若精神生於道，而倫品著焉。誠皆有所限之也，而又有以均之也。是故仁義禮智天道雜於命哉，而粹於性。稟德之分數雖殊，而受衷之本體具足。如是而曰命耶，是相於怠也。惟明於性之所自有，則不以人而限己。精於性之所從來，則必以己而合天。君子不謂命也。何也？立命以性，命不勝性。又況全吾性者，乃所以全吾命也。若謂之命，君子亦猶而人矣。要之，命其所爲性而性忍，君子所以益虛其集道之心；性其所爲命而命融，君子所以益極其無欲之體。二者蓋互發以爲功也。

【評】

無大差謬。「君子不謂」四字，力薄而弱。

〔世之有事於君子者〕句評云：「習句。」

〔至若精神生於道〕句評云：「子語。」

編者按：本卷制藝徐朔方先生以萬曆海若先生文（一名湯海若先生制藝）爲底本，其中八篇爲人臣止於敬、夏禮吾能、上好禮、君子思不出其位、鄙夫可與、左右皆曰賢未可也、其君子實……小人、民之歸仁，亦可見於清人王介錫所編的明文百家萃。龔重謨先生曾於二十世紀八十年代初率先發現明文百家萃中的這批文章，連同其他未被收入海若先生文的時文凡十一篇，發表於江西省文學藝術研究所編的内刊文藝資料（一九八三年第六期）上。

湯顯祖集全編詩文卷五一

補遺

本卷不收以下佚文：

一、與本書正文題名不同而内容相同者：如遂昌縣志卷一一唐山二首，其一見本書卷一三唐山寺，其二見同卷東梅嶺；處州府志卷二〇追和洞溪十詠即本書卷一三麗陽十憶；廬山志卷一五送友游廬山即本書卷一九送客麻姑便過廬嶽飯僧二首；黎遂球蓮鬚閣文鈔卷八題萬可權香雲館詩即本書卷一九雲卿湖上待萬余二生不至；興寧縣志學校志所載尊經閣記即本書卷三五惠州府興寧縣重建尊經閣碑，文字出入，或校入箋文，或不校，不重出。又如有輯得湯詞若干首者，無不出於四夢，亦不重出。

二、與正文雖不相重，但已於箋文中引録者，或見于卷首圖版者，不重出。

前者如鄭仲夔雋區卷五答鄭龍如附見本書卷四九答門人鄭龍如箋文；錢希言松樞十九山討桂編臨川湯小儀義仍書附見本書卷四七答錢簡棲箋文；沈評玉茗堂集選文集東屠緯真附見本書卷三四遂昌縣滅虎祠記箋文；同書與楊耆民附見本書卷三五臨川縣孫驛丞去思碑箋文。後者如與許伯厚。

三、原文係贋作，贋作者假若士之名以自炫者，如汪廷訥坐隱先生集之坐隱乩筆記、千秋歲引、與湯祠部義仍程山人伯書登鳩兹清風樓聯句，詳見拙作湯顯祖年譜、汪廷訥行實繫年；或爲總集誤收者，如明文海卷四以爲秋夜繩床賦爲湯作，而賦云「憶昔十一讀易兮，七年鼎革」，與湯氏生平迥異；又如艷異編序末署「戊午天孫渡河後三日」，時爲湯氏去世後二年，顯係僞作。

四、真僞莫辨者，如若干小説戲曲序或題辭。

五、片言隻語不成章者。

詩

夜醉留別永年

荆溪不羡桃花源，便自真州可避喧。落落書生滿靈氣，霏霏神令吐清言。差牽墨綬迎中貴，直謝朱門賦小園。江北蒲茸堪攬結，淮南桂樹莫攀援。驅車厭上三條陌，送酒懸知五柳門。定是子雲誰好事，惟因宋玉可招魂。當階正是翻紅葉，對榻還須滿緑樽。姑射好容如雪皎，廣陵才氣似濤奔。通今總問周朝禮，博古仍消漢隴冤。羡子香臺能拂塵，愁余積水未翔鯤。求羊第合陪高隱，牧馬無因諷至尊。會是金羈數來往，年年春草遲王孫。

【箋】見儀徵縣志卷六。據同書卷三六本傳，朱永年祖籍常熟，嘉靖十二年（一五三三）入選貢監。從吕柟遊。任光山知縣，忤方士陶仲文罷歸。有朱仲子集。此詩附江上別墅下，云是其讀書處。

在三灞河南。詩當作於湯氏隆慶五年（一五七一），萬曆二（一五七四）、五、八年春試途中。

開元寺浮圖

對坐芙蓉塔，延觀柏梘雲。青霞城北涌，翠瀲水西分。嶺樹疑嵐濕，巖花入暝薰。風鈴流梵響，玉漏自聲聞。

【箋】

録自宣城縣志卷三二。本書第三卷同宣城沈二君典表背衕衕宿，憶敬亭山水開元寺題詩，君典好言邊事所云「開元寺題詩」當即指此。作於萬曆四年（一五七六）丙子春，二十七歲。時客宣城。

〔開元寺〕在宣城。前知府羅汝芳建志學書院舊址。

寄毛應明

周公源到天，君子山在座。卻笑避秦人，桃花我覷破。

【箋】録自遂昌縣志藝文輯存。當作於遂昌知縣任。〔周公源〕在遂昌城西九十里。〔君子山〕在遂昌城北。

鳳凰山

繫舟猶在鳳凰山，千里西江此日還。今夜魂消在何處？玉岑東下一重灣。

【箋】録自龍游縣志卷三八文徵六。當作於萬曆二十六年（一五九八）戊戌春自遂昌離任還鄉道中。

玉版居 有序

蘇長公戲劉器之簾景寺燒笋曰：「此玉版師也，令子一知禪悦之味。」黄魯直最爲長公所知，嗜此特甚。豈非其風味有入耶？千載之後，復有魯直，則我鍾陵明府錢塘黄貞父先生是已。大雅清真，無他嗜好，而獨嗜與師遊。得師於城西南古寺而新之以亭。予過之則秋九月夕也。月露凄凄，風篁竹韻，數爵之後出玉版師焉。淡以腴，温以芳，雖餐瓊截肪，未足云其風趣也。坐右之客，厥惟孝廉李君迺始。顧師囅而笑曰：「惟予三人甘矣，師得無苦乎？」師應曰：「苦實稱名，甘亦無口，身根不立，舌味何存！」予爲之粲然。已而嘆曰：「貞父君上計，而迺始君亦且計偕，食肉刺齒，他日過而存師者，非予林下人耶？」相爲悵然。遂長歌而送客。

東坡老人何杜撰，翠竹爲師參玉版。西湖有客如涪翁，剪拭叢林出青眼。青齋肉食復何事，蒼莨素封亦兹産。含藏潤碧飽霜露，剥落熒黄映杯盞。一時雅韻盈風聽，百里心期隨折柬。入饌但聞蔬笋氣，獨醒未厭江潭莞。美人月出秋河静，高談夜入明星睆。此君風味動禪悦，異日賓遊記山簡。徘徊竹根焉所如，今夕粲者李麟初。卻憶明湖睠此明燈發幽色，儵然玉佩臨前除。望覺寒蟲氣清切，時聞宿鳥鳴蕭疎。瀟落煙艇，暮風殘雪吹人裾。回頭揖别臺殿窅，洗耳長如鐘磬餘。恨此林亭隔秋水，湘竹意空踟躕。城北長雲渺千頃，何不徙置滄浪居。君言得此亦偶耳，且遠市郭藏煙墟。君當高謁承明廬，李郎將從奏子虚。竹厨盤礴那再得，恨無與可畫筆南宫書。

【箋】錄自進賢縣志卷二五。作於萬曆三十一年(一六〇三)秋,時客進賢。次年「貞父君上計」,貞父名汝亨,錢塘人。萬曆二十六年進士,授進賢知縣。三十三年始以改官禮部離去。李迺始即麟初,名光元,進賢人。萬曆三十五年進士。授編修。南昌府志卷四一有傳。

文

徐子弼先生傳

徐良傳,字子弼,理學名臣紀之子也。世爲儒,治尚書。少穎,口涉諸傳紀詞賦。兒時嘗從父觀燈郡城東亡失,諸生湯某見而異之,曰:「此子視不瞬,立不欹,誰家兒也?」問而歸之紀。年十二,爲郡諸生。賦明倫堂,前後使者郡長吏試,輒有奇。太守陳槐至親爲訓義。後槐與平濠功,坐讒者廢。公復爲訟,言其冤。舉進士,拜武進令。見諸曹掾史無所言,閉户卧月餘,檢縣中諸圖記官文書讀之,盡知其縣山川錢穀户口虛實,與其決事比如律故誤失者。明日上堂,召吏口占摘決十數事,一郡人盡驚。乃令曰：「某爲人質，賓客之至於斯也，無廣宴，無張樂，無多賦縣中民一錢。某於聽獄未有嘗也，謹已署楣柱中，出入必視，無作好惡。遵王之道路，誓於獄平。民幸無訟，訟中止者，聽贖一錢以上佐公。家有所没，没吾身也。」于是一縣人知令意不苦民。民父老轉相傳説，勸慰無訟。訟亦不竟。是時縣中役，惟主庫者詘，凡賓宴幣金、花樹、杯物諸走給，常傾其貲。亦常役高貲者，而武進有富人號吴十萬者，役縣中二年，年裁費百十餘。後公憂去，此吴十萬者，懷千金追送之太末界中。曰：「大人在縣，老人貲無所亡失。謹以此謝。」公曰：「不嘗費汝百十金乎？」曰：「此都使者往來，供張什物所裁，何得廢也。凡上人治貴，下人治富，富貴有時，智者平之。凡爲富，非以豢其妻女繁種族而已，亦將以應縣官之不時。故邊鄙之富人，以牧畜貂罽麋絲巾鹽藁粟，而西北邊耗異日急，未嘗不用之矣。江淮以南，田沃，織作坑冶，質賃兼並，一旦江海急，鄣與吴越間富人無所能愛也。故老人之治富，日夕不休，亦以爲世。夫縣官苦富人深矣，而大人一意休安之，此於老人可耳。人亦有言，廉吏可爲而不可爲，宜有以遺諸公子，無悔也。」公唉然嘆曰：「吾何悔邪！今乃知老人有道者。」受其所遺名畫山川草樹幅四而去。

闋服，留給事中吏曹。初公在武進時，南昌萬虞愷令無錫，青州馮惟訥令宜興，孝豐吴維嶽令江陰，皆雋士。虞愷長者，惟訥雅而文；獨維嶽機辨，公與之遊，恢如也。嘗嘆曰：「吾屬之爲令也，相爲師；而後吾屬之爲令也，或以相狙。」其後虞愷給事南省中，惟訥且家食，而吴郎西曹在都下，與公知乃獨深。公止給事半年，凡一再疏。疏曰：「臣向爲外臣，見吏部于撫巡諸使者所薦奏文武吏士，並以次補擢，無所疑，而于所知地方人士隱逸者，雖交章言之，不信。夫此逸才者，其廢棄遠或一二十年，近七八年，精幹强志隨年而衰，不及時用之，亦非天所以積賢材持世之意也。吏部所以難用之者，意其人或以卿佐、館職、給事中、御史廢，起當如其官，壅後來者不便。臣愚以爲其人才且賢，亦欲及壯盛時效於世，亦無不可。不然，專取在者而已。何如取所迺有材器不出，衆人物論非是，而幸時承乏，竟以其偏忘其疵，十五而敗。流佚，感創蓄菀推移用之，必有可觀。」不報。九廟功成，户工兩部郎，有别旨當爲卿。兩人辭求外吏，部奏應如前時嘗以觀察副使遷兵部郎某，增俸服色可也。上問吏部何以不遵用詔書，公乃疏曰：「宗廟誠重，然其制皆聖心大仁至孝所裁，大臣取具而已。況繕部郎治工，户部郎經費，日夜皆其職守，非有所難，可以爲功，其職不舉，得以爲罪。宗廟完，二臣幸以役無罪，而軒然受功。平日所署職名何者！如此，則户部郎能舉金粟，比部郎能刑名，皆當不外邪？如此，高皇帝、文皇帝首治兩都宗廟、城闕、宫殿，其勞苦萬於玆時，而其時乃當郎吏在事者，一一卿邪？臣竊謂吏部聽二臣辭外遷是也。」報聞。而是時上方事元，然數憂邊事。某年冬，虜入榆林。總鎮張珩報斬虜首七十餘，上嗛之。而關外吐魯番沙速壇兄弟相仇殺，其弟馬速壇至與瓦剌婚爲援，且前據有哈密矣。而潛種沙州田，更請牧内地如牙木蘭，此欲窺甘涼也。珩苦西北寇無時，得失不可測，謍入内，以户部尚書領理西苑農事，而以張經代之。公疏曰：「如此，翁萬達在雲中，曾銑在雁門，皆當緣而内徙。大臣在邊鎮久，而後恩威可行，治城障兵甲厲士不久，其地偷而不精。王翺在遼，于謙在晉，陳鑒治秦中，皆十數年；況如珩等，代者或不如珩。珩年力尚壯，而秋冬當駐花馬池，其外河曲虜也，虜方大舉，珩不可行。」疏上，吏部覆如公議，留珩鎮西。

是時，貴溪夏言方再相用事。言婦家臨川，公爲舉人時數往矣。臨川太守槐善視之，後來者不如也。言知其才久。言相而良傅上春官也，言目攝典試者曰：「近我而材者，東鄉徐良傅也。」主者卒卒不得問，又不敢忘其言。入試，蹤良傅文字不可得，徒口授吏曰：「署第若干名，徐良傅，東鄉縣學生。」以音近「輔」爲「傅」，又不詳爲郡諸生也。言以爲恩，而公固不往謝，其後亦無報書。令武進未滿秩，起復當補令，而言再相，以故即留給事中，益自謂恩厚矣。公復廷見不謝，又不請問。有所風，不受。言御之。會某年秋，雷電大雨雹，上以御史言，收前選郎高簡詔獄。而公乃始與其長楊上林論簡罪如吏部郎于楚，已兩人矣，並何遷而三。遷名論學，其學不可用也。縣令茅坤徒以門生故，引爲吏部郎。吏部郎，郎位之絶選也，而簡以爲私。其他令史得補，諸王輔道得早言，簡發而後言之也。時御史楊爵等再繫獄，天雨，獄中大水，公立水中七晝夜，不移踵。已乃謫戍簡，痛杖於庭，令吏部尚書唐龍置對，而數其稱老忘國，削爲民。出都門以死。公與上林得爲民。或曰，大學士言怨之也。

公家居凡二十餘年，而同時郡中人士樂司諫薙能强請知天文，陳主客九川、黄司理直以諫戍還；章學使衮、王學使萁惟有經術，吴御史鉞爲詩歌作字，有晉唐人風，吴御史悌、陳御史炌皆里居有清和名；而譚司馬綸善言邊，王侍御詔元善言吏事；皆先後公與遊，所聞著益深。公喜讀書，常晨起自掃其閣中，諷誦不絶，無宴飲絲竹嬉遊之好。其時郡太守、丞令亦多有意治民者，常信用其言，有功郡中。爲文效班固、韓愈，大吏以下多徵用之，其文益以貴。而中丞滁胡公松猶敬信公甚。先是歲辛酉正月，有星芒角入月。公色動，走告郡縣吏曰：「此太白食月也，四方疑有非常，不可不備。」又爲書告都御史張元冲，不聽。程鄉漳泉賊果大至。秋道虔盱，且破我三邑。公又前爲書，迎張元冲來鎮之。元冲懼不至。已而松代之，松乃馳至臨城中，人稍定。而賊大營青泥、上頓間，火夜徹城中。公乃入見胡公曰：「夫王段二將軍，婦人也。兵氣不可用，宜檄民伍中豪，必有應者。」胡公如言。數日後，夜半有繞城而呼者，曰：「青泥鄭剪韮殺賊矣。」剪韮者，故河南大盜師尚詔騎從也。亡歸，結婦家兄弟十數人，椎劫藏里中。於時里中長者吴道頫得檄，獨出身説剪韮曰：「美男子而終身亡命乎！」剪韮喜，乃夜從竇中射殺其酋十數人，衣其衣入賊營，斬百十賊。明日上城，士大夫無爲禮者，公獨引剪韮爲上賓。而時有觀察某，騃人也；妄聽一老諸生言兵，令爲剪韮副。老諸生之子，亦諸生也，從公遊。公言於胡公：「君勿用此人也。」又召其子而責之曰：「失剪韮必汝父者。」時賊創沮，不敢薄郡城，略西北厓而去數十里。剪韮令啣枚尾擊賊。老諸生曰：「如此無以分功。」乃大呼逐賊。賊覺，盡反向鬭。剪韮時獨立淖田橋中，倉卒中十數槍，墜田中，明日死。而賊不知其剪韮也，乃夜奔。賊平，松棰言公知兵可用。而侍御史淮南凌儒薦天下名士六人，公其一也。又前所同時爲令維嶽等，皆顯，亦所在推轂公。而公執禮强重，又貧乏不敢通長安貴人書。相嵩，鄉人也；相階，嘗視學江右，有故。而上性雄忌，終不喜言所廢人，杖凌儒幾死。其後徐相國稍居間，進反嵩者一二人，而九川與公，前後病不可起矣。

公爲人長偉美髮，廣口儋耳，行坐甚敦，與笑語，歡如也。公居郡中無所營，獨歲聚生徒百十人，臨高臺橫經，講質疑難，稍以自資。諸生中亦多貴顯者。卒之月，復舉一子君錫，能讀其書云。門生顯祖論曰：予家世受尚書徐公知。徐公不喜遊，見遠遊者，未嘗不自恨。其意不遠，然亦其時。鄉有人焉，亦足徵一代之人文矣。乃日就月將，情深而文明，更誰得而窺其際哉！進足以興，退足以容，惟公有焉。語曰：「天根見而水涸。」豈不悲乎！

【箋】

録自嘉慶東鄉縣志人物志。傳後有按語云：「按傳爲湯若士顯祖撰。……舊纂省、府志者皆未及見，故載亦不詳。今得而備録之，何其幸也。」

給相圃租石移文

爲育養學校以垂文化事。萬曆二十二年八月十八日，據本縣儒學廩增附生員徐榮、李春芬、華牧良等呈稱「臺下創建射圃，陶鎔士類，千載奇遘。復蒙發租資給修葺，已經學師會議：遞年諸生在圃肄業，輪推一人管收前租。除葺屋宇外，餘租照數分給諸生膏火之助」等情到縣。據此，看得遂昌學宫隘窄，旁無書舍。有社學四所，俱淺小無房。本縣重建射圃，兩旁書舍共三十間。聚諸生有志者，日夜誦習。僻邑得之，號爲盛事。但恐以後無人守視，容易圮壞，因查本縣城隍廟僅廟祝一名，食田二百三十籮；壽光宫道士三名，食田至二百五十籮。夫費國租以養遊食之人，不若移以養菜色之貧士。今於城隍廟廟祝糧内撥田八十五籮，遞年遴擇諸生主之。以歲請教官查視修理，稽核實數，年終開報，以免欺冒。又於壽光宫中撥田一十五籮，與住相圃人看守門墻。庶射堂不致圮壞，而諸生永得矍相之觀矣。具由申蒙提督學政蕭批：據申，具見該縣作興教育盛心，如詳依行，繳據此牒學遵行去後，所撥出廟宫田租、土名田畝，若不刻石備照，誠恐年遠不無更易移换、冒費侵漁情弊。今將申允文移並撥過土名田畝租額，逐一備細開列其左，以示後來，毋負本縣作興學校至意。須至碑者。

【箋】

録自遂昌縣志卷一。作於萬曆二十二年（一五九四）甲午，在遂昌知縣任。四十五歲。按，遂昌以四籮作一畝，每籮收租老秤六十斤。

【校】

〔以垂文化事〕文，原誤作「久」。今改正。

相圃書院置田記

余築平昌射堂二十八列，定其房。士相師友而遊。至夜分，莫不英英然，言言然，講於詩書六藝之文。相與爲文，機力日以奇暢，大變陳常。初，余以相圃名堂，蓋非專矍相義，殆欲諸生有將相材焉。徵於今，異時必多有副余望者。余幸斯堂之與人永也，裁道宫之田而食於斯，兼以時葺，爲勒移而示後人。

【箋】

録自遂昌縣志卷一。作於萬曆二十二年（一五九四）甲午，在遂昌知縣任。四十五歲。

溪山堂草序

辛卯歲夏六月，予以南祠郎出尉雷陽。往來雷白陽江，其居亭（停）則沈公所遺成處也。臨池而楹，問其軍吏曰，沈公來何如也？對曰：「其容充然，其詞敦然，其於際也若偉巨而未嘗不細，直而衍，雅而威，大人也。」予歎曰：「時有大人，其言之不能用，痛辱之，而又遠之以戍耶，今之于昔何如也！」予歸，量移今浙之東，處小邑，而沈公適以開府秦罷歸里，起撫河朔南，不就。予雖有素于公，平昌去禾苕間，道里纔千餘，念公才氣雄遠，且曰（日）貴重，小縣令無足當長者前，宜慎自引遠，遂至起居都廢。

比上計，公已從大理爲左司空，予從天下計吏後伏謁，嘆曰：「凝然而左者，陽江電白間所號大人耶？」然以禁，未敢以私，而公乃先以其居吳興間所爲詩歌記奏若干卷來觀，已，屬爲序。披其中且有寄懷平昌縣令之作。曰：「溪山堂者，吳興趙孟頫所書。予如秦還，愛其地分清遠，得而居之。所著皆歸自秦後。其前入粤、被徵諸草，則王元美、吳明卿、徐子與、汪伯玉、歐楨伯諸名人序之矣。」予避謝，久而卒業。大都所爲詩歌，婉秀如唐貞元代以前人，碑文精刻，如宋齊大手。

嗟夫，以沈公菀嗇頓挫不適，逢世之餘而屏隱溪山。委谷美泉，風津月觀，奇石雜花，登降周流，所吐茹皆雲華朝陽流瑕（霞）夕霏之變，其所與多優柔琴釣玄史之流，相與翕咢而沉其思，葩華而條其氣，脱而爲詩歌麗以清，其固然也。碑文鐫洗有則，蓋善讀昔人之書，知今時之務，然皆公材力精矯所餘。予獨反復其與時賢往還答書，然後歎其有大臣節度。其言君子小人亂治之際，甚辨甚斷，而無横厲峭覈之音，所爲雅而威，直而衍，若偉巨而未嘗不細者，將有在乎斯也。

嗟夫，上相得其書，味之可以容天下士，成其去就之致；主爵尚書至郎得其書，亦可以婉，可以經（徑）。少贊上相得士，成救時之功，固非傅會小言，争出處小節而已也。是可以傳。雖然，沈公今爲列卿，其用且大，能爲天下士去就也亦有時矣。身與其所興，前人云云者竟何如也。

臨川湯顯祖序。

【箋】

作於萬曆二十三年（一五九五）以遂昌知縣晉京上計後。原見沈繼山全集鈔本二册，承吴書蔭先生録示。湯氏尺牘卷二答沈司空可參看。書云「更辱命序，示以寄懷」，序即此文，「寄懷」指沈氏詩湯義仍禮部郎抗疏謫官嶺表量移遂昌卻寄。編者按：承江巨榮先生所示，本序亦可見於萬曆刻本溪山堂草，末署「萬曆乙未春，平昌令臨川湯顯祖謹序」。文字小異，差可互校，得以訂補原文識别之誤若干。

〔而沈公適以開府秦罷歸里，起撫河朔南，不就〕據明督撫年表，萬曆十九年（一五九一）九月，南京光録卿沈思孝以右僉都御史巡撫陝西，二十年七月改撫河南，不赴，召爲大理卿。湯氏于二十一年三月蒞遂昌知縣任。據此序所叙，時沈思孝猶在溪山堂，未赴南大理任。

葉夢得像贊

望重名賢，位居極品。初爲翰林學士，詩酒自娱；繼遷尚書左丞，鹽梅是寄。政聲阜振，膏澤遐敷。著行世之文禁，同班並贈；垂治家之訓詈，百代流芳。

【箋】

録自單松林、程章湯顯祖與遂昌獨山葉氏之誼，見遂昌縣文聯等編遺愛集。此文作者録自遂昌獨山葉氏宗譜。文字疑有誤奪，無可校證。據題葉氏重修宗譜序，像贊或亦作於萬曆二十三年（一五九五）。

題葉氏重修宗譜序

夫人莫大乎敬天地，然故（敬）天地又莫大乎敬祖宗。天地爲有生之始，祖宗爲得姓之始也。今之爲子孫者，其能知祖宗之置業，志祖宗之功德，前以繼往，後以開來，吾於平昌之族尤戛戛焉難之。余嘗於簿書之暇，冀得一二士如子游之於滅明者，則惟西鄉獨山得一善士曰澳字淇筠者，與余有莫逆之稱焉。其爲人篤學好古，諸子百家無不通曉，其文辭之美固已久膾人口矣，至其孝行則又有足風者。

獨山之葉始于沈諸梁字子高者，人莫不知之。而祖宗功德，非賢後（俊）嗣之繼述，烏從而景仰哉。今者閱其譜圖而秩序明焉，閱其崇祀而孝思興焉，閱其紀恩與宗約而忠義於乎奮，恪恭於是乎將焉。非其才其識有以大過於人者而能之乎。吁，葉氏可謂有後矣。

時萬曆乙未春王之吉賜進士出身文林郎知遂昌縣事臨川湯顯祖拜首書贈。

【箋】

録自單松林、程章《湯顯祖與遂昌獨山葉氏之誼》。見遂昌縣文聯等編《遺愛集》。此文作者録自《遂昌獨山葉氏宗譜》。湯氏序作於萬曆二十三年（一五九五）春。先一年葉澳秋試中舉。

月洞詩序

予在平昌，見黄兆山人詩文浸淫魏晉人語。而復得其先人宋月洞先生詩，殆宛然出晚唐人手。宋之季猶唐之季也。觀黄兆山人序月洞云：「節操峻潔，孤炯獨絶。」如律中「青松秦世事，黄菊晉人心」，「沙漲浙江龍去遠，天寬北闕鳳歸遲」，悲歌當泣，此真如司空表聖棄官居虞鄉王官谷爾。絶句如落花依草，綽約蒨妍。詠荆卿者，固亦賦閒情耶！世之達官貴人往往不珍惜其祖之手澤，而叔隆重梓斯集，問序於余。月洞先生可謂有詒厥之力矣。

【箋】

録自遂昌縣志卷一〇。當作於萬曆二十一至二十六年（一五九三—一五九八），在遂昌知縣任。月洞，王鎡號。黄兆山人王養端，遂昌湖山人。嘉靖三十四年（一五五五）舉人，屢試不第。歸隱黄兆山。有震堂集。

宋儒語録鈔釋序

自孔孟没而微言湮，越千百載而宋四子續。四子之於道也，其幾乎？余獨於茂叔、伯淳竊有慕焉。蓋嘗讀太極説、定性書，而知其學；讀風月玉金之讚，而知其人矣。他如正叔、張、朱不無少遜，而名言非乏。總之，遜心聖道而窺其藩焉者。往予欲删輯諸子遺言，以爲絶學梯航，而卒未暇也。洎予令平昌，訪士於學博林鶴於公。則聞右族有包子昭氏，約己賑人，課子明經。足迹不履公門，長厚聲於厥邑。迺延致膠庠而賓禮之。厥後子昭氏以天年終。其三子志道、志學、志伊皆諸生，手一編視余曰：「是先君子所手録課諸孤者。先君子壯遊郡庠，卒業於石窗張主政之門。私淑陽明之論議。晚棄舉子業，獨好觀四子語録而鈔釋評隲之。諸孤不敢忘，則手澤存焉耳。」予矖然曰：「予迺今知子昭氏之心矣。昔蔡季通之父以程、張遺書授之。曰：『此孔、孟正脈也。』季通深涵其義，辨析彌精。汝三子其有季通之志乎？其梓之，以志不忘，且以俟後之遊心於道者。」嗚呼，是編也，獨課兒乎哉！獨課兒乎哉！

【箋】

録自遂昌縣志卷一〇。

包熺字子昭。遂昌人。少遊郡庠，博通經史。嘗從王畿私淑良知之學，發明朱陸同異之旨。見遂昌縣志卷八本傳。

妙智堂觀音大士像贊

稽首大悲觀世音，百千手眼利羣小。譬如明月當秋空，隨所有水皆現影。此影離聞不可得，出聞而覺名聖人，因聞而迷名凡品。聖凡若離聞性有，一切木偶應聞道。我思菩薩未覺時，初與衆人無異同。衆人忽有一覺者，亦與菩薩無同異。衆生菩薩但是名，究始聞始寧真實。明月如不假浮雲，清光終古誰奇特。浮雲若非以明月，世人謂光有生滅。性光天地萬物君，紂非疎兮堯非親。知而能用千眼全，日用不知光霾塵。菩薩以此垂慈憫。知而能用，手快眼清無量數，廣接羣生入普門。人人與佛無有等，緣象得象象豈忘，自是衆人欠痛想。一輪明月唾霧中，嗜慾淺則天機廣。敢勸諸來觀象流，無多手眼翻爲障。

【箋】

録自乾隆遂昌縣志卷一〇。妙智堂在遂昌附郭。

【校】

〔知而能用〕下疑脱「千手快」三字。

房州尉克寬公像贊

秀毓西明，道宗東魯。能自得師，曰項平甫。得晦庵之真傳，爲嚴陵所宗主。欲仿佛乎先生曠世之風流，考試徵以學士豐碑之覼縷。

【箋】

紀勤、松林新發現之湯顯祖一篇佚文（江西戲劇一九八三年第四期）録自遂昌三川公社渡船頭大隊鄭氏宗譜卷一。鄭克寬（一一六〇—一二三五），「字伯厚，號廣齋，遊松邑，從學項平甫，得聞朱子之學。登宋開禧元年（一二〇五）乙丑科進士，歷仕至房州太守，階朝請大夫」。以上據該文引宗譜。該文原注，西明即渡船頭東巖西明山；同朝學士高夢月曾爲鄭氏撰墓志，鄭氏曾由進士授睦州博士。州有嚴子陵釣臺。像贊當作於遂昌知縣任上。

送張伯昇世兄歸吴序

昔子貢乘軒衣紺而覿原憲之貧，曰：「子病耶？」憲曰：「貧，非病也。」夫貧而無足以相病，非通乎道者不能。古之君子，大之奮其有以滋物匡時，次之以出乎衆，又次以不失其己，皆是也。予弱且冠，而吴婁江起潛張公實來丞郡，見予文而異之。予奉以爲師。師爲政清真簡遠，以休吾人。常罷遣吏史歸習律令，而隸人至結髦以活。獨時進諸生賞拔之。而余恒侍至日夕。猶記己巳臘之四日，余婚焉。詰朝，遣小吏來賀。召以往，笑而迎之坐。曰：「夜得無苦乎？吾以休子。凡昏與宦，皆非爲貧也。梁生得隱者之配以適吴。子之適吴，其以仕乎？」因爲言泰伯延陵季子之事，以爲地有所不得已，道有所欲全，若是焉可也。予佩其言，至于今爲流涕。時公子伯昇兄九齡耳。又數年，拜師于吉安。夕焉甚暑，雷雨解作。夜分，伯昇出見，則凝然俊公子也。又十年，而予官南都，則鄉之大夫祠師於其社矣。丁亥秋，伯昇偕其弟仲和以來。鬚眉笑眉，何其肖吾師之甚也。周旋而别，亦未有以與伯昇言。觀其蓄積，知吾師體德風仁，其亦有所似之而已。蓋至于今，予與世遠凡七年。所恨不能以隱者之服，適吴一哭吾師墓下，而伯昇兄乃從吉以來，留二十日而餘。與之卧起，言則寬然儒者也，能談天人之際，運化陰陽出入形勢之微，聖賢儒術所以綜攝人世日用之理，英雄戰伐强弱勝敗成虧之故，下至才伎稗集時物之變。凡予所爲數十年俛仰誦服，游觀四方而無所窺入者，伯昇皆有以顯其意，徵其言。然後知明德之有達人，而吾師之未嘗遠其子也。然予觀伯昇貌清而羸，似乎有病者。敝衣冠，蹴躃貧甚。予笑曰：「貧，吾師所遺，天之命也。子復以能貧爲孝，如病何！」伯昇曰：「子謂我以貧故病耶？吾觀于世物，凡所謂常者，皆無常，而所謂無常者，皆常也。何以明之？吾先人之仕黜無常，而骨肉之去就有變。吾所以拊心嘔血，懟恚悲傷而成病者，非貧之由，則常在乎此也。同堂之憂不可以去，則傷心之病不可以瘳。」已而曰：「將吾所以事之有間與。益以讓，而將以謹，竭之以情而未也，或反以甚。將無西方氏所謂業集報歟。每見其來，輒自念此以減吾業耳。讓如初，久之加者以卻，吾病亦以平。凡今之清而羸者，非病也，固異乎世之丹而渥者耳。」於是予憮然于其言。而今乃有盡伯昇之懷於所謂運化陰陽勝負人物常變之數。吾師所謂「地有所不得已，而道有所欲全」者，非以習其言以述其事也？不亦古之君子出乎衆，不失其已者乎？伯昇且去而歸婁江。有子崍，才士也，將奮而滋于時。其於貧與病，足以除其患，然亦患之否耶？詩曰：「教誨汝子，式穀似之。」予以諗于伯昇。曰：「無念爾祖，聿修厥德。」其有望于崍也！時萬曆甲辰重九日臨川通家弟湯顯祖頓首書于玉茗堂。

【箋】

録自吴郡文編卷一六四。作於萬曆三十二年（一六〇四）甲辰，五十五歲。家居。張起潛字振之。太倉人。曾任撫州同知，吉安知府。其子際陽，字伯昇。行誼詳此文。

黄太次詩集序

歲戊戌，余從闕下去官里居，時詠歸去來辭，請息交以絶游。天下士已知之矣。時有以子墨客卿見者，裁與戲笑飲食而去，何也？其人無足過望，亦都無揚扢深永之意，則亦謾而可耳。歲餘，廣昌黄太次過我，長揖坐定，頎晳英整，不言知其有意義人也。示我長句數絶，有唐人風，愛之。留信宿而别。壬寅再過我，則六月大火中矣，買舟爲太學之游。余見其癯，蓋大疾大蘇之後也。謂君宜慎暑，留之與兒大耆講尚書之業。語有所會，欣然忘疲。秋如秣陵，縉雲蒼巖鄭公適以南奉當（常）視南太學事，合太學生千人試之，首太次。引見，揖而尊之曰：「黄生天下士也。」居之衙齋，因以日習，慮四方之故，游日以有聲，志氣日以起。冬且既，余護兒開遠就試於盱。適太次歸自秣陵，意色泱莽旁孛。視其几閣委積皆吴越間應制文字，蓋無意詩學也。余甚喜，若而人得壯而仕，可以用世，詩人誠不足爲。明年冬，有太夫人之戚。今夏，護其佳兒中澹、中雅就試臨，館于余者月餘。相與揚發風雅典制之遺，猶夷淡蕩，流罜飽滿，知其中有篤趣遠意，非漂而已者。言笑曲折，造次皆有尺度。吾所爲期于用世，鄭公所許尺天下士者，其在兹與。兹且赴春官試，示所爲詩歌若干首，如珠子明月，璀燦的皪，此自其剩技也。太次亦時時病，不甚酣意于斯，然亦可以觀矣。太次會當館閣視天下士，其于余所云既已知之者何如也。

【箋】

作於萬曆三十四年（一六〇六），黄太次次年赴春試。太次名立言，江西廣昌人。萬曆十九年舉人。見建昌府志卷八。此序據龔重謨先生湯顯祖佚文輯注（見戲曲研究第二十二輯，北京）録自廣昌縣志卷九。原文及注曾重加訂正。太，原本作「大」，義通。

〔歲餘，廣昌黄太次過我〕萬曆二十七年（一五九九）事。

〔壬寅再過我〕萬曆三十年（一六〇二）事。

〔秋如秣陵，縉雲蒼巖鄭公適以南奉當（常）視南太學事〕據前文，時在萬曆三十年（一六〇二）秋。鄭公名汝璧，浙江縉雲人。隆慶二年（一五六八）進士。萬曆二十七年任南京太常少卿。序云：「南奉當」爲「南奉常」之誤奪。萬曆三十年十一月以南京太常寺少卿陞延綏巡撫。萬曆三十五年二月自宣大山西總督乞歸，同年七月卒。以上見縉雲縣志及明督撫年表。序中語氣似作於鄭汝璧生前，故不繫於萬曆三十七年。萬曆四十年閏十一月，太次來臨川，已無意於來年春試。參拙編湯顯祖年譜，見晚明曲家年譜第三册。

〔明年冬，有太夫人之戚〕萬曆三十一年（一六〇三）事。

〔今夏，護其佳兒中澹、中雅就試臨〕萬曆三十四年（一六〇六）夏。

蘄州同知何平川先生墓志銘

公諱良佐，字思夔，號平川。宋寶謨閣直學士坦公裔。明太子太保吏部尚書文淵公孫也。公甫（父）南洲公，以國學起家，仕於楚。公少有異質，聰穎過人。南洲公以大就期之。甫弱冠，補邑庠生，即名噪文苑。督學使者校盱江士，屢置高等。及南洲之卒也，在楚邸署。公聞訃，面黯骨立，奔護輿櫬歸喪，盡禮純孝，著聞里中。諸大家謂公人倫師表，咸命弟子負笈，一時知名士皆荷公陶冶之力。公積學偉器，謂宜摶扶摇而直上矣。僅應歲薦拜蘄州同知。人或爲公惜。公曰：「吾分可安，吾職可盡也。程伯子教人，一命之士存心利物，于物必有所濟。審此而吾又何恤焉。」歷攝廣濟邑篆，興學校，謹平反，嚴扃鑰，課農桑，惟此兢兢爾。有賂公以賄者，公正色卻之。

時直指公按部，廉公賢，欲疏薦公，奈公有煙霞之癖，束裝就道，只圖書數篋以歸。其清廉有如此者。歸而延名師，課子孫，或與騷人逸士放懷詩酒間，彷彿樂天知命之意焉。

公元配饒早逝。繼劉孺人，性柔婉，通書史，勤儉甘毳，恩威臧（?），與公舉案，有古梁孟風。子七：長九功，庠生；次九皋；又次九章，庠生；九齡；九思；九德，庠生；九一；皆克象厥賢。女四，適邑中望族。孫民彥等二十人。曾孫璘等三十六人。自公而下，食指數百，衿佩燁如也。孰非公令德所詒乎。公卒，公諸子葬公于吉祥里拖（陁）南，堪輿家呼爲下山人形，與劉孺人吉壤相去不數武。一日，持公行述，泣請余銘。余與公交，習知公之生平，不容辭也，因爲之銘曰：

學宗洙泗兮鮮與爲儔，望隆山斗兮羣相式型（?），持躬惟謙兮世德作求，居官守冰蘖兮愷澤旁流；麟趾振振兮步祖武其克繩，鳳章奕奕兮銜丹詔其時臨。瞻佳城之片石兮不與蔓草而俱湮，謂吾言爲信史兮庶俾觀廳（聽）以常新。

賜進士出身承德郎南京禮部祠祭清吏司主事湯顯祖拜手撰。

【箋】據何母劉孺人墓志銘，此銘作於萬曆三十六年（一六〇八）。龔重謨先生據廣昌縣平昌何氏八修族譜卷二抄録。

【校】〔恩威臧〕下落「獲」字。

何母劉孺人墓志銘

孺人劉公日俸長女，字素英，廣昌大平岡人。母魏，生孺人。孺人性而慧，諳書大義，辨世故，意度迥卓，識者目爲閨秀。劉公殊愛重之，謂非佳士不婚。會平川先生失元配，請而許可，蓋其才名足綺也。先生父南洲公，以宦卒於楚。訃至，先生大號慟，迫欲護骸歸，慮大母易白首單臺（？），影相弔也。倉喪（卒）迎孺人佐菽水，先生戴星行矣。孺人拮据左右，甘毳不乏。比櫬還，宦篋蕭然。公私索逋，先生鷄骨支床，孺人悉捐奩中裝，俾先生脱于累。奉祖姑凡七年，事生送死如禮。至怡愉娣姒之間，每順其欲而無所競。故南洲厭世後，兄弟合爨三十年，非内有賢相，寧保荆之不瘁乎。孺人子女奩遺雁迎，咸出經費，不以慁先生。及先生貳守蘄陽，署篆廣濟，則日持扃鑰，惟謹内外，言不踰閾。有以賄諷者輒叱之，而廉吏之聲遍楚矣。值先生東陵之思已甚，孺人從旁慫恿，爲束圖書數卷以歸。歸猶促先生延師以課羣兒，迄今衣冠曄曄茀道，士林榮之。凡所操作，必率先以爲諸婦倡，下御臧獲，不近不遠。性甘澹泊而樂施予，又不溺因果之説，此詎尋常閨流也。一日無疾端坐而逝，時萬曆壬辰正月二十八日。距生嘉靖壬午九月二十六日，享年七十有一。萬曆戊申二月初七日葬拖（阤）南橫石巖獅子望江形癸山丁向，去先生穴兆數武而近，孺人諸孤具懿行，泣請余銘。與其館甥揭湘鄉交狎，知孺人賢，乃志其事而爲之銘曰：

此中之水清澈漣漪，此中之岫鬱葱且鮮。去不數武，兩賢並阡。雙星明崎，胸魄相竇（？）。其婦也範，其母也賢。弗爲籍挫而益堅。夜臺不掩，曷愧自前。况乎貽謀式穀，帝制蟬聯。千秋而下，片石傑然。

賜進士出身承德郎南京禮部祠祭清吏司主事湯顯祖拜手撰。

【箋】

作於萬曆三十六年（一六〇八）戊申。龔重謨先生據廣昌縣平昌何氏八修族譜卷二抄録。

遊名山記序

仁樂山，而智樂水，其性然也。山川之性，所在而有之，有樂有不焉者。富貴人環形勝以居，至爲假山曲水而娱，以爲樂之也。功名之士慨以忼，登臨行役，則有憂生嘆逝之想，此可謂樂之乎？惟道德之人，有仁知之意，乃得同乎山川，故山川亦樂得之耳。虚微高深，所見而然。凡陰光之所儲，華潤之所生，有動有静，關乎天機，而乘乎地文者，皆性也。是故有所遭，常愛之而不去，去則思之。勝寄之所及聞，靈蹻之所得往，皆願即而甘心焉，雖然得至，其願者有數。蓋山川之脈，嶄絶委延（迤？），相去常數千里，非有富貴功名之涉，而爲千里遊者，其勢常難，則惟涉乎功名富貴者，而後其力可以千里矣。然而營務繫之，憂疑沮之，常不能擬道而至焉。至矣而簡書迫之，吏卒守之，登頓移時，稱好而去，此亦不足以得山川之性，以自同其性也。如此，故不如方外之徒，隨願而至，然亦未有遍者焉，何也？凡物之於人，其有所願而至者，皆吾所謂有數存也。然則山水之樂，雖仁且知，其又得而遍乎？亦惟其意而可耳，有其意，雖千里之外，常如目前，不然，咫尺之間，恐亦非無意人之所得游也。然而仁知之懷，終亦有概乎此矣。於是不得已而談卧游，鳩之以圖，次之以所志若詠，存之以獨契，而通之以同好則無若名山記一書也。偉無全而不鋪，秀有微而必剪，方舟之上，葱蒨旁流，而嵸峥映發。凡所謂關乎天機，而乘乎地文者，皆足以養吾目而游其性，雖無富貴功名之力，而願焉者尋而覽之，皆若有所至焉矣。

萬曆丁酉歲九日門生臨川湯顯祖頓首拜撰。

【箋】

作於萬曆二十五年（一五九七）丁酉，在遂昌知縣任。遊名山記編者何鏜，浙江麗水人。若士十四歲進學時，鏜任江西提學使。卒於萬曆十三年。見董司寇文集卷七何氏墓銘。序見南京圖書館藏古今游名山記萬曆補刻本。

編者按：承江巨榮先生所示，本序亦可見於崇禎六年墨繪齋刻本名山勝概記。該本序末署「臨川湯顯祖撰」。

棲約齋集文選序

予往來維揚，與大儀李季宣友善。向後音徽莫嗣。頃迺從南州汪魯望所相聞，因以知魯望之材常爲淮海間重。勞思久之。逾年魯望舉秋試，而予偶以龍沙之會如章門，過而問之。出肅軒然與語，道述文雅交遊之際，豁如也。後夜復過我玉茗堂中，出其詩讀之，洒復鏘然逸韻，若明璣之乍轉于槃，而利刃之初發于硎也。喜維揚之士能得魯望。雖然，維揚軸天下佳麗之處。登昭明臺，訪舊蕪城，亦足發文士之致；加以臨長江，望遠海，江山助人。所集勝友如鶩，以魯望風神意度，出乎人而當此，宜其才思永激，比日以新。然則魯望之與維揚，蓋兩相得也。兹且復如揚而與計吏偕，觀齊魯燕趙之風，盡雍容感慨之氣，至都而人物地形之觀始極。誠有以得之，詩道當亦深廣，豈有窮哉！

【箋】

録自陳允衡輯詩慰：棲約齋集選卷首。汪應婁，字漢章，號魯望。江西新建人。萬曆三十七年（一六〇九）鄉試中式。序或同年作。

〔李季宣〕名柷。儀徵人。歷官知縣、禮部郎中。

華蓋山志序

三真所起，或云浮丘公黄帝時人，歷周、漢、晉而度王、郭二真焉，或言王是王方平從孫，而郭其母弟：固無所考。大致空明絶世天宗雲籍之人，亦非世所得而考也。獨吾郡靈谷諸山，勢接于崇仁華山，仙人之迹，往往而在。其山隱蔽危峭，炫焕乎金石而旖旎乎風雲，晴雷乎殿藩而陰火乎垠壑，狸豹之所蒙茸而蛟龍之所迫折者，亦非人世所得而習也。世人形用則礙，礙則自其聞見喜怒之外，不能虚通。不通不靈，不靈不可以久。真人神用，故虚極而靈，常幽棲乎隈崔凌兢之處，而無方之陰陽出没人意。病者與安，絶者與嗣，旱災與之龍若雲，誓不蠲者與之虎若雷，蓋萬億于斯而無失應者夫。是以終古以存，無晝夜而悲呼跪拜者踵于道也，又何異乎。吾獨異夫世人之貪嗜鷙傲居乎斯土者，或以凌蔑其樹宇而顛倒其道具；吏于斯土者，或以冒亂其福威而晦閼其風雨。雖神用者常以慈衛人，常以情動人，而何形用者之戾以頑如是也。然而觀于其應感交運之迹，則前所爲戾以頑者，有所患苦，祈禱未嘗不至于斯焉。過而詠于斯者，又未嘗不自惜其勞生而祈靈于真際也。豈非道者萬物之所保，而神者形之所不能不待與。予慨于中久矣。羽士求弁其志，而因以示世之人焉。

萬曆庚戌長至臨川清遠道人湯顯祖撰。

【箋】

作於萬曆三十八年(一六一〇)冬至。禮記月令以夏至爲長至。通緯孝經援神契則以冬至「陰極而陽始至,日南至,漸長至也。」湯集所云至、南至、長至皆指冬至,非夏至也。例證見拙作湯顯祖年譜萬曆十四年、十七年、十九年有關各條。

本文及黄太次詩集序、懷魯公傳贊、蘄州同知何平川先生墓志銘、何母劉孺人墓志銘,皆爲龔重謨先生所輯,見其湯顯祖佚文輯注,北京戲曲研究第二十二輯,謹此致謝。文中斷句及考證偶異,亦各從其所見云爾。

龔氏云本文録自民國十七年(一九二八)據同治己巳(一八六九)重修華蓋山志。

懷魯公傳贊

公名孔教,字明行。其先世韓溪贅南營坊。贈君魯庵公,有隱德。娶于陸而娠公,有紫雲映室,生而有穎異。幼時塾試,偶比輒有驚人語。弱冠補博士弟子員。庚午登賢書,庚辰成進士。知福清、臨海二縣。皆濱海上,多貴倨,稱難治。人恒匿外寇爲患，廉得其實，置之法，海寇頓息。徵拜御史，巡長蘆，按河南，督直隸學政，皆以風采著。倭蹂朝鮮，封貢議起。公上疏言今日倭情，不封固變，封亦變，惟有守朝鮮爲上策。愷切詳明，試(誠)如古良樽(?)折衝樽俎間，見事萬里外者。隨晉冏卿巡撫應天，減重賦，築河堤，善政重整，吴氏(民)立祠祀之。陞副都御史治河，未赴。及歸里，捐資修學，撥田崇儒。雖艱嗣息，亦安義命。遡立朝大節，其氣正；觀貽謀大計，其澤遠。矧撫民而已饑己溺，歸田如某壑某丘。憂世樂天，不失孔孟家法。年六十六而卒。生平仕止行誼，庶幾尋常萬萬。

贊曰：容温而肅，度寬而嚴。留兩間之正氣，行壯志於當年。位高不亢，志大彌堅。寵錫銜恩不已，湛露頻醉御筵。

【箋】

約作於萬曆四十一年(一六一三)癸丑。原見臨川章舍鄉韓家鋪村上周家城南周氏族譜卷首。周孔教(一五四七—一六一三)，臨川人。隆慶四年(一五七〇)與湯顯祖同入秋闈中式。萬曆八年(一五八〇)進士。萬曆十八年以御史巡按直隸，萬曆三十三年任應天巡撫。三十八年返鄉。實録繫卒期於萬曆四十一年(一六一三)正月，本朝分省人物考卷六一卒年亦作四十一年。

弋説序

漢人七發謂，煩屯之疾可要言妙道説而去也。初謂文士迂詭。迨予接罹大故，荒頓委怨，幾於大病，所謂鮮民之生，何暇世之君子乘間語事乎？而乃有千里之使，來自臨安，授以一書，則沈幼宰弋説二百首而餘也。取詩「時亦弋獲」之義，弋取傳記以來國家存亡、聖賢豪傑所由顯隱之故。未遽卒業，循其數端，已踔絶瑋麗，使人踴起，少進而幽憂之色起矣。子殆有意於時，傳記而敏給者歟！

今昔異時，行於其時者三：理爾，勢爾，情爾。以此乘天下之吉凶，決萬物之成毁。作者以效其爲，而言者以立其辨，皆是物也。事固有理至而勢違，勢合而情反，情在而理亡，故雖自古名世建立，常有精微要眇不可告語人者。史氏雖材，常隨其通博奇詭之趣，言所欲言，是故記而不倫，論而少衷。何也？當其時，三者不獲並露而周施，況後時而言，溢此遺彼，固然矣。嗟夫！是非者理也，重輕者勢也，愛惡者情也。三者無窮，言亦無窮。子乃以二百則弋彼異時事，别白抉摘，透漏滴博而無餘；乃至一事而要遮前後故實爲其徵，曲折隱見，極波瀾之致；簡者數語，詘然委盡，無復費詞。或逆而探，或順而揄，或郄而批，或全而劃，横發沉入，英藻殊義。病夫爲之解頤，況乎處世能言之士者乎！

去年得瞿睿夫，今年得沈幼宰。睿夫感憤檀弓巧讒賢聖，昌言排折，予重其人。幼宰乃復廣爲豪傑發舒，煒燁千載，亦有有爲言之者。故予謂睿夫之作正而奇，幼宰之作奇而正。二子者，足敖然於著作之林哉！

【箋】

録自沈際飛本玉茗堂選集文集卷一〇。據文末自署，作於萬曆四十三年（一六一五）乙卯五月。參看本書卷四九答沈幼宰。

〔接罹大故〕去年十二月母卒，今年正月父死。

〔瞿睿夫〕名九思。見明史卷二八八本傳。參看卷四八復瞿睿夫。

玉茗堂評花間集序

自三百篇降而騷賦；騷賦不便入樂，降而古樂府；樂府不入俗，降而以絶句爲樂府；絶句少宛轉，則又降而爲詞。故宋人遂以爲詞者詩之餘也。迺北地李獻吉之言曰，詩至唐古調亡矣；然自有唐調可歌詠，猶足被管弦。宋人主理不主調，於是唐調亦亡。嘗考唐調所始，必以李太白菩薩蠻、憶秦娥及楊用修所傳清平樂爲開山；而陶弘景之寒夜怨、梁武帝之江南弄、陸瓊之飲酒樂、隋煬帝之望江南又爲太白開山；若唐宣宗所稱「牡丹帶露真珠顆」菩薩蠻一闋，又不知何時何許人，而其爲花間集之先聲，蓋可知已。

花間集久失其傳。正德初楊用修遊昭覺寺，寺故孟氏宣華宫故址，始得其本行於南方。詩餘流徧人間，棗梨充棟，而譏評賞鑒之者亦復稱是，不若留心花間者之寥寥也。余於牡丹亭、二夢之暇，結習不忘，試取而點次之，評騭之，期世之有志風雅者與詩餘互賞，而唐調之反而樂府，而騷賦，而三百篇也，詩其不亡也夫！詩其不亡也夫！

萬曆乙卯春日清遠道人湯顯祖題於玉茗堂。

評語選録

評語有離原書無以自見者，爲之選録若干條。

卷一温庭筠菩薩蠻：芟花間集者，額以温飛卿菩薩蠻十四首，而李翰林一首爲詞家鼻祖，以生不同時，不得例入。今讀之，李如藐姑仙子，已脱盡人間煙火氣；温如芙蕖浴碧，楊柳挹青，意中之意，言外之言，無不巧雋而妙入，珠璧相耀，正自不妨並美。

前人更漏子其二：「簾外曉鶯殘月」妙矣，而「楊柳曉風殘月」更過之。宋詩遠不及唐，而詞多不讓，其故殆不可解。

前人楊柳枝：楊柳枝，唐自劉禹錫、白樂天而下凡數十首。然惟詠史、詠物、比諷、隱含，方能各極其妙。如「飛入空墻不見人」、「隨風好去入誰家」、「萬樹千條各自垂」等什，皆感物寫懷，言不盡意，真托詠之名匠也。此中三、五卒章真堪方駕劉、白。

前人河瀆神其一：二詞頗無深致，亦復千古並傳。柏梁、金谷、蘭亭，帶挈中乘人不少，上駟之寃，亦下駟之幸耶！閣筆爲之一噱。

前人南歌子其五：「撲蕊」、「呵花」四字，從未經人道過。

前人清平樂：清平樂亦創自太白，見呂鵬遏雲集，凡四首。黄玉林以二首無清逸，氣韻促促，删去，殊惱人。此二詞不知應作何去取。

韋莊謁金門其一：情不知所起，一往而深。「閒抱琵琶尋舊曲」，直是無聊之思。

卷二張泌：此公與徐鉉、湯悅、潘祐俱南唐人，有文名。而祐好以詩諫。有詞云：「寒山四面，桃李不須誇爛熳，已失了春風一半。」蓋諷其地之侵削也。集中獨載張詞，詞亦有幸不幸耶？

卷三歐陽烱：毛文錫、鹿虔扆、韓琮、閻選與此公皆蜀人，事孟後主，有五鬼之號。皆工小詞，並見花間集。今集中獨遺韓琮，殊不可解。

顧敻河傳：凡屬河傳題，高華秀美，良不易得。此三調真絶唱也。以倈羊、何。張舍人、孫少監之外，指不三屈。

前人浣溪沙其六：此公遺調，動必數章。雖中間鋪叙成文，不如人之句雕字琢，無窮措大氣。即使瑕瑜不掩，自是大家。

前人酒泉子：填詞平仄斷句皆定數，而詞人語意所到，時有參差。古詩亦有此法，而詞中尤多。即此詞中字字（之）多少，句之長短，更换不一，豈專恃歌者上下縱横取協耶！此本無關大數，然亦不可不知，故爲拈出。

前人獻衷心：以下三詞頗無佳句，但開曲藻濫觴耳。昔人謂詩情不似曲情多，其流之弊，唐人先已作俑。

孫光憲浣溪沙：王弇州稱：「歸來休放燭花紅」、「問君還有幾多愁」，直是詞手；假如此等調，亦僅隔一黍耳。

卷四前人定西番：吴子華云：「無人知道外邊寒。」謝疊山云：「玉人歌吹未曾歸。」可見深宮之暖不知邊塞之寒，玉人之娱不知蠶婦之苦。至裴交泰下第詞云：「南宮漏短北宮長。」真一字一血矣。

前人楊柳枝：曾記一詞云：「清江一曲柳千條，十五年前舊板橋。曾與情人橋上别，更無消息到今朝。」小説以爲劉禹錫作，而劉集不載，並此志之。

閣選八拍蠻：仄聲七言絶句，唐人以入樂府，謂之阿那曲，宋人謂之鷄叫子；平聲絶句以入樂府者，非楊柳枝、竹枝，即八拍蠻也。

毛熙震浣溪沙：七首中麗字名句，巧韻纖詞，故自相逼，然氣韻和平，猶然中土之音也。北曲以鄭、衛之淫爲梨園、教坊之習，然猶古總章北里之韻，而近者海鹽、崑山一意纖靡，北曲不失其傳，反雅從先，能無三嘆！

李珣：公蜀之梓州人，事王宗衍。有詞名瓊瑶集。其妹事王衍爲昭儀，亦有詞藻。

前人浣溪沙其三云：「（六街微雨）鏤香塵」，句妙。然「鏤塵」二字出關尹子。李易安「清露晨流，梧桐初引」，乃世説全文，詞雖小技，亦須多讀書者方許爲之。

【箋】

作於萬曆四十三年(一六一五)乙卯春,六十六歲,時爲卒前一年也。

點校虞初志序

昔李太白不讀非聖之書,國朝李獻吉亦勸人弗讀唐以後書。語非不高,然未足以繩曠覽之士也。何者?蓋神丘火穴,無害山川嶽瀆之大觀;飛墓(英)秀萼,無害豫章竹箭之美殖;飛鷹立鶻,無害祥麟威鳳之遊棲。然則稗官小説,奚害於經傳子史?遊戲墨花,又奚害於涵養性情耶?東方曼倩以歲星入漢,當其極諫,時雜滑稽;馬季長不拘儒者之節,鼓琴吹笛,設絳紗帳,前授生徒,後列女樂;石曼卿野飲狂呼,巫醫皂隸從之遊。之三子,曷嘗以調笑損氣節,奢樂墮儒行,任誕妨賢達哉!讀書可譬已。太白故頽然自放,有而不取,此天授,無假人力;若獻吉者,誠陋矣!虞初一書,羅唐人傳記百十家,中略引梁沈約十數則,以奇僻荒誕,若滅若没,可喜可愕之事,讀之使人心開神釋,骨飛眉舞。雖雄高不如史漢,簡澹不如世説,而婉縟流麗,洵小説家之珍珠船也。其述飛僊盜賊,則曼倩之滑稽;志佳冶窈窕,則季長之絳紗;一切花妖木魅,牛鬼蛇神,則曼卿之野飲。意有所蕩激,語有所托歸,律之風流之罪人，彼固歉然不辭矣。使咄咄讀古，而不知此味，即日垂衣執笏，陳竇列俎，終是三館畫手，一堂木偶耳，何所討真趣哉！余暇日特爲點校之，以借世之奇雋沈麗者。

【箋】

録自虞初志卷首。

【校】

〔飛墓（英）秀蕚〕疑有誤奪。

續虞初志評語三十二則

杜牧傳　杜牧爲唐第一流風流才子，讀杜集者不可不先熟此傳。

王遠傳　摹畫神仙，誰不能作飄飄霞外語。若此傳，真玉皇案上物。

雷民傳　小説家唯説鬼、説狐、説盜、説類、説雷、説水銀、説幻術、説妖道士，皆厥禮中第一義也。

紫花梨傳　撫事愴情，雜記中惟此爲本色。何必搜冥鬬艷，始足膾炙人口。

月支使者傳　奇物足拓人胸臆，起人精神。

李謩傳　音樂部中不可無此佳話。

薛弘機傳　木石有靈，況經典乎？此意絶妙。

聶隱娘傳　飛仙劍俠無如此快心。每展讀之，爲之引滿。

蘭陵老人傳　文能藥人腐胃，事能壯人死魄，此傳是也。

裴越客傳　虎媒事奇，便覺青鸞彩鳳語不堪染指。

崔玄微傳　花神安可無此一傳？

薛靈芸傳　珊瑚木難，蘭苕翡翠，此等文方爲縟積。

劉積中傳　弄人股掌之上，咄咄作惱，幾爲悶絶。

獨孤遐叔傳　展玩間，神踽踽欲動，如昨日事，所以爲妙。

賈人妻傳　恍惚幽奇，自是神俠。

許漢陽傳　傳記所載，往往俱麗人事。麗人又俱還魂夢幻事。然一局一下手，故自不厭。

劉景復傳　此等傳幽異可玩，小説家不易得者。

東方朔傳　東坡詩云：「狂語不須删。」又云：「使妄言之。」讀此當作此解。

歐陽詹傳　此事數爲詞人爰引，政自佳。自叙處悽憤特甚。
一行傳　神僧巧算，思味幽玄。
崔汾傳　咄咄怪事，使人讀之悶嘆。
陶峴傳　此扼腕傷懷，而托之游戲，以銷其壯心者。
許雲封傳　便似笛考。
崑崙奴傳　劍俠傳夥矣。余獨喜虬髯客、紅綫。崑侖奴爲最。後人擬之不可及。
韋皋傳　已爲今人式歌且舞，不可不拈出。
裴沅傳　三世人血並四角赤蛇二語，奇誕之極。
松滋縣士人傳　真所謂彌天造謊，死中求活。
翾風傳　傳謂王子年形貌極陋，讀此但見其繡艷風流耳。
張和傳　只言白練蒙頭，乞命而去，妓自持鍤開穴以歸，甚不了了爲妙。
郤要傳　傳甚奇謔而雅飭閒善，所謂弄戲謔者也。
韋斌傳　記侈艷處，何減西京、拾遺之筆。
吕生傳　亦復可喜可愕。

【箋】錄自續虞初志。原書題署「臨川湯顯祖若士評選，錢唐鍾人傑遂先校閲」。計四卷，收小説三十二篇。杜牧傳至薛弘機傳爲第一卷，聶隱娘傳至賈人妻傳爲第二卷，許漢陽傳至許雲封傳爲第三卷，崑崙奴傳至吕生傳爲第四卷。各篇末記作者姓名。有眉批、總評若干條。此處輯録者爲各篇總評。

題飲茶録

陶學士謂湯者茶之司命，此言最得三昧。馮祭酒精於茶政，手自料滌，然後飲客。客有笑者，余戲解之云：此正如美人，又如古法書名畫，度可着俗漢手否？

【箋】録自陸廷燦輯續茶經卷下。〔馮祭酒〕名夢禎。萬曆間任南京國子監祭酒。静志居詩話卷一五有小傳。

紅梅記總評

裴郎雖屬多情，卻有一種落魄不羈氣象，即此可以想見作者胸襟矣。境界紆迴宛轉，絶處逢生，極盡劇場之變。大都曲中光景，依稀西廂、牡丹亭之季孟間。而所嫌者，略於細筍鬭接處，如撞入盧家及一進相府更不提起盧氏婚姻，便就西席，何先生之自輕乃爾！此等皆作者所略而不置問也。上卷末折拷伎，平章諸妾跪立滿前，而鬼旦出場一人獨唱長曲，使合場皆冷，及似道與衆妾直到後來纔知是慧娘陰魂，苦無意味。畢竟依新改一折名鬼辯者方是，演者皆從之矣。下卷如曹悦種種波瀾，悉妙於點綴。詞壇若此者亦不可多得。

【箋】録自古本戲曲叢刊初集玉茗堂批評紅梅記。

焚香記總評

此傳大略近於荆釵，而小景布置，間仿琵琶、香囊諸種。所奇者，妓女有心；尤奇者，龜兒有眼；若謝媽媽者蓋世皆是，何況老鴇！此雖極其描畫，不足奇也。作者精神命脈，全在桂英冥訴幾折，摹寫得九死一生光景，宛轉激烈。其填詞皆尚真色，所以入人最深，遂令後世之聽者淚，讀者顰，無情者心動，有情者腸裂。何物情種，具此傳神手！獨金壘换書，及登程，及招壻，及傳報王魁凶信，頗類常套，而星相占禱之事亦多。然此等波瀾，又氍毹上不可少者。此獨妙於串插結構，便不覺文法沓拖，真尋常院本中不可多得。

【箋】

録自古本戲曲叢刊初集玉茗堂批評焚香記。

紅拂記題辭

紅拂已經三演。在近齊外翰者，鄙俚而不典；在冷然居士者，短簡而不舒。今屏山不襲二格，能兼雜劇之長。

【箋】

自祁彪佳遠山堂曲品轉録。與吕天成曲品引述者悉同。近齊外翰，不詳。齊，一作「齋」。冷然居士即張鳳翼，所作紅拂記今存。屏山，據吕天成曲品卷上，張太和號屏山，浙江錢塘人。

尺牘

與許伯厚

伯厚近來意興文思何似?爲生殊難,所貴達人知命耳。周君宗鎬是往來望足下中解元者。今來謁吴太守,是其里戚也。附此衷積。生之行藏,渠自能道之。致意。頃見吕令弟併足下二賢從。有吴會元窗稿一寄示。

【箋】當作於萬曆二十年壬辰(一五九二)自徐聞北歸後。據罪惟録志卷一八,吴會元指今年會試第一名吴默。同縣吴𢹂謙萬曆十六年任嘉興知府。餘參本書卷四六與門人許伯厚、卷二九周青萊家譜序。

原件藏臺北故宫博物院。

賀友人父母雙壽

即晨河漢在界，雙星在門。瑶姬奏笙，龍女進曲。蒲萄新緑，銀釭乍紅。階下斑衣，堂上珠履。盈門音樂，何羨洞天。

【箋】

録自古今尺牘振雅雲箋卷一。該書僞托徐渭編輯，但僞中有真，不可一概而論。詳見拙作署名徐渭的兩種選本。見拙集曲論編傳奇卷。

柬黄宫詹

九日登高，得在煙雨樓中，餐英插萸，一任風吹烏帽，大快夙心矣。

【箋】

録自古今尺牘振雅雲箋卷三。黄宫詹指詹事府少詹事兼翰林侍讀學士黄洪憲，浙江嘉興人。因萬曆十六年（一五八八）順天鄉試案於次年被迫告歸，家居。據實録卒於萬曆二十八年。柬當作於遂昌任。

賦

金堤賦

惟金堤之勢象兮，何龍龍之豐沛。回淵璇之大陂兮，慨雲敦而山逝。風猶搖而翏津兮，夜聞訇其磑纍。瀟蘇胥其澶没兮，似沈秋之寂厲。擊洪湏而降潦兮，久馳精其有卹。獸蕭條而嘷暮兮，濤淴虚而若失。興唐塗而再諦兮，竊獨寒其盪稷。響窮山之奮瀑兮，殷涔雷之切迭。諔中城以朝徹兮，滃空隆而疏越。容搜騷而濩落兮，令人深感而不寐。豈圜興以倏惑兮，石涵牙而踵跖。下層積以互柱兮，上舒斜而齒陛。基宏縱之旁衍兮，遂蚩有此亭隧。何淫淫之籍籍兮，散流賅而沈射。折湍横而不下兮，曾何遂其弟靡。泊流劉而度絶兮，雪葩華而諰籗。勻余衷而不可佇兮，暢劉觀乎緡媚。草夭延而薆畏兮，樫壘松籠参潭乎其溢。困陽春之美悶兮，猶然抒余之能。惟金堤之上都兮，詡幽悠而善思。茗顔羣監於沚曲兮，眺紛芳其可佩。愛沈苔之緑水兮，視鴛鴦而不去。翳長坻之蕤綏兮，惠風流而熠翠。步要那而波睇兮，掩江妃與漢女。固非余心之所⿰石帶兮，誓桃華之湽水。扈遥坦而肆歡兮，宇確斯而無外。悦俾倪於逝川兮，澹天泥之⿰土逢滯。心滔滔若爵浴兮，膪雄漂而入漻筮。畏松林之旁擠兮，反裴縈而倦息。

遅飛梁之有倩兮，車連連而互轊。正伭紀之文昌兮，迺余居之所世。戒雲河之下潤兮，市明堂之升氣。流星貫於紫宫兮，在穹微之子亥。杓龍角以迴衡兮，過閶陽而上直。惟尚煬夫大火兮，又余生之所氏。疑司命之無正兮，攬戴筐而道愧。捷天梁而亘度兮，蝙元蟲之宛結。佷⿰革黄⿰革黄之美構兮，是誰列其虹霓。甃十二之舟門兮，上列房而禆市。往高堤之磒垝兮，東與西其猶怒。繢高陂而并就兮，湧橋門而絓舳。泊柏潛其將鬵兮，瀩沸魁而勃陁。虧與成其有對兮，孰梁埭之所固。庶石災之不壞兮，匯城巒之美氣。緬元流之紀略兮，發圖經而本源。汝伏鄉之血木兮，繳赤芾之飛猿。東梁安而瀨菹兮，嗑清江乎石門。略吕滕而赴治兮，鄣西石以訛奔。伐石就楗兮，並東南而抱垣。串冒圯而載北兮，西翕潗夫連樊。始合臨之衆隊兮，羌北徑於黄昏。樅樟櫧之委細兮，發金鷄之石冠。介豫章之洋瀾兮，淖靈若之東鄞。貫三門之素蜆兮，珥雙流其若環。帶河山之蜿約兮，壯礨碓之所闌。乍經縈而欒卷兮，又安知夫但曼。洶阺壖之汎杇兮，坧洶洋而慮安。沓隆春而汰穀兮，洤涅欒而忽殷。夜或淚以稍猶兮，淋淫夏以滮湆。旁不可以爲潒兮，洫云何而不分。疇東北之高潭兮，瀆滐濡而馴還。杚豚砥之平固兮，永無堦其初堅。固寂㰛之洪通兮，民乍舞而歡新。步橋欘之曲詰兮，何彤殳飛綏而畫雲。橛綏維而旦莫兮，若龍鱗之覆川。糴食鬻之齊人兮，轃殊方之末民。冠衣龎制兮，言語咿哈而不倫。乘余居近市兮，時間用其引緡。居賈轃積兮，難卒單陳。白日出暴兮璀璨璸璘。巧鄭完兮衆則須珍。瘈惡聱嘷兮争牙不均。儈狙客兮迎遠津。攀來下兮輒疾鮮。闌河碕兮絚衡權。分別賈區兮更販流轉。周張脱算兮駔魁攫便。來往飛梁兮踵不得還。大賈遨翔兮連倡嬛。文絲縠縞兮瑩波煙。吹歌蹋博兮工數錢。敖民無數兮從流緣。令爰甿兮頓悔賤貧。復市道兮何言。便閭人兮食薪。庸徒負兮周身。金南歲北兮漕若雲。

古公擅兮篤仁。周隄藩兮帶阻水。雄四方兮止戈武。上周墉兮步參差之雲雉。川瀰瀰兮林溝靡靡。作者何勞兮，且今永逸。決廣深其百丈兮，歲千金以投沸。水好淫遊兮，長木處乎隄内。工哉凘玃兮，水中視息。冰雪溓溓兮，不縮意制。咀屑毒藥兮，墳發身熱。修桓對事兮，繆組夾繘。巨石縋汔兮，儵忽投入。脱發鈎石兮，平厝底窟。直中繩業兮，方曲若矩。横縱緟叠兮，旋窪勃窣。又似淘沸兮，抽魚疾出。

即接褚纊兮，煙熅薄慰。烹狗斟燒兮，反春其寒凓。如鴟如鶻兮，番出代没。豎景波摇兮，遂成墉遏。結效宣梁兮，美徐公之所致。會固有巧兮，半前勤費。增庳培薄兮，終今莫億。亂紅蘸落兮，經絛溰辟。遂歷洋洲兮，灌注茗蒿。鈐嚐鐇薄兮，亦莫知其食。藉壖田之涸旱兮，遂蹋引其埃滴。畢鍤爲雲兮，決渠爲雨。連畦秔稻兮，長我稷黍。水鳥盈涯兮，魚鱉熾殖。野豕戴土著紫薪兮，訝文翁之神異。埭名召伯兮，民歌邵父。仙公竟日兮，没水中而陶醉。鄭敬去吏兮，鋪茅蘼以爲席。眥寧成之陂田兮，復汝南之鴻隙。夫既溉澤鹵之地，又安得省隄防之費。觀聽休美兮，登臨發滌。軺船利近兮，津城度驛。濛流融羡兮，嘆人工之闕盬。大夫實高梁之茂美兮，槑越逝悊。最樊議之不然兮，槖乎差吉。疏利流惡兮，不憚剪簪。莽工發手兮，賞師徒士獵。略金選兮，簿歷凌細。班官考作兮，比次丈尺。飲食樂寬兮，程鼓不鼛。罙巡速巧兮，成功遠迹。旁斂汕擊兮，分鯢拒之發發。無鱦鯤兮，舉不得沫。暮反三市兮，名數填遏。窣兀敞兮，内阡渠之蚕蜆。衆訊大夫兮，豈不愈悦。自我樂郊兮，谷叟爭馳。寬然顧樂兮，左右雲麗。舒梟雁鶬何離離兮，白鷺雍容而雪飛。紅簷激矯兮，燕即足而差池。士女慶於莊疇兮，濯緯沿湄。舟人客子飄融沖而上兮，下摇枻之衙衙。附就羲遲兮，視臺阯行人之渺微。車馬鱗度兮，旁積壠之索索。鞎宅疾兮，元氣一何睢盱。云胡不恢兮，愷瞻四遐。靈鄣翠之蔥眠兮，接雲施於戚華。望上雲而不見兮，歸石笋之所治。明發西醮兮，銅峨峙而入華子。浸明泉之日月兮，磴瀑懸危百尺而不止。蒙縱杳靄兮，鬱育龍會。降出黃梁兮，試陰蟲之滴水。浮邱王子從逝玆兮，躡芙蓉而棲紫蓋。東華繹屹于九峯兮，軍縹入乎雲内。空明玉景兮，人居苦殢。乘逝川兮適金石。略蜉蝣兮捎積翠。曾何足以娭兮甚塵細。明發東維兮，列賓侶而命斶。扳方舩之繡繢兮，跳雲華之妙伎。摇淩波兮響葭吹。歌激楚兮轉吳會。霞雲駁兮樹筍靡。周南雅兮樂無射。弭節金涯兮，招摇容裔。快安流兮吉斶戒。置靈宮兮醮都水。巫望河兮紛若語。靈之來兮從玉馬。

於是耆舊諸生各稱厥意，曰：「惟是大夫之勤慈有智。休哉，賴神媪之從和，銓絡之平理。愚等無所知識，恐後來之不昭。昔李冰作離碓而辟沬水，立石犀，明異世。大夫固巴蜀之英，宜裔厥事。」大夫曰：「休哉！」乃鎔金銅，灑棰鑄。作立水犀，琅當鐵柱。伏蛟螭，觸夔怪。燦金精，與神會。填高深，永無害。

【箋】

録自撫州府志卷五。萬曆五年（一五七八）戊寅，撫州知府梁山古之賢募越人水工陳琛等五十人築千金堤，以同知宣城閔達徐楠董其事。次年堤成。賦當同時作。時年三十歲。見同書。

【校】

〔庶石災之不壞兮〕災，當作「菑」。

〔修桓對事兮〕事，通「俾」。立也。

〔内阡渠之蝥蜺〕蝥，疑當作「蝱」，即「虹」字。

制藝

次九日嚮用五福

聖人第疇之九，而先之以勸天下者焉。蓋福以章善也。勸人以福，則人有不樂於爲善者哉！宜大禹以之第次九之疇也。且夫書之數有所謂九者，位列於離，而天地之祕以顯；數成於金，而陰陽之用已全。禹乃以序於次八之後而第之，曰嚮用五福焉。蓋人之爲善，必有所慕，而後其趨莫禦；君之作善，必有所勸，而後其機自神。

惟天眷德，固有福以厚之也。而以德先天下者，則緣是以妙化導之術。惟德動天，福固自己求之也。而以道化斯民者，則藉是以昭勸相之□（典）。方其未嚮於善也，則示之五福以興起之，使天下之相率於善而不敢悖者，用此道也。及其既嚮於善也，則錫之五福以固結之，使天下之益力於善而不敢怠者，用此道也。天子立臣之極，固以福自嚮矣，亦以之而嚮其臣，即應感之不誣者，以誘其進，而百官之羞行者，翕如也。其諸王者激勸臣工之典乎。天子立民之極，固以福自勸矣，亦以之而勸其民，即天人之不爽者，以決其趨，而黎民之敏德者，勃如也。其諸王者鼓舞萬民之術乎。要之，書終於九數而神道以成疇，勸以五福而治道斯備。大禹取而配之，其旨深矣。夫是則皇極行而何彝倫之不叙哉！雖然，嚮用之説，聖人爲凡民言之也。君子無所爲而爲善，豈待福而後勸耶？是故上下無交，孔子之修德如故也；居於陋巷，顔子之好學不改也。何者？其中之所自嚮者定也。明於自嚮，而可以免幸福之咎矣。

【箋】

録自隆慶庚午江西鄉試録。隆慶四年（一五七〇）庚午，湯顯祖以第八名中舉。顯祖治書經，此爲第一場試卷。卷前有批語：

同考試官教諭陳批：認理精確，敷詞純雅，深於經學者也。允宜高薦。

同考試官教諭陳批：發明勸善之疇，真切詳盡，而平正中自有人不及處。宜冠本房。

考試官學正吴批：瑩潔。

考試官教授顧批：通暢。

策第三問

聖人之作經也，不遺乎數，而未嘗倚于數。儒者之説經也，貴依于理，而不可鑿乎理。蓋天下之數莫非理也，天下之理莫非天也。聖人默契乎天，自能明天下之道，而天有所不必畀。聖人神明乎理，自能周天下之數，而數有所不足拘。自世儒喜爲奇説，以神異聖人之事，推象數以原經而經滯；務爲過求，以自附聖人之學，衍意見以傳經而經離。求愈奇，故説愈鑿；説愈鑿，故旨愈繁；而聖人之道愈失其初矣。雖其爲學未必皆叛於聖人，以是爲作經之本可乎？嗚呼，吾獨怪乎六經之旨如日中天，未嘗托異徵祕以求信於天下，而後世儒者亂之也。今夫易卦何昉乎？伏羲畫之，爲文字之祖也。當其時鴻蒙未闢，人文未啓，天地萬物之情，陰陽鬼神之祕寓於法象，而易行乎其中矣。伏羲神而明之，以定畫焉。故易曰，仰則觀象於天，俯則觀法於地，觀鳥獸之文與地之宜，于是始作八卦。此作易之本也。洪範何昉乎？箕子陳之，是神禹之傳也。當其時，玄圭告功，文命未布，立極綏民之具，事天治人之本藏於幾微，而疇具乎其中矣。神禹會而通之以作範焉。故書曰：「禹乃嗣興，天乃錫禹洪範九疇，彝倫攸叙。」此叙疇之本也。二聖人者，運而精神既有以丕隆休烈，聚而心術又足以開先世教，雖其聖德格天，河洛效瑞，圖書之數未必不可通於經。而聖人取義也大，立教也正，惟其理之可以信天下，而不必乎象數之模倣，瑞應之摭飾也。何至後世異説之紛紛哉？其謂龍馬出河，伏羲遂則其文以畫八卦，神龜負文而列於背，有數至九，禹遂因而第之以成九類。此孔安國之説也。其謂伏羲繼天而王，受河圖而畫之八卦，禹治洪水，賜洛書法而陳之九疇。此劉歆之言也。其謂河圖之文，七前六後，八左九右；洛書之文，九前一後，三左七右，四前左二，前右八後，左六後右。此關朗之論也。宋儒邵子亦曰，圓者河圖之數，方者洛書之文，故羲文因之而造易，禹箕叙之而作範。嗚呼，信如是，則易出于圖，無圖即無卦矣，範出于書，無書即無疇矣，而聖人作經之本不既遠乎？其訛起于緯候之書，謂河以通乾出天苞，洛以流坤出地符，聖人必有神物以授之之説，漢儒惑之，牽合文致不求聖人之實。迨宋儒喜于附聖而輒取之，復强證于易傳圖書之一言。不知孔子嘗言河出圖矣，而奇偶之象未詳也；嘗言洛出書矣，而九一之數未悉也；嘗言聖人則之矣，而因圖畫卦，因書立範未及也。諸家之言何祖乎！夫觀鳥跡而製字，因規矩而制器，藝也。聖人恒必詳之，顧此經學禎符祕訣，不與本文同傳，而千載之下，山人野士創爲之説，不幾于詭誕而不可從矣乎。況以圖之數析補八卦，拘合强同，多所難信，如使揭圖而示之，孰爲一六而下，孰爲二七而上，孰爲三八四九而左右，孰爲乾兑離震，孰爲巽坎艮坤？天之告人也何其瀆。因其上而上，因其下而下，因其左右而左右，因其乾兑離震以爲乾兑離震，因其巽坎艮坤以爲巽坎艮坤，聖人之效天也何其拘。易既如是作矣，然則仰觀俯察者又何物，通德類情者又何事，而易書本體不在此而在彼邪？以書之數參合九疇，則陰陽奇偶俱未相當。按類而求之，五行何以居下，五事何以居上，五紀何以居前左，而皇極何以居中邪？八政何以居左，稽疑何以居右，三德何以居後右，而庶徵、福極何各專一位邪？書之方位實不同于疇。一、三、五、七、九，奇也；而五行、八政、皇極、稽疑、福極，何以屬之奇？二、四、六、八，偶也；而五事、五紀、三德、庶徵，何以屬之偶？疇之名數又不同于書。如謂大義無取，姑摘其自一至九之文，則又奚必縱横黑白，祕傳神授，重煩聖人第之而後成邪？先儒劉長民謂伏羲兼取圖書，又謂九爲河圖，十爲洛書。蔣之謂先天圖爲河圖，五行生成數爲洛書。諸説紛雜，皆無定據，而獨孔、劉之言爲信。謬矣。程子有云，孔子感麟而作春秋。麟不出，春秋豈不作？如畫八卦，因見河圖洛書；果無圖書，八卦亦須作。朱子亦謂伏羲仰觀俯察，遠求近取，安知河圖非其中一事？二氏之論稍爲得之。聖王達天明道而作經，禎符適見，理固有然。而謂必作于圖書者，非也。蓋聖人之經主于理，而後世索之于數；聖人之理得于天，而後世擬之于怪。故不但原經者飾爲異説以誇世誣人也。世儒圖經傳經者，往往惟新奇玄奥是務，分配離析以解經，而經可明乎！夫易者不離象數，而象數之理自不可窮，然而有正焉，有變焉。卦之明白較著者，正也；旁推而衍之者，變也。伏羲八卦，陰陽剛柔，其理一定，變化盡于是矣。故三代更帙，易卦則同。而連山，而歸藏，而周易，未嘗外伏羲所作，而爲一易也。乃邵子圖學，以此爲周之易，而非伏羲之易，別出橫圖于前，左右分析以象天氣，謂之圓圖；于其中，交加八宮以象地類，謂之方圓。易于天氣地類，蓋詳矣，奚俟夫圖而後見也。且謂其必出於伏羲，既規橫以爲圓，又填圓以爲方，前列六十四卦于橫圖，後列一百二十八卦于圓圖。上古無言之易，何若是紛紛哉！易始於一，由太極而兩儀，而四象，而八卦，生生之序也。未聞筆之圖以立卦。天地、山澤、風雷、水火，相合配偶，此八卦對待之體，乃別而圖之爲先天。由此行乎四時，序于五方，又流行之用，乃別而圖之爲後天。何據也？孔子作傳于千百年之前，邵子讀易而悟其變，推而衍之如此。不應謂聖人之傳反爲其圖説也。

近世黄東發著日抄，極謂「天地定位」一章，必非先天卦位，疑圖學之不可從。蓋彼謂先天在卦氣，傳何爲舍而曰「天地定位」；彼謂後天在入用，傳何爲舍而曰「帝出乎震」。繫辭一書，語象變詳矣，未嘗一及于圖。且漢儒傳經近古，未有以圖爲言者。圖學，邵子之易也，而可即謂聖人之易也哉？洪範者，聖王治世大法，其道近於皇極，而終始意義聯貫而不可離。是故有本焉，有枝焉。前四疇，皇極之體，治天下之本根也；後四疇，皇極之用，治天下之枝葉也。讀洪範者，當知天人合一至理。聖人嚴感應之機，詳著五事修廢與五行徵應之論，特其理微妙不可迹拘耳。劉向作洪範五行傳，其言某事致某災，某災應某事，捷若形影，破碎分析，世以災異之學病之，而遂疑念用之疇，或未可盡信。夫人君事天，如孝子事親，日候其顔色喜怒，以爲己之悖順。此所謂念也。徵而休焉，修之當如是而求其肅必時雨，乂必時暘，哲必時燠，謀必時寒，聖必時風，則難矣；徵而咎焉，廢之當如是而求其狂必恒雨，僭必恒暘，豫必恒燠，急必恒寒，蒙必恒風，則舛矣。聖人立教，論其理而奚必于類應之符邪？惟其言理，故不祖于數，而宋世蔡元定作皇極内篇，補洪範不傳之數，以疇之目合書之九九，衍之而爲八十一，八十一衍之而爲七百二十九，極之於六千五百六十一焉。自元至終，猶易之卦也；而六千五百六十一，猶卦之爻也。其于天人妙理，治世大法，果皆曲盡而無遺否乎？洛書，數之祖，祖洛書而推之于不可窮，此元定之精于數學，而有功於書也。若謂洪範之缺，藉以推衍，何其敢于誣經也哉！是故六經之道幾絶而復明者，諸儒傳經之力；而使大義不盡明于世者，諸儒牽合擬附之罪也。漢儒之失，在示天下後世之信而涉於誇；宋儒之失，在求聖人之精而流於過。或曰，宋儒之學何可非也？曰：何敢非也，天下理與數而已矣。若惟其理數是精，而不援經解附，則邵子之圖學，蔡氏之數學，豈可少哉！此言蓋爲聖經立辨也，折衷之以定論，尚俟夫理學之奥者焉。

【箋】

録自隆慶庚午江西鄉試録。此爲顯祖舉鄉試第三場之試卷。卷前亦有批語：

同考試官教諭陳批：世儒類以圖書説經，此作推原聖人本意，反復辨論，足解千古之疑。

同考試官教諭陳批：據理析數，考究精詳。

考試官學正吴批：是策大有功于聖經。

考試官教授顧批：得理學之奥，宜録。

【校】

〔蔣之謂先天圖爲河圖〕之字下當有脱字。

天下之政出於一

論、會墨

天下有政本，人主誠有以重之，然後政從於其本而不分。夫天下者人主之器也，政所以制器而厝之於安且永也。然而二之，則天下不可以暫安。人主甚貴矣。抱貞一之資，乘繹闡之運，頓紘霍之綱，集靈聖之紀，持天下政，誰二之哉？然而二之者，不存乎所敬嚴，常存乎優愛。從晻奪明，試眇攘鉅，故相之權不可不重也。是政本也。然所貴以己爲天下者，身持其重而不分，重相則疑乎一於相，蓋非重其權而已耳，夫亦重其人。重之而有以自重，相與究其大職，敦其密意，以觀詳要而定幾揆，確然誠，粲然粹。天下雖有奇變，總方略，一統類而驅騁焉，所出常一而不分。此明主所以善利器，而厝永安之本也。詳哉，朱子之言矣。主職論相，相職正君。君相得職，體統正，朝廷尊，而後天下之政出於一，無多門。

嘻，天下之政亦多矣。蓋自乾坤而後，屯蒙師訟，以終乎未濟；旋相生息，以煩其彙，而雜其德。故玄邃之皇，不能釋金布之用；希微之帝，不能銷玉石之兵。況其巨者，碎者，一專以蜩螗昏昧，運而推之，則已非自然而忘之世，故天下之政常易而多端。多端必多出，則分之厥臣。蓋頊以前，號因其德，官因其祥；頊以後，號因其土，官因其事。官不一事，事不一官。五期三名，已爲概略矣。又且立易威而制臣吏，周官稱惟百惟倍，百政出百，倍政出倍，千舉萬變，固凌誶而縈紜，所謂誰能一之者也，時也。人主亦有以明政本耳。不明其本，則不明己之職，而其重輕；以其所輕之重重天下，雖神智不能。天下之政必有遷矣。一遷之中，何所不去！及此時疾而收之甚難。則何以本政也，非吾之相邪？何以重政本，則又寧有不辨乎相而辨其他歟！

開承啓辟之主，或起百里之内，出十夫之中，蚤詳天下之政，而熟調天下之材，其善命相而親裁擇至精焉。維時政體威明，無敢蜆珥其側者無論也。獨守器持文之主，生長沉邃之居，偃仰乎奚寺之寵，一旦而縣衡天下，非及瞻察而故撫絜者也。而天下通達之屬，有知之倫，紛靡搏揖，沓然觀聽其政焉。於是有紀綱之政，有法令之政，有治軍之政，有賦民之政。紀綱者，百官之大儀憲也；法令，教制刑辟也；軍賦，所以徵煩衆庶者也。世主常不能蚤嘗其變而生知之；其數，則必厭而推之以爲難。夫天下之政本難也，而主上又推之，左右之臣必有接而受之者。所以政常出於多而不可一。是故三五之君，其臣不及，然無不重相者。何也？一天下之政也。

時主之心常不一於政矣。極物而養，備官而使，雕幾欲綦采，臺觀欲甚除，音舞欲囂昌，那姱芷睪欲烈，喜惡欲其應而給，言欲諛而動欲機。此忠正大臣所不能一日聽其上，而優侏御幸，甘口柔心，以乘其醉而昏之者也。非獨其利主之昏，利其政也。夫當途之臣，明計之士，孰不願開忠發智，爲其主平一日之政哉！而左右朁御嘗得以困大臣而拆其合者，則非忠公强哲之相，必委屈選愞能觀望者也。多欲之君，不便於嚴重之臣。其相人也，常取其媚己可狎者，不就其正己可畏者。而其相亦復習其便辟，無纖介忠利之心，而有强疾不仁之材，以沉於權利，而不復維於大義。以爲我重臣也，天下之政之本，奈何與嬖臣賤隸同弱共（其？）君而分之政乎？則不過媮時補令以爲功，外嚴内險以爲制，橋語蜚文以爲構，兼官自爵以爲威，而常氾氾焉恐左右之有言，一旦主覺悟而奪之也。其勢不得不分政，以媚君之左右。而左右者又盡騷除井匽之徒，非有小雅巷伯、鄭衆、良賀之流，可語以天下之政，雖不能治，亦不能亂者也。此非獨其相之不職，亦其君不能論相而重之，以收天下之政耳。於是介偪之關，並塞之境，大抵皆亂而主不知。失政本之過也。故曰政本者相也。謹論相則政本不輕，政本不輕，而天下之政不出於多門者，誠兩得其職也。

明決之主蓋有意乎一天下之政矣。以勤一之，其勤悴；以智一之，其智芮；以威一之，其威泄；誠不如克己復禮，孚中弭智，而論一相，明指以定政之所歸。不取相於辟，而取相於正；不愛其可畜者，而敬其畏者。而爲之相者，亦當有以象上之指，而慤己之禄，以奉公履正，弼主安民，楊鑠懿而精調亮，非以侔柄重，賴其機利采色而已也。夫主有畏相，欲日亡而志日清，則可以觀昭曠之原，運鈞陶之上。而賢輔相又知上所重，亦有以自重，而專其職於正心軌事，遵制揚功，六卿百執事之吏，搚而幸治，惟君若相之德心是繼，而不敢以一正行其私。由是相等以列，則品儀樹；相考以行，則操趣覩；相紀以職，則功分明；相結以期，則繩約定；相貫以情，則神慮均。蓋臧否賞罰，宫省内外，一聽於衮職。而清和咸理，大小周官之治，可以從容而致之。紀綱何患乎不明，治軍何患乎不武，賦民何患乎不清？彼左右者方爲宫伯宫正之屬，謹身事上，猶恐不稱，何敢外點樞機之務，效漢唐之亂乎！故曰天下有政本者，相之謂也。

雖然，人主苟有志一天下政者，必期乎賢輔相矣。然所重者常未必賢，賢而未必終者。何也？則其未有以定志於始也。帝王之業貴定其志，定志而後天下之動貞夫一。自知極於明，從正極於篤，能與其重相相終始於政本之地，而晚計不摇。漢之宣，唐之憲，其初非不重賢相，圖事精核斷制，以收下之權。而其末也，竟以基左右之禍，不終其美業。嗟夫，此伊尹告卷卷於「自周有終」之説也！政之所出，豈有定形哉！

【箋】

録自沈際飛玉茗堂選集文集卷六。當作於萬曆十一年（一五八三）癸未前。

【校】

〔頓銡霍之綱〕綱，疑當作「綱」。

〔以煩其彙〕煩，疑當作「繁」。

〔希微之帝〕微，原誤作「徵」。今改正。

〔撟語蜚文以爲搆〕撟，疑當作「矯」。

〔楊鑠懿而精調亮〕楊，疑當作「揚」。

【評】

沈際飛評「然而二之者」數句：「一篇要領。」評「嘻，天下之政亦多矣」數句：「渾渾穆穆，誰能辨此。」評「蓋頊以前」數句：「上觀千歲，下觀千歲。」評「獨守器持文之主」數句：「歸重守文，大識大體。」評「奈何與嬖臣賤隸同弱共（其？）君而分之政乎」數句：「他人有此論頭，那得此輩（筆）力。」又總評云：「長江順流，卻波濤萬頃，轉眼即變，不可方物。是天下大文字，不可多數。」

擬大駕北征次玄石坡擒胡山清流泉勒銘凱還羣臣賀表 永樂八年、會墨

伏以聖武回天，昴畢正天街之位；神功燭地，山河開地絡之文。萬國翔歡，三靈護慶。望鑾和之至止，鏘象闕之朝儀。臣等欣忭欣忭，稽首頓首。竊惟六服罔不承德，賴明王之四征；五材誰能去兵，助聖人之一怒？故北威獯粥，黃帝登空峒之墟；南問苗民，伯禹過洞庭之野。商宗三年克醜，爰歌撻彼之章；周宣六月興師，僅勒蒐於之鼓。慨自三川野祭，遂乃陸渾塵飛。徘徊卑耳之溪，誰當束馬？偃蹇索頭之祚，竟接和龍。白雁銜書，不畏漢家天子；盧龍鄉道，粗誇魏闕名王。數憑陵於李唐，遂披狂於趙宋。山前山後，俱成服匿之鄉；河北河南，並晦撑犁之日。遘大明之執象，當聖祖之飛龍。復帝王自有之中原，重開日月；受河嶽光華之王氣，力正乾坤。屬郟鄏之鼎方圖，而軒轅之臺已闕；邊境猶竊，廟算頻紆。雖安五馬之南，未照六龍之

北。茲蓋伏遇皇帝陛下暉河闡絳，雲朔苞祥；武欲承文，堯當繼摯。洗清江海，飛騰出日之邊；沃蕩幽燕，殷震無雷之外。謂暫勞可以永逸，而一舉遂成萬全。乃召六師，親巡萬里。明堂氣色，吹玉律於前和；華蓋星文，寫金雲於後勁。遂乃仁者無敵，固亦王師有征。虎豹山前，不見蹛林之幕；鴛鴦海上，俱開細柳之營。宛馬南歸，笑星躔之孛孛；胡馳北遁，卑月暈之圍參。玄石神泉，清流顯嶽，度擒胡之白石，記折首之洪名。帝詔無窮，王功有勒。臨洮築塞，徒標鄒嶧之封；瀚海騰波，謾刻番禺之石。煬帝空歌接踵，已失計於江南；太宗浪道除兇，旋折威於遼左。豈如聖作，永塞皇猷。臣等白簡曾窺，每吒白登之役；青蒲乍接，無裨青海之勞。慶鸞鳥投降，親止下綏之殺；喜麒麟繪象，光分執靮之名。詩采白狼，曲象朱鷺。伏願保大定功，修文偃武。握金衡而主化，億兆民老老幼幼，長罷望於狼胥；酌北斗以調春，千萬世子子孫孫，永膺圖於龍敘。臣等無任瞻天仰聖，激切屏營之至。謹奉表稱賀以聞。

【箋】

同前。

【校】

〔親止下綬之殺〕綬，當作「綏」。

【評】

沈際飛評首數句：「氣象儼然。」評「竊惟六服罔不承德」數句：「述古有典有則，不事纖麗。」評「兹蓋伏遇皇帝陛下」數句：「頌聖，心口自異。」評「虎豹山前，不見躡林之幕」數句：「字字飛舞，句句精神。」又總評云：「典墳經史，羅貫胸中，任口吐出，莫非珠璣。表家宗匠。」

我未見好 全章

聖人慨成德者之難，因立德者之衆焉。夫好仁惡不仁，非絶德也，特自棄者不用其力耳。聖人所以重有慨與！想其曰，君子之學也，以爲仁也；君子之成仁也，存乎力也。有仁焉而無力以成之，吾能無慨然于今乎？于今觀之，仁可好也，而好仁者我未見也；不仁可惡也，而惡不仁者我未見也。夫好仁之名，夫人樂得之，而以爲未見者，以好非成發之好，乃無以尚之之好也；惡不仁之名，夫人亦樂得之，而以未見者，以惡非憤激之惡，乃不使加身之惡也，惟其如是，是以難也。雖然，未嘗難也。有人焉奮然而起，深明乎仁不仁之分，惕然而思，實用夫好惡之力。吾知有弗好，好則仁必從之。蓋無以加之之域，亦起于一念之好也。我未見好仁者，亦何嘗見好焉而力不足者乎？有弗惡，惡則不仁必去之，蓋不使加身之域亦起于一念之惡也。我未見惡不仁者，亦何嘗見惡焉而力不足者乎？然天之生人不齊，人之受質而一，則力不足于用者，蓋有其人。而有志于仁者恒少，無志于仁者恒多，則吾之于斯人也，實未之見。夫力之足不足也，以用而見也。未有以用之，胡爲而遽罪乎力？仁之成不成也，以力而決也。未有以力之，胡爲而絶望于仁？然則吾之所見者，非無有所限，彼自限之而已矣；非仁遠于人，人自遠之而已矣。安得實用其力者一起焉，而副吾望哉！

【箋】龔重謨先生録自明文百家萃。書署清淵王介錫美申父評選，順治九年（一六五五）乙未春王正月序刻本。此文題下署「庚午江西墨湯顯祖」。此爲隆慶四年（庚午一五七〇）江西鄉試第一場四書義的第一道試卷。王介錫山東東昌府臨清州人。清順治三年（一六四九）進士，任浙江台州推官。

【評】王介錫云：「題中口氣極婉析（折），文于轉合承接處，體出聖人心事如見。」

故君子可……其道

君子之聽言也有類，而因以類天下之情矣。夫物之有情有不情，君子不能必也。有以類之，而天下之情得矣，何以必察爲哉？孟子以子產之事，明舜之心也。嘗謂吾之爲心也一，而言之爲物也雜，故以心迎物，則或至于疑物，而不足以通方；以物勝心，則常至于信物，而不足以存道。是故有類焉。以類而通天下，固不能以絶天下之欺。要之天下之欺我者，吾亦無容以逆之。而君子之所信者，惟其方而已。方有必然者，物之□也。而欺者之所得緣也，此天下之惑術也，雖奸之伺上也。以未必□之事，取資于情，籍信于境，而以似飾其私。然其言也，所謂與是爲□者也。君子聽之，固有油然于心，而不及周吾參伍者，則亦入于其□而忘其機。固乎其意而無其意，蓋物固有所然，物固有所可矣，君子豈受欺于人者哉！因任其方，而已不與焉。于是可以見君子之誠，誠勝則有以掩乎明，卒然而蒙其不意，是天下固有可欺之君子也。然君子雖或受欺于天下，而亦無容于盡受天下之欺。要之天下有罔我者，吾亦不至乎惑之。而君子所察者，唯其非道而已。道有固然者，事之致也。而罔者則不必以其道也，此天下之亂術也。雖其人之市奸也，相反以文，相設以數，而以詭堅其辨。然其言也，所不與是爲類者也。君子聽之，固有曉然于心，而無所用其恍惚者，則亦忘機也而杜人之機，無意也而消人之意。蓋道有所隱而不存，言有所存而不可矣。君子豈好爲察者哉！合參以道，而已無與焉。于是可以見君子之明。明勝而亦不害其誠，雜然而不可亂，是天下固無可罔之君子也。由是以觀舜之于象，其亦何疑之有！

【箋】

龔重謨先生録自明文百家萃。參上文箋語。作年無考。

【評】

王介錫云：「此臨川改熙甫（歸有光）舊作也。臨川得歸之正派，歸借時文作古文，湯借古文作時文。二先生之長，並長于此。」

孔子有見 三句

大賢立聖人不一其仕，婉于爲道而已矣。甚矣聖人行道之心急也。際可則仕，公養則仕，又豈一于見行可也乎？孟子與萬章論交際及此曰，一而未始不易者，仕合之時也，高而未始不中者，聖人之行也。是故仕魯之道明矣。吾因得例觀聖人之仕焉。君子莫重乎始，進而機有所當乘，大人不欲速其功，而時有所難俟，故孔子有見行可之仕焉。聖人藴道久矣。見可以仕而又遲之以不仕，則是終不仕也。委曲以投其端，從容以競其業，蓋蚤見而薄施也；有所以行，非仕求可而已也。夫見行可之于君也，自有晉接之禮，不在一交際矣。然天下卒未有能禮士者。而或有能禮際之君。觀于其際，亦能敬聖人也，與周旋焉，而得其後可也。是故際可之仕，孔子有之。夫見行可之于君也，自有鼎養之禄，不在一餽養矣。然天下亦稀能養士者。或有一餽養之君，觀于其養，亦能周聖人也，姑飲食之，而觀其後可也。是故公養之仕，孔子有之。遇有不同，而救世之機恒伏，固不當泥于根深以待時；仕有不一，而爲道之意恒隨，亦不得病其希世而度務。妙哉！孔子之爲道也。又何疑于魯俗之從，多際之受乎。

【箋】

龔重謨先生録自明文百家萃。參上文箋語。

【評】

王介錫云:「此題一落平實,便犯季桓文三段。義仍先生只于三有字着神,步虚即行,空靈莫比。故癸未孟墨,必推此文爲第一。」據此知爲萬曆十一年(一五八三)癸未春試考卷。

故太王事獯鬻勾踐事吴

二君之事大也,知足觀矣。夫太王、勾踐,皆知于謀國者,其事狄、事吴有以哉!且自古伯王之君,未始遑小忿而忘大計,非屈也,智也。智以事大,于太王、勾踐見之。是故周自后稷以來,舊爲西諸侯之望矣,至于太王,而獯鬻亂華焉。當其時,狄大而周小也。彼將環邠人之境,而騁戎馬之足,意已無周矣。使太王懵于勢,闇于理,乃欲争雄于一戰,周其不遂爲狄乎?于是屬而耆老,去而宗國,甘心事虜弗恤焉。此何爲哉?計以邠可立,岐可徙,而先君后稷之祀,必不可自我斬也。吾豈隱忍而俟未定之天也。蓋自西山垂統,而周且盡狄人而臣之。然後知太王以屈爲伸也,智也。

越自無余以來，常爲東諸侯之長矣，至于勾踐，而夫差報怨焉。當其時，吴大而越小也。彼既轉檇李之敗，而爲夫椒之勝，目以無越矣。使勾踐懵于勢，闇于理，乃欲争雄于再戰，越其不遂爲吴乎？于是納大夫之謀，遣行成之使，使北面事仇弗恤焉。此何爲哉？計以身可臣，妻可妾，而先君無余之祀，必不可自我斬也。吾豈隱忍而俟再舉之日也。蓋自東海興師，而越且盡吴地而沼之，然後知勾踐之以怯爲勇也，智也。小之事大，自古而然。今齊而有鄰如玁鬻耶，請爲太王；有鄰如吴耶，請爲勾踐。不然，吾竊爲齊懼矣。智者不爲也。

【評】

靈皋先生以爲此吾江右先輩中極風華文字，又語語精確，無一字無來歷。俞桐川先生所目爲文中杜律也。玉茗風流，惜不再作！

【箋】

「靈皋」以下係許仙屏批語，靈皋，清方苞字。苞，安徽桐城人。論文倡「義法」，桐城派創始人。有方望溪先生全集。康熙進士，官至禮部侍郎。清史稿卷二九六有傳。俞桐川，名長城。清桐鄉人。康熙進士，官編修。工古文，嘗評選王安石迄清初諸老文百二十宗，時推大觀，有可儀堂集。見國朝耆獻類徵卷一二一、國朝先正事略卷四〇。以上見范志新湯顯祖佚文一則，録自許仙屏輯明文才調集。見文學遺産一九九五年第一期。

湯顯祖詩文續補遺

江巨榮、龔重謨、鄭志良等輯

編者按：關於湯顯祖集外詩文，徐朔方先生曾在北京古籍出版社一九九九年出版的湯顯祖全集中單立一卷，即詩文卷五十一，專門收録。二〇〇一年該書再版之時，又收入江巨榮先生新輯佚文四篇，附於全書最後。此書之後，湯顯祖佚文遞有發現，爲方便學界研究及同好湯氏詩文者使用，湯顯祖集全編編委會邀請學界輯佚湯氏佚文成績最著者江巨榮、龔重謨、鄭志良三位先生，共同擔綱湯氏作品的補遺工作。因有徐朔方先生補遺卷在前，今將已公開發表而未入徐朔方生前所編補遺卷的佚文彙爲一編（含北京古籍出版社再版時增收的江巨榮先生所輯的四篇），是爲「湯顯祖詩文續補遺」。各篇之下均附按語，指出最初發現者，以志諸家輯佚之功。續補遺篇目先詩後文，以文體分類，同類之中大致以撰寫時間先後排序，暫未考定者列後。

又，此前徐朔方先生補遺卷出，周明初先生曾於文獻季刊二〇〇八年第一期發表湯顯祖全集中三篇文章辨僞一文，疑其中出自宗族家譜文獻的何母劉孺人墓志銘、蘄州同知何平川先生墓志銘、題葉氏重修宗譜序三篇實爲僞托。今續補遺卷所收部分篇目亦有出自宗族家譜文獻者，從周明初先生論文所議，署名落款明顯有誤者，姑略加考訂，仍録於各體之後以存疑。

序

明馨協薦録序

謝友可童時，即從其尊人令楚東安。歸寄懷湘悼郢之作，以爲孝若之欽想曼倩，文考之屬草靈光耳，非真有沉鬱不厭於懷也。是時余亦十歲許，尋讀之，知其閔尊人抱貞方而無處，屯慈略而罔究，雖爲縣令，未稱厥意。吴楚間豪傑與大卿遊者，並曰大卿空以老母故，就數百石吏，牛鼎而亨，斥匹固宜不足。然生兒十歲能作千言賦，致足樂也。且大卿康㝗稍屈，何知不宜達，雅宜時譬解其兒，不宜令悲。後大卿竟以直沮，稍遷守全州。余曰全州瀟湘之遊，清駛崇峭，霧雨多而陽薄，大卿往，不宜復與兒同，益令善悲也。而大卿旋亦中忌者語，不得之全州，稍令房而已，卒于房。嗟夫，謝友可甯能禁此悲耶！公居鄉有至行，所治有殊惠。彼生而祝之，此殁而祀之，雖年位不至，爲男子功德，在人血食廟社，復何所短而長恨乎？公生廷諒兄弟最晚，初即以吏部郎廷宷爲子，教立殊至，乃不食其報，此亦足悲也。謝友可既爲此録，而余門師友帥機、吴橡、曾如海輩，並薦余爲序。余亦忼慷不遇善悲人也，何言謝子，固言之矣。昔召翁卿九江郡各有祠廟，方之先子，事同不朽。今兹之什，固攄謡而志喜，亦宣歌以當泣也。傳之好事，廣求聲詩，庶來兹之爲人父母、爲人子者，鏡其風流效慕焉。萬曆八年秋九月九日。

鄭志良按：據謝廷諒縫掖集，明萬曆刻本。

皆春園集敘

通州桐柏水之南，與姑蘇挾海焉。姑蘇多文人，或父子兄弟相世，以海爲靈。通當亦有然者。後從長安見陳思進省郎，貌敦而藴，明示我其父書，爲司寇，甚流博焉。

客曰：非徒其父子然已（光緒通州直隸州志卷一六「已」作「也」——江校），省君之季父爲孝廉名甫，亦盛有所蓄。不能去太夫人，方壯，遂絶意都試。稍有詩歌文集如干卷，雜劇二十種餘。整潔流映，各極其體，如其人，斯亦能世其家，鍾海之靈也。吾見夫冠冕貴人之作矣，其與周流唱答者，四之三。貴人也虛相名，勉相叶，不能自寫其情。過所名勝，留信夕爲已遊矣，輒序或爲詩無已。淺乎貴人如是，下爲山人者又以此吹箎道中矣。諸生迫學使者，不敢風流；爲文詞，所記論語諸書而止，有不記者焉。獨舉於鄉者，雜習博依無禁，都下試第即復不得。然如小子，爲孝廉（上引通州志「爲」後有「學」字——江校）放矣，稍讀書，然不能於世忘，所讀書復因忘去。嘗以小樂府譏涉時貴，俗相爲疵，吾悔前時數上春官仕矣。如陳名甫者，豈不爲善用其孝廉者乎？笙歌華黍以娱其親，清謳少吕以遊其賓，海上之歡已爲至矣，此天下孝廉人所不能曉取者，篇可無傳乎？已而其從子思受君來言曰：且傳矣。因以予言爲端云。

萬曆丁亥仲春望月臨川湯顯祖撰。

江巨榮按：據南京圖書館藏萬曆刻本皆春園集。

李秀岩先生詩序

昔先王治軍以禮。太師持六同之音，以聽其風。俎豆弓矢，其道不異。蓋時天子六卿，六師帥也。下及春秋列國之卿，將三軍者，必且於名譽甚都。如云郤谷，説詩書，敦禮樂，其淺者耳。故其軍旅誓告之文，賓客勞贈之紀，各稱詩引禮，學而後政可知也。師固邦政。無學而以軍，此其於折衝也，必不在尊俎間矣。觀惟寅有昔人之思焉。其於戎政也，若漢南北軍皆隸之矣。詠其青蓮貝葉諸篇什如干，一何暇也。天子大蒐、和戎、宴對之事，父子弟兄賓遊、山川花鳥之觀，行役瘁愉，一付之聲詩。節和而鏘，致蔚而亮。無論歸來笳鼓，徒步山岡，即春秋列卿，酬奏音旨，當不是過。蓋予於惟寅，遊十餘年矣，入都見其居處，供具蕭然也。惟寅曰：吾名爲侯，其實一禪那耳。唐人以詩思清，爲「門對寒流雪滿山」，所致惟寅詩，其亦有清寒之色耶？善哉，太倉王奉常之言：他公侯好子女、玉帛、狗馬，而惟寅好詩。嗟乎，子女、玉帛有盡，而風雅無窮。惟寅其不朽矣。

萬曆二十三年仲春上浣日，臨川湯顯祖謹序。

江巨榮按：據萬曆十八年刻本青蓮閣集。

彭比部集序

先生宦南都，故先生名天下。而南都人尤口先生不置。予在南儀部時，切心懷之。其少郎季真，雅從予遊，知先生素已。而鳳禎來遊江右，又與予從遊者數年。江右亦莫不重先生。有子弟不得盡見先生詩，邇者潤宏褒刻遺文，鳳禎以集來乞序。嘻，吾乃今固得其大都云。先生之文率有二種，南都時涉六朝，六朝地也。家食時時涉秦漢，老于文也。舊與王弇洲（應爲「州」，下同。——江校）同好，固弇洲詩有「碧雲孤憶賞心人」之句。有味哉，其言之矣。獨所稱逼寫風貌，則馮具區之言曰：先生長不滿七尺，而神情軒王逼人。其爲文搦管，千言依馬，絶不假榷鑿。左韓右白，縱横輻輳，風雨驟而蛟龍吼也。綴詞而不傷於氣，入事而不暗於象，其雕龍之上手，明時之高調耶？每讀先生文，自覺彩色飛動，此殆淮陰侯之所謂天授。今始知具區之言信然。夫文固不易，而人之求于文者備矣。美風神者則責之以華，富藻績者則刺之以骨，蒼古者或以爲聱牙，逸雋者或以爲少味。要眇之旨不合于巴里，超常之解恒束于理儒。談今者則諱而多微，論古者則彰而易駁。才秉於天而勢每格于人。人參以不齊之見，而作者持以一定之衡，於是乎目無全牛者寡，而手若轉丸者難也。先生之文有是哉？春華秋實爛然，英英瑰麗矣。予愛先生詩贈王元美詠煙雨樓諸什，雜之古詩不易辨。青韶行大似武德口吻。五七言律淹浸唐人風致。蓋先生旗鼓于詩而叱吒乎文也。江右乃先生釋褐地，往往爲先生題識而多漫滅，故多著之金陵燕磯、雨花間。美人已遐，不可復作，獨遺文在耳。季真早世已矣，喜禎、宏之能世其家鼎，故不辭而叙之。

萬曆庚戌仲冬清遠道人湯顯祖撰。

江巨榮按：據萬曆三十九年彭潤宏刻本沖溪先生集。

金溪允虞先生屺瞻亭贈言序

嘗誦詩至屺瞻，何風人孝思宛摯也。夫求忠臣必于孝子，功利盛而遠于養，凉于思，皆有役維之而不皇者歟，予傷之久。桂君允虞取詩「陟屺望母」之咏，而寄思于亭。允虞剪髮時穎慧甚，母夫人時時口授書傳大義，長而尊太公課之成，允虞蓋未嘗一日就外師傅，離二人膝下也。母燭而績，茗而飯，佐太公翼子甚劬。比成進士，官行人，而以母夫人就養邸舍。方有大國策書之役，而母夫人受終于天，則終天之恨，允虞何自而釋，思亦何方而寄乎？崩崩田田，奉櫬而南，襄事西山，喟然曰：「母欲嗟予子行役乎而不可得也，予欲載騾懷歸將母未諗而不得也。」亭于學之麓，與西山相望，廬其傍三年，而以子弟學其中，曰：「幸無遠夫人也。」鄉國卿大夫七人聞之曰：「孝。」爲叙其事，賦而悲歌之，成秩笈以俎曰：「所至而予瞻以思皇路之屺。」其又書焉，則所謂嗟予子諗予母者，固所至而是也。夫祇役忠也，瞻思孝也，語云「移孝爲忠」，是殆不移而具矣。孟子曰「仕則慕君」，惟舜大孝終身而慕。予觀允虞太公太夫人，心則乎德義，而教成乎忠信，其賢于舜父母，不翅遠甚，而大行君之慕則終身之慕也。字曰允虞，允虞也哉！

明萬曆甲寅長至日通家友弟臨川湯顯祖拜書于清遠樓。

龔重謨按：曾銘先生録自咸豐四年修金溪南族桂氏族譜卷一。

以仁王先生文集序

文章隱顯之故，雖曰人事，蓋亦天道焉。予與王君賓持、姜君耀先、謝君九紫爲性命交，并以文章名世。余與謝成進士，二君皆以明經老。升沉之異，識者嘆之。然古今著述，其藏之名山、昭之史册者，何可勝紀，非必玉堂香署始稱制作也。獨怪嘉靖壬子之役，主司已擬賓持領解，榜將發而棘圍火，遂不果元。此人事之所爲哉。今貢院記及南昌志可考也。賓持之族侄曰以仁者，以神童見稱鄉里，博極群書，恂恂孝謹，因賓持來謁予。予曰：「君家阿咸，洵畏友也。」既而受知于邑侯蔡公、學使者唐公，輒冠一軍，名籍甚，遂爲石林祝公所延，講學芝山。四方之士，悦遊者衆，齊（儕）輩皆尊師之。然以仁少慕濂洛之學，以「毋自欺」名其齋。聞近溪羅先生講學盱江，遂往質焉。近溪曰：「吾晚得一士。」蓋以仁云。無何，天子將有事于纂修，祝公以宗伯召入，疏稱以仁爲東南實踐之儒，將徵公車，而以仁捐館矣。悲夫！夫以以仁之力學篤行若是，使登玉堂香署，得珥筆著作之林，其所就當何如也！今仲子體仁氏以壬子領薦，將繩武繼志，英英未艾。于敝篋中得以仁存稿十卷付梓，而丐余一言。夫臨川家學，自宋迄今，無逾王氏者。即以予得友而論，亦三世矣。後有作者，其亦知天人之故，雖道文章之士，其所成就有非偶然者，無以國門、名山爲升沉之別也。

萬曆四十二年歲次甲寅嘉平月上浣之吉，玉茗友人湯顯祖書。

龔重謨按：楊華林先生録自撫州市孝橋璜溪王氏族譜。

虞精集序

莆之周更生，不遠二千里，以所纂組虞精集謁而正焉。余呀其書名，無乃索微之説焉？更生曰：「虞人獵百禽之精以供靈囿，吾獵百家之精以給文苑，故名。」余曰：

「凡著述家無不獵精而成者，子復何精而虞？」更生曰：「見百家精語慮其散而不屬，易以忘佚；雖爲百家之墮髓零齒，可以累集成也。」設凡而徵之，比類而貫之，蓋十年之中易稿者四十餘度，而僅成八十餘首，即虞人植表種別部置未足以喻其勤也。余憐其功而奇其體，時賤軀微抱，姑撮一二閲之。見其一篇之羅，欇千累百；一句之微，發五加隻。學士詞人，取材至便。余獨惜生爲庋互，衆爲割鮮耶。更生曰：「敝帚不能無自寶意，而歲月往矣，奈攻苦無力，以行其書，願先生有以重之，爲異時知者地也。」余喟然久之，曰：「更生不以虞卿自比，而以此自居，謙可知已。」近見士大夫號能文字者，雖不集句與集句等。虞精中宛轉接續，善用古者也。至「屋軼」（屋，周集作「屈」，是。——江校）等十餘首，是獨創大義，不襲前唾。以此觀之，更生非不能作古文辭者，特以用古可以無敝於今，要於鑿鑿必行者也。余有以慰更生矣。今觀士之處世，窮通兩者而已。通者不必能虞，而窮者虞而精之。不必能虞者日益以通，而虞而精之者日益以窮。更生欲攬司命之袪而問以不平何也？夫不平固造物者所爲，平生能虞其精而更虞其粗乎？咄咄更生，其取精既多，可無問窮通矣。

友人臨川湯顯祖書於清遠樓中。

江巨榮按：據明書林鄭大經刻本新鐫官版批評注釋虞精集。

青箱餘序

王元禎小説有湖海搜奇、揮麈新譚、白醉瑣言、説圃識餘、漱石閒談、烏衣佳話，金陵人梓行之，肆紙爲貴矣。頃復有青箱餘五種，其目爲緑天脞説、廣莫野語、驚座摭遺、客窗隨筆、碣石剩譚云。蓋小説出古稗官家，與典籍並存，亦詢蒭蕘風聽臚言之義。後之作者荒唐悠謬，使人眩惑流蕩，或訐揚幽昧，勸諷淫僻，大傷雅道，斯當付祖龍焰耳。元禎此編，廣見洽聞，驚心奪目，而其理不詭於正，可以明經術，可以佐史評，可以通世故，可以析物理，王充之論衡，劉義慶之新語，殆此類乎！昔王彪之練悉朝儀，家世相傳，並著江左舊事，緘之青箱，名「王氏青箱學」。此不專朝儀，故曰「餘」也。余又考王融自以博學多識過澄，澄言未必勝僕，後與何憲輩徵事，咸屈於澄。而澄著書力殫經年，則又文以學，困其官，左丞不糾劾，爲不諳類例，白衣領秩。王晞未嘗以世務爲累，嘯泳遊，同趣者稱之方外司馬，異尚者病之好門户、惡人身。元禎行且當官，青箱所貯，切近精實，經綸政理，出之裕如，乃其餘緒。復雋永以資談助，錯綜以輔名教，其不愧青箱家學矣。古臨湯顯祖義仍父書于玉茗堂中。

鄭志良按：據明萬曆四十五年刻本王兆雲新刊王氏青箱餘。

水田陳氏大成宗譜序

古立宗法，漢肇譜學，皆所以維持人心、匡翼世道者也。自秦而宗法廢，唐衰而譜學熄，其尊尊親親之義幾不明于天下矣。蓋譜牒之作，宗法之遺意也，有五善焉：上知吾身之所自出，一也；下知宗法之所由分，二也；近而世居遠而遷徙而不紊不遺，三也；知爲望族，不忍自棄而思以振，四也；使後之人知吾意之所在，相觀而善，以昌大其族屬，光榮其祖宗，五也。五善也者，皆由尊尊親親之心擴充而得之也。故君子之學莫先于此，孝友之道莫切于此。奈何寥上（寥）數百年曾未多見。幸而余邑陳炌先生子諱以德者，與予有世誼焉，重修譜牒，問序于予，情弗容辭，乃作而言曰：世經人緯，法于太史公之年表者，歐陽氏也；支聯派屬，若禮所爲宗圖者，蘇氏也。其立法之不同而尊尊親親之義未始不同。今觀是譜，列遺像而銘贊詞，以别尊卑；遠不略，近不泛，尊所當尊，親所當親，俾後世子孫永叙昭穆，以水本沅（源）。親疏隆殺，秩然不紊；名位行實，生娶卒葬，昭然可考。是則兼乎二家之學而備五善之美者矣。吾知天必相之，後之人承籌繼續以傳于無窮。夫豈尋常文字比哉！予因是敬其事而樂之爲叙。

時皇明萬曆戊子年春二月朔日，賜進士太常博士、年家世教眷弟湯顯祖若士氏拜撰。

龔重謨按：徐宜良先生録自江西臨川雲山鄉水田陳家村珍藏陳氏宗譜（後字號）。末署湯顯祖爲「賜進士」，誤。暫録存疑。

璜溪王氏族譜原序

臨川王氏，乃荆公之族。繼荆公之後，惟魏公之裔爲盛也。然自荆、魏至今五百年來，其昭穆支派，得其一二無紊，蓋亦難矣。惟荆國之名，實在天地間耿耿不朽者，則又不可得而紊也。修譜者，系祖宗之名諱世次，豈徒慕美名、夸華胄而已哉？抑豈徒知昭穆、興孝悌、聯族屬而已哉？要必知祖宗爲人制行，起家垂裕，所以耿耿不朽。正心修身，施于有政；延長世德，以佑啓後人，以昌其大族，此譜之所以爲重也。

夫荆國致位宰相，封公謚文，其名也；而古心、古行、古學、古文如精金美玉之不朽者，其實也。故當時君臣相得，則固結而不可解。其迹所至，後人遂爲古迹而不廢。如驪塘之釣臺，居人以爲勝游之迹（驪塘能隨水高，在東鄉五都。公嘗釣魚于此，有親筆六詩留别），宜北之洞石，世傳爲讀書之岩（洞石在宜黄岱四都，公少讀書于岩，有親筆「讀書堂」三字留别），以至海防之舊築不決（海防在寧波鄞縣。後有築，時決，惟荆國之舊築如故），柘岡之爛米猶存（爛米畬在余邑西十里，公母舅吴氏居地也。公爲相時，命江南以米贈其舅，米多積，久而腐。今其土，雨過形如爛米，世遂名爲「爛米畬」故如此）。類非偶然也。要必至誠精實，有以感君心，動鬼神，如精金美玉之不可朽矣。後之淺于知言者，往往聞聲附和，能點公之名而不能損公之實也。人物如公，有古心、古學者，尚皆欲師之，而况爲其後人哉。然則魏公登第，從河東避饑，能活數萬人之命，歷抵輔相，而支下子孫數十葉，書香德業之弗替，亦由其行實之所鍾矣。

明進士湯顯祖頓首撰。

龔重謨按：據楊華林先生録自撫州市孝橋璜溪王氏族譜。末署湯顯祖爲「進士」，誤。暫録存疑。

嚴平陳氏三修族譜原序

蓋立愛自親，昔人所貴。廣家于國，王化攸賴。故道欲生而先本，事有瑣而助洪。慨自化迹萬區，物相緣而浸博；人情百變，親遞降以彌疏。遂至一人之身，等爲涂人之視。越自殷先王六世而姻婚可媾，謂之吴孟子一性而避宗無嫌。此豈天懷之不發中？祇緣名教之未束物，人道譏其同馬，中國至于用夷。聖人有憂之，以爲族類之不明，以至斯也。于焉立大宗之名，以爲收族之法。綴之以性而弗别，合之以食而弗殊。故曰：「大宗者，尊之統也。」既立家廟，必設家乘。廟者，貌也，導物之貌以告人；乘者，史也，殺史之文以立極。表裏爲政，本末相循。微獨紀于遠近，以備遺忘；兼復書其微瑕，用彰懲戒。斯或譜之觴硎乎？則譜固一家之史也，歐、蘇之法，其來尚矣。爰有陳氏，居國之南，虞姚之淳曜還含，兢公之光靈未邈。故鍾兹右族，郁矣名宗。載世三十，歷年四百。好行其德，盡鐘鳴鼎食之家；質有其文，多清廟明堂之彦。貴本親用，鄙殆之累蓋寡；講藝績文，禮樂之歡無吝矣。予也爲國難老，而未家速貧。方媾同人，爰托未契。適陳生大士，偕其小阮以成、完夔、體仁、静之、汝登、三明、四印、取新、得歲等謁予，肅容而言曰：「某之族雋祖器，洪議將以明年之吉，用修族譜，惟先生一言藩飭之。」予既卧病辱問，而子且遲功歲晏，以切博賒理。或未允，生强之，曰：「惟先生强爲我成之。」予不待已（得已），取其草展閲焉。淵源遂往，詳略異科。其人大者光明敦厚，即小者亦復别白端廉，斯則譜中之人也。大善書，小善亦書。其善善不引，遂長大惡。書小惡不書其惡惡，匪截而自短，斯則譜中之法也。觀譜中之人，可以知其前修矣；觀譜中之法，可矣（以）知其後秀矣。動本者不能静其末，受始者不能辭其終。瓞之近本者，常小水之至末焉。斯盛陳氏之興，寧復可量乎？斯誠宇宙精氣之所萃，國家神寶之攸賴也，予有樂乎此也。鄙言乍綴于短篇，陽氣已滿乎大宅云爾。

天啓甲子清遠道人湯顯祖。

龔重謨按：據楊華林先生録自撫州市嚴平陳氏九修族譜。天啓甲子爲一六二四年，然湯氏早在萬曆丙辰（一六一六）逝世。故此序有後起僞作之嫌。暫録存疑。

記

記山陰道上

渡江而適越之鄉，則首西興。詩所謂「西陵松柏下」者此也。二百里許過東關，即山陰道，亦曰剡溪。曹能始先生謂越之水有三勝：其清徹底，其色拖藍，一。青山當面，若窮若不窮，二。所至輒有嘉名古迹，三。昔王右軍云：每行山陰道上，如鏡中游。王子敬又曰：鏡湖澄沏，清流瀉注，山川之美，使人應接不暇。父子高致如此，亦山水會心遠也。

江巨榮按：據崇禎六年墨繪齋刻名山勝概記。此文真僞存疑。

尺牘

與項明父

都下論文荒署，過承謙挹，有缺款情。嶺海山城，淹將五稔，每思足下風神，願一握手無從也。忽辱芳訊，飛墮括蒼，温燁几閣，敬拜高誼。不佞叨滿，未叩鹺台，俟按嘉禾，旋圖赴謁。九日登高，得在煙雨樓中，餐英插萸，一任風吹烏帽，大快夙心矣。近得譚省元刻數篇，居然大雅之音也，更有餘作，幸寄次見爲悫。

鄭志良按：此文見項桂芳名公貽牘卷三，明萬曆四十三年刻本。

與林若穀

經解就正，愧管見不足觀天也。

鄭志良按：此文見玉茗堂尺牘卷一，明萬曆四十六年湯開遠刻本。

柬劉赤城

因生有奇，漫爲數語弁之，南署愧無與客共也。

鄭志良按：此文見玉茗堂尺牘卷一，明萬曆四十六年湯開遠刻本。

與顧涇凡

兩得兄書，索弟小辨軒記。邇來課兒，時繹象義，反復其道，影響爲言，用塞來旨而已。時有懿德之文，幸以擊蒙爲快。

鄭志良按：此文見玉茗堂尺牘卷二，明萬曆四十六年湯開遠刻本。

與姜耀先

辟相圃，亦使平昌有天地四方也。堂記聊以志所事耳。

鄭志良按：此文見玉茗堂尺牘卷二，明萬曆四十六年湯開遠刻本。

上梅觀察

志、序代斵以上，明公存其文並序，其獻可矣。

鄭志良按：此文見玉茗堂尺牘卷二，明萬曆四十六年湯開遠刻本。

答袁滄孺邑侯

知明公於寺，非直存其田已也，寺記惟裁存。

鄭志良按：此文見玉茗堂尺牘卷三，明萬曆四十六年湯開遠刻本。

復無明上人

生昏鈍爲體，狂慧爲用，何足窺入正之門，探四禪之室。勉成大序，猥承禪宿，契以心宗，欣其目論。房杜蘇楊之褒，愧浹徒深耳。南風有便，無靳捶提。

鄭志良按：此文見玉茗堂尺牘卷四，明萬曆四十六年湯開遠刻本。

答劉君東

何物能累尊足耶？聞身之亦起立須人，如兄差爲攫躒，宜及時爲快，塵世事，不足問也。偶寄一絶：遠遊名字入樓清，四壁江山看雨晴。賴是年來雙脚穩，俗人行處不曾行。

鄭志良按：此文見玉茗堂尺牘卷四，明萬曆四十六年湯開遠刻本。

寄甘義麓

兄卧托有年，甘露門中，何得不一爲衆生普施藥樹也。弟年侵半百，寤歌爲適，登高西望，遂成小韻：不老峰中半百年，時將歌笑出雲煙。家居不借金莖露，自有聰明第一泉。

鄭志良按：此文見玉茗堂尺牘卷四，明萬曆四十六年湯開遠刻本。

柬門人陳元石

客從海上來，使我聞所未聞，如泉春甕不足澆其磊塊也。口占以似：班荆長笑楚多才，獨自譚兵海上來。慚愧一編黄石訣，清時白頭不曾開。

鄭志良按：此文見玉茗堂尺牘卷五，明萬曆四十六年湯開遠刻本。

柬謝耳伯

高雅如門下，去小遇以成大遇，未非天之相吾子也。鄙吟志別：深尊明燭意何窮，漸喜南行背朔風。吴粵去來將萬里，人情多在絶交中。

鄭志良按：此文見玉茗堂尺牘卷五，明萬曆四十六年湯開遠刻本。

柬劉大甫

大甫海上之觀殊快，有古烈士風矣。小詩壯行色，玄沖書並往：欲别悲歌雞又鳴，白頭無計與劉生。恩仇未盡心難死，獨向田横島上行。

鄭志良按：此文見玉茗堂尺牘卷六，明萬曆四十六年湯開遠刻本。

答門人甘伯聲

病何足問，旦夕從先人於地下，亦大快也。口占作答：望七孤哀子，煢煢不如死。含笑侍堂房，班哀拂螻蟻。

鄭志良按：此文見玉茗堂尺牘卷六，明萬曆四十六年湯開遠刻本。

柬杜西華

枕上憒憒，聽兒誦孝經，因附會其旨，識之簡端，或是弟絶筆耶。

鄭志良按：此文見玉茗堂尺牘卷六，明萬曆四十六年湯開遠刻本。

評語

評薊丘集

管子曰：「凡物之精，下生五穀，上爲列星。流於天地，謂之鬼神；藏於胸中，謂之聖人。是故民氣，杲乎如登於天，杳乎如入於淵，淖乎如在於海。」此氣也，上下千古，而得之於詩人之詩，乃胎息生旺而漸至衰絶，則升降於世運而難爲聚。自本朝有駿雄之空同，放逸之太初，而得衆心之所聚乃蓮旬，以風起雲湧之氣，起而震盪之，奇偉峻峙，可以蹴蹋一世。已求之漢魏晉唐，奈何曰迦葉傳燈爲得其髓，止是脱落其皮骨耳。詩人擬古得其皮骨者，古之仇讐也。蓮旬於古如雙鷹並擊，焉問逐鹿之得否也。然蓮旬非久淪落，曆跲躓，深受怨毒，烏能奮乎此堪忍世界中？一切苦緣，是法輪初諦，烈士悲心，固不可止。世人如堇蟲習堇而不言苦，無疾痛而號呼，故與聖賢發憤之情事隔。嗟乎，毛嬙麗姬，天下美人也，盛怨氣於面，不能以爲可好。於薊丘集見盛怨氣而美焉。

鄭志良按：此文見卓發之漉籬集，明崇禎刻本。

對聯

草廬公祠聯

道通東魯三千里
名冠南州百萬家

龔重謨按：録自樂安縣石陂鄉咸口上村吴氏十修族譜。

寒光堂題聯

身心外别無道理，静中最好尋思
天地間都是文章，妙處還須自得

龔重謨按：録自臨川文昌湯氏宗譜卷首撫郡湯氏廨宇規模記。寒光堂，爲湯顯祖沙井新居的一部分，在玉茗堂左。

汝芳公祠聯

姑山派衍高平地
盱水縈洄小大宗

龔重謨按：南城縣從姑山羅汝芳祠楹聯，傳爲湯顯祖親筆撰書。汝芳公祠與從姑諸建築，現已無存。

啓

賀王翰林啓

木新妙選，作新四海之人文；桂海榮聲，緝熙九重之聖學。儒流生色，士類騰歡。恭維某官，學包九流，聲彌六合。操持素定，如泰山喬嶽之不摇；議論弗窮，真長江大河之無極。自宦途鴻漸，旋朝露鵬騫，頃時進龍尾之階，一日上鰲頭之禁。視玉堂草遠，追三盤五誥之遺；閲金華書盡，洗諸子百家之陋。虞夏渾渾，尚書灝灝，直期續聖人之傳；堯舜汲汲，仲尼皇皇，所貴爲王者之事。地禁度花磚之日，紅藥春翻；天低垂華衮之雲，金蓮夜燦。奪五十席何以爲多，奏三千牘猶然未已。號唐臣于三足，咸知稽古之榮；取漢相于一言，伫究經邦之業。某繫心玉峙，决眥冰銜，雖憐點鐵之難成，不覺彈冠而自喜。結柳而送窮鬼，又驚歲律之推移；折梅以寄故人，正待春風之披拂。

啓儁類函卷二三

編者按：此文及代謝少司馬汪南溟啓、上張洪陽閣下啓三篇承吴書蔭先生輯自明人俞安期所編啓儁類函。吴書蔭先生有專文先期發表於中國典籍與文化二〇〇三年第四期。

代謝少司馬汪南溟啓

天上文昌府，凝精崧嶽之申；人間社稷臣，望重東山之謝。彼寓縣久云推轂，若薦紳咸願執鞭。况效蛙鳴，更深驥附。寅惟門下，氣藴風雲，身馮日月。稽古而典墳丘索，盡入網羅；屬詞而班馬韋匡，任從隱括。蚤揚禮樂，暫試程書。對客解頤，看檜花之落酒；問童何事？喜桑陌之馴雛。聖天子以治郡治戎，非公不可；大丈夫惟乃文乃武，隨地皆宜。簡擢中丞，制臨閩省。長揮玉鉞，净洗天河之兵；一改化弦，滿鼓雲門之瑟。僉調帷幄，上東北事累數千言；快意居胥，減縣官材以億萬計。勛銘彝鼎，迹托江湖。兩鬢未斑，禽魚俱看是樂；餘心更赤，邊書未暇忘憂。龍卧詎堅，膺（鷹）揚有待。群工（公）想風采，允惟周室父師；异域問起居，不數宋家司馬。金甌早卜，玉鉉同調。矧身歷三朝，文鳴四海，誠理祖新安之奥妙，而文追北地之豪雄者也。某久慕陽春，自漸里耳，奈紅塵日積，奚能曳屣于龍門？顧青眼時加，遂而借光于鄗縣。驚承大傳，悚讀清音。老父得此有餘榮，頓添桑榆之色。不才何由以報，聊輸葵藿之忱。目盼中台，神池（馳）南羽。

啓雋類函卷四五

上張洪陽閣下啓

鵷序班庭，涣揚大號，鳳池宅揆，首屬真儒。萬邦新巖石之瞻，九廟壯覆盂之勢，王民皞皞，喜色欣欣。恭惟師相閣下，箕翼垂芒，匡廬毓秀。硬語盤空，獨唱出萬人之上；貴名揭日，横飛絶四海之間。挺身任重，六鰲背上擎山；定力鎮浮，萬馬群中駐足。挺挺乎明堂一柱之用，堂堂乎太阿三尺之鋒。既簡在於帝心，爰進專於國柄。順謀猷於外，咸稱告后之君陳；言仁義於前，第見敬王之孟子。不離闕下方寸之地，常近城南尺五之天。台躔動色，泰階秉兩兩之符；寶曆綿休，神鼎增九九之重。掃四天之氛翳，擎出太陽；卷百川之狂瀾，斂還大海。躋時仁壽，京師訛德雨之呼；致主華勛，天瑞示汝霖之作。如太公、宜生見而知者，豈管仲、晏子可復許哉！興國咸休，固億萬年之允賴；錫公純嘏，何二十四考之足云。某門墻下士，學校舊生，幸叨一命之榮，仰慰二親之望。偕（借）之春色，倘參桃李之濃蔭；報以歲寒，敢廢松筠之勁節！

候掌科劉公啓

白簡含霜，稔著埋輪之望；青浦映日，峻躋鳴玉之班。吾道有光，斯文具慶。台臺靈鍾岳秀，瑞應奎躔。大吕黄鐘，豈是近時人物；光風霽月，饒多前輩風流。洞九丘八索之書，追三都二京之作。頃賡宸翰，端拜夕郎。補衮職之闕，顧誰越於仲山；拾禁闥之遺，已無慚於長孺。良多啓沃，頻依日月之光；大有激揚，敢犯雷霆之怒。赤披義胆，丹揭忠肝。反復盡言，田錫爲真宗汲黯；匪伊爰立，傅説乃武丁阿衡。崢嶸五院之縠名，密勿九重之睠（睠）顧。朱紘比直，弘披青瑙（瑣）之忠；玉鑑常清，端應金甌之卜。某側聽出綸，不知折屐。聞鳴鳳於朝陽，豈爲私賀；寄雙魚於尺素，聊激忭悰。有諍臣七人，端爲明時而喜；呼太平萬歲，載觀有道之際。

清康熙甲子刻本聽嚶堂仕林啓雋卷四

編者按：此篇由徐國華先生輯自聽嚶堂仕林啓雋，先期發表於東華理工學院學報（社會科學版）二〇〇四年第一期，本文即據此過録。

傳贊

賜進士出身王公行淮二先生傳

臨川王公名城者，萬曆年間進士也。其爲人也，才全德備而又博學能文者也。見其重于鄉里不待言已，觀其承王命而宰廣昌縣。縣之子民頑而不化者多矣。王公爲之制田里，興學校，以養以教。一時民風丕變，莫不率從，且來顔其匾曰「當世儒宗」，又曰「政簡刑清」。此其彰明較著者，此其殷殷愛民之心，一君子學道愛人之心也。而更有異者，當在官之時，民之親其長上，分固然也。至解組歸田，則去民遠矣。

遠則不嫌于疏，而猶親之若父母。一聞王公欲建大厦而艱于費，即捐資以求大木，得大木而功告成，不勞王公之經營。非王公之善改善教，得乎民心而能若是乎？世之有官守能如王公者，誠足風矣。

大明萬曆四十二年次甲寅嘉平月上浣之吉，玉茗友人湯顯祖拜撰。

龔重謨按：據楊華林先生録自撫州市孝橋鄉璜溪王氏族譜。

周從中公像贊

贊曰：我瞻公儀，公儀可畏。我度公心，秉心維直。亦有官守，所司曰户。豈無勛德，使民蕃殖。不然，何以開數百載之似續，樹綿綿之瓜瓞。

編者按：此贊由遂文先生據遂昌西郭周氏宗譜抄録，先期發表於戲文二〇〇六年第二期。該贊末署「臨川後學湯顯祖」。

姜迢公像贊

贊曰：聞公之器，智深勇沉。會修矛戟，干城是任。鼓衰力竭，勢幾遭禽。以尸自蔽，宵遁山林。鬼神來告，數老溪心。克昌厥後，百代居歆。爰來遂邑，貊其德音。

積善餘慶，累葉纓簪。大啓爾宇，綿延到今。福方未艾，遐邇同欽。

編者按：此贊由胡宏先生據遂昌縣大橋姜氏宗譜抄録，先期發表於戲文二〇〇二年第四期。該贊末署「臨川湯顯祖題」。

碑銘

明故南營聶公馮氏孺人合葬墓志銘

公諱雲程，號南營，實宋樞密聶昌公二十四〔世〕孫也。南渡後，家宅蘭城，公因以居焉。公賦性豪邁，動筆成文。值國初三途索士，故當時顯達，在或由選試，或由納粟，公祗以文學入彀，悦就蕭曹，歷任本郡太參公。凡通省利病，公悉出其餘幹理之，大拯時艱，其才之可見者如此。公生女一，配楊氏，生子五。長曰蘭，娶童氏；次曰粟，娶章氏，孫守謙，重孫養真；三曰葵，娶杜氏，孫守仁，重孫冬生；四曰荆，娶劉氏，生孫守禮，娶孔氏，重孫廷瑞；五曰桂，娶吴氏，生孫守信，娶馬氏，重孫啓遠。後皆訓以經義，以故奉公動家者有人，舉業名家者有人。公平居嘗自語曰：「我先人策勛宋室，澤垂今世。我輩恨不獲步後塵，然能不失門户，且荷被富壽多男之慶，百歲後得附祖安厝焉，吾願足矣！復何求？」其心之知足又如此。公娶孺人馮氏，克孝克敬，克勤克儉，凡公所欲爲者，孺人實能以内斷而主外權，使公得以大展經營，動無内顧憂者，誠所謂以德配德，世所鮮匹也。公生於癸丑年月日時，卒於丁卯年十一月日時；孺人生於戊午年九月廿八日時，卒於丙子年二月日時，俱停柩於金錢源里，乃歲久而未就穴者，蓋緣諸郎肖祖之心勝，而更以堪輿之説誤之也。迄今甲寅歲，諸郎君逝者逝矣，隨仕者又覊廣地矣，公長孫守禮號紹渠者，實公第四子嗣也，因秋祭睹公柩，凄然淚下，歸謂寡母劉氏曰：「我祖停柩於山者幾十數年，我伯我叔卒以風水故停之，更兼三伯良直又嘗懷祖遺錙未付而阻之，致令祖柩漂摇野地，伊誰忍也？我爲長孫者，能不爲之計乎？」乃卜地金錢源，傍祖安葬。擇吉於本年十二月初六日未時，固從吉兆，實順祖志也。因奉幣捧箑詣予門而爲之曰：「吾祖及祖母今合葬矣，敢乞雄文，以先窀穸。」予則曰：「爾先祖予不獲睹其丰神，然觀爾伯父叔及爾輩行狀，大都循循雅飭，倜儻不覊，雖於紛麗之時，猶然渾樸不散，自非爾祖垂範之嚴，烏睹此高致耶？可不安采其一二，以志不朽云。」

盟曰：維公才學，足任劻勷。維母淑懿，克配賢良。合葬兹里，水秀山蒼。百千萬祀，長發其祥。

編者按：此墓志銘由何天杰先生據原存撫州市博物館拓片抄録，先期發表於華南師範大學學報（社會科學版）二〇〇六年第五期。題下署「賜進士第文林郎南京禮部清吏司主事邑人湯顯祖撰」。

太中大夫蒼濂鄭公神道碑

惟國朝大都以全勢制中外，馭宇而食於江左右，歲運於淮，常以參知大臣爲督。萬曆十五年三月十九日，鄭公以督至淮，終焉，蓋其勤也。先是督儲者常取一切以辦，公行所部以十二事宜，大致以節愛爲經，通濟爲權，謹察守令之能，緩急其民者盡其期。是年，湖西饒陽諸州水而不害，死之日，江右之漕軍吏民在淮者幾萬衆，皆號漕中丞。安邑楊公視斂江右，大吏而下聞之皆慘惻，嘆其用之不盡也。蓋公爲監司皆在南：一以福建布政司右參議分守建南道，能治其吏民；一以貴州按察司副使備兵，禽斬叛苗八百人，因而撫之。上聞賜金幣，至其始終，恩勤最著，則在吾江右士民而在南豐者尤著，婦人孺子皆能言鄭公。豐故豐邑也，而偪於閩。嘉靖丁巳閩寇流入豐，臨川令林潤適以事至守其城，後數破掠，盱撫旁縣地，遶臨江而去。時平久，土人不習兵也，大吏遂謂非浙金華、義烏兵鎮之不可，檄千人以來，分爲三，而東營兵嘗欲止臨川青泥市中，青泥豪鄭剪蜚等射其營門旌，百步外十發皆中，謂曰：「不去，射若屬盡矣！」東營兵一夜徙去，至南豐焉，十五年矣。至再易帥，根柢迴踞，日益衆大，常嚚而殺人，蹈籍田舍，污人女子，令不能治。前令王君嘗一去兵，嘆曰：「他日寇來，誰任其咎者。」即事不成，變生，終不敢去。民益皇懼。公至，嘆曰：「此其變急於寇矣！」乃好視其將倪，而止白衣偏將魚謁。營兵嘗盜笱殺傷人，即收論如律，其將至謁監司，爲言不聽。而義烏故公鄉也，公嘗讀書金華山中，將倪以下皆聞其名，且以容禮故不得有所行。久之，公好謂倪曰：「夫材官而至參戎，重將也，當徙牙大群（郡）以自雄貴，而坐小僻縣中爲千夫長乎？且中西營罷久，東營兵獨在此，何也？」倪曰：「微公言，吾亦欲東耳。」公因爲言於大吏，盡撤東營兵。城中人慮變。去之日，公約倪將軍後，而各以鄉里意資遣尉謝東營兵。東營兵反，復悲喜滿志，及晡，吹笳鳴鞞，順流而去，公方大張酒樂五里外別倪將軍。於是縣中父老子弟皆仰天長嘆曰：「鄭公真神人也！」豐人始不爲虞矣，各焚香其家，願祠鄭公，曰：「臨川林令公以事來，會守城全，有祠。前王公撤兵未盡，然已歌頌立石。況如公者。」公不聽。縣三鄉有絶賦無田累有田者百餘年矣，公數引見其鄉魁黨耆秀，爲立田法事，凡三月，盡出諸豪所隱田平徵之。有爲蜚語相危者，公不動，曰：「吾爲父母均耳。均無貧，安得人人而悦之。要之，戚者寡而悦者多，悦者公而戚者私耳。」久之，危言止，賦益如期。縣俗故馴美，後數殘破，民窮慮易，巧詐萌生，因習爲豪擊盗竊博鞠，教訟遂以成風。加以客兵暴掠淫戲閭井之間，又益騷然矣。公業以談笑撤去外兵，益禁民少年敗亂者，而獨與學官諸生講德經義，常至夜分。人士秋秋，言言如也。當其時，上賢書，豐爲倍。公視豐六年，兩奏計以縣官治行第一徵，豐人泣遮道，留久乃得去。入給事吏科，首言天下大計，孔子布衣十有五而志學，皇上正其年爲天下主，誠宜早定其志，而察之於微。常與公卿大夫議政，日誦周穆王冏命之篇。僕臣正無以令色巧言側媚，内侍擇老成循篤者與居。因言外守令舉劾，大數去者本非甚不肖，來者又未必甚賢於前，徒以煩新故費，令府史得緣絶爲奸。且下吏微有過，不聽自新，非皇極曲就人才之義也。而並邊大吏守若令皆宜以非常濯拔而收其用，令公卿三品以上推舉，功罪連坐之。以能開種招撫實行伍，視首虜功而寬其餘，簿計非有大亡失，無即論罷。九年而最，得超遷越秩，無以其資，蓋久任超最，法意相毗，而行於邊吏猶善。又今日被邊文武吏士，賞有過而誅有不及。高皇帝賞格重汗馬而先血戰，雖臣鄉劉文成比之子房不得封侯，以爲不如是無以勸死力者。令督撫坐將耳，均鬪將上功，下逮主粟即軍吏築垣障者不足，有所重幸，而徒以怠戰士之心，非國體也。

宜以九年大論督撫功而罷賞其不急者，至於誅罰視亡失所由，不得獨坐督撫大將吏而已。又言近税法以一條編之非便，夫三等則壤兩税之，九年而役。高皇帝所以即齊民力也，豈其念不及簡徑如今人法哉。地有上下，户有虚實，以銀徵之一時，而無等以次，民力不舒，徵撻日以疲。又大吏各以意裁削不盡其議，縣官無以供億，亦復侵役其民，未能如法而止，是民重傷也。並臣令江右時身受其弊，不敢不以聞。章下户部尚書殷、攝吏部兵部尚書方，覆奏曰：「給事臣秉厚言皆是也。第邊大吏以下令多官推舉，嘗一行之，所舉竟非其用，或以藉資旋多報罷。夫邊才未易得，亦未易知，非親試其用不可。邊大吏於其下習宜令各舉所試而知者，記儲才簿中以待，不必盡公卿三品以上推擇也。至於軍機重大，督撫雖坐而指畫，然既與同其功，亦不得不與同其賞。條編法有所不行，宜下所在撫巡者盡下議流通其法。」上皆曰「可」。條編法前旨原以便民，非欲通行也，有不行，罷無更議。遷户科右給事中，又遷吏科左給事中，論協理京營戎政兵部左侍郎孟重。重，太監馮保人也。前後有言者江陵相終以保，故不能去。重益自張，閱京營兵，令真以刃相格殺數人，而以數十金賞刃者，以爲能用命也。公因論重戲殺人，且曰重軍國大臣，身親八拜願爲馮保兒。得相門一召，自快幸甚，精神折衝之任不如是也。重未去，而馮保江陵相啣公，因補外去。蓋公去豐久，而豐人思益深。豐士大夫多能文詞者相與謀曰：「民之於令也，相因則亡，相形則思，孔子以譽之，有試者試於直道而行之。民今父老之言，直不可無頌。」頌曰：「父兮母兮，邑令謂之。父母維何，所惡去之。客兵絶田，惡之大者。侯爲去之，民憂則寫。侯之在矣，不聽立石。侯之去矣，我懷罔極。」因相與勒石南臺山。公爲人偉風度，紫髯。與之遊，温然退讓，君子也。有機智，善任使，得細民心。後爲監司，務持大體，不苛急。常曰：「我浙東人與江右地界親，吾所至，一思江右人耳。」嗟夫！人言江右人口語嚴明，難以遊仕，如鄭公又何其易也。公去若干年，而予始來知遂昌縣事，式其鄉，夫豐之生祠，公没而復祠久矣，而平昌諸生乃始以公鄉行請祠學宫，亦各其時也。適撫浙中丞慱平王公以禮來新公墓，而公之子孔授請予爲其銘，以予江右人也。公諱秉厚，字子載，生於濂，葬於寶山之陽。銘曰：

惟鄭滎陽，自宋南遷。藴德十世，於濂而宣。母葉占梦，神母授子。旦而生公，以克岐嶷。幼往視田，溪流暴張。没而以濟，若有人將。郡齋有青（眚），嘯作如人。延公往居，其鬼不神。大父奇公，幼而有禮。卒魁其鄉，以成進士。公事大父，大母父母，病不解帶，喪不内處。孝乎爲政，穆以其風。我來遂昌，有意其宗。公偉容思，坦衷邃識。不爲其時，以能厥職。棟梁圭章，宜在明堂。孰隆而小，孰晦而光。含貞夕惕，若厲無咎。有始有卒，在我江右。江人好公，有若緇衣。公愛江人，苑事於淮。何以報之，我銘其德。公子而孫，永世維則。

賜進士第文林郎南京禮部祠祭司主事知遂昌縣事晚生臨川湯顯祖頓首拜撰。

編者按：此文承浙江遂昌湯顯祖紀念館羅兆榮先生提供，原載遂昌鄭氏族譜。

龍母蕭氏墓志

臨川龍母蕭氏，予交龍橘泉内孺也。時將終，厥子叩予爲志。予哀其幼失所恃，遂許爲志之。母同邑六都蕭長公女，適九十三都岡上龍君豸九者，生子諱羅、派、喬。廿一豸始贅金溪十九都黄氏，母終居於此。爲母生而貞静，長而慈淑。事舅姑而婦道無□，相君子而内助無虧。家道清澹而贊襄有條，賓盛款待而豐儉有節。誕育稚子，恩愛攸鍾。方擬百齡茂介而晚景優遊，胡乃中壽未躋而南柯夢斷。嗚乎！母德無疵而宜享眉壽，理也；今既遐升而未獲終養，數也。惟其行修允臧，固當識諸世，以表潛德之光耳。母生於嘉靖戊子年八月初八日子時，卒於萬曆元年四月十六日巳時。兹取□□日奉柩葬於金溪十四都高脊岡官路北。首巳趾亥，從吉兆也。銘曰：母行德潔，寒冰與俱。母德純粹，春暘與齊。宜爾壽祉，胡云仙逝。識垂於世，永傳不替。

庚午科文魁同邑若海（按：當爲「海若」）湯顯祖撰。

編者按：此文録自陳偉銘先生發表在湯顯祖研究通訊二〇一〇年第一期的對湯顯祖所撰龍母蕭氏墓志墓碑的研究一文，謹録以備考。